颜氏文献丛书 徐复岭主编

颜懋伦 颜懋价诗校注

（清）颜懋伦 （清）颜懋价 著

颜 伟 段春杨 校注

线装书局

图书在版编目（CIP）数据

颜懋伦 颜懋价诗校注／（清）颜懋伦，（清）颜懋价著；颜伟，段春杨校注. —北京：线装书局，2021.8

（颜氏文献丛书／徐复岭主编）

ISBN 978-7-5120-4570-5

Ⅰ.①颜… Ⅱ.①颜… ②颜… ③颜… ④段… Ⅲ.①古典诗歌—诗集—中国—清代 Ⅳ.①I222.749

中国版本图书馆 CIP 数据核字（2021）第 157706 号

颜懋伦 颜懋价诗校注

作　　者：（清）颜懋伦　（清）颜懋价

校　　注：颜　伟　段春杨

责任编辑：林　菲

出版发行：**线 装 書 局**

地　址：北京市丰台区方庄日月天地大厦 B 座 17 层（100078）

电　话：010-58077126（发行部）　010-58076938（总编室）

网　址：www.zgxzsj.com

经　　销：新华书店

印　　制：三河市龙大印装有限公司

开　　本：710mm×1000mm　1/16

印　　张：24

字　　数：426 千字

版　　次：2022 年 7 月第 1 版第 1 次印刷

印　　数：0001—2000 册

定　　价：85.00 元

线装书局官方微信

夷門遊草

渡河却寄袁次溪元弟

顏樂清

近岠人烟少黄河三渡來長堤飛曰螢楊樹上青蔥董酒朝含
綠桃花晚尚開笑君車馬贈隄水更徘徊

蘇村晤劉宗伯書贈

天子推恩虞謨廉禮
楊花村裡閣門居簾影廚烟盡賜書
卿煮辜在庭滃古壇道院秋深後細酒明燈春雨餘相見故人
頭卑曰論詩不異宿交初

相國寺訪玉峰上人

夷門遊州

寺刹埋唐碣曰頭遇戒僧花飛疑作雨龍去化為藤池水照空官
影龕藥有佛燈樓嚴揷可讀悟処過三乘

行堵陽石峰山中

積雨七峰下沙泉百道明村孤依砌立雲遍見山坐樹葉綠多
利陽坡塾曷成行表秋正好草木對人清

宿雌摩寺

夕陽群巒明塔照潭水坐覺萬籟寂恩櫓寺鐘起塵慮酒然
清夜氣碧扵浣悟波覽後綠乃是理中理蘭城冬物揚犬韶春
物美一室夢雜摩天花紛若此曉起汲山泉咄呀澈寒盡不知

一、颜懋伦《夷门游草》稿钞本书影，山东省博物馆海岱人文本

什一編 丙辰至丙寅

貞女詩有序

貞女德州李侍郎濤女字吾邑孔茂才傅鉅
未笄而鈺卒矢志不嫁越九載迎歸事舅以
孝閨以今丙辰
上元日病死

明月在南夜方中簫鼓初罷開哭聲聖門之婦李
之子其元甚於元尼生嫁來不覥阿壻面裡闇熙
命非抱迎立室虛燁今何夕銀河耿：沉雙星欄
縱繁裏作新婦侍養不見數息形勞兩裁耳那得
此夕乃眷眷兒女情落葉哀蟬二十秋孤影自對

二、颜懋伦《什一编》稿钞本书影，原件为民间收藏家赵敦玲先生所收藏

诸兄而都已去稍遊无偶心实炳

戒行耳拙诗轻莠遥当捡録一

册呈正窃欲得

足下一序屯腹鲤致之千里如面

佐以蒸饼为

足下合馆之乐幸鉴此意不宣

阶平大兄师席

即颂撰安

三、颜懋伦书函手迹，原件收藏于上海市图书馆

近日唫詩畧　　　　　　　　　　　　　　　顏懋价

送孔刺史石居之官江南　三首

木落淮南水欲乾水斜隄漠□思騰□使君到□推清品正好樣茄在秣陵樂事闌龍無消息恰喜君還又去家却憶江南好春色秦淮明月冶城花搖落微霜思悄然一帆輕挂半江烟書生莫歎功名薄兩鬢雪邊頭十二年

頤萬峰陵蘭圖

空谷有芳蘭幽香紛盈掬采之亦何為于焉寫心曲遂此陟□帖情荻水逾深松柟磐相覿炒烟静茅屋

李貞女挽辞

疎木淪秋容微陰動秋聲□人来不来前溪水初落

柴翅山水題句

《近日唫詩畧》

鴻雁一何悲飛戀清池千里遠結昏生知死會期摧裂起□愒抛刃嘗自随一死輕鴻毛嗟彼匹婦為所以立孤離遺之物慕之素車入扃門未識君客儀長哀發華屋蘊結糟委蛇虚随秋草萎延緑得旁枝貞心指泉運惊起天涯秋草凄已变鴻雁来何運頸因晨風發薦之以素絲

效古

挂壁有素琴起弄不成節余何不成節大絃亦巳絶

四、颜懋价《近日吟诗略》稿钞本书影，山东省博物馆藏海岱人文本

乾隆癸酉秋九月壬戌

朔日癸丑陰凉朔發青雷別去中酒帜惡使玫畫江書於錢坤

貼底芩因世當束大年朝食書佩朿棠實且玉淮争必意因㳂

濱南臺名摅不得投褐杜延芝若產於飛柴微㣲㣲之阜順窓

寫不值遂迄書佩葚隆窓窩微兩㱕乃沐浴夕食之暮沂山朿

别因於燈下致嗒李碧之唐之必爭生母之喪一書方理筆墨

試县怱平則門內大致白塔榖不損畫光燭天雲氣畫亲更

餘乃思二佐不文甚易裕否

甲寅更卹試各館膳錄舉人貢監等五百餘人於 太和門右

上諭館以大農蒋溥通政使德道少引冠李田培典其試生卑

殊陰秋風君屬午後風○光迅雞鳴門不復篠肉曙分烱起粗食

假軍入朝候午門內径時官衆稍集漫搶攘凡序上下良久嫉

五、颜懋价日记手迹，原件藏于国家图书馆

"颜氏文献丛书"
编辑出版说明

以颜光敏为代表的清朝曲阜颜氏家族，家学渊源深厚，向有重儒笃学、诗礼传家的优良传统。自顺、康至雍、乾百余年间，曲阜颜氏仕宦不绝，文脉绵延，传世著作甚夥，但大都为稿本或抄本，虽也有少数几种刻印本，只是收藏于个别大图书馆或博物馆内，流传面极窄，一般读者难得一见。文献内容十分丰富，包括诗歌创作、经学阐释以及笔记杂著、家乘尺牍等。其中有些文献如颜光敏、颜伯珣、颜懋侨等人的诗歌创作，具有重要的文学研究价值和社会认识价值，而《颜氏家诫》《颜氏家藏尺牍》等文献的重要历史资料价值和研究价值，也早已引起了学术界的重视。

清朝曲阜颜氏家族文献是我国优秀传统文化的一部分，是留给我们的宝贵文化遗产。济宁学院地处颜氏故乡，理应对包括颜氏家族文献在内的曲阜地域文化和乡贤文化研究做出自己应有的努力和贡献。整理和研究清朝颜氏家族的珍贵历史文献，编辑出版"颜氏文献丛书"，正是我们开展中华优秀传统文化研究工作的一个重要方面。这套"颜氏文献丛书"的编辑出版，不仅对于丰富和拓展地域文化、家族文化乃至清朝前期社会历史与文学发展史的研究领域与内容有重要意义，而且对于继承和弘扬儒家优秀传统文化、促进社会主义核心价值观形成和精神文明建设都具有重要的意义。

为编辑这套"颜氏文献丛书"，我们从校内外（以校内为主）选聘了有关专家学者，组成了编辑委员会和专门的编辑班子。我们要求"颜氏文献丛书"以整理本的形式出版，对每本书都要进行认真的校勘、注释。"颜氏文献丛书"计划编辑出版八种，分批出齐。具体书目和整理人分工如下：

《颜伯珣　颜伯璟诗校注》，樊英民、徐复岭整理；

《颜光敏诗文校注》，赵雷、王永超整理；

《颜光猷　颜光斅诗校注》，吴宪贞整理；

《颜肇维　颜小来诗校注》，颜健、孙毓晗整理；

《颜懋伦　颜懋价诗校注》，颜伟、段春杨整理；

《颜懋侨诗校注》，赵雷整理；

《颜崇榘诗文校注》，王祥整理；

《〈颜氏家藏尺牍〉校注》，王永超、徐复岭整理。

丛书编写与出版过程中，济宁学院领导给予了大力支持。曲阜颜子研究会也给予了支持和帮助。首都图书馆、北京大学图书馆、山东省图书馆、青岛市图书馆、曲阜师大图书馆以及我校图书馆等，为我们查阅与复制资料提供了诸多方便。曲阜师范大学赵传仁教授和民间收藏家、青岛海右博物馆赵敦玲馆长等，无私地将珍贵私藏提供给我们使用。为弘扬我国优秀传统文化，大家尽其所能，做出了自己的最大努力。在此，我们向有关方面和热心的朋友表示由衷的感谢！

由于水平所限，整理工作中难免存有缺陷甚至错误，欢迎专家和广大读者提出批评和建议。

济宁学院"颜氏文献丛书"编辑委员会

"颜氏文献丛书" 序

　　历史上经济文化相对发达地区的著姓望族，大都非常重视家族文化建设，而创作、辑存、整理、出版家族文献，又是家族文化建设最为重要的内容之一。山左望族是有清一代文献活动最为频繁的家族，山东地区也因此成为全国文献资源最雄厚、文献活动最活跃的地区之一。新城王氏、安丘曹氏、聊城杨氏、鱼台马氏、即墨黄氏，以及曲阜孔氏、颜氏，等等，作为地方上具有举足轻重作用的社会力量，这些望族的家族文化成就在相当程度上反映甚至决定着当地地方文化的成就。

　　这些文献发达型的名门右族，在发展壮大的过程中，济美多才，作者迭兴，风流不坠，文采焕发，堪称"文献之家"。他们留下的文献资料卷帙浩繁，"上以备国家搜访，近以供邑乘钩遗"，极大地丰富充实了地方文献的内容，成为地方文献中最重要的组成部分，具有重要的历史价值；同时，也为社会开辟了一扇了解该家族的历史，特别是该家族智慧成果的窗口。由于家族文献大多没有正式出版，流布分散，又少有现成的目录索引可资检索，网罗散佚相当困难，因此，文献家族还特别重视本族文献的收集与保存，凡属本族文献零落仅存者，乃至于零缣残墨、吉光片羽，亦在掇拾之列；继而或编纂总目，或汇辑总集，或刊刻丛书，使后人藉以一窥该家族的学术史、文化史。总体而言，清代山东地区望族的文献活动，无论在数量上还是质量上，都达到了相当高的水平，相应地大大提升了整个山东地区的文化质量。

　　颜氏是鲁国望族。自复圣颜子之后，世居鲁都曲阜或徙居外乡的颜氏后人，赓续先祖圣训，重儒笃学，文人踵兴，累世有集，一门称盛。清顺治至乾隆朝一百余年间，以颜光敏为代表的数代曲阜颜氏家族成员，无论为官还是为民，风雅祖述，诗礼相承，前薪后火，息息相继，逮于闺秀，亦娴吟咏，构成一条壮观的家族文化之链，留下丰厚的家族文献遗产，显示出家族源远流长的文化传承以及家族文化活动旺盛的生命力。这批遗著举凡诗文创作、经典阐释、家

1

乘方志、诗话笔记、博物考古、形胜记撰等，含括宏富，数量巨大，都具有很高的价值，其中尤以诗歌为长，在历代家族文化和家族文献中颇具代表性和典型性。十多年前，颜氏家族成员的这批著作，还大都没有正式刻印出版过，只是以稿本或抄本的形式保存流传，有的在图书馆或博物馆束之高阁，有的在民间散落尘封，赖一线而孤传，这既不能发挥历史文献应有的社会价值，也面临着湮灭或失传的危险。2006 年，为抢救保存具有一定学术价值的罕传文献，我们启动了《山东文献集成》的编纂工作。在调查收集、考订编纂山东文献的过程中，我们深深体会到乡邦文献抢救保存和流通的紧迫性。《山东文献集成》第一辑中收录的山东省博物馆藏《海岱人文》稿本，其中收有曲阜颜氏诗文集三十三种之多，大部分传世稀少。"颜氏文献丛书"的整理编纂，学者们大都注意到或使用了《山东文献集成》的相关本子，稀见善本不羽而飞，嘉惠士林，这正是我们编纂《山东文献集成》的初衷所在。

　　一项好的古籍整理成果，选题确当与做法地道当然是极为重要的，但更重要的还是整理者的学术专长和业务水平。本丛书的主编徐复岭教授早年就以研究《醒世姻缘传》等相关学术问题和汉语史为世所知。如今徐教授已届耄龄，但老骥伏枥、壮心犹存，近年仍活跃在语言学、辞书编纂学等领域，耕耘不辍，相继推出《近现代汉语论稿》《〈金瓶梅词话〉〈醒世姻缘传〉〈聊斋俚曲集〉语言词典》等著作。对于"颜氏文献丛书"的校注整理，徐教授亲自选定工作版本、规定整理体例、拟定工作方法，带领一批学有专长的博士、教授和地方文史专家，经过数年艰苦努力，第一批书稿就要出版了，这是值得祝贺的事情。

　　就"颜氏文献丛书"首批四种著作来看，校注体例合乎古籍整理的传统做法，注释详略也适合一般学习者的阅读与利用，这些做法都是非常地道、也是值得称道的。特别需要指出的是，校注者多方搜求现有存世版本，尽量把原作者的作品收齐、收全，校注时选用最佳版本作为工作底本。这里不妨结合我的某些工作经历举几个例子。我曾参与主持编辑的《山东文献集成》，收录颜伯珣的诗作仅限于《祗芳园集》《旧雨草堂集》和《颜氏三家诗集》等三个钞本，而"颜氏文献丛书"另外收集到嘉庆二十五年（岁次庚辰，1820）锄月轩刻印本《祗芳园遗诗》，该印本四卷、别集二卷，补遗一卷，现藏山东省图书馆，先师王绍曾先生《山东文献书目》著录。三个钞本共收颜诗二百七十七首，而刻本《祗芳园遗诗》则收诗四百四十二首，较三种钞本多出一百四十五首。整理者将颜伯珣所有版本的诗作合并并去其重出者，得诗计五百五十六首，颜伯珣存世诗作首次得成完璧。再如颜懋伦诗集《什一编》，《山东文献集成》中《海岱人文》钞本仅收诗三十三首，"颜氏文献丛书"整理者千方百计从民间访得该集稿本，仅"丙辰至丙寅"部分就收诗一百一十二首。研究颜懋伦诗歌，"颜氏文献丛书"本无疑优于《海岱人文》本。又如颜肇维《锺水堂诗》，我在拙著《四库存目标注》中，曾加标注，但所恨闻见不广，没有提及国家图书馆还藏有此书。"颜氏文献丛书"整理者经过寻访，发现该书除北大本、南图本、鲁图本和青图本之外，国图本实属该书另一重要版本。另外，齐鲁书社1997 年出版《四库全书存目丛书》影印《锺水堂诗》时，所依据的是虫蚀严重、序跋残缺且正文仅存三卷的南图本。而"颜氏文献丛书"整理者在对该书各种版本进行细致比勘考辨后，认定青图本是成书最晚、收诗最全的本子，且精校精刻、保存完好，遂作为整理工作的底本——这种考镜源流的工作对学术研究的影响是不言而喻的。

"家之粹，即国之粹"。对清朝曲阜颜氏家族文化和文献进行系统整理研究，无疑是极有意义的工作。这不仅对于拓展丰富地域家族文化和清朝社会史与文学发展史的研究领域与内容具有重要价值，而且对于继承和弘扬儒家优秀传统文化、促进社会主义核心价值观形成和精神文明建设都具有重要现实意义。颜氏家族文献固然以诗歌创作为大宗，其他类型的文献似也不容忽略。仅拿颜光敏举例，氏著《训蒙日纂》是一部帮助童子读经典的启蒙性读物，在今天仍有启发意义：其《文释》卷对常用文言虚词逐一作了通俗解读；《音正》卷则讲解古音、纠正方音。作为一部"小学"类著作，本书具有工具书或辅助教材的性质，著名学者毛先舒称《音正》卷"细如毛发，昭哉发蒙"，《文释》卷也早于刘淇《助字辨略》，在我国古代语法史研究中理应占有一席之地。他的《德园日历》、《南行日历》（附《历下纪游》）、《京师日历》三部日记，保存了大量清初珍贵史料，足以发明史实、补苴史阙，是极为重要的历史文献，颇具参考价值。其他诸如诗话、笔记、文物考古等方面的文献，其价值也尚待深入开发利用。我们期待具有更高学术水平的"颜氏文献丛书"的第二批、第三批成果也早日问世。

2021 年 7 月 10 日　杜泽逊于槐影楼

目 录

颜懋伦诗校注

颜懋价诗校注

颜懋伦 颜懋价诗校注

前 言

这是清朝康熙、乾隆年间曲阜颜懋伦、颜懋价兄弟诗作的合注合校本。两人流传下来的诗歌作品，都已包括在里边了。

颜懋伦，字乐清，号清谷，颜子六十九代孙。生于清康熙四十二年（1703），卒于乾隆二十四年（1759）。祖父颜光猷，康熙十二年（1673）进士，曾官庶吉士、行人司正、刑部郎中、贵州安顺知府、河东道盐运使等。父亲颜肇广（约1684—约1714），字叔廛，别字狭夫，四氏学教授。肇广卒年仅三十一，其时懋伦尚未成年。颜懋伦的母亲孔氏（约1683—1746），曲阜世职知县孔兴认之女，知书达理，年三十二守寡。据牛运震《空山堂文集》卷七《颜孺人孔君墓志铭》记，孔氏教子严而有法。颜懋伦幼时聪敏工书，好为诗，且耽于酒，母亲虽爱之，却不肯姑息其错，常训责甚至鞭笞之。颜懋伦成年后，母亲鼓励他到外地游学，从不劝其营谋生计。

颜懋伦生活在重视文教的康乾盛世，身为复圣后裔，兼居圣地曲阜，故深受儒家思想影响。与当时的众文人一样，读书致仕是其志向。颜懋伦于雍正六年（1728）成拔贡生，授为曲阜四氏学教授。闲暇之时，博览群书。乾隆丙辰年（1736），举山东博学鸿词第二。据《颜氏世家谱》载，因朝廷分配名额过少而未被录取，后益发愤为古文辞。乾隆辛酉年（1741）前后，颜懋伦因才学卓异被擢拔为河南鹿邑县令。在官五年，民甚德之。至丙寅年（1746），颜懋伦因病辞官归乡，为之送行的鹿邑官民多失声痛哭。回到曲阜后不久，又遭母丧，丁忧守制。期满除服，循例待补。这期间他主要在曲阜一带活动，1751年曾北游至省城济南及河北、北京等地。约在1752年，颜懋伦终于等到任命。先是任河南滑县令，任上带领百姓应对蝗灾，以勤能为人所称。后官裕州一年余，离任时裕州百姓奉送礼物，争相追送之。继而又任职于泌阳、南阳等邑，所到之处多有颂声。颜懋伦为官清廉，每到任一方立誓不私一钱，并努力践行誓言，故几次赴任常要向人告贷方可成行，乃至要质卖故田偿还。

1754 年前后，颜懋伦任泌阳知县时，在当地擒获了白莲教领袖马朝柱的亲戚谢凤玉等三人。郡吏争邀功，将三人禁于南阳监狱讯问。不久，三人中的谢凤玉、谢耀奇先后死于狱中。巡抚上奏朝廷，折内隐讳实情，含糊其词。皇帝震怒，责令重审查明。后地方官把责任全推在颜懋伦身上，言其"含糊讯问，未得实情，以致稽迟瘐毙"，颜懋伦因此被参落职。（事见《清实录·乾隆朝实录》卷之四百五十七）后来朝廷又下诏宽恕了他，降其职为临邑（今属山东德州）司谕。颜懋伦不肯就任，终老于家乡，卒年五十六。

颜懋伦性醇笃至孝，清操独谨。母病，每侍疾无昼夜寒暑，衣不解带，食不甘味。居母忧，自初丧及葬悉准于礼，无毫发憾。其为人豁达大度，轻财爱士，常如不及，故四方宾客多归之。如晋江何琦、钱塘金农，皆才学之士，馆于颜氏。二人病危之时，颜懋伦极意营护，忘其为客，待如家人。

颜懋伦笃好文学，少即能诗，与从兄颜懋侨齐名，时有"二颜"之目。颜懋伦的诗歌题材广泛，内容丰富。描绘山水风光、名胜古迹的诗篇，在他的集子中占了很大比例。颜懋伦两次在河南为官，前后加起来虽不足十年，但频繁辗转于多邑，再加上多次出游，足迹遍布山东、山西、河南、河北、北京等地。每至一处，常有纪游志胜的诗篇，如《趵突泉》《渡汶》《登五龙山，山在潞州南二十里》《行堵阳七峰山中》《宿维摩寺》《望灵岩寺》《登会波楼》《雄县道中立春》《望郎山口号》等。颜懋伦一生大部分时间生活在家乡曲阜，爱好吟咏的他还曾与邑人陶湘、孔衍谱等人结社吟诗，故其集中自然少不了描绘当地风光的诗歌，如《暮春过枝津园有感》《枝津亭即席送别孔主簿，次家幼客原韵》《乐圃小集，敬和先司马公韵》《龙湾村居和韵》《魏氏芜园感旧》《魏氏古柏十韵》《舞雩坛怀古》《初晴同陈石朴、孔小岸晚集》等。颜懋伦的这类写景诗，常采用五言、七言律诗体式，情景交融、工丽严整、音韵谐美。

颜懋伦性醇厚，对亲人用情很深，对朋友挚诚相交，对自己的坎坷仕宦也感慨良多，故其集中怀亲念友、抒情言志之作数量颇丰。抒写友情者如《晚秋奉寄峄阳李夫子》《陈抱拙归濮阳》《金寿门以诗赋别，依韵答之》《赠别上虞倪子秦如》等，感慨人生、抒发情志者如《雪中自郡归》《拟古四首》《役归感兴》《旅舍感怀》《雪中纪怀》等，表达怀亲思乡之情者如《次武安计家书此日达》《过芜园送妹婿魏茂才、族兄如仲及舍弟南游》《九日怀仲兄过易州》《暮秋送八弟归里》等。颜懋伦还有不少伤悼诗，如《寄哭三舅》《寄哭克四从兄》《哭谭儿》《哭四舅》《哭雨村孔丈诗成，重书一绝》，这类诗歌感情深挚真切，风格凄凉哀婉，语言朴素自然。其中长篇伤悼诗《素琴吊再从兄引年》和《送牛平番归窆一首》，尤为出色。

颜懋伦诗中虽时有隐逸情怀的表达，但他更受儒家入世思想的影响，始终关心民生疾苦，关注国家政治。像《田家雪》中，他一边欣喜于"丰年之兆盛稼穑"，另一边又哀伤于"贫女无柴犹掩泣"。《延津道中》表达了作者的仁政思想，希望朝廷能体恤盐碱地的百姓，不要催租，允许延迟缴纳。《孤儿行》《从军行》《思公子》《妾薄命》《长门怨》等五首古乐府体诗，分别描写了饥寒交迫的孤儿、常年戍边的战士、孤助无依的少妇、孤寂哀愁的宫女等社会下层人物的悲惨生活，寄寓了作者对这些弱势者的深切同情。颜懋伦还把政治时事写入诗歌，比如《大金川凯歌》和《题吴总兵警备图》二诗，均写到了清乾隆年间的金川战役，斥责了叛军的分裂行为，表达了对和平生活的祈愿，这也与儒家维护国家统一和民族团结的思想一致。

此外，颜懋伦诗集中还有相当数量的咏史诗、咏物诗、题画诗、庆贺祝寿诗、诗文评等。

颜懋伦的诗歌体式多样，古体、近体皆备。古体诗中，尤擅五言长篇叙事诗，此类诗脉络清晰而结构腾挪多变，融叙事、写景和抒情、议论于一体。如其《素琴吊再从兄引年》一诗，由眼前之景写起，转而按时间顺序回忆多年往事，卒章又回到眼前之景。诗歌以叙事为主，但又穿插了景物描写，起到了渲染气氛、烘托情感的作用；叙事中还有细节描写，使叙事更加生动真实；抒情和议论语句的插入，也深化了诗歌意蕴，升华了主题。

近体诗中，颜懋伦精于律诗，尤其是五言和七言的写景诗，他精心锤炼诗歌语言，技巧相当纯熟。比如《村晚即事》："日落平原暮，秋烟起渡津。霞浮花径紫，雨湿草痕新。红叶托相识，清流如故人。叩舷尘事少，聊复问垂纶。"此诗前三联写景，景物远近高低结合，空间层次错落有致；画面色彩清新鲜润，尤其是颔联写出了动态的光与色变幻不定的组合；颈联写景采用拟人手法，生动而亲切。尾联叙事，但又含蓄地表达了隐逸情怀。诗歌对仗工整，音韵谐美，语言工巧而自然。颜懋伦评价自己的诗歌"崭新花蕊，妙舞浑脱，如食谏果，如饮活泉"（颜崇榘《种李园诗话》第二卷），主要是说的这类诗歌。

虽然颜懋伦的诗歌成就并非斐然卓著，影响也难与一流诗人比肩媲美，但其诗歌造诣不可小觑。固然佳作名篇有较高的文学价值，但一般作品往往也具有不可忽略的认识价值。

颜懋伦著述及其流布的大体情况如下：

《秋庐吟草》一卷，今存清抄《海岱人文》本（山东省博物馆收藏，影印本《山东文献集成》收入其中），收诗14首。多写于雍正元年（1723）之前，属于颜懋伦早年诗作。据周洪才《孔子故里著述考》所录，颜懋伦有《秋庐庚壬学诗》（一名《庚壬诗略》）稿本一卷，卷首亦有何毓琦癸卯之序，共收诗 34 首，盖作于庚子（1720）至壬寅（1722）年间。颜崇槃可能从是集中选诗录入《海岱人文》中。《秋庐庚壬学诗》稿本，黄立振原有收藏，整理者未见。

《癸乙编》一卷，今存清抄《海岱人文》本，收诗 66 首。大多创作于清雍正癸卯（1723）至乙卯（1735）十三年间。

《什一编》一卷，今存赵敦玲藏清稿本和清抄《海岱人文》本。赵藏本"丙辰至丙寅"部分收诗 112 首，《海岱人文》本收诗 33 首。集中作品多写于乾隆元年（1736）至十一年（1746）作者任曲阜四氏学教授和河南鹿邑县令期间。

《颜清谷四编诗》，今有山东大学图书馆藏清稿本（影印本《山东文献集成》收入）和赵敦玲藏清稿本，前者分为四卷，后者不分卷。二者皆收诗 108 首，创作于 1748 年至 1751 年作者居乡养病、丁忧守制、候补待命期间。

《旧止草堂集》一卷，今存清抄《海岱人文》本，有诗 10 首，悉列于《颜清谷四编诗》中。

《夷门游草》一卷，今存清抄《海岱人文》本，收诗 17 首。多作于诗人任职河南滑县、裕州、泌阳、南阳等邑期间，大约从乾隆十七年（1752）至十九年（1754）。

《颜乐清草堂诗》一卷，据周洪才《孔子故里著述考》知黄立振藏清稿本，收诗 13 首，悉为古乐府体，其中 9 首亦录入《海岱人文》本《癸乙编》。黄先生已逝，是书亦不知下落。

颜懋伦有些诗作散见于《曲阜诗钞》《国朝山左诗续钞》等选本中。

此外，据《山东通志》《曲阜县志》《续修曲阜县志》《颜氏世家谱》等所记，颜懋伦还有《瓦研山房集》《端虚吟》两部诗集，今均不见传本。诗歌之外，颜懋伦还曾纂修县志两部：官鹿邑时撰《重订鹿邑志》，书未成而罢任；与何琦合纂《曲阜县志》，亦未梓行。

这本《颜懋伦诗校注》，依据底本和参校本情况如下：

《秋庐吟草》《夷门游草》《癸乙编》三集，以清抄《海岱人文》本为底本，以道光二十三年曲阜孔氏刻本《曲阜诗钞》（简称《曲阜诗钞》本）、嘉庆十八年四照楼刻本《国朝山左诗续钞》（简称《山左续钞》本）为参校本。

《什一编》以赵敦玲藏清稿本（简称赵藏本）为底本，以《海岱人文》本、《曲阜诗钞》本、《山左续钞》本为参校本。

《颜清谷四编诗》以山东大学图书馆藏清稿本（简称山大藏本）为底本，以赵藏本、《海岱人文》本、《曲阜诗钞》本、《山左续钞》本为参校本。

颜懋价，字介子，号慕谷，自称五梧居士。据其乾隆癸酉（1753）除夕日记载："于是余始四十有五初度矣"，可知其当生于清康熙四十五年（1706）前后，卒于乾隆三十五年（1770）前后。颜懋伦胞弟，颜肇广次子。颜肇广卒时，懋价尚不足六岁，其后被过继与伯父肇充为嗣。颜肇充，字勉斋，太学生，亦早卒。懋价嗣母孔氏，历城司谕孔毓荣之女，年二十四而寡，六十六岁卒，守节四十余年，乡谥曰"贞静"。孔氏望子成龙，处心积虑，故督课懋价至严。（《（光绪）颜氏世家谱·卷之一·龙湾户》）

颜懋价出身书香门第，官宦世家，受家族文化影响，以读书为业，能诗工书，尤邃于圣学。《（乾隆）曲阜县志》载："（价）少与兄懋伦博稽礼经，定详丧制，凡饬匶、井椁、治墓及墙柳、帷荒、明器、下帐之属，悉遵古礼。故其执亲之丧，必诚必信，勿有悔。书宗颜、柳，诗希杜、韩，有文名。"颜懋价也希望通过科举承续祖业，故其青少年时期，主要是在家乡曲阜一带勤学苦读，以博取功名。读书之余，风流尔雅、兼善饮酒的他也会与当地众名流游赏结社，诗酒酬唱。

雍正乙卯（1735），二十六岁的颜懋价被山东学政选拔为文行兼优的生员，贡入国子监。清制，拔贡生经朝考合格，入选者一等任七品京官，二等任知县，三等任教职，更下者罢归成废贡。颜懋价多次滞留京师，却迟迟得不到朝廷任何任命。其青壮年时期除了在家乡闲居外，他还四处游学兼谋生。二十多年间，其足迹北至京津冀一带，南至豫皖、江浙地区，西至山西多地。他诗集中的诸多篇什，记录了这一时期的辗转行踪，如《静海怀七弟》写于天津，《邯郸行》写于河北邯郸，《东湖夜泛送树亭归里》写于河南鹿邑，《定远道中》写于安徽定远，《东花园绝句六首》写于江苏南京，《吴山晚眺》写于浙江杭州，《固关》写于山西平定。

乾隆十八年（1753），颜懋价至京城，协助时任长芦盐运使的卢见曾编辑《国朝山左诗钞》。在此期间，他与翰林院董元度、纪昀、宋弼等人共资考订，交往频繁。如其日记所记：九月一日，与宋弼"朝食"；九月四日，在纪昀处"留谈良久"；九月十四日，代董元度写信。在这些人的援引介绍下，颜懋价有机会结识了京城的很多仕宦名流。但这时的颜懋价过得并不开心，京城的繁华之象与自身的清苦生活形成鲜明对比，他饱受世情冷暖，身体也每况愈下。在给牛运震的信中，他以"热尘中人，违心干进"自嘲，赞美了牛运震"力田奉亲"的生活［见附录三：颜懋价书信（五）］。其《易辙吟·午日武清道中》："墓草青何似，名心老未消。平生多隐痛，难解是今朝。"也表达了类似的人生苦闷。颜懋价既做不到放弃功名理想，也无计解脱生活困境，为了排遣愁思，他经常游览京津一带的名胜古迹，其《易辙吟·西山》等诗即作于此时。

乾隆十九年（1754），随着卢见曾再次被任命为两淮盐运使，颜懋价也由京师南下江南。卢见曾在治所扬州的红桥经常举行"修禊"活动，一时名流如郑燮、陈撰、厉鹗、惠栋、沈大成、陈章等前后数十人皆为上客。颜懋价亦参与其中，其《易辙吟》中的《平山绝句》《卢运使招集平山，同惠征君定宇、万吏部厚存、沈布衣学子泛舟》等诗为此而作。此外，颜懋价二度游览了南京的名胜古迹，并创作了《易辙吟》中的《秦淮》《清凉寺》等诗。

乾隆二十三年（1758），五十岁的颜懋价作为拔贡终于等到了朝廷任命，被授任为泰安府肥城县教谕。在任期间，颜懋价"痛时俗葬亲慢与渴皆非古，且靡费，作《正俗说》，载郡志。新文庙，修礼乐器，遴佾生，习仪容。厘正学田，葺先贤祠，以敦本厉品。期有用学，谆谆课士"（《（乾隆）曲阜县志·卷八十八·列传》）。此时他经常往来于泰安肥城与家乡曲阜之间。乾隆二十四年，颜懋价惊闻兄长懋伦去世的消息，连夜赶回奔丧，并赋诗《哭兄七首》以抒其哀。乾隆二十七年（1762）四月，皇帝南巡江浙，回程途中至曲阜祭奠先师孔子，后又至泰山行礼，在此过程中，颜懋价与众多圣裔陪侍皇帝，其《游灵岩寺作》记录了此事。

乾隆三十年（1765），颜懋价以卓异被荐，他遽捐馆舍，再度进京，但年已老迈的他并未等到提拔任命。此后，他返回家乡闲居，五年后的1770年冬，与世长辞。其"有才而不竟其用，士论惜之"（《（光绪）肥城县志·卷七·职官》）。

颜懋价的诗歌数量虽不多，但题材内容广阔，记录了他的人生经历和喜怒哀乐。其诗歌主要分为以下几类：

（一）山水田园诗。比如《春晚》《集水木山房分韵》《将抵里门》等，主要描写曲阜的或清新或恬淡的风光，《雨后春郊》则写肥城的郊外美景。这些诗融情于景，虚实结合，表达了诗人亲近自然的喜悦和对恬淡闲适生活的向往。

（二）咏史怀古诗。比如《石头城》《东花园绝句六首》《郭有道墓》等诗，诗人面对古迹，或批判昏君，或感慨兴亡，或缅怀先贤，托古讽今，寄托情思。

（三）行旅记游诗。比如《晓发景州》《定远道中》《洪洞至赵城》《午日武清道中》，皆写羁旅之苦和思乡之情；《宏济寺》《摩诃岭》《固关》《登澄海楼望海作》等诗，则记录了大江南北的诸多名胜古迹。

（四）送别怀人诗。比如《静海怀七弟》《岁暮有怀家兄河南》，写浓浓的思亲之情；《汉马河别交友卢九弟》《送别姜藻亭还山阴》，写真挚的别友之感。这些作品往往以景衬情，烘托愁绪。

（五）题画诗。颜懋价工书法、绘画，现存有十多首题画诗，比如《芥圃画册题句》《张忍斋明府属题李职方说岩指画》《蒋南沙画册为孔南溪司马题》《春波图题句》等，这些诗不囿于眼前画面，想象丰富，虚实结合，往往能托画言志。

此外，颜懋价还有一些酬唱诗、哀悼诗、爱情诗和时事诗，数量虽不多，但其中也不乏佳作，比如《哭兄七首》，写得既典雅蕴藉又真挚感人。

颜懋价既有古体诗，也有近体诗。总的来看，其近体诗，尤其是绝句，成就更高。其诗歌语言，不尚雕琢，专取本色。颜懋伦评其诗曰：“选词遣调，森秀缠绵，拈花微笑，天然丰美。”（颜崇槼《种李园诗话》第二卷）

颜懋价著述及其流布的大体情况如下：

《佳木堂稿》一卷，今存清抄《海岱人文》本（山东省博物馆收藏，影印本《山东文献集成》收入其中），收诗5题6首。据卷首胡二乐写于“乾隆乙丑嘉平”的序，此卷诗应写于乾隆十年（1745）之前，为诗人前期作品。

《烟草亭诗略》一卷，今存清抄《海岱人文》本，收诗2首，均写曲阜风光。

《颜居诗略》一卷，今存清抄《海岱人文》本，收诗3题4首，主要写诗人在曲阜一带的活动。

《吾有山房稿》一卷，今存清抄《海岱人文》本，收诗8题16首。一部分记录了诗人南下南京之行，一部分则是在家乡曲阜的唱和赠答之作。

《余生后草》一卷，今存清抄《海岱人文》本，收诗4题5首。盖作于乾隆十年（1745）前后，其间诗人曾至河南鹿邑。

《近日吟诗略》一卷，今存清抄《海岱人文》本，收诗15题21首。多作于1741年前后，一部分写诗人在家乡的活动，一部分记录了其河北、山西之行。

《尾箕吟》一卷，今存清抄《海岱人文》本，收诗5题6首。大多作于1753年前后，主要记录诗人在北京、山海关一带的活动。

《易辙吟》一卷，今存清抄《海岱人文》本，收诗共14题22首。大多作于1753年至1755年，主要记录了诗人转徙南北多地的行迹、见闻。

《鸾台偶吟》一卷，今存清抄《海岱人文》本，收诗共14题22首。大多作于1756年至1770年，为诗人的晚年作品，一部分是任职肥城时所作，一部分是赋闲在家时所作。

颜懋价有些诗作散见于《曲阜诗钞》《国朝山左诗续钞》等选本中。

此外，据稿本《续修四库提要》《清志补编》和《曲阜诗钞》等记，颜懋价还有《佳木山房诗》四卷，收诗360余首，惜今不见传本。据《（乾隆）曲阜县志》记，颜懋价有文集若干卷，今亦不存。据《（乾隆）曲阜县志》《（光绪）肥城县志》和《颜氏家藏尺牍》等记，颜懋价官肥城教谕时曾作《丧葬正俗说》，以革流弊，载于郡志。

颜懋价尚有一部日记传世，记录了乾隆十八年（1753）九月至十二月其在北京的经历。是书曾被误以为是颜光敏或颜崇榘作，据周洪才先生考证确为颜懋价所作，其稿本藏于北京图书馆。

颜懋价诗歌的校注，以清抄《海岱人文》本为底本，以道光二十三年曲阜孔氏刻本《曲阜诗钞》（简称《曲阜诗钞》本）、嘉庆十八年四照楼刻本《国朝山左诗续钞》（简称《山左续钞》本）为参校本。

颜懋伦诗和颜懋价诗的整理校注工作主要是由颜伟完成的，段春阳副教授撰写了《颜清谷四编诗》的校注部分。在资料收集时，笔者尽一切努力收集目前海内外可见的各种版本，其中影印本《山东文献集成》提供了相当多的精校本和精刊本。此外，如颜懋伦的《什一编》和《颜清谷四编诗》尚有其他清稿本，为曲阜师范大学黄立振先生所藏，黄先生过世后，二书辗转至赵敦玲先生之手。赵先生常年在海外，徐复岭教授得知此二书的下落后，多方打听，费尽周折，终于联系上赵先生。赵先生热衷于收藏，更热衷于传统文化的保存和传承，闻知我院整理二书，毫不吝啬、不辞劳苦地将全书几百页一一拍图发来，让笔者有了更多可依据的底本和参校本，有了更完整全面的诗人作品。在诗集校注过程中，每每碰到不认识、不理解的字句，笔者总会求教于王永超院长，王院长的见解常常令人豁然开朗，疑难冰释。校注初稿完成后，徐复岭教授和樊英民研究馆员不厌其烦、逐字逐句地反复审核，对书稿提出了非常宝贵的修改意见。在此谨表谢意！

颜懋伦、颜懋价的诗歌整理校注前人尚未涉足，笔者无所依傍，受学识所限，诗集中涉及的一些人物、事件，未能一一考证详明，此为一憾。唯期所做能抛砖引玉，待翌日有识之士批评指正，弥补此缺。

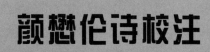

颜懋伦诗校注

秋庐吟草

诗集说明

《海岱人文》本《秋庐吟草》一卷，收诗14首。据卷首何毓琦写于"癸卯七月二十日"的序，此卷诗应写于雍正元年（1723）之前，属于颜懋伦早年诗作。但诗集最后的《拟古四首》《拟和半江楼秋兴韵》和《暮秋送八弟归里》，辑录者颜崇榘注明是从《国朝山左诗续钞》中录入，均为雍正元年之后所作。

秋庐草序 （何毓琦）

天地之气至秋而肃[1]。秋者，揫也[2]。山以之而幽，水以之而明，月以之而冷。秋虫、秋砧[3]，其感人有独至[4]焉，而于诗也尤宜。顾尝持此以相今世之作[5]，鲜[6]有遇者，于鲁乃得之颜子乐清。乐清者，翩翩年少[7]也。自其尊人狭夫先生以秋名其庐[8]，乐清感之，故其所为诗一往[9]多秋气。仆尝病起[10]，日坐水明楼[11]中。新月初上，草露[12]欲泣。客有为商声数引者[13]，泠然[14]遇之，不知其疾之在吾体也。客退，忽忽若中酒[15]，如是者累日[16]。及读乐清诗而往往遇之。盖四时之气莫芳于春而韵于秋，乐清已将宇宙之蒨华收之灵府[17]，而笔下复出以秋气。故其为诗冲夷澹宕[18]，廉折[19]以清。读之如清江[20]芙蓉，隔水相望，而所思人远，千里明月也。虽然，犹有未至。夫汉武《秋风》[21]寥寥数语耳，而笼盖[22]群作，有帝王气象；子美[23]入蜀诗益奇奥，《秋兴八章》千年以来无继响者[24]，是盖秋之极也，少陵诸诗多如此。嗟乎！古人不远，吾方与乐清共追之，则此诗特发刃[25]耳，未足以艳[26]吾乐清也。一枕凄清悄然，无以为别，起作数行，以俟知言之君子[27]。

癸卯七月二十日晋水何毓琦拜书[28]。

【注释】

[1] 肃：萎缩；肃杀。

[2] 揫（jiū）：收敛；聚集。《尔雅·释诂上》："揫，聚也。"郭璞注："《礼记》曰：'秋之言揫。'揫，敛也。"

[3] 秋砧（zhēn）：秋日捣衣的声音（砧，捣衣石，也指捣衣声）。

[4] 独至：独到。谓达到某种境界，与众不同。

[5] 顾：乃。持此：谓抱有这种想法、见解。相（xiàng）：看，观察。

[6] 鲜（xiǎn）：少。

[7] 翩翩年少：风度优美的少年。

[8]"自其"句：颜崇槷《摩墨亭稿》中《秋庐》诗前有序，谓"秋庐"乃"从祖（指颜肇广）赠鹿邑公（指颜懋伦）读书处"。尊人：对他人或自己父母的敬称。狭夫先生：指颜懋伦之父颜肇广，字叔麐，别字狭夫。

[9] 一往：犹一向。

[10] 仆：自称的谦辞。病起：病愈。

[11] 水明楼：书斋名，为颜懋伦祖父颜光猷所创。

[12] 草露：草上的露水。

[13] 商声：指五音中的商音，其声凄凉悲切。又古人把五音与四季相配，商音配秋。引：乐曲体裁名，有序奏之意。

[14] 泠（líng）然：寒凉貌；清凉貌。

[15] 忽忽：迷糊，恍惚。中酒：醉酒。

[16] 累日：多日。

[17] 蒨华：疑应为"菁华"，即精华，指精神元气。灵府：指心。

[18] 冲夷：冲和平易。澹宕：舒缓驰荡。

[19] 廉折：指乐声高亢，节奏明快。此处比喻刚健挺拔的风格。

[20] 清江：水色清澄的江。

[21] 汉武《秋风》：指汉武帝所作诗歌《秋风辞》，是中国文学史上"悲秋"的佳作，历来受到赞誉。

[22] 笼盖：超越；胜过。

[23] 子美：指唐诗人杜甫，字子美，自号少陵野老。759 年，杜甫弃官入蜀。

[24]《秋兴八章》：即杜甫的《秋兴八首》组诗。继响：嗣响，谓继承前人的事业，如响应声。多用于诗文方面。

[25] 发刃：刀斧等开口，这里喻指作诗的开始。按《秋庐吟草》乃颜懋伦二十岁以前的诗作，也是他最早的诗集。

[26] 艳：用如动词，有倾慕、赞美义。

[27] 俟（sì）：等待。知言：谓善于辨析他人之言辞。

[28] 癸卯：指雍正元年（1723）。晋水：今福建晋江市。何毓琦：又称何琦。道光《晋江县志》卷之五十六《人物志·文苑之二》："何琦，字礼康。少读书，搜奇探奥，有不可一世之概。既长，随族兄秉忠仕四川昭化令，纵观三峡，胸臆开拓。为诗力追靖节，文辞光怪陆离。每游名山大川，辄有题咏。足迹所经，公卿大夫争器重之。"何毓琦与颜懋伦、颜懋侨、颜懋价等过从，颜

懋價《秋水阁遗草》前有署"晋江何琦"之序，颜懋侨《江干幼客诗集》前有署"晋水何毓琦"之序，又有《鹤为晋江处士何琦作》《送何琦》诗。诗中有云："客有闽海士，漂泊齐鲁间。"

后石坞画意[1]

何年辟石坞？曲径绕丛林[2]。
松密疑天近，泉鸣觉洞深[3]。
写来由想象，看去可招寻[4]。
图我清阴里，萧然静此心[5]。

【注释】

[1] 这是一首题画诗。诗人不仅写出了画中所见之景，而且通过想象写出了画面无法表现的景物细节，由此表达了对后石坞清幽之境的向往，对作画者高超画技的由衷赞叹。

此诗《曲阜诗钞》本题目作"后石坞图"。泰山玉皇顶东北有后石坞风景区。石坞：石洞。

[2] 曲径：曲折迂回的小路。丛林：指寺院。

[3] "松密"句：置身于茂密的松林间让人疑惑离天界很近，听着泉水的鸣声让人感觉石洞很深。此句极写环境之幽静清雅，远离喧嚣。

[4] "写来"句：作画者凭想象去图画佳境，阅画者心生寻找此景之意。

[5] "图我"句：让我处于画中那种清凉的树荫里，我的心也会因此冷静，再无杂念。萧然：冷静、凄清的样子。

村晚即事[1]

日落平原暮，秋烟起渡津[2]。
霞浮花径紫，雨湿草痕新[3]。
红叶托[4]相识，清流[5]如故人。
叩舷尘事少[6]，聊复问垂纶[7]。

【注释】

[1] 这是一首写景诗。诗中描绘了日暮时分的乡村美景，表达了作者对远离喧嚣、回归自然的隐逸生活的向往。诗中景物的空间层次错落有致，远近高低结合；画面色彩清新鲜润，尤其是颔联写出了动态中光与色变幻不定的组合，

富有灵妙的生气。

即事：本指眼前的事物，后多用为诗题，表示对眼前的事物、情景有所感触而创作。

[2] 秋烟：秋天的烟霭。渡津：渡口。

[3] "霞浮"句：天上绚烂的晚霞使得开满野花的小路变成了紫色，被秋雨淋湿的草地焕然一新。

[4] 托：假托。

[5] 清流：清澈的流水。

[6] 叩舷：手击船边。多用为歌吟的节拍。尘事：尘俗之事。

[7] 聊：姑且。垂纶：垂丝钓鱼，也可指钓鱼的人。传说吕尚未出仕时曾隐居渭滨垂钓，后常以"垂纶"指隐居、退隐，这里指隐士。

晚秋奉寄峄阳李夫子[1]

云树[2]隔秋老，离居[3]今二年。
红灯残月夜，渌酒欲霜天[4]。
拂壁诗篇在，登楼旧雨悬[5]。
金门何所事[6]？朝袖满香烟[7]。

【注释】

[1] 这是一首怀念友人的诗。颔联回忆与友人往昔相聚之事，颈联描写自己眼前之景，尾联则设想远在他乡的友人的处境。全诗非常巧妙地利用时空的转换来叙事、布景、言情，曲折回环、重重叠叠地表现了对友人的深沉思念之情。

奉寄：寄信的恭敬说法。奉，敬辞，用于自己的动作涉及对方时。峄阳：峄山之南，此指位于峄山之南的峄县，今为山东枣庄市峄城区。李夫子：即李克敬（1659—1727），字子凝，号小东。峄县人。生而颖异，弱冠已为通儒，补博士弟子员。然命运多艰，多次参加乡试不就。曾在曲阜授徒讲学，所教皆孔、颜子弟。颜光敩任浙江学政时，李克敬被其聘于幕府。1715 年中进士，选翰林院庶吉士。1721 年授翰林院编修，后病逝于京城。曾参与编撰《大清一统志》《峄县志》。

[2] 云树：云和树，后比喻朋友阔别远隔。

[3] 离居：分开散处。

[4] "红灯"句：作者回忆深秋之夜与李夫子把酒言欢之事。残月：谓将

落的月亮。渌（lù）酒：美酒。《曲阜诗钞》本作"绿酒"，亦美酒之义。渌，同"醁"。

[5] "拂壁"句：擦拭墙壁，当年题下的诗篇依然可见，登上楼台，老友相隔遥远。旧雨：指老朋友。悬：相距遥远。

[6] 金门：金明门的省称，唐时宫门名，门内为翰林院所在。唐李白《走笔赠独孤驸马》诗："是时仆在金门里，待诏公车调天子。"事：从事。

[7] 朝（zhāo）：早晨。香烟：焚香所生的烟。

古寺[1]

青溪[2]临古寺，松色带[3]幽林。
心向香[4]中寂，云从静里深[5]。
遥村瞻落日，隔树语春禽[6]。
跌坐依双树[7]，豁然清我襟[8]。

【注释】

[1] 诗写古寺清幽之景。取景远近高低错落，声、色、情并俱，境界空灵清迥。

[2] 青溪：碧绿的溪水。

[3] 带：映照；笼盖。唐司空图《即事》诗："陂痕侵牧马，云影带耕人。"

[4] 香：供佛用的香料制成品，点燃时散发香味。

[5] 深：色彩浓。

[6] 语：此处比喻禽鸟的啼鸣。春禽：春鸟。

[7] 跌（fū）坐：盘腿端坐（跌，同"跗"，双足交叠而坐）。双树：娑罗双树，为释迦牟尼入灭之处。此处仅指树，并非实指。

[8] 襟：胸怀；心怀。

雪中自郡归[1]

冻云覆四围[2]，春雪自霏霏[3]。
极浦[4]渔烟出，寒山一鸟飞。
沙连溪水静，树带远村微[5]。
邻叟多闲趣，青驴载酒归。

【注释】

[1] 诗中多从高远处选景，表现了诗人回乡后的开朗情怀，字里行间洋溢着对家乡的热爱之情。

郡：古代地方行政区划名。秦实行郡县制，以郡统县。明清时虽废除郡制，却仍用此名指与之大体相当的府。此处则指兖州府城。

[2] 冻云：严冬的阴云。四围：四周，周围。

[3] 霏霏：雨雪盛貌。

[4] 极浦：遥远的水滨（极：远；浦：水涯）。

[5] 微：隐约，不明。

旧城闲居[1]

极浦残霞[2]暗，高城万树苍。
月华留宋碣[3]，秋色老云阳[4]。
古寺梵声[5]杂，孤灯犬吠荒。
此时人事[6]少，樽酒自相将[7]。

【注释】

[1] 诗写秋日之景，以动衬静，绘声绘色，意境萧索，闲逸中流露出孤独寂寞的情绪。

旧城：当指曲阜古城，今名旧县，位于今曲阜市东郊少昊陵附近。

[2] 残霞：残余的晚霞。

[3] 月华留宋碣：月光照在宋代石碑上。留：停留；留止。宋碣：宋代的石碑，此指曲阜少昊陵附近的宋代无字碑。

[4] 云阳：指云阳山，少昊陵的古称。《帝王世纪》："少昊自穷桑以登帝位，徙都曲阜，崩，葬云阳山。"

[5] 梵声：念佛诵经之声。

[6] 人事：交际应酬。

[7] 樽酒：杯酒。也可代指酒食。将：取；拿。

陈抱拙归濮阳[1]

濮阳客去后，别绪好谁论？
孤月黄沙岸，荒烟[2]老树村。

挑灯怜旧雨[3]，握手怨离樽[4]。
驿路梅花[5]发，吟鞭[6]带雪痕。

【注释】

[1] 这是一首送别诗。诗中将离情别绪与萧瑟凄清之景完美融合，动作描写看似平常，但准确有力地传达出人的内心情感。

陈抱拙：即陈周璜，字抱拙，号雪樵、余闲堂。濮州人。曾衍东《小豆棚·陈抱拙》云其"少工诗，善琵琶。又癖于拳勇"，晚年"游缙绅间"，教人弹琵琶、写诗。"其诗无存稿，佳者同人口志之。"又附云："曲阜颜幼客，有《怀陈抱拙》一绝云：'白发新声贾扣衰，赵宫明月寺门苔。诗名不合谢榛并，也作人间眇秀才。'"颜幼客，即颜懋伦从兄颜懋侨。

[2] 荒烟：荒野的烟雾。常指荒凉的地方。

[3] 旧雨：唐杜甫《秋述》："常时车马之客，旧，雨来；今，雨不来。"谓过去宾客遇雨也来，而今遇雨却不来了。后以"旧雨"作为老友的代称。

[4] 离樽：原作"离尊"，径改，指饯别的酒杯。《曲阜诗钞》本作"离樽"。

[5] 驿路梅花：同"驿使梅花"。《太平御览》卷七九〇引南朝宋盛弘之《荆州记》："陆凯与范晔相善，自江南寄梅花一枝，诣长安与晔，并赠花诗曰：'折花逢驿使，寄与陇头人。江南无所有，聊寄一枝春。'"后因以"驿使梅花"表示对亲友的问候及思念。

[6] 吟鞭：诗人的马鞭。多以形容行吟的诗人。

沙丘道中[1]

漠漠沙丘道，蹇驴[2]带晚风。
秋残客子醉[3]，树转酒楼红。
片雨夕阳外，孤云黄叶中。
苍凉溪水上，垂钓[4]羡渔翁。

【注释】

[1] 诗写秋日傍晚的萧瑟苍凉景象，流露出对闲适隐逸生活的向往。

沙丘：兖州古地名，在今兖州城东偏南的泗河岸边。颜光敏有《寒食日过故沙丘》诗，颜伯珣有《沙丘》诗。

[2] 蹇驴：瘸腿的驴子。《曲阜诗钞》本作"骑驴"。

[3] 秋残：犹残秋，谓秋季将尽。客子：离家在外的人。

[4] 垂钓：从《曲阜诗钞》本。《海岱人文》本作"垂钩"。

拟古四首[1]

人生苦别离，大江分吴越。
举首望参辰[2]，却见下弦月。

中宵[3]起徘徊，云暗房栊[4]黑。
叹息似闻声，墙根虫唧唧。

团团三五月[5]，默默向西去。
照我龙须席[6]，亦照蜀山树[7]。

舟楫向中流[8]，网得双鲤鱼。
取刀剖鲤鱼，鲤鱼腹已枯[9]。

【注释】

[1] 此组诗与以下《拟和半江楼秋兴韵》《暮秋送八弟归里》均为颜崇槼编辑《海岱人文》时从《国朝山左诗续钞》中录入，题下有"运生"（颜崇槼字）印。创作时间均在雍正元年（1723）后。此四首拟古诗抒发了与友人的离别相思之情，情调低沉，寓情于景，语言朴素自然。

[2] 参（shēn）辰：参星和辰星（也叫商星），分别在西方和东方，出没各不相见。用以比喻彼此隔绝。也泛指星辰。

[3] 中宵：中夜，半夜。

[4] 房栊：窗棂。也泛指房屋。

[5] 团团：圆貌。三五月：指农历十五夜的月亮。多特指中秋月。

[6] 龙须席：用龙须草编成的席子。属奢华坐具。《初学记》卷二五引《晋东宫旧事》："太子有独坐龙须席、赤皮席、花席、经席。"

[7] 蜀山树：蜀地山岳的树木。

[8] 舟楫：泛指船只。中流：江河中央；水中。

[9] "取刀"句：谓很久未获友人书信了。典出汉乐府《饮马长城窟行》："客从远方来，遗我双鲤鱼。呼儿烹鲤鱼，中有尺素书。"后因以"鲤鱼"代称书信。枯：空；尽。

拟和半江楼秋兴韵[1]

薄暮[2]登楼望，蒙蒙海雾深。
月中[3]三万户，一半起秋砧。
城转江欲断，山多树易阴[4]。
兴公能作赋，千载有同心[5]。

【注释】

[1] 这是一首和诗。颜懋伦的从伯父颜肇维，即颜光敏子，雍正中由太学生考授镶红旗官学教习，期满授浙江临海知县，做令九年（1728年至1736年），治绩卓越。在其任浙江临海知县的第三年，即雍正九年（1731），写有《半江楼秋兴四首》。颜懋伦此诗乃和颜肇维原诗中的第四首韵，创作时间当在此后。诗写登临海半江楼所观秋景，赞美了颜肇维的诗情与才华。

[2] 薄暮：傍晚，太阳快落山的时候。

[3] 月中：月光之中，月光下。

[4] 阴：幽暗，昏暗。

[5] "兴公"句：谓孙兴公善于作赋写诗，千年之后的叔父也是如此。兴公：指孙绰，字兴公，东晋诗人，善书法，曾任临海章安令，在任时写过著名的《天台山赋》。

暮秋送八弟归里 (存目，诗见《什一编》)

癸乙编

诗集说明

是集共一卷，收诗 66 首。"癸乙"当指清雍正癸卯（1723）至乙卯（1735）共十三年，系颜懋伦早期诗作。《曲阜诗钞》作者小传诗集作"癸巳编"，误。据桑调元跋中"披来遗制"之语，知是集的结集整理当在颜懋伦去世之后。

癸乙编跋 （桑调元）

是编冲瀜夷愉[1]，得性情之正；绵芊[2]清丽，擅吐属之工[3]。写幽思于歌行[4]，类张王之乐府[5]；审雅音于律绝[6]，嗣元白之声诗[7]。陋巷门风，信高山之可仰[8]；孤标才格[9]，赓流水以何惭[10]。辟尽俗氛[11]，喜对此风尘外物[12]；披来遗制[13]，恨不见神仙中人[14]。

钱塘世弟桑调元跋[15]。

【注释】

[1] 冲瀜（róng）：充盈弥漫貌。夷愉：和乐。

[2] 绵芊（qiān）：犹芊绵。光色盛貌。亦喻文采华美。

[3] 吐属：作文。工：巧；精。

[4] 歌行：古代乐府诗的一体。后从乐府发展为古诗的一体，音节、格律一般比较自由；采用五言、七言、杂言，形式也多变化。

[5] 张王：唐代著名诗人张籍、王建的并称。乐府：诗体名。初指乐府官署所采制的诗歌，后将魏晋至唐可以入乐的诗歌，以及仿乐府古题的作品统称乐府。

[6] 雅音：正音，有益于风教的诗歌和音乐。律绝：律诗与绝句的合称。

[7] 嗣：继承；接续。元白：唐代诗人元稹、白居易的并称。声诗：乐歌。

[8] 高山之可仰：即"高山仰止"。《诗·小雅·车辖》："高山仰止，景行行止。"后用以谓崇敬仰慕。

[9] 孤标：指山、树等特出的顶端。形容人品行高洁。才格：才致风格。

[10] 赓：继续；连续。流水：即高山流水，古琴曲名。亦泛指高妙的琴曲。

[11] 辟:除去;消除。俗氛:指尘俗之气或庸俗的气氛。

[12] 风尘外物:又作"风尘表物"。指超越世俗的杰出人物。

[13] 披:翻开;翻阅。遗制:指前人或死者遗留下来的著作。

[14] 神仙中人:谓神采、仪态、服饰、举止不同凡俗的人。

[15] 世弟:谓世交同辈年少于己者。师之子,其年少于己者,亦称世弟。

桑调元(1695—1771):字伊佐,一字弢甫,自号独往生、五岳诗人。浙江钱塘(今杭州)人。雍正十一年(1733)进士,授工部屯田司主事。后引疾归田,历主九江濂溪、嘉兴鸳湖、滦源书院讲席。著有《论语说》《躬行实践录》《弢甫集》等。

过次玉九舅啸庐[1]

六逸传巢父[2],竹溪竟日[3]寻。
经春先种菊,留客久挥[4]琴。
池暖鱼苗稳,烟浓草刺深。
空山清啸[5]罢,还复忆同心。

【注释】

[1] 诗写田园隐居之乐,画面单纯明净,富有生活气息。情思冲淡闲远,语言清淡淳朴,天然不觉其巧。

次玉九舅:颜懋伦的舅父,曲阜世职知县孔兴认之子,字次玉。曾在湖南沅陵为官,见本集后《寄怀九舅沅陵》一诗。

[2] 六逸:指竹溪六逸。唐开元末,李白与孔巢父、韩准、裴政、张叔明、陶沔居泰安府徂徕山下的竹溪,日纵酒酣歌,时号"竹溪六逸"。见《新唐书·文艺传中·李白》。巢父:即孔巢父(?—784),字弱翁,冀州(今河北冀县)人。官拜给事中兼御史大夫。

[3] 竟日:终日;整天。

[4] 挥:拂;拂拭。

[5] 清啸:清越悠长的啸鸣或鸣叫。

柬雨村丈并怀改堂[1]

结庐[2]遥傍数峰清,路转村回少送迎[3]。
湖上人家春正好,山中风味雨初晴。

长桥烟破色如墨，远树鸡鸣乱似莺。

漆案^[4]好诗题不尽，邻家有酒话深耕。

【注释】

[1] 此诗作于诗人任职河南鹿邑之前。诗写远离喧嚣的山水田园生活，表现了诗人淡泊自守，不慕荣利的高洁情操。颈联极为精妙，上句是视觉描写，下句是听觉描写，上下对仗工整，一"破"一"乱"，堪称诗眼。

柬：指寄柬。雨村丈：指孔尚任长子孔衍谱（约1684—约1737），字榆村，号雨村、小岸。性情通率，画入逸品，爱好吟咏，自放于酒。孔尚任在世时已隐居曲阜湖上村，与邑人陶湘、孔衍钦、孔毓璘、颜懋龄、颜懋侨、颜懋伦及其弟孔衍志结社吟诗，人称"湖山吟社八子"。八子之诗，刻为《湖山吟集》。雍正二年（1724），临雍陪祀，恩贡，授为丹阳（今江苏丹阳市）主簿。有《小岸诗》，今不传。改堂：吴燮，字改堂，吴江人。《清稗类钞》"吴改堂工诗文"："［吴燮］幼禀奇质，负气，性耿直，好读书，能骑射。年十四，从其父半淞大令（指吴景果）游京师，所与交多藏书家，改堂从借归，目识手抄，穷日不休。"乾隆丙辰（1736），尝举博学鸿词科，不遇，浮沉诸生中。曾为丹阳县学训导，参与纂修康熙《丹阳县志》。年七十余，无家室，宿食紫阳书院。

[2] 结庐：构筑房舍。

[3] 送迎：送往迎来。

[4] 漆案：涂漆的几桌。

木瓜柬友人^[1]

侵霜带露渐团团^[2]，破晓摘来尚不干。

入夜寒风先脱叶，经秋烟雨未成瘢^[3]。

微黄嫩过柑皮细，气味清如梅子酸。

最是茅斋^[4]萧索甚，可能分贮^[5]碧磁盘。

【注释】

[1] 诗人用细致的笔墨写寻常之木瓜，表达了对田园隐居生活的热爱。风格清新闲淡，自然高致。

木瓜：此处指木瓜的果实，秋季成熟，长椭圆形，淡黄色，味酸涩，有香气。可食用，亦可入药。

[2] 侵霜：即"霜侵"，受霜侵凌。团团：圆貌。

[3] 瘢：疤痕。

[4] 茅斋：茅草盖的屋舍。

[5] 贮：盛，把东西放在器具里。

吟蝉歌用梅村《琵琶行》韵[1]

玉熙宫闭乐无声[2]，天物呵护如有神。

吟蝉吟蝉乃其一，何时却向人间谪？

锦囊[3]只合美人弹，朱弦[4]自作桃花色。

十七年[5]里对春风，象板银筝奏懊侬[6]。

暖阁才人度柔指[7]，声声激响如飞龙。

氍毹[8]红软低弦索，清商集调蝉连作[9]。

何人传之入内府[10]？春娥[11]双奏江南乐。

螺壳细砌折文斜[12]，小蝉正飞为琵琶。

窄边碎著[13]紫文石，背面高堆芙蓉花。

空斋窗破月色白，手把遗物细寻觅。

前朝遗事未全忘，对之真如千里客。

秦陇寇乱逼先皇[14]，铁骑相连过太行。

鼓鼙[15]声乱月沉沉，黄河水黑沙茫茫。

急促宛马[16]血汗滴，并驱车卒毂相击[17]。

羽檄北来飞不停，轰传[18]贼势如霹雳。

贺兰城陷兵徒倾[19]，烈火烽烟[20]尽东行。

帝子远去宫娥散[21]，琵琶声死福王[22]生。

金陵北望隔林木，战马全踏贵人肉。

深宫乐器半零落，四散才人尽一哭。

回思春月与秋风，宫树无烟露淙淙。

软香温玉[23]列两行，无愁天子[24]坐当中。

十三娥眉未曾摘[25]，微红浸湿粉销骨[26]。

拨得双弦细细弹，和之牙笙[27]与玉笛。

而今风烟静关山[28]，内府乐歌再见难。

神物出处真莫定，曲折直同八百滩[29]。

云亭先生泪如霰[30]，新词谱出熏风殿[31]。

每将遗事索故物[32]，亦如秋社[33]留春燕。

收得琵琶玉熙宫，吟蝉小篆称极工[34]。

星沉月落时虽换，金缕曲柄尚玲珑[35]。

我睹此物思豺虎[36]，常将旧恨伤歌舞。

主人更出大海潮[37]，佐以当时旧羯鼓[38]。

使我见之悲至尊[39]，六宫仙乐奏云门[40]。

粉黛朱唇在何处，琵琶那得承主恩[41]？

拂拭常贮[42]锦囊里，苦忆听风与听水[43]。

昔人已殁不更弹，万籁哀声自中起。

梅村老子[44]久断肠，空山寂寞听《霓裳》[45]。

悲歌诉出六百言[46]，字字说曾侍上皇[47]。

开卷读之信堪羡，重和旧词谱新怨。

沦落尘土[48]知几年，二百年中重相见。

世物无凭[49]如醉酒，宫中物落书生手。

且须大饮恣笑嗾[50]，此后变迁君知否？

【注释】

[1] 这是一首七言歌行，通过叙写玉熙宫吟蝉琵琶及其辗转流传经历，反映了明末清初的那段动荡历史，表达了诗人的历史兴亡之感。诗中也流露出对大明王朝及崇祯皇帝的同情，对明末农民起义军的憎恨。全诗寄慨深长，风格哀婉。将叙述、描写与抒情、议论紧密结合，情节跌宕起伏，节奏龙虎腾挪，韵律圆美流转。

吟蝉：琵琶名，曾为明宫中之物，后为孔尚任收藏。吟，《海岱人文》本作"唫"，疑误，径改。孔尚任有《大海潮小吟蝉两琵琶歌》《小忽雷》诗，颜懋侨有《小忽雷歌》，由此可知大海潮、玉熙宫吟蝉、小忽雷非一物。梅村：指明末清初著名诗人吴伟业（1609—1672），字骏公，号梅村，江苏太仓人。长于七言歌行，后人称之为"梅村体"。作有《琵琶行》一诗，效法白居易的《琵琶行》诗。颜懋伦此诗仿吴伟业的《琵琶行》并用其韵，但吴诗末尾尚有四句："独有风尘潦倒人，偶逢丝竹便沾巾。江湖满地南乡子，铁笛哀歌何处寻。"颜诗则无，未审何因。

[2] 玉熙宫闭乐无声：玉熙宫已经关闭，再无乐舞之声。玉熙宫是明嘉靖朝在皇城内兴建的道教建筑。吴伟业《琵琶行》诗序："坐客有旧中常侍姚公，避地流落江南，因言：'先帝（指明崇祯帝）在玉熙宫中，梨园子弟奏水嬉、过锦诸戏，内才人于暖阁茅镂金曲柄琵琶，弹清商杂调。自河南寇乱，天颜常惨然不悦，无复有此乐矣！'"

[3] 锦囊：用锦制成的袋子，这里借指盛于锦囊中的乐器。

[4] 朱弦：用熟丝制的琴弦。此处指琴瑟类弦乐器。

[5] 十七年：明崇祯帝朱由检在位共十七年（1627—1644）。

[6] 象板：象牙拍板。打击乐器。银筝：用银装饰的筝或用银字表示音调高低的筝。懊侬：乐府吴声歌曲名，亦作"懊恼歌（曲）""懊憹歌（曲）"。产生于东晋和南朝吴地民间。内容皆为抒写男女爱情受到挫折的苦恼。

[7] 暖阁：与大屋子隔开而又相通连的小房间，可设炉取暖。泛指设炉取暖的小阁。才人：宫中女官名，多为妃嫔的称号。度：弹奏。

[8] 氍毹（qú shū）：一种毛织或毛与其他材料混织的毯子。可用作地毯、壁毯、床毯、帘幕等。旧时演剧用红氍毹铺地，因用以为歌舞场、舞台的代称。

[9] 清商：商声，古代五音之一。古谓其调凄清悲凉，故称。集调：即集曲。南曲体式之一。集同一宫调或不同宫调内诸曲牌的各一节，联为新曲。《〈九宫大成南北词宫谱〉凡例》："词家标新立异，以各宫牌名汇而成曲，俗称犯调，其来旧矣。然于犯字之义实属何居？因更之曰集曲。"蝉连：亦作"蝉联"。绵延不断；连续相承。

[10] 内府：王室的仓库。

[11] 春娥：年轻的宫娥。

[12] 螺壳：有回旋形纹路的贝壳。细砌：疑为"钿砌"。用金、银、玉、贝等物砌叠。折文：弯曲的纹路。

[13] 著：安放；排列。

[14] 寇：指李自成所率起义军。先皇：指明崇祯帝。

[15] 鼓鼙（pí）：亦作"鼓鞞"。古代军中常用的乐器。指大鼓和小鼓。

[16] 宛马：古代西域大宛所产的名马。后亦泛指北地所产好马。《汉书·武帝纪》："四年春，贰师将军广利斩大宛王首，获汗血马来。"颜师古注引应劭曰："大宛旧有天马种，蹋石汗血，汗从前肩髆出，如血。号一日千里。"

[17] 并驱：犹言并驾齐驱。毂：车轮的中心部位，周围与车辐的一端相接，中有圆孔，用以插轴。代称车轮或借指车。相击：互相碰撞。

[18] 轰传：盛传，纷纷传说。

[19] 贺兰：今属宁夏银川市。倾：倾覆；覆亡。

[20] 烽烟：烽火台报警之烟。亦借指战争。

[21] 帝子：这里指明崇祯帝。宫娥：宫女。

[22] 福王：明藩王。明神宗之子朱常洵，万历二十九年（1601）受封，四十二年到洛阳就国，得庄田二万顷。广蓄家产，富甲天下。崇祯年间河南旱蝗成灾，饿死大量人民，他仍淫乐无度。崇祯十四年（1641）李自成攻破洛

阳，把他处死，以平民愤。其子由崧逃出，继承王位，明亡后在南京建立南明政权，即弘光帝。

[23] 软香温玉：此处指身体洁白柔软、散发着温馨的青春气息的年轻女子。

[24] 无愁天子：古对北齐失国昏君后主高纬的讥称。《北齐书·幼主纪》："[后主高纬] 乃益骄纵，盛为《无愁》之曲，帝自弹琵琶而唱之，侍和之者以百数。人间谓之无愁天子。"此处指南明弘光帝朱由崧（1607—1646），1644年至1645年在位。明神宗孙，思宗堂兄。崇祯十六年（1643）继承福王封爵，次年李自成攻克北京推翻明王朝后，被马士英等拥立于南京。深居内宫，迷于声色，听任马士英等奸佞弄权，排斥史可法等，置危亡于不顾。弘光元年（1645）清兵渡江，他逃至芜湖被俘，次年被杀于北京。

[25] 摘：弦乐的一种弹奏指法。

[26] 销骨：销蚀骨体。

[27] 牙笙：古乐器名。以象牙代管，故称。

[28] 风烟：指战乱、战火。关山：山名。在宁夏回族自治区南部。有大关山、小关山。

[29] 八百滩：长江三峡一带自古以来就滩多水急，有"蜀道愁过八百滩，滩滩险处觉心寒"的说法。此处形容吟蝉琵琶的辗转流传。

[30] 云亭先生：指孔尚任。孔尚任（1648—1718）：字聘之，又字季重，号东塘，别号岸堂，自称云亭山人。山东曲阜人，孔子六十四代孙。清初著名戏曲作家和诗人，作有传奇戏曲《桃花扇》《小忽雷》和杂剧《大忽雷》。霰（xiàn）：雪珠。白色不透明的球形或圆锥形小冰粒。多在下雪前或下雪时降落。

[31] 熏风殿：《桃花扇》第二十五出"选优"，舞台布景提示："场上正中悬一匾，书'熏风殿'。"熏风，和暖的风，指初夏时的东南风。相传舜唱《南风歌》，有"南风之熏兮"句，见《孔子家语·辩乐》。第二十五出点明熏风殿之名由此而来。

[32] 遗事：前代或前人留下来的事迹。这里指明亡之事。故物：旧物；前人遗物。这里指吟蝉琵琶。

[33] 秋社：古代秋天祭祀土神称秋社，一般在立秋后第五个戊日。宋孟元老《东京梦华录》卷八"秋社"："八月秋社，各以社糕、社酒相赉送。"

[34] 称极工：非常相称和工巧。

[35] 金缕：指金丝。玲珑：精巧貌。

[36] 豺虎：豺与虎。喻凶狠残暴的寇盗、异族入侵者。

[37] 主人：当指孔尚任之子，时孔尚任已逝。大海潮：琵琶名。

[38] 羯（jié）鼓：古代打击乐器的一种。起源于印度，从西域传入，盛行于唐开元、天宝年间。

[39] 至尊：用为皇帝的代称。

[40] 云门：周六乐舞之一。用于祭祀天神。相传为黄帝时所作。

[41] 承主恩：蒙受君主的恩泽。

[42] 贮：储存；收藏。

[43] 听风与听水：即"听风听水"。相传龟兹国王与乐人于大山间倾听风声和水声，感兴而制乐。因以形容善于赏玩自然景色。

[44] 老子：对老年人的泛称。

[45]《霓裳》：《霓裳羽衣曲》的略称。

[46] 悲歌：指吴伟业的《琵琶行》诗。六百言：六百个字。吴伟业的《琵琶行》诗共 602 个字。

[47] 上皇：指明崇祯帝。

[48] 尘土：指尘世。

[49] 无凭：无所倚仗。

[50] 恣：尽情。笑噱（jué）：大笑。

过朱仑仲书屋[1]

濯缨湖[2]畔小桥通，柳市直南又近东[3]。

善病人家春漠漠[4]，学书庭院草蒙蒙。

过墙红软桃花径，背水虚寒[5]枣树风。

会得田郎（谓山姜先生嗣孙）潇洒甚[6]，生来清俊[7]与
君同。

【注释】

[1] 此诗通过描写一远离喧嚣、环境清雅的书屋，表现了诗人对淡泊宁静、诗书娱情生活的向往。体物工细，颈联尤传神。

朱仑仲：朱岷，生卒年不详，约活动于清康熙、雍正时期。字仑仲，一字导江，号客亭。江苏武进人，入籍山东历城。画山水得米法，其作品可与查士标、翁康饴颉颃。兼善指画，初客天津查氏之水西庄，万柘坡尝作指头画歌赠之。行楷法苏、王，精隶书。颜懋侨有《题朱仑仲枣香居》诗。

[2] 濯缨湖：亦称濯缨泉，俗称王府池子。位于济南王府池子街中段西

路。泉长30米，宽19米，池岸石砌。盛水期水势甚佳，有泉眼数十处，处处水涌若珠，层出不穷，长流不息。濯缨泉水流成溪，沿西北曲水河潺缓北去，过起凤桥，流经百花洲，注入大明湖。

[3] 柳市：泛指柳树成荫的街市。直南：正南。

[4] 漠漠：寂静无声貌。

[5] 虚寒：舒缓而轻寒。虚，通"舒"，舒缓。

[6] 田郎：指清田雯之孙。田雯（1635—1704），字紫纶，一字子纶，亦字纶霞，号漪亭，自号山姜子，晚号蒙斋。山东德州人。康熙三年（1664）进士，授中书舍人，十九年提督江南学政，二十六年为江苏巡抚、贵州巡抚，迁刑部、户部侍郎。三十八年奉旨督修淮安高安堰河工，以病辞职归里。诗与王士禛、施闰章同具盛名。藏书甚丰，家有"山姜书屋""古欢堂"。著有《山姜诗选》《古欢堂集》《黔书》《长河志籍考》等。嗣孙：指孙子。

[7] 清俊：亦作"清隽"，清高超群。

春杪将归，自京师奉别小东李夫子[1]

生不能四海同一室，土岭浊河[2]分南北。
又不能携家作远游，千里来就郑公宅[3]。
最苦相逢即相别，况当师友路幽折[4]。
五年不见重勿留[5]，贱子[6]有须公白头。
故园草满蛱蝶[7]去，还拂先生下榻[8]处。

【注释】

[1] 此诗是颜懋伦早年作品，当作于1721年至1727年，李克敬于此时在京为翰林院编修，颜懋伦前去拜访，写下此诗。李克敬长颜懋伦44岁，二人亦师亦友。诗中表达了对李克敬的无比敬仰之意，抒发了相逢即相别之苦。

春杪（miǎo）：春末。奉别：敬辞。犹告别。小东李夫子：即李克敬，小东为李克敬的号。

[2] 浊河：混浊的河流。特指黄河。

[3] 郑公宅：这里指李克敬夫子处。郑公，指东汉经学家郑玄（127—200），字康成，北海高密（今属山东）人。曾入太学受业，后从马融学古文经。游学归里，聚徒讲学，弟子多达数百千人。桓帝时因党锢事被禁，潜心著述，遍注群经，自成一家，为汉代经学之集大成者，号称"郑学"。

[4] 幽折：幽深盘曲。

[5] 五年不见重勿留：指二人五年未见，今日重逢却不能留下团聚。

[6] 贱子：谦称自己。

[7] 蛱蝶：蝴蝶。

[8] 下榻：寄居；住宿。

立夏前二日归里作[1]

人生苦变迁，长路不知春。

熏风[2]时一来，感此远归人。

夕鸟入浓绿，东阁草没门。

景物本无殊，嗟哉[3]今昔分。

忆昔驰驱[4]时，深雪覆车轮。

今日赋归[5]来，梧桐已成荫。

慈母如新别，幼弟逾我亲[6]。

童仆竞告语[7]，明日令节[8]新。

念此日月逝，努力保余身。

【注释】

[1] 据前诗推知此诗可能是作者由京师返回家乡时所作。诗中充满了长途跋涉后归乡与家人团聚的喜悦，也有时光易逝、人生变迁的感慨。

[2] 熏风：东南风；和风。

[3] 嗟哉：叹词。

[4] 驰驱：策马疾奔。

[5] 赋归：告归。

[6] 逾：超过。亲：父母。亦偏指父或母。

[7] 竞：副词。争着；争相。告语：告诉；述说。

[8] 令节：佳节。

初晴同陈石朴孔小岸晚集[1]

红意温柔绿意添，过门细草露纤纤[2]。

风飘桐蕊香无主[3]，泥卷槐花燕亦嫌。

谈近空禅思结夏[4]，诗从白发咏香奁[5]。

迩来[6]俗事浑忘却，竹簟匡床午梦甜[7]。

【注释】

[1] 诗写与友人会集谈禅论诗之雅事。景物描写细致，颔联尤传神。对仗工整，句律精切，声韵谐美。

陈石朴：生平事迹待考。孔小岸：即孔衍谱，孔尚任长子。详见前《柬雨村丈并怀改堂》注释［1］。晚集：指晚上聚集在一起。

[2] 纤纤：柔细貌。

[3] 桐蕊：桐树的花。无主：没有主人。

[4] 空禅：即佛教中的"空"。谓万物从因缘生，没有固定，虚幻不实。结夏：佛教僧尼自农历四月十五日起静居寺院九十日，不出门行动，谓之"结夏"。又称结制。

[5] 香奁：妇女妆具。盛放香粉、镜子等物的匣子。借指闺阁。

[6] 迩来：犹近来。

[7] 竹簟（diàn）：竹席。匡床：安适的床。一说方正的床。

秋夜绝句二首[1]

明月入东园，照我溪边菊。
不知秋气[2]来，风声过茅屋。

风凉秋衣薄，梦醒窗纸白。
更残人不觉[3]，霜满苍苔在。

【注释】

[1] 诗写秋夜凄清之景，将视觉、听觉和触觉描写相结合，画面简洁，意境浑融，语言素朴。

[2] 秋气：指秋日凄清、肃杀之气。

[3] 更残：旧时将一夜分为五更，第五更时称残更。不觉：沉睡不醒。

九日柬二兄村中[1]

重阳人在泗河舟，十日黄花[2]未放愁。
野墅[3]知君怜落叶，荒城独我解登楼[4]。
过桥灯绿三更路，背水霜残一雁秋。
为道相思须载酒，明朝拟作北村游。

【注释】

[1] 诗写重阳之日对客居他乡的兄弟的思念之情。事、景、情交汇相融，错落有致。现在与将来、自我与对方的多重时空巧妙转换，构思精巧。章法严密，对仗工整，韵律流转。

二兄：指诗人从兄颜懋侨（1701—1752），字幼客，号痴仲。颜光敏孙，颜肇维第二子。乾隆三年（1738）以恩贡生充万善殿教习，乾隆八年（1743）官观城教谕。博闻强记，早有诗名。著有《十客楼集》《半江楼集》《雪浪山房集》《石镜斋集》《蕉园集》《西华行卷》《秋庄小识》《霞城笔记》《天文管窥》《摭史柰园录》等。

[2] 黄花：指菊花。

[3] 野墅：村舍；田庐。

[4] 登楼：指汉末王粲避乱客荆州，思归，作《登楼赋》之事。

吊朱素存[1]

思公子！秋来魂断明湖[2]水。
三月之疾夜无声，红烛灰冷管弦死[3]。
生前遇士不计恩[4]，吹竽弹铗孟尝门[5]。
月落风急灯影散，宾客隔帘望不见。
犹忆春时过君宅，宅前流水绿盈尺。
今日哭君独泪垂，万山霜断千溪隔。
世人交态如朝露[6]，春风莫向明湖去。
公子已没更无人，三更雪满轩前树。

【注释】

[1] 这是一首悼念友人的古体诗。诗中意象衰残幽冷，情感凄咽欲绝，感人至深。三次换韵，用韵节奏不拘一格。颜懋侨有《哭济南素存朱丈》诗。

朱素存：即朱怀朴（1670—1724），字素存，号山民。山东历城人。诸生。自幼聪慧，爱好读书，然屡试不中，遂绝意科举。工书法，好吟咏，诗风近宋人。喜诗酒文会，与山东巡抚李树德结"桐社"，日课一诗，有事不废，号称"田文死后无宾客，独管齐山四十秋"。著有《山民集》《复斋漫稿》《桐社稿》《禹登山房诗》《竹间草》《种莎书屋诗》《鹅浦集》等，《四库全书总目提要》著其《鹅浦集》六卷。

[2] 明湖：指济南大明湖。

[3] 死：止息；消失。

　　[4] 遇士：对待士人。不计恩：不计较别人对己感恩。

　　[5] 吹竽弹铗孟尝门：事见《战国策·齐策四》"冯谖客孟尝君"。此处谓朱怀朴有才能而不受赏识，或谓其曾寄食权门。

　　[6] 交态：犹言世态人情。朝露：朝露接触阳光即消失，比喻事物存在时间的短促。

艳歌行[1]

春风暖，春草软。
万柳桥边莺语娇，桃花巷里燕飞缓。
主人春游暮未归，楼中歌舞声依稀。
夜半归来酒未醒，画阁[2]十二沸茶声。
月落鸡鸣宾客乱，日午[3]垂帘未相见。
十三女儿睡红娇，独上高楼束翠腰。
当窗却笑东邻女，终夕[4]相望泪如雨。

【注释】

　　[1] 艳歌行是古乐府曲名，简称艳歌。此诗前二句写喧嚣热闹的春日之景，中间六句写众人沉溺于歌舞宴饮之事，末四句对比写了两个不同身份的女性的生活：十三女儿纵情享乐，而东邻女终日以泪洗面。诗中蕴含情感复杂隐微，耐人寻味。因情思有跳跃性，用韵节奏也相应变化，频频换韵，韵位繁密。

　　[2] 画阁：彩绘华丽的楼阁。

　　[3] 日午：中午。

　　[4] 终夕：通宵；彻夜。

孤儿行[1]

悲孤儿，孤儿出门家无食。
阿父久从军，阿母寒夜织。
前日负饥[2]，求其仲父[3]。
仲父不应，再问而怒。
归来不敢告阿母，母知其意泪如雨。
脱将簪珥[4]向市中，换得升斗[5]免愁苦。

含泪前行未到郭[6]，天边大雪纷纷落。

【注释】

[1] 汉乐府《孤儿行》，一作《孤子生行》，又名《放歌行》，是乐府《瑟调曲》名，描写一失去双亲的富人家的孤儿因受兄嫂的种种虐待与奴役而生的怨苦之情。颜懋伦的这首同题诗歌中的"孤儿"，父亲在外从军，尚有慈母关爱，但同样过着食不果腹的生活。全诗多处采用顶针修辞，语言浅俗质朴，句式长短不整，押韵较为自由，具有民歌特色。

[2] 负饥：挨饿。负：遭受。

[3] 仲父：古代称父亲的大弟。《释名·释亲属》："父之弟曰仲父……仲父之弟曰叔父。"

[4] 簪珥：发簪和耳饰。

[5] 升斗：容量单位。十合为升，十升为斗。借指少量的米粮、口粮。

[6] 郭：外城，古代在城的外围加筑的一道城墙。

思公子[1]

思彼佳公子，身居白云城。
城下一千尺，时闻沧海声。
十月塞北沙雾起，夜随铁骑收弓矢[2]。
三年争战无休歇，匕首污尽牛羊血。
功城[3]归来献天子，还令长戍渡潦水[4]。
去时黑发潦水曲[5]，今年白首陇头[6]宿。

【注释】

[1] 这是一首乐府体诗，诗写长期戍守边塞的将士的悲惨境况和功成不得赏的不平遭遇，表达了作者的深切同情。

[2] 弓矢：弓箭。

[3] 功城：疑应为"功成"，功业成就之意。

[4] 潦（liáo）水：水名，在辽宁省。《山海经》："潦水，出卫皋东。"

[5] 曲：弯曲的地方。

[6] 陇头：陇山。借指边塞。

妾薄命[1]

妾家湘水头[2]，君住燕山尾[3]。
未惯燕山行，先涉湘江水。
江水日以深，妾心时无定。
未识夫婿面，未谙舅姑性[4]。
进门拜堂上[5]，舅姑颇喜悦。
入室掩罗帏[6]，见人步履却[7]。
妾来未半载，夫作万里行。
小姑爱梳妆，妾失舅姑情。
夫婿何时归，妾身经年病。
日暮秋风来，新月[8]南窗正。

【注释】

[1]《妾薄命》为乐府旧题，《乐府诗集》卷六十二谓属“杂曲歌辞”。此诗写一位远嫁他乡的女子新婚后不久夫婿便作远行，夫妻难得相聚，更兼日久失去公婆欢心，家中度日如年，反映了封建社会妇女家庭婚姻生活的不幸。诗中人物心理描写、动作描写和景物描写极为生动形象，语言质朴自然，气韵天成。

[2]湘水头：即湘江源头。

[3]燕山尾：指燕山山边，燕山山下。

[4]谙：熟知。舅姑：称夫之父母。俗称公婆。

[5]堂上：此处指堂上父母。

[6]罗帏：罗帐。

[7]步履却：即却步。不敢前进，向后退。

[8]新月：此处指农历月逢十五日新满的月亮。

长门怨[1]

长门[2]秋冷月无色，宫人夜凭[3]栏干泣。
赵氏承恩未三年[4]，尽向阶前扫白石。
内中独我貌如花，宣来前殿弹琵琶。
一曲未终君王倦，归来女伴犹争羡。

【注释】

［1］长门怨为乐府相和歌辞楚调曲名。《乐府诗集·相和歌辞十七·长门怨》宋郭茂倩引《乐府解题》曰："《长门怨》者，为陈皇后作也。后退居长门宫，愁闷悲思，闻司马相如工文章，奉黄金百斤，令为解愁之辞。相如为作《长门赋》，帝见而伤之，复得亲幸。后人因其赋而为《长门怨》也。"颜懋伦此诗写宫中女子的愁怨，展现了在人间地狱的深宫中过着孤寂凄凉生活的广大宫人的悲惨景况，作者以冷峻、超越的眼光揭开了冷酷的封建制度的一角。诗中多次运用对比手法：失宠者的今昔对比、得宠者与失宠者的对比、得宠者与望宠者的对比，鲜明的对比使得表达的思想更为奇警。

［2］长门：汉宫名。汉司马相如《长门赋》序："孝武皇帝陈皇后时得幸，颇妒，别在长门宫，愁闷悲思。"后以"长门"借指失宠女子居住的寂寥凄清的宫院。

［3］凭：靠着。

［4］赵氏：指西汉时的赵飞燕、赵合德姊妹。赵飞燕，汉成帝皇后。本为阳阿公主家歌女，善歌舞，以体轻故称"飞燕"。成帝时入宫，与其妹合德皆为婕妤，后立为皇后，赵合德亦为成帝所幸。平帝即位，赵飞燕被废为庶人，自杀。赵合德亦畏罪自杀。承恩：承受君主的恩德。

从军行[1]

风息雪沉塞草死，夜半鼓鼙声不起。
目眉[2]指断无人色，但望陇头不计里[3]。
十二从军学争战，白头不见敌人面。
粮储欲尽牛羊肥，边城白骨沙吹断。
明年恩诏[4]许罢兵，归家不识长安城。
逢人便问城南路，隔村长遍桃李树。

【注释】

［1］从军行为乐府相和歌辞平调曲名。内容多写边塞情况和战士的生活。此诗表达了作者对边塞战士悲惨境况的深切同情和对和平生活的向往。诗中景物描写、人物体貌描写、动作描写细致生动，给人以悲风刺骨的感觉。

［2］眉：老。明张萱《疑耀·孔子无须眉辨》："按《方言》东齐谓老曰眉。此言无须眉者，犹云未须而老也。若作眉毛之眉，则误矣。"

［3］不计里：不能计算里程。

［4］恩诏：帝王降恩的诏书。

游侠行[1]

洛阳少年年十五，日日南山射猛虎。

夜半归来市头[2]宿，家中少妇三日哭。

系马到门日已暮，二更酒热三更去。

攀枝南望双鬟脱[3]，隔溪人唱田家乐[4]。

【注释】

[1] 游侠，古称豪爽好结交，轻生重义，勇于排难解纷的人。唐卢照邻的《结客少年场行》、王维的《少年行》、李白的《侠客行》、孟郊的《游侠行》等诗，均对游侠持颂扬态度。颜懋伦此诗恰恰相反，诗中的游侠是一游手好闲、不务正业的纨绔子弟，作者通过对比描写其妻子的痛苦，批判了这类无赖之徒。

[2] 市头：市井；街头。

[3] 双鬟：古代年轻女子的两个环形发髻。脱：脱落，掉下。

[4] 田家乐：农家的乐趣。

空城雀[1]

宫殿毁，红娥[2]散。

星出没，无人见。

水烟[3]空，马蹄乱。

鸟凄凄，声不断，飞去飞来羽毛变。

城西烟火[4]有人家，一鸣直入桃花岸。

【注释】

[1] 空城雀为乐府杂曲歌辞名。南朝宋鲍照有《代空城雀》诗："雀乳四毂，空城之阿。朝食野粟，夕饮冰河。高飞畏鸱鸢，下飞畏网罗。"后空城雀用以比喻乱世灾民。颜懋伦此诗写乱后京城的荒凉景象，未必是实写。全诗一韵到底，句式、节奏富于变化，给人新奇之感。

[2] 红娥：指美女。

[3] 水烟：水上的烟霭。

[4] 烟火：指炊烟。亦泛指人烟。

君子行[1]

东方喜滑稽[2]，神仙终何成？
阮生[3]称狂士，酒后损令名[4]。
君子善自下[5]，端居念平生[6]。
吾祖著《家训》[7]，三复忝所生[8]。
勖哉白圭诗[9]，贤者有余荣[10]。

【注释】

[1] 君子行是乐府相和歌辞平调曲名，古辞首二句言："君子防未然，不处嫌疑间。"颜懋伦这首诗意在阐明君子的处世态度：谦虚退让，敬重他人，不张狂，不逞才，始终保持一颗平常心。

[2] 东方：汉东方朔的省称。滑稽：谓能言善辩，言辞流利。

[3] 阮生：指阮籍（210—263），字嗣宗，阮瑀之子，三国时魏尉氏人，为竹林七贤之一。有隽才，性放诞，好老庄而嗜酒，反名教，旷达不拘礼俗。因遭时多忌，故借酒自废，以避祸患。官至兵部校尉，人称为"阮步兵"。

[4] 令名：美好的声誉。

[5] 自下：谦逊退让，敬重他人。

[6] 端居：谓平常居处。平生：指平素的志趣、情谊、业绩等。

[7]《家训》：指《颜氏家训》。《北齐书·颜之推传》："[颜之推]有文三十卷，撰《家训》二十篇，并行于世。"

[8] 三复：谓反复诵读。忝（tiǎn）：有愧于。常用作谦辞。

[9] 勖（xù）：勉励。白圭诗：《诗·大雅·抑》第五章云："白圭之玷，尚可磨也。斯言之玷，不可为也。"白圭：亦作"白珪"。古代白玉制的礼器，常用以比喻清白之身。

[10] 余荣：谓身后的荣耀。

花之生宫词题句[1]

花残月黑殿生尘，百首宫词字字新。
地下已无陈后主[2]，临春玉树是何人[3]？

明皇[4]已去此生休，卷底兴亡千岁忧。

留得前朝宫女在，白头谱出唱凉州[5]。

【注释】

[1] 宫词是古代的一种诗体，多写宫廷生活琐事，一般为七言绝句，唐代诗歌中多见之，如王建《宫词》。后世沿而作之者颇多。花之生宫词，待考。

[2] 陈后主：指南朝陈皇帝陈叔宝（553—604），字符秀，吴兴长城（今浙江长兴）人。582—589年在位，其间奢侈荒淫，不理国政。国亡被俘，后病死洛阳。曾作《玉树后庭花》等艳体诗。

[3] 临春：阁名。南朝陈后主时建。《陈书·皇后传·张贵妃》：“至德二年，乃于光照殿前起临春、结绮、望仙三阁。阁高数丈，并数十间，其窗牖、壁带、悬楣、栏槛之类，并以沈檀香木为之，又饰以金玉，间以珠翠，外施珠帘，内有宝床、宝帐，其服玩之属，瑰奇珍丽，近古所未有。”玉树：南朝陈后主所作歌曲《玉树后庭花》的省称。

[4] 明皇：唐玄宗（李隆基）谥至道大圣大明孝皇帝。后世诗文多称为明皇。

[5] 凉州：乐府《近代曲》名，属宫调曲。原是凉州一带的地方歌曲，唐开元中由西凉府都督郭知运进。

题石村画册[1]

夜凉风息[2]烟初起，碧草茫茫连石髓[3]。
树里人家都未知，半江新月沉秋水。

【注释】

[1] 这是一首题画诗，诗境幽深空寂，既描绘了视觉之美，还传达出微妙的心理感受。

石村：孔衍栻（1649—1737），字懋法，号石村。孔尚任长兄孔尚悫之长子，年龄与孔尚任相仿。贡生。敦行孝友，沉静寡言。举为孝廉方正，力辞不就。又举为乡饮大宾，仍坚辞不允。后任济宁州训导。工于书画，有《画诀》及《题画诗》行于世。

[2] 风息：风止息。

[3] 石髓：即石钟乳。古人用于服食。也可入药。《晋书·嵇康传》：“康又遇王烈，共入山，烈尝得石髓如饴，即自服半，余半与康，皆凝而为石。”

雪樵画扇[1]

寒气交霜风，蒙蒙入清冷。

樵歌杳然来[2]，余声落空冥[3]。

背水问[4]孤村，前山碧无影。

【注释】

[1] 这是一首题扇诗。诗中不仅写出了画中视觉可观之景，而且还展开想象，从触觉和听觉的角度写景，丰富了扇中画面。

雪樵：指雪中打柴。

[2] 樵歌：樵夫唱的歌。杳然：渺远貌。

[3] 余声：遗留下的声响。落：《曲阜诗钞》本作"入"。空冥：指天空。

[4] 问：介词，向。

临川乐生重来曲阜，去癸未廿四年矣。感赋[1]

风雨村村布谷鸣，白头重过鲁西城。

两三株树君能记，廿四年前我未生。

秘简曾探神禹穴[2]，雄谈可破亚夫营[3]。

别来旧地知相忆，池北池南感慨情。

【注释】

[1] 康熙癸未（1703）某临川乐生参与祀孔典礼，二十四年后重来曲阜，故地重游，感慨万分，颜懋伦作此诗纪之。根据诗中内容可推测此诗作于1727年左右，是作者的早年之作。临川乐生前次来曲阜的癸未年（1703），作者尚未出生。

乐生：古代祭祀典礼中奏乐歌舞的人员。明清举行郊社之祭及祀孔典礼中有乐生和舞生。明制初皆选道童充任，后舞生改用军民俊秀子弟。清制于儒童、生员中挑选。

[2] 秘简：奥秘的典册。神禹：夏禹的尊称。

[3] 雄谈：高谈阔论。亚夫营：汉将周亚夫驻军细柳（今陕西省咸阳市西南渭河北），防御匈奴，营中戒备森严。文帝亲来劳军亦不得入，及至以天子名义下诏令，始开营门。见《史记·绛侯周勃世家》。后因以"亚夫营"称戒备森严的军营。

题块然画[1]

秋草复秋烟，山根与涧底[2]。
月上鸟不啼，松声过溪水。

【注释】

[1] 这是一首题画小诗。诗虽短小浅易，但诗中景物的空间层次排列错落有致，远近高低结合，给人一种纵深感和立体感。诗歌还从听觉的角度写景，弥补了画面的不足。

块然：据杨廷福、杨同甫编《清人室名别称字号索引》（上海：上海古籍出版社，2001 年版）乙编：乐汎，字块然，号漆天，东乡（今属江西省抚州市）人。

[2] 山根与涧底：《曲阜诗钞》本作"苍茫落涧底"。

昌平山人画扇[1]

春气[2]暖如花，春烟碧于柳。
归舟不见人，雨落湘江口。

【注释】

[1] 这是一首题扇诗，诗写春日美景。首联上句采用通感手法，下句又用对比，想象丰富。尾联言尽而意无穷，引人生发联想。

昌平山人：姓名、事迹待考。昌平山，位于曲阜市东南约 15 公里处，孔子诞生地尼山之南。

[2] 春气：春季的阳和之气。

送陈培南暂归[1]

黄莺[2]声里片帆闲，水涨鲈肥客欲还[3]。
七月秋风吹不断，一江烟雨小孤山[4]。

【注释】

[1] 这是一首送别绝句。诗中作者用精心选择的意象表达了对友人的深厚情谊，意境浑融，意蕴绵长。

陈培南：生平事迹待考。

[2] 黄莺：《曲阜诗钞》本作"寒蝉"。

[3] 水涨鲈肥客欲还：谓七月鲈鱼尚未返回大海而友人却要辞别归去。鲈：鲈鱼，生活在近岸浅海，夏秋进入淡水河川后，肉更肥美，尤以松江所产最为名贵，冬季返回海中。

[4] 小孤山：在安徽省安庆市宿松县东南长江水中，孤峰耸立，形态特异，为著名景区。

忆孔岸堂前辈[1]

不须仙鬼论才华，绝代风流第一家。
十度春风思玉笛（家藏玉羌笛，黄质，汉时物）[2]，
百年夜雨哭桃花（《桃花扇》传奇载弘光南渡事甚悉）[3]。
石门山好秋将尽[4]，虚白堂[5]空月欲斜。
为语竹西[6]桥畔客，近来名士久浮槎[7]（公在扬州最久）。

【注释】

[1] 这是一首追忆孔尚任的诗，诗中高度评价了孔尚任及其传奇戏曲《桃花扇》，表达了作者对这位文学前辈的景仰。《山左续钞》本诗题作《忆岸堂前辈》。

[2] 十度春风思玉笛：孔尚任构思《桃花扇》始于未出仕时，康熙三十八年（1699）最终定稿，历时十余年。句后小注《曲阜诗钞》本作"君藏汉玉羌笛"。

[3] 百年夜雨哭桃花：指《桃花扇》所写南明弘光遗事距作者写作此诗已近百年的时间。弘光：《山左续钞》本作"胜朝"。

[4] 石门山好秋将尽：石门山景色优美，秋日风光尤佳。按：石门山位于曲阜东北，孔尚任出仕前后两次隐居在此。出仕前结草庐三间，名"孤云草堂"，罢官归乡后又在山上修建了"秋水亭"。尽：《曲阜诗钞》本作"近"。

[5] 虚白堂：在曲阜西门状元坊之东，距孔庙西墙数步而近，孔尚任曾居之，自榜云："宋朝遗栋规模远，鲁壁传经讲授真。"详见民国缪荃孙《云自在龛随笔》卷二。

[6] 竹西：唐杜牧《题扬州禅智寺》诗："谁知竹西路，歌吹是扬州。"后人因于其处筑竹西亭，又名歌吹亭，在扬州府甘泉县（今江苏省扬州市）北。孔尚任为治河使臣时曾居扬州，在此结识了许多出世隐居的明朝遗老。

[7] 浮槎（chá）：传说中来往于海上和天河之间的木筏。晋张华《博物志》卷十："旧说云：天河与海通，近世有人居海渚者，年年八月，有浮槎去来，不失期。"此处暗指隐居。

怀历下亭兼寄胶西高西园[1]

槐花黄尽鲁门边，香草秋风记泛船。
五里人家莲子水[2]，二分明月鹊桥烟[3]。
明时诗酒轻桑悦[4]，东国文章忆韦贤[5]。
好向胶西访遗老，大珠山[6]外海云连。

【注释】

[1] 诗忆济南风光，兼赞友人高凤翰。根据诗中内容推测此诗当作于春末。前两联写景，后两联写人。对仗工整，格律谨严，用典贴切。

历下亭：亭名。一名客亭。在山东省济南市大明湖畔。面山环湖，风景殊胜。约建于北魏年间。胶西：位于今山东省胶州市城区西部。高西园：即清画家高凤翰（1683—1749），字西园，号南村，晚号南阜老人，山东胶州人。曾官泰州巡盐分司，久寓江苏扬州一带。能诗，工书法、篆刻，善画山水、花鸟，是"扬州画派"的主将之一。晚年因病右手风痹，用左手作书画，故又号丁巳残人、尚左生。好藏砚，达千余方，均手自铭琢。有《砚史》《南阜山人全集》等。

[2] 莲子水：指大明湖。六朝时因湖内多生莲荷，曾名"莲子湖"，隋唐时亦有"莲子湖"之称。

[3] 二分明月：语本唐徐凝《忆扬州》诗："天下三分明月夜，二分无赖是扬州。"谓天下三分的明月中，扬州即占其三分之二。指扬州繁华与美景甲于天下。后因以表示美好的风光。鹊桥：指鹊山上的桥。鹊山位于山东省济南市北郊，是黄河北岸的一座小山，与东面不远的华山（古称华不注山）遥相呼应，均属于齐烟九点之一。山名由来一说为扁鹊曾经在山下炼丹，一说为每年七八月间山中乌鹊飞翔。

[4] 明时：指政治清明的时代。古时常用以称颂本朝。桑悦（1447—1513）：明代学者。字民怿，号思玄，南直隶苏州府常熟（今属江苏）人。成化元年举人，会试得副榜。除泰和训导，迁柳州通判，丁忧，遂不再出。为人怪妄，好为大言，以孟子自况，谓文章举天下惟悦，次则祝允明。工于辞赋，所著《南都赋》《北都赋》颇为有名。

[5] 东国：东方之国。古指齐、鲁、徐夷等国，犹以指鲁地为常。韦贤（约前148—前67）：西汉大臣。字长孺。鲁国邹（今邹城东南）人。性质朴，善求学，精通《诗》《礼》《尚书》，号称邹鲁大儒。

[6] 大珠山：位于今山东省青岛市黄岛区（原胶南市）南部海滨。

柬雨村幼堂兄弟兼以为寿[1]

美人何处寄江蓠[2]？东望渔庄[3]忆所思。
秋水杜蘅崇嗣画[4]，稻田鸡犬剑南诗[5]。
桥添积雨鱼苗上[6]，帘卷斜阳鸦影迟。
兄弟好开十日饮[7]，山中两度采青芝[8]。

【注释】

[1] 雨村，指孔尚任长子孔衍谱，详见前《柬雨村丈并怀改堂》注释[1]。幼堂，指孔尚任次子孔衍志。孔衍志，字柏村，号幼堂。曾任孔庙三品执事。孔氏二兄弟隐居曲阜湖上村，与颜懋伦等俱为湖山吟社成员。这首七律写孔尚任二子的闲居生活，创作时间当在 1741 年之前。诗中用典精巧，含蓄蕴藉。

[2] 江蓠：亦作"江蓠""江离"，又名"蘼芜"。香草名。

[3] 渔庄：渔村。这里指孔衍谱、孔衍志兄弟所居湖上村，位于曲阜东南二十余里。

[4] 杜蘅：亦作"杜衡"。即杜若。文学作品中常用以比喻君子、贤人。崇嗣画：北宋画家徐崇嗣的画。徐崇嗣，徐熙孙。擅画草虫、禽鱼、蔬果、花木及蚕茧等。自创新体，所作不用墨笔勾勒，而直接以彩色晕染，世称"没骨图"，也称"没骨花"。

[5] 剑南诗：指南宋诗人陆游的诗。陆游曾留蜀约十年，喜蜀道风土，因题其生平所为诗曰《剑南诗稿》，后人因以"剑南"称之。

[6] 积雨：犹久雨。鱼苗：由鱼子孵化出来供养殖用的小鱼。

[7] 十日饮：《史记·范雎蔡泽列传》："[秦昭王]乃详为好书遗平原君曰：'寡人闻君之高义，愿与君为布衣之友，君幸过寡人，寡人愿与君为十日之饮。'"后因以"十日饮"比喻朋友连日欢聚。

[8] 采青芝：指隐逸避世。青芝，一种中药材。《神农本草经》卷一："青芝，味酸平，主明目，补肝气，安精魂，仁恕。久食，轻身不老，延年神仙。一名龙芝。"

龙湾舟中即事[1]

落日扁舟上，轻寒[2]酒易消。
还听渔父曲[3]，独守鹤溪瓢[4]。
远树初平水，春烟正半桥。
归来风转急，村外柳条条。

【注释】

[1] 诗写家乡闲居生活，表达了诗人淡泊自守的隐士情怀。

[2] 轻寒：微寒。

[3] 渔父曲：又称"渔父引""渔父行"。词牌名，本为唐教坊曲名。此处指渔歌。

[4] 鹤溪：位于浙江省景宁畲族自治县县城北部，小溪支流。据清同治《景宁县志》载，汉代巡史浮丘伯曾携双鹤隐居于此，在溪滨垒石筑台，垂钓、沐鹤于溪，故名鹤溪。鹤溪瓢：即"鹤瓢"。指葫芦。葫芦颈长如鹤颈，故称。明高启《鹤瓢赋》序："宁真馆李高士，遇青城黄老师遗一瓢，其形肖鹤，刳为饮器，名曰鹤瓢。"这里指葫芦做的盛酒器。

秋怨[1]

垂帐掩空床，床里合欢被[2]。
明月过西廊，魆魆[3]床前地。
赠我双鸳鸯[4]，左右绒绳结。
持来宝袜[5]中，香染红肌热。
前月蛱蝶来，今朝蛱蝶去[6]。
门里正黄昏，门外潇潇雨。
秋风入高楼，揭我红罗绮[7]。
回手理红罗，秋风动湘水。

【注释】

[1] 诗写女子孤独寂寞的愁怨。由描写眼前之景到回忆往日之事，最后又回至叙写眼前之事和景，叙事、写景与抒情紧密结合，脉络贯通。诗中选择的意象能准确地烘托出情思婉绵的闺情，语言朴素又深婉。

[2] 合欢被：织有对称图案花纹的联幅被。象征男女欢爱。

[3] 魆魆（xū xū）：形容黑暗无光。

[4] 鸳鸯：这里指鸳鸯形的香囊。

[5] 宝袜：古代女子束于腰间的彩带、兜肚之类（袜，音 mò，即抹胸，俗谓兜肚、胸衣）。

[6] "前月" 句：谓春去秋来。

[7] 罗绮：罗和绮。多借指丝绸衣裳。

送别幼客二兄赴浙[1]

草满江天拨棹声[2]，片帆南望富春陵[3]。
风吹晓月吟[4]重续，水冷秋鸿[5]梦易增。
十里红帘三竺[6]雨，半山黄叶六朝僧。
家园别去还相忆，秋到南屏[7]第几层？

【注释】

[1] 1728 年秋，从兄颜懋侨将离别家乡，随父颜肇维至浙江临海，诗人赋诗送别。作者通过想象描写了江南的景色，抒发了亲人离别的伤感。全诗今日与他日交错，实虚互渗，意境浑融，脉络贯通，对仗工整，音韵谐美。《山左续钞》本题目作《送幼客二兄赴浙》，《曲阜诗钞》本题目作《送幼客兄之浙》。

[2] 草满江天拨棹声：《山左续钞》本作"天气初寒江影澄"。拨棹：划桨（棹，音 zhào，船桨）。

[3] 富春陵：即富春山，又名严陵山，在浙江桐庐县南。前临富春江，山下有滩称严陵濑，为汉隐士严光游钓处。

[4] 吟：吟咏；诵读。

[5] 秋鸿：秋日的鸿雁。古诗文中常以象征离别。

[6] 三竺（zhú）：浙江杭州灵隐山飞来峰东南的天竺山，有上天竺、中天竺、下天竺三座寺院，合称"三天竺"，简称"三竺"。

[7] 南屏：山名。在浙江省杭州市，为西湖胜景之一。

送信侄之桂林[1]

桂岭[2]重过又十年，洞庭南望水连天。
楚人学剑终轻敌[3]，汉将弯弓尽备边[4]。

乱壑阴晴[5]椰子树，急江箫鼓蜑人[6]船。

河干兄弟重相讯，桃叶飞红柳堕绵。

【注释】

[1] 这是一首送别诗。全诗叙事、写景与议论、抒情相结合，表现手法多样。颔联用典，贴切而不冷僻；颈联写景，视觉形象与听觉形象结合，准确地描写了当地风光；尾联以漫天飞舞的桃花与柳絮寓绵绵思念之情，余味不尽。

信侄：指颜懋伦的族侄颜崇信。据此诗和后诗《信侄远事镇安送别》所写，可知他当是投笔从戎者。

[2] 桂岭：桂林的山。

[3] 楚人学剑终轻敌：谓项羽练武习兵，却因自负轻敌终致败亡。按：《史记·项羽本纪》："项籍少时学书，不成，去，学剑，又不成。项梁怒之。籍曰：'书，足以记名姓而已。剑，一人敌，不足学。学万人敌。'于是项梁乃教籍兵法，籍大喜，略知其意，又不肯学。"楚汉之争，项羽落败，与其自负轻敌的性格有关。学剑：学习剑术。谓学习武艺。

[4] 弯弓：挽弓；拉弓。备边：守备边疆。

[5] 阴晴：指向阳和背阴。

[6] 蜑（dàn）人：即疍人。旧时南方水上居民，多生活在两广、福建沿海一带。终年以船为家，以捕鱼或行船为业。

挽叔曾祖季相公二首[1]

铁骑寒冰血未干，河间城陷火连天[2]。

烽烟夜断浑河[3]畔，鼙鼓宵沉[4]落月边。

乱后室家真缔造[5]，别来骨肉几团圆。

泉台归去还相叙[6]，老树空林近百年。

寿春廿载与心违，活水园林自掩扉[7]。

堤畔红梨曾再[8]易，墙东老柳又三围[9]。

秘书训注承家学[10]，太傅风规在钓矶[11]。

季世[12]衣冠今不见，晚风春雨泣斜晖。

【注释】

[1] 这是两首挽诗，诗中描述了曾叔祖的人生经历、志趣和贡献，表达了作者对他的景仰之情。《曲阜诗钞》仅录前首。

叔曾祖季相公：指颜伯珣（约1637—约1704），字石珍，更字季相。颜胤绍幼子，颜懋伦曾祖父颜伯璟幼弟。1642年清军破河间，颜胤绍自焚死。时颜伯珣年仅六岁，流落民间。颜伯璟去河间背回父尸，并将弟伯珣寻回。康熙己酉（1669）恩贡生，乙卯（1675）中山东乡试，甲子（1684）恩授江南凤阳府寿州同知，在任二十年，颇有政声，1704年前后卒于任上。工诗，有《秖芳园集》行于世。

[2] 河间城陷火连天：写1642年清军破河间事。

[3] 浑河：卢沟河在元、明以后的别称，因河水混浊得名。即今永定河。

[4] 沉：止息。

[5] 乱后室家真缔造：指1942年清军攻破兖州之后，颜氏在曲阜城西精诚经营创建家舍，使得因战乱骨肉分离的家人重新团圆。真：真。

[6] 泉台归去还相叙：指死后在阴间父子、兄弟相见叙旧。泉台：指阴间。

[7] "寿春"句：据《颜氏世家谱》记载，颜伯珣"初隐泗水上，弹琴赋诗，有终焉之志"。任寿州同知二十年，其间多次请求辞官归隐，但均未获允，后卒于任。可见出仕为官并非其愿，避世隐居乃其志。寿春：古县名，秦置，治今安徽寿县，明废入寿州。清初，寿州属江南省凤阳府，领二县。活水园：指颜伯珣别业秖芳园，在曲阜城西北泗河拐弯处，故又名"泗曲园"。掩扉(fēi)：关门。

[8] 再：两次。

[9] 围：两臂合拢的长度。

[10] 秘书训注承家学：训释注解古书籍，继承家传之学。似指先祖颜之推著《家训》、颜师古注《汉书》事。颜师古《汉书注》书成后，太子将其呈报朝廷，唐太宗下令将书编入秘阁，并重赏颜师古。

[11] 太傅：指颜之推（531—590后），字介，琅邪临沂（今属山东）人。北齐文学家。初仕梁，任散骑常侍，后被西魏俘获，逃入北齐，官至平原太守。北齐亡，又先后在北周、隋任官。有《颜氏家训》二十篇传世。风规：指《颜氏家训》。钓矶(jī)：此处指颜伯珣秖芳园中钓鱼时所坐的岩石。

[12] 季世：衰败时期。

七夕绝句效西昆体[1]

谁教七夕不逢秋？梦底银河独自游。
斜月已沉云影散，钟声才到小妆楼[2]。

团团玉露[3]上帘清，烛焰成烟恨又生。
怪底索郎情似水[4]，河干桥畔本倾城[5]。

白苹[6]花底画廊西，露欲成珠苔作泥。
不是红灯明易尽，前年燕子上梁栖。

秋云隔尽一重重，明日星辰昨夜钟。
却忆天明风定后，搔头换得玉珑松[7]。

歌残红豆[8]五更钟，碧玉[9]重来路不通。
不是晓风吹又断，栏杆原在水西东。

【注释】

[1] 此组诗写男女爱情，是颜懋伦诗歌中较少涉及的一类题材。作者虽自云效仿西昆体，但此组诗并无西昆体整饬典丽的特点。诗中很少用典，化用前人诗句也能不着痕迹，如盐入水。语言浅切自然，风格含蓄蕴藉。人物动作描写、心理描写细致生动。

七夕：农历七月初七夜。民间传说，牛郎织女每年此夜在天河相会。旧俗妇女于是夜在庭院中进行乞巧活动。见南朝梁宗懔《荆楚岁时记》。西昆体：北宋真宗时出现的一种文风，主要表现在诗歌方面。其特点是专从形式上模拟李商隐，追求辞藻，多用典故。代表者为杨亿、刘筠、钱惟演等人。因他们曾相互唱和，编成《西昆酬唱集》，故名。欧阳修《六一诗话》："盖自杨、刘唱和，《西昆集》行，后进学者争效之，风雅一变，谓之昆体。"后世亦有称李商隐、温庭筠等诗为西昆体者。

[2] 妆楼：指妇女的居室。

[3] 玉露：指秋露。

[4] 怪底：亦作"怪得"。难怪。索郎：酒名。桑落酒的别称。亦泛指酒。

[5] 倾城：原指女子倾覆邦国。这里形容景色绝美。

[6] 白苹：亦作"白萍"。水中浮草。

[7] 搔头：簪的别称。玉珑松：花名。金元好问《游天坛杂诗》之二："总道楂花香气好，就中偏爱玉珑松。"自注："花名有玉珑松。"

[8] 红豆：红豆树、海红豆及相思子等植物种子的统称。其色鲜红，文学作品中常用以象征爱情或相思。

[9] 碧玉：借指年轻貌美的婢妾或小家女。

七月十八夜[1]

燕子高飞蝙蝠旋[2]，空阶帘影碧梧烟[3]。
秋中砧杵天如水[4]，夜半箜篌[5]月下弦。
箫史[6]欲来无彩凤，麻姑[7]未去已桑田。
不知愁思归何处，黄叶青苔胜去年[8]。

【注释】

[1] 这首诗描绘了初秋夜景，表达了作者复杂的愁思，既有对时间流逝、人世变迁的无奈，也有寂寞孤独情怀的发抒。诗中诗情与画意、典故与哲理相结合，意蕴深婉绵邈。此诗《山左续钞》本和《曲阜诗钞》本题作《七月十八日夜》。

[2] 燕子高飞蝙蝠旋：《山左续钞》本和《曲阜诗钞》本皆作"烛炧尊空罢绮筵"。

[3] 空阶：《山左续钞》本作"兰阶"。碧梧：绿色的梧桐树。

[4] 秋中：秋季之中。砧杵（zhēn chǔ）：捣衣石和棒槌。亦指捣衣。

[5] 箜篌（kōng hóu）：古代拨弦乐器名。有竖式和卧式两种。

[6] 箫史：汉刘向《列仙传·箫史》："箫史者，秦穆公时人也。善吹箫，能致孔雀白鹤于庭，穆公有女，字弄玉好之，公遂以女妻焉，日教弄玉作凤鸣。居数年，吹似凤声，凤凰来止其屋，公为作凤台，夫妇止其上，不下数年，一旦皆随凤凰飞去。"后以"箫史"泛指如意郎君。箫，从《曲阜诗钞》本，《海岱人文》本作"萧"。

[7] 麻姑：神话中仙女名。传说东汉桓帝时曾应仙人王远（字方平）召，降于蔡经家，为一美丽女子，年可十八九岁，手纤长似鸟瓜。蔡经见之，心中念曰："背大痒时，得此爪以爬背，当佳。"方平知经心中所念，使人鞭之，且曰："麻姑，神人也，汝何思谓爪可以爬背耶？"麻姑自云："接侍以来，已见东海三为桑田。"又能掷米成珠，为种种变化之术。事见晋葛洪《神仙传》。

[8] 去年：《曲阜诗钞》本作"旧年"。

雾中渡泗[1]

秋雾满平芜[2]，天光[3]淡欲无。
隔村惟见水，一望杳[4]于湖。
渔唱荒滩早[5]，鸡声野艇[6]孤。
故园知不远，前路正驰驱[7]。

【注释】

[1] 诗写清晨雾中渡越曲阜泗河之景。写景时能准确抓住景色特点，视觉描写与听觉描写相结合。

[2] 平芜：草木丛生的平旷原野。

[3] 天光：日光。

[4] 杳：幽暗。

[5] 渔唱：渔人唱的歌。荒滩：原误作"难"，径改。

[6] 野艇：即野船，指乡村小船。

[7] 前路正驰驱：在前往故园的路上策马疾驰。

长清道中[1]

万树敛秋光[2]，秋高驿路[3]长。
云来山骨[4]绿，日落水痕黄。
圣世严烽火[5]，商民重舆梁[6]。
齐关[7]今不见，禾黍已苍苍。

【注释】

[1] 诗写作者秋日途经长清时所见奇特之景，由此抚今忆昔，感慨万分，写景与议论相结合。意境高远，沉雄壮阔。

长清：县名，即今山东济南市长清区。

[2] 万树敛秋光：万树敛藏起秋日的阳光。

[3] 驿路：驿道；大道。

[4] 山骨：山中岩石。

[5] 圣世：犹圣代。严：整饬；整备。烽火：古时边防报警的烟火。也可代指战争、战乱。

[6] 商民：商人。舆梁：桥梁。泛指交通。

[7] 齐关：齐国的关塞，这里指齐长城。长清为古代齐长城的起点，遗址今犹存。

自泺口暮归呈刘浦若[1]

人家日暮见秋烟，城外钟声下钓船。

五里昏鸦清浅水，一钩新月蔚蓝天。

辋川[2]载酒曾归晚，名士同游亦有缘。

廿载空山[3]真自负，误将枫落[4]向人传（余《长清道中》句，浦若长道之[5]）。

【注释】

[1] 诗写泺口日暮美景，赞美友人闲适的隐居生活，表达了自己的向往之情。取景高低远近错落，很有空间层次。绘声绘色，意境优美。

泺（luò）口：位于今济南市天桥区，因地处古泺口而得名。刘浦若：当为刘蒲若，即刘伍宽（1679—1745），字蒲若，号此亭。祖籍观城，自父辈迁居历城（今济南市历城区）。少有才名，雍正七年（1729）拔贡，晚年檄取选教谕，不就。光绪《山东通志》载其著有《海右草堂集》十二卷。

[2] 辋（wǎng）川：水名。即辋谷水。诸水汇合如车辋环凑，故名。在陕西省蓝田县南。唐诗人王维曾置别业于此，因此也常借指王维，此处即是。

[3] 空山：幽深少人的山林。

[4] 枫落：亦作"枫落吴江"。《新唐书·文艺传上·崔信明》："信明蹇亢，以门望自负，尝矜其文，谓过李百药，议者不许。扬州录事参军郑世翼者，亦鸷倨，数诮轻忤物，遇信明江中，谓曰：'闻公有"枫落吴江冷"，愿见其余。'信明欣然多出众篇，世翼览未终，曰：'所见不逮所闻。'投诸水，引舟去。"后遂以"枫落吴江"借指诗文佳句。

[5] 长道：常常提到它。长，常常；经常。《庄子·秋水》："吾长见笑于大方之家。"

将至齐州忆八弟河南[1]

远地风兼雨，天涯弟与兄。

各怀乡国异[2]，日落岭云平。

霜重溪声急，烟疏黄叶明。

空怜游子意，沂上可躬耕[3]。

【注释】

[1] 诗人将至齐州，怀念同样身在异地他乡的兄弟，写此诗表达思亲之情和怀乡之意。

齐州：州名。北魏皇兴三年（469）改冀州置。治历城（今济南市历城区）。唐辖境相当今山东济南、章丘、禹城、济阳、齐河、临邑等市县地。北宋政和中升为济南府。八弟：指颜懋伦之弟颜懋价，字介子，号慕谷。颜肇广次子，家族排行老八。雍正乙卯（1735）拔贡，官泰安府肥城县教谕。

[2] 各怀乡国异：谓各自在异地怀念家乡。乡国：家乡。

[3] 沂：沂水，即小沂河。源出曲阜东南的尼山，西流至兖州合于泗河。躬耕：亲身从事农业生产。

雪中纪怀[1]

梦入燕山第九程，风吹雪叶[2]乱云生。

平桥短树骑驴路，野水寒烟卖酒声。

自有高怀怜独卧[3]，更无之子与偕行[4]。

故园相思知何在？酒绿柑黄近鲁城[5]。

【注释】

[1] 诗写旅程中所见雪景，抒发了孤独之感与思乡之情。首联和颔联主要写景，颈联和尾联主要抒情，意境浑融。写景虚实结合，意象组合富有意趣。

[2] 雪叶：冰雪覆盖的树叶。

[3] 高怀：大志；高尚的胸怀。独卧：泛指一人独眠。

[4] 之子：这个人。偕行：一起走。

[5] 酒绿：酒美。鲁城：曲阜的别称。曲阜曾为鲁国都城，故名。

不寐[1]

节序[2]逼孤寺，霜高夜气横[3]。

晚钟寒不散，窗月过犹明。

梦蝶[4]思庄子，酣眠忆阮生[5]。

天街严击柝[6]，客舍有余清[7]。

【注释】

[1] 诗写京城秋夜之景，综合描写视觉、听觉和触觉形象，意境幽深清远。

[2] 节序：节令，节气。

[3] 横：充满。

[4] 梦蝶：《庄子·齐物论》："昔者庄周梦为胡蝶，栩栩然胡蝶也；自喻适志与，不知周也；俄然觉，则蘧蘧然周也。"后因用"梦蝶"为梦幻之意。

[5] 阮生：即阮籍。参见《癸乙编·君子行》诗注释 [3]。

[6] 天街：京城中的街道。严：古代戒夜曰"严"。击柝（tuò）：敲梆子巡夜。

[7] 余清：指不绝的清脆悦耳之音。

树介[1]

夜雾薄寒[2]气，蒙蒙草树侵[3]。
有时隔晓梦[4]，何处傍栖禽[5]？
非雪飘难堕，和霜结渐深。
不知西郭外，山翠[6]几层阴。

【注释】

[1] 诗写冬晨树介奇景。严寒时节，树上霜雪雾露凝冻成冰，状如着介胄，称为"树介"。诗中将所见之景与所想之景结合，虚实相映。

[2] 薄寒：微寒。

[3] 蒙蒙草树侵：谓蒙蒙夜雾带着寒气侵袭树木。

[4] 隔：阻隔。晓梦：拂晓时的梦。

[5] 傍：依附；依托。栖禽：栖息在树木上的鸟。

[6] 山翠：翠绿的山色。

旅怀[1]

万户寒烟背夕晖[2]，寺楼钟鼓听依微[3]。
风吹燕市[4]人同过，月上西山[5]鸟自飞。
屠狗漫怜入世早[6]，卖琴[7]终觉与心违。
故乡竹叶知何似？岁暮京华[8]客未归。

【注释】

[1] 诗写羁旅京师的情怀，表达了诗人强烈的思乡之情和追名逐利的无奈与厌倦。首联和颔联写景，视听结合，动静相衬，意境幽远。颈联议论、抒情，运用典故，对仗工整。尾联由联想之景转至眼前之实，语浅情深，韵味隽永。

[2] 夕晖：夕阳的光辉。

[3] 依微：隐约，不清晰貌。

[4] 燕市：指燕京。即今北京市。

[5] 西山：北京市西郊群山的总称。南起拒马山，西北接军都山。有百花山、妙峰山、香山、玉泉山等峰，林泉清幽，为京郊风景胜地。

[6] 屠狗：宰狗。后亦泛指出身低微者，或位卑的豪杰之士。《史记·樊郦滕灌列传》："舞阳侯樊哙者，沛人也，以屠狗为事。"漫：副词。休；莫。入世：投身于社会。

[7] 卖琴：谓放弃归隐，追逐功名。与"卖剑买琴"意相反。

[8] 京华：指京城。因京城是文物、人才汇集之地，故称。

村中蚤归[1]

一天霜露静渔庄，十里东风郭外凉。
近水鸡声春寂历[2]，隔村晓色[3]柳昏黄。
菜花欲老人初起，燕子方来日渐长。
却忆山中诸弟辈，《鹅经》试墨向朝光[4]。

【注释】

[1] 诗写乡村春日晨景，表现了诗人闲适恬淡的情怀和对自然之美的衷心喜爱。画面绘声绘色，动静结合。意境生趣盎然，鲜洁明丽。

蚤：通"早"。朝；早晨。

[2] 寂历：犹寂静；冷清。

[3] 晓色：拂晓时的天色。

[4] 《鹅经》试墨：谓练习书法。《鹅经》，《黄庭经》的别称，包括《上清黄庭内景经》和《上清黄庭外景经》。为道教上清派主要经书之一。因有晋代名书法家王羲之写本而著称于世，但今流传的王书《黄庭经》仅指《黄庭外景经》。世传羲之"写经换鹅"即指此。朝光：指朝阳。

赵北有怀[1]

镜底湖光树四围[2]，村村篱落[3]掩斜晖。

春帆一任[4]随风起，乳燕何劳傍水飞？

赵女掸筝空寂寞[5]，燕王报士本轻微[6]。

不知车马湖干[7]上，更有何人访钓矶？

【注释】

[1] 诗人途经古燕赵之地，赋诗感怀，表达了不慕荣利、淡泊自守的思想。前两联写春日之景，后两联主要抒情言志。

赵北：古赵国之北。河北省任丘北、雄县南有赵北口镇（今属安新县），位于白洋淀边。

[2] 四围：四面环绕。

[3] 篱落：即篱笆。

[4] 一任：听凭。

[5] 赵女掸筝空寂寞：宋人郭茂倩《乐府诗集》卷二十八引晋崔豹《古今注》曰：秦氏，邯郸人，有女名罗敷，为邑人千乘王仁妻，王仁后为赵王家令。罗敷出，采桑陌上，赵王登台，见而悦之，因置酒欲夺焉。罗敷巧弹筝，乃作《陌上桑》之歌以自明，赵王乃止。

[6] 燕王报士本轻微：据《战国策》记载，燕昭王为报齐灭燕之仇，图谋复兴燕国，卑身厚币以招贤者，向郭隗求计问策。郭隗建议效仿古人千金买千里马之骨的方法，先重用他，以吸引贤于他的人才。于是昭王为郭隗筑宫并尊之为师，建"黄金台"招纳天下英才。此举一行，乐毅、邹衍、剧辛等人皆来归附燕国，燕国因此强大起来。

[7] 湖干：湖边。

河间[1] （先祖守河间，崇祯壬午殉难）

兵革[2]乱烽烟，人家近百年[3]。

荒陴[4]青草路，野水夕阳天。

重遣诸孙过，空传太守[5]贤。

土人[6]思旧德，樽俎奉明禋[7]。

【注释】

[1] 这是一首怀念高祖父颜胤绍的诗。颜胤绍（？—1642），又作孕绍，字赓明。明崇祯四年（1631）进士，授凤阳县知县，改知江都、邯郸，迁真定府同知，擢河间府知府。壬午（1642）年清军破河间后自焚死。在其去世近百年后，诗人途经河间，发现当地百姓非常崇敬地祭拜先祖。作为颜胤绍的后世子孙，颜懋伦对此深感荣耀，作此诗表达了对先祖的敬仰之情。

[2] 兵革：兵器和甲胄的总称。泛指武器军备。这里代指战争。《曲阜诗钞》本作"兵戈"。

[3] 人家：民家。近百年：从1642年河间役至诗人作此诗时已近百年的时间。

[4] 陴（pí）：城上的矮墙。亦称"女墙"，俗称"城垛子"。借指城墙。

[5] 太守：知府的别称。此处指颜胤绍。

[6] 土人：世代居住本地的人。

[7] 樽俎（zūn zǔ）：古代盛酒食的器皿。樽以盛酒，俎以盛肉。明禋（yīn）：洁敬。指明洁诚敬的献享。

暮行[1]

孤鸟飞何极[2]？苍烟入望无。

天边余落日，人意在前途[3]。

平楚[4]夕风远，荒城暮景殊。

还投茅屋宿，村外有人呼。

【注释】

[1] 诗写旅途所见乡野之景。画面景物空间层次错落，高低远近结合，意境空旷孤寂。

[2] 何极：用反问的语气表示没有穷尽、终极。

[3] 人意：人的意愿、情绪。前途：指将行经的前方路途。

[4] 平楚：犹平野。

与金三寿门夜坐[1]

陋巷销长夏[2]，高贤好驻车[3]。

清言永今夕[4]，凉露上衣裾[5]。

钟缓花初定，松明月半虚[6]。

与君终有约，鲁壁问虫鱼[7]。

【注释】

[1] 诗写夏夜与友人倾心交谈之事，表现了与金农志同道合的殷殷友情和不慕功名利禄、潜心读书问学的高洁志向。全诗将叙事、写景、抒情、议论相融合，表现手法多样。

金三寿门：指金农（1687—1763），清代书画家、诗人，扬州八怪之首。字寿门，号冬心先生，钱塘人，布衣终身。嗜奇好学，工于诗文书法，精于鉴别。《山左续钞》本作"金二寿门"。

[2] 陋巷：狭陋的街巷。《论语·雍也》："贤哉回也！一箪食，一瓢饮，在陋巷，人不堪其忧，回也不改其乐。"古人称巷有二义，里中道谓之巷，人所居亦谓之巷；《论语》的"陋巷"，是指居室，而非街巷之巷。见刘宝楠《论语正义》引王念孙说。明万历二十二年（1594），在颜回的故居建造了"陋巷坊"，位于曲阜城北门内。销夏：即"消夏"。解暑；避热。

[3] 高贤：指高尚贤良的人。此处指金农。驻车：停车。

[4] 清言：高雅的言论。永今夕：谓度过长夜。永，《山左续钞》本作"在"。

[5] 衣裾：衣襟。

[6] 月半虚：指月半圆。

[7] 鲁壁：《〈书〉序》："至鲁共王好治宫室，坏孔子旧宅，以广其居，于壁中得先人所藏古文虞、夏、商、周之书及传、《论语》《孝经》，皆蝌蚪文字。"后以"鲁壁"指孔子故宅藏有古文经传的墙壁。后也借指古代文化典籍。虫鱼：孔子认为读《诗》可以多识草木鸟兽虫鱼之名；汉代古文经学家注释儒家经典，注重典章制度及名物的训释、考据。后遂以"虫鱼"泛指名物和典章制度。也可指训诂考据之学。

送荆芷兮去灵石[1]

云影扬清光[2]，泛泛[3]秋日夕。

路远雁声随，客过村烟[4]积。

欲涉壶关[5]道，渐见太行石。

苍然万松中，霜露薄行迹[6]。

行行[7]去何极？居人[8]感今昔。

矫首问鲁门[9]，蒙蒙天外白。

【注释】

[1] 这是一首送别诗，表达了对友人的依依惜别之情。诗中将眼前之景与想象之景相融，虚实结合。诗风澄淡精致，既有清新朴素之句，也有明丽工巧之句。

荆芷兮：生平事迹待考。灵石：县名。今属山西晋中市。

[2] 清光：清亮的光辉。

[3] 泛泛：漂浮貌；浮行貌。

[4] 村烟：村中炊烟。

[5] 壶关：古关名。又名壶口，在今山西黎城东北太行山口。因山形险狭如壶口得名。公元前491年齐取晋壶口，即此。

[6] 薄行迹：谓行色急迫，匆忙赶路。薄：急迫；迅速。行迹：经行的足迹。此指行色，行旅。

[7] 行行（xíng xíng）：不停地前行。

[8] 居人：家居的人。此处是诗人自指。

[9] 矫首：昂首；抬头。问：介词。向。鲁门：鲁国的城门。

信侄远事镇安送别[1]

参横[2]三更天，壮士夜束装[3]。

其时风萧萧，明月沉西厢。

妇子[4]列门内，昆弟挽绁缰[5]。

阿叔[6]闻侄去，披衣起彷徨。

相别无一言，各怀道路长。

揽辔跨宝刀[7]，秋气郁苍凉。

暗中闻马嘶，但见柘[8]与桑。

客行[9]亦足乐，徒令居者伤。

生男悬弧矢[10]，所志在四方。

顾彼南归雁，终岁谋稻粱[11]。

【注释】

[1] 颜懋伦族侄颜崇信远赴镇安从军，家人夜中为其送行，颜懋伦赋此诗以纪之。诗中表达了对族侄的鼓励和亲人离别的感伤，叙事、描写、抒情、议论融为一体，事真、景真、情真，感人至深。

事：供职，特指对外族进行战争。镇安：镇安府。乾隆三年（1738）置天保县（今德保）为府治，辖境相当今广西那坡、德保、靖西等县和田东、天等、田阳三县部分地区。

[2] 参（shēn）横：参星横斜。指夜深。

[3] 束装：收拾行装。

[4] 妇子：指妻子儿女。

[5] 昆弟：兄弟。绁（xiè）缰：牵引牲畜的绳子。

[6] 阿叔：颜懋伦自指。

[7] 揽辔：挽住马缰。跨宝刀：挎着宝刀。跨，用同"挎"。

[8] 柘（zhè）：木名。桑科。

[9] 客行：离家远行，在外奔波。

[10] 弧矢：古代国君世子生，以桑弧蓬矢射天地四方，期其有志于远大。后因以"弧矢"喻生男孩。亦指男子当从小立大志。

[11] 谋稻粱：指禽鸟寻觅食物，也可用以比喻人谋求衣食。粱，误作"梁"，径改。

周公庙看红叶次彭泽陶御史韵[1]

断碑荒井草离离，千载空留鲁殿[2]基。
六十三株红树[3]里，无人住到晚秋时。

【注释】

[1] 周公庙是祭祀周公的庙宇，在今山东曲阜城东北。周公庙所在之处是鲁国故城遗址，故它又是鲁太庙，鲁国的祖庙。诗中通过描写周公庙秋日萧瑟之景，表达了作者对历史无情与时空变幻的深沉感慨。

彭泽陶御史：明代彭泽（今属江西九江市）人陶钦夔、陶钦皋兄弟。陶钦夔，字克谐，嘉靖十一年（1532）进士，任浙江道御史、河南布政使，人称"陶御史"。陶钦皋，字克允，克谐之弟。嘉靖二十三年（1544）进士，任福建御史。兄弟二人同朝为官，性情秉直，清廉洁守，世人赞之。

[2] 鲁殿：指汉景帝子鲁恭王所建的宫殿，即鲁灵光殿。

[3] 红树：指经霜叶红之树，如枫树等。

伤逝 (有序)[1]

故人殂丧[2]，伤如之何？取昔人《蒿里》[3]之意，制为挽歌三章。冀宣其志[4]，识者幸无尤焉[5]。

凄凄复恻恻[6]，死别罢行役[7]。
故旧多云殁[8]，此身[9]劳不息。
腐内与土化，少壮空筋力[10]。
晨兴[11]出郭门，门外生春草。
春草何时生？去年亦枯槁[12]。
物理本如斯，怒焉伤怀抱[13]。

故人不可亲，庭除[14]犹罗列。
习见已淡然[15]，偶来心菀结[16]。
欢场[17]不知悲，钟漏有时竭[18]。
但看去年时，秋云掩残月。

古坟成丘陇[19]，春旭[20]草木新。
携榼恣游赏[21]，不知中有人。
殂然已就殁[22]，送尔出城堙[23]。
还葬古坟边，终与朽骨邻。
死者不复知，我生殊[24]悲辛。
愿言游冶子[25]，春来勿行春[26]。

【注释】

[1]"伤逝"有二义：一为悲伤地怀念去世的人，二为死亡感到哀伤。此组诗二者兼有之。这三首诗在主题、风格、艺术手法和语言方面都有汉代《古诗十九首》的影子：主题上反复咏叹生命短促、人生无趣更无常，尤其是将生命的短暂存在与自然中永久的存在相对比；情感悲哀伤感而又真切动人，意蕴深微；擅长借助写景来衬托和抒发感情。

[2] 殂丧 (cú sàng)：去世。

[3]《蒿里》：古挽歌名。晋崔豹《古今注·音乐》："《薤露》《蒿里》，并丧歌也。出田横门人。横自杀，门人伤之，为之悲歌，言人命如薤上之露，易晞灭也；亦谓人死魂魄归于蒿里……至孝武时，李延年乃分为二曲，《薤露》

送王公贵人，《蒿里》送士大夫庶人，使挽枢者歌之，世呼为挽歌。""蒿里"
是古人认为人死后魂魄聚居的地方。

[4] 冀：希望。宣：显示；彰明。

[5] 识者幸无尤焉：有见识的人莫加谴罪。尤：责备；怪罪。

[6] 凄凄、恻恻：都是形容悲痛、凄凉的样子。

[7] 罢：停止。行役：旧指因服兵役、劳役或公务而出外跋涉。也泛称行
旅，出行。

[8] 殁（mò）：死，去世。

[9] 此身：指诗人自身，自己。

[10] "腐内"句：谓人的身体逐渐腐坏化为泥土，由年轻力壮到体力空
乏。腐内，《山左续钞》本作"腐肉"。筋力：犹言体力。

[11] 晨兴：早起。

[12] "春草"句：《山左续钞》本作"萋萋古垄上，年年更枯槁"。枯槁
（gǎo）：亦作"枯稿"。草木枯萎。

[13] 愵（nì）：忧思伤痛。怀抱：心怀；心意。

[14] 庭除：庭阶。

[15] 淡然：恬淡貌；安静貌。

[16] 菀（yùn）结：蕴积；郁结。菀，通"蕴"。郁结，积滞。《山左续
钞》本作"蕴"。

[17] 欢场：欢乐的场景或场面。

[18] 钟漏：钟和刻漏。借指时辰、时间。常比喻残年，暮年。竭：《山左
续钞》本作"歇"。

[19] 丘陇：垄亩；田园。

[20] 春旭：春日初出的太阳。

[21] 榼（kē）：古代盛酒或贮水的器具，也泛指盒类容器。恣：尽情。

[22] 奄（yān）然：急遽；忽然。就殁：亡故。

[23] 堙（yīn）：为攻城而堆积的土山。泛指土台，土山。《山左续钞》本
作"闉"。

[24] 殊：副词。甚，极。

[25] 愿言：思念殷切貌。游冶子：出游寻乐之人。

[26] 行春：指游春。

寄怀九舅沅陵[1]

远树苍茫白雁[2]停，鲁门南望楚天[3]青。
湿烟淫雨武溪渡[4]，秋日荒苔铜柱[5]铭。
巫鬼[6]近知更旧俗，荆蛮宁可任威刑[7]。
迢迢细忆七年别，珠露垂花上画屏[8]。

【注释】

[1] 颜懋伦的九舅在湖南沅陵为官，颜懋伦与之七年未见，因赋此诗以抒发强烈的思亲之情。诗中所见眼前之景与想象对方所处之景及回忆过去相聚之景多重时空融汇，虚实结合。用典贴切，扩大了语言含量。风格上，具有精微、深沉、含蓄、细腻的特点。

九舅：颜懋伦的舅父，曲阜世职知县孔兴认第九子，字次玉。前有《过次玉九舅啸庐》一诗，可参看。沅陵：县名。今属湖南怀化市。

[2] 白雁：候鸟。体色纯白，似雁而小。古时多用作贽礼。宋孔平仲《孔氏谈苑·白雁为霜信》："北方有白雁，似雁而小，色白。秋深至则霜降，河北人谓之霜信。"

[3] 楚天：南方楚地的天空。

[4] 淫雨：久雨。淫：《海岱人文》本误作"滛"，径改。武溪：在湖南省泸溪县，紧邻沅陵县。晋崔豹《古今注音乐》："《武溪深》，乃马援南征之所作也。援门生爰寄生善吹笛，援作歌以和之，名曰《武溪深》。其曲曰：滔滔武溪一何深，鸟飞不度，兽不能临，嗟哉武溪多毒淫！"

[5] 铜柱：铜质的作为边界标志的界桩。《后汉书·马援传》"峤南悉平"李贤注引晋顾微《广州记》："援到交址，立铜柱，为汉之极界也。"清赵翼《陔余丛考·马氏铜柱有三》亦记此事，并云："五代时马希范攻溪州蛮，降之，乃立铜柱为表，命学士李皋铭之，此五代时所立铜柱在五溪者也。"

[6] 巫鬼：犹巫祝，指掌占卜祭祀的人。

[7] 荆蛮：古代中原人对楚越或南人的称呼。任：承当；禁受。威刑：严厉的刑法。

[8] 珠露：露珠的美称。垂花：悬挂于花上。

井田歌赠王明府凤岩[1]

缅维邠邦[2]，仁义所植[3]。

王公莅止[4]，下民是式[5]。

尚思古人，殚力沟洫[6]。

相地治田，浚井作则[7]。

井上有轮，或平或侧[8]。

载运其枢[9]，导水自出。

击毂循圜[10]，不劳而疾[11]。

于以溉[12]之，嘉谷[13]繁殖。

吁嗟民兮，可与图[14]成，难与图始。

吁嗟公兮，章甫而誉，麋裘而毁[15]。

民勿殚劳[16]，公惟善理。

更弦[17]弗急，见利则喜。

樊惠之渠[18]，民也颂之。

有岁[19]之乐，君子共之，猗欤[20]公乎！

【注释】

[1] 这是一首四言诗，赞美了王凤岩县令为官治民时重视农田灌溉、兴修水利的过程与功绩。诗歌在表达方式、风格、句式、语言等方面明显效仿了《诗经》的特点。

井田：泛指田地。王明府凤岩：王凤岩知县，生平事迹待考。

[2] 缅维：亦作"缅惟"。遥想。邠（bīn）：同"豳"。古代诸侯国名，周的祖先公刘所立，故地约在今陕西省彬县。

[3] 植：树立；建立。

[4] 王公：指王凤岩。莅（lì）止：来临。

[5] 下民：百姓；人民。式：效法。

[6] 殚（dān）力：竭尽全力。沟洫（xù）：田间水道。此处指兴修农田水利。

[7] "相地"句：按照土地的不同情况整治农田，疏通水道，挖掘井池，为百姓所效法。此句用了周先祖后稷教民耕稼的典故，《史记·周本纪》："[后稷] 及为成人，遂好耕农，相地之宜，宜谷者稼穑焉，民皆法则之。"相地：观察土地肥瘠或地形地物。

[8] 或平或侧：有的平放，有的斜放。

[9] 载运：运载。枢：主制动的机关。

[10] 击毂（gǔ）：转动轮毂。循圜（huán）：环绕。

[11] 不劳而疾：不但节省体力，而且速度很快。

[12] 溉：灌溉，浇灌。

[13] 嘉谷：古以粟（小米）为嘉谷，后为五谷的总称。

[14] 图：谋划；计议。

[15] "吁嗟公兮"句：谓王凤岩的措施起初有人称赞，有人诋毁。此句化用先秦诗《孔子诵》："麛裘而鞸，投之无戾；鞸之麛裘，投之无邮。衮衣章甫，实获我所；章甫衮衣，惠我无私。"沈德潜《古诗源》注："《家语》。孔子始用于鲁，鲁人鷖诵之日。及三月，政成，化既行，又诵之云云。"章甫：亦作"章父"。一种古代的礼冠，以黑布制成。始于殷代，殷亡后存于宋国，为读书人所戴的帽子。麛（mí）裘：即麑裘。用幼鹿皮制成的白衣服。

[16] 殚劳：竭尽劳苦。

[17] 更弦：比喻改变方法或态度。

[18] 樊惠之渠：即樊惠渠，东汉京兆尹樊陵在泾河岸修建的惠及百姓的引水灌溉工程，文学家蔡邕为此写《樊惠渠歌》大加褒扬。渠在今陕西咸阳市。

[19] 岁：年景，一年的农业收获。

[20] 猗欤（yī yú）：又作"猗与"。叹词。表示赞美。

赠高明府由泗水转海阳[1]

循良纪汉册[2]，才子出清时[3]。
名在山公启[4]，人传棠棣碑[5]。（明府兄弟并为兖州县令）
方壶[6]当户晓，海日上波迟。
仙吏[7]经行处，秋风慰所思。

【注释】

[1] 高明府，即高晋（1707—1778），字昭德。山东海阳县人。初授山东泗水知县，后历任海阳知县、安徽布政使兼江宁织造、安徽巡抚、江南河道总督、两江总督、湖广总督、江苏巡抚、漕运总督、文华殿大学士兼吏部尚书等。高晋是乾隆时期的治河名臣，乾隆四十三年十二月病逝于治河工地，赐祭葬，谥文端。雍正十三年（1735），清廷批准裁大嵩卫设海阳县，隶属山东登州府。

高晋三年泗水县令任满，又转为海阳第一任县令。由此可知，颜懋伦此诗当作于此时。诗中赞美了高晋的才德，预祝他仕途升迁。

泗水：县名。今属山东济宁市，因泗河发源于境内而得名。海阳：县名。今海阳市，属山东烟台市管辖。

[2]循良：指奉公守法的官吏；循吏。纪：通"记"。记载；记录。汉册：汉代典籍。泛指史书、史籍。

[3]清时：清平之时；太平盛世。

[4]山公启：即"山公启事"。晋山涛甄拔人物的启奏。《晋书·山涛传》："涛再居选职十有余年，每一官缺，辄启拟数人，诏旨有所向，然后显奏，随帝意所欲为先……涛所奏甄拔人物，各为题目，时称'山公启事'。"简称"山公启"。

[5]棠棣碑：谓兄弟碑。歌颂唐贾敦颐、贾敦实兄弟功德的石碑。《旧唐书·良吏传上·贾敦实》："初敦颐为洛州刺史，百姓共树碑于大市通衢。及敦实去职，复刻石颂美，立于兄之碑侧。时人号为'棠棣碑'。"

[6]方壶：传说中神山名。一名方丈。《列子·汤问》："渤海之东，不知几亿万里，有大壑焉……其中有五山焉：一曰岱舆，二曰员峤，三曰方壶，四曰瀛洲，五曰蓬莱。"这里指高晋的家乡、渤海之滨的海阳县。

[7]仙吏：仙界的职事人员。这里指新任海阳县令高晋。

什一编

诗集说明

　　民间收藏家赵敦玲收藏的《什一编》抄本共分"丙辰至丙寅"和"戊辰至辛未"两部分，"戊辰至辛未"部分收诗其实与《颜清谷四编诗》相同，故《什一编》中不再列入，这里所收的《什一编》其实是赵藏本《什一编》的"丙辰至丙寅"部分。

　　赵藏本《什一编》"丙辰至丙寅"部分共收诗112首，其中33首选入《海岱人文》本《什一编》，1首选入《海岱人文》本《秋庐吟草》，1首选入《海岱人文》本《夷门游草》。赵藏本无序，《海岱人文》本有牛运震所撰序，与山大藏本《颜清谷四编诗》序同。据赵藏本，可知此编作品多创作于丙辰至丙寅年间，即乾隆元年（1736）至乾隆十一年（1746），共计十一年（大概这也是集名"什一编"的来源）。这段时间以1741年为界，可分为前后两期。前期作者在曲阜任四氏学教授，集中从《贞女诗》至《题张大虚斋训子图》，多为此时所作。但《赠张慎斋姑夫，时守潞安》《德风亭暮坐》《登五龙山，山在潞州南二十里》《次武安计家书此日达》四首为作者被参落职之后（即1754年后）所作。后期作者在河南鹿邑做县令，集中从《渡汶》至《闺思四时诗》为赴任途中和鹿邑任内所作。

贞女诗 (有序)[1]

　　贞女，德州李侍郎涛女，字吾邑孔茂才传钜[2]。未婚而钜卒，矢志不嫁。越九载迎[3]归，事舅[4]以孝闻。以今丙辰上元日病死[5]。

明月在南夜方中，箫鼓初罢闻哭声。

圣门之妇李之子，其死甚于凡民[6]生。

嫁来不睹阿婿[7]面，礼阙醮命非亲迎[8]。

空堂虚帏今何夕？银河耿耿沉双星[9]。

栉縰馨帨作新妇[10]，侍养不见叹息形。

劓面截耳那得比[11]，勿乃眷眷儿女情[12]。

落叶哀蝉二十秋，孤影自对寒泉清。

君不见明珠还合浦，又不见双剑起延平[13]。

千年神物终当合，绵绵精气通幽冥[14]。

天子表门[15]史官传，其迹颇胜寡陶婴[16]。

但知节义重金石，岂徒区区全令名[17]？

【注释】

[1] 据序知此诗作于1736年。诗中贞女乃清李涛之季女，许配于孔传钜。李涛（1645—1717），字紫澜，别字述斋。先世赣人，明初徙山东德州卫。康熙丙辰（1676）进士，历任浙江盐运使、江西临江知府、广西布政使、左副都御史、刑部右侍郎等职。孔传钜，孔子嫡系六十八代孙，清衍圣公孔兴燮之孙，孔毓埏之子。早卒，卒时尚未与李氏完婚。李氏仍嫁入孔府，终身守寡，侍奉公婆。诗人对李氏女充满深切的同情，更有无限的褒扬。诗中的贞节观时至今日已不足取。艺术上融叙事、描写、议论于一体，善于以景物烘托气氛，运用典故丰富了诗歌内容。

[2] 字：旧时称女子许配，出嫁。茂才：即秀才。因避汉光武帝名讳，改秀为茂。明清时入府州县学的生员叫秀才，也沿称茂才。

[3] 迎：往迎。此处特指迎亲。

[4] 舅：称夫之父。

[5] 丙辰：乾隆元年（1736）。上元日：节日名。俗以农历正月十五日为上元节，也叫元宵节。

[6] 凡民：普通百姓；一般民众。

[7] 阿婿：丈夫；夫婿。

[8] 礼阙：礼数缺失（阙，残缺；不完善）。醮（jiào）命：嫁女的使命。

[9] 耿耿：明亮貌。双星：指牵牛、织女二星。神话中是一对恩爱的夫妻。传说每年七月初七日喜鹊架桥，让他们渡过银河相会。

[10] 栉縰（zhì xǐ）：《礼记·内则》："子事父母，鸡初鸣，咸盥漱，栉縰笄总。"栉，梳发；縰，用缯束发髻。后因以"栉縰"泛指侍奉父母起居。鞶（pán）帨（zhì）：泛指装针线等物的囊袋。清戴名世《凌母严太夫人寿序》："如盥漱栉縰笄总衣绅之饰，箴管线纩鞶帨綦屦之佩……要不过为闺帏内则之常，而君子独乐为称道之。"

[11] 劙（lí）面：以刀划面。古代匈奴、回鹘等族遇大忧大丧，则划面以表示悲戚。亦用以表示诚心和决心。截耳：又称"劓耳"，割耳流血。表示心诚。

[12] 勿乃：又作"毋乃"，莫非；岂非。睠睠：依恋反顾貌。

[13] "君不见"句：以合浦还珠、延津双剑的典实，反衬贞女不得团圆的凄惨遭遇。明珠还合浦：即合浦珠还故事，《后汉书·循吏传·孟尝》："〔合

浦]郡不产谷实，而海出珠宝，与交址比境……先时宰守并多贪秽，诡人采求，不知纪极，珠遂渐徙于交址郡界。于是行旅不至，人物无资，贫者饿死于道。尝到官，革易前敝，求民病利。曾未逾岁，去珠复还，百姓皆反其业。"后以"合浦珠还"比喻人去复归或物归旧主。双剑起延平：据《晋书·张华传》载，丰城令雷焕得龙泉、太阿两剑，以其一与张华。后华被诛，剑即失其所在。雷焕死，其子持剑行经延平津，剑忽跃出堕水。使人入水取之，但见两龙蟠萦，波浪惊沸。剑亦从此亡去。明张凤翼《红拂记·奇逢旧侣》："延津宝剑看重会，合浦明珠喜再逢。"

[14] 精气：阴阳精灵之气。古谓天地间万物皆秉之以生。幽冥：地府；阴间。

[15] 表门：又称"旌门""旌闾"。旌表门闾。旧时朝廷对所谓忠孝节义的人，赐给匾额，挂于门庭之上，或树立牌坊，以示表彰。

[16] 陶婴：春秋鲁陶门之女。少寡，抚养幼孤，纺绩为生；鲁人或闻其义，将求匹。婴闻之，乃作《黄鹄之歌》以明志。鲁人闻之，遂不敢复求。事见汉刘向《列女传·鲁寡陶婴》。后以"陶婴"为妇女贞节的典型。

[17] 岂徒区区全令名：难道只是为了赢得美好的声誉？

扇头月季[1]

体重杨妃香近梅[2]，移来扇底倚风[3]栽。
秋深窃莫藏笥箧[4]，也似窗前月月开。

【注释】

[1] 这是一首题扇诗，作者运用比喻手法，以杨妃喻月季，并与梅花相较，写月季之香。

[2] 体重：因体胖而重。杨妃：即杨贵妃。

[3] 倚风：谓随风倾侧摇摆。

[4] 窃莫：疑应为"切莫"。笥箧（sì qiè）：竹制的小箱子。

题齐生小照[1]

天外月明月上烟，箫声隐隐竹娟娟[2]。
他时若得淇园[3]住，更乞如君[4]最少年。

【注释】

[1] 这是一首题画诗。

齐生：姓齐的生员。名字事迹不详。小照：肖像。

[2] 隐隐：隐约不分明貌。娟娟：姿态柔美貌。

[3] 淇园：古代卫国园林名。产竹。在今河南省淇县西北。

[4] 如君：旧称他人之妾。

赠张慎斋姑夫，时守潞安[1]

风雨十年别，天遥怅未逢。
文翁留雅化（公先守重庆）[2]，尹铎有贤踪[3]。
明月巴江[4]树，奇云柏谷[5]峰。
河源[6]知不远，今日拟登龙[7]。

盐铁怀先子（先祖转运河东，公在晋最久）[8]，
初来感逝留[9]。
俗犹唐国[10]俭，人在太行[11]秋。
访旧求遗法[12]，从公[13]叙昔游。
南熏（盐池楼名）今在否？操缦记登楼[14]。

【注释】

[1] 这两首诗歌追忆了与张慎斋的交往，赞美了张慎斋的卓越政绩。据张慎斋任职潞安时间推知，此二诗与以下《德风亭暮坐》《登五龙山，山在潞州南二十里》《次武安计家书此日达》皆为作者被参落职之后所作，即1754年后。

张慎斋：即张淑渠，字慎斋。山东济宁人。乾隆十三年（1748）进士，其后在山西为官二十余载。曾任寿阳、永济等县县令，乾隆二十九年（1764）任潞安府知府，在任六年，政绩突出。后十余年，绝意仕进，以诗书乡居自娱。姑夫：《曲阜诗钞》本作"姑丈"。守潞安：指任潞安太守（知府）。潞安：府名。辖境相当今山西长治、襄垣、黎城、长子、屯留、平顺、壶关等市县地。

[2] 文翁：汉庐江舒人。景帝末，为蜀郡守，"仁爱好教化"，在成都市中起学官，入学者免除徭役，成绩优者为郡县吏，每出巡视，"益从学官诸生明经饬行者与俱，使传教令"。蜀郡自是文风大振，教化大兴。见《汉书·文翁传》。后世用为称颂循吏的典故。雅化：纯正的教化。

[3] 尹铎：春秋时期晋卿赵鞅的家臣。赵鞅派尹铎治理晋阳（今太原市），尹铎去后不顾主命，加固城墙。又少报户数，减免赋税，民心归附。后晋阳成为赵氏避难的大本营。事见《国语·晋语九》。贤踪：贤明的行迹。

[4] 巴江：河川名。源出四川省南江县北大巴山，南流汇巴水及渠江，入嘉陵江。或称为"巴水""南江"。

[5] 柏谷：古地名。在今河南省灵宝县西南朱阳镇。有柏谷水经此。春秋晋公子重耳出奔到此始决定入翟。汉武帝曾微行至此，亭长不纳，亭长妻为其杀鸡作食。

[6] 河源：河流的源头。古代特指黄河的源头。

[7] 登龙：一语双关，既指登五龙山（见后诗《五龙山山在潞州南二十里》），又有提高、升高之义。

[8] 盐铁：盐和铁。亦指煮盐、冶铁之事。先子：泛指祖先。这里指颜懋伦的祖父颜光猷（1638—1710），字秩宗，号澹园。康熙十二年（1673）进士，曾官河东道盐运使多年，分管平阳、蒲州及解、霍、隰、绛四州盐政。

[9] 逝留：逝去的和留存的，死者和生者。

[10] 唐国：西周诸侯国名，周成王封弟叔虞于唐。今山西翼城县西有古唐城。

[11] 太行：即太行山，在山西高原与河北平原间。

[12] 访旧：探望老朋友。遗法：留传下来的方式、方法。

[13] 公：指张慎斋。

[14] "南熏"句：南熏楼现在还有吗？先祖曾登上此楼弹琴吟咏。南熏：即南熏楼，安邑县的一处高楼，可登高俯瞰安邑盐池一带风景。颜肇维《锺水堂诗·安邑盐池》曾提及此。操缦（màn）：操弄琴弦。

德风亭暮坐[1]

迢迢碧树隐楼台，台上清风户四开。
云脚[2]近随东郭转，月痕[3]旋自远山来。
人家[4]晚炊横斜起，古寺疏钟次第回[5]。
且喜庐陵贤太守[6]，从游日日许衔杯[7]。

【注释】

[1] 诗写暮坐德风亭所见郊野风光。画面景物高低远近错落有致，视觉与听觉、动态与静态互相结合，境界高远开阔。

德风亭：旧址在今山西长治市府后街，为唐明皇李隆基以临淄王兼任潞州别驾时所建。德风，《论语·颜渊》："君子之德风，小人之德草。草上之风，必偃。"邢昺疏："在上君子，为政之德若风；在下小人，从化之德如草。"后因称君子为政之德为德风。

[2] 云脚：低垂的云。

[3] 月痕：月影；月光。

[4] 人家：住户。

[5] 疏钟：稀疏的钟声。次第：依次。

[6] 庐陵贤太守：北宋欧阳修，庐陵（今江西吉安市）人，庆历六年（1046）贬知安徽滁州，作《醉翁亭记》，文末有"太守谓谁？庐陵欧阳修也"之句。此处代指潞安太守张淑渠。

[7] 从游：随从出游。衔杯：谓饮酒。

登五龙山，山在潞州南二十里[1]

出郭望五龙，苍翠何迷离[2]。

渐觉山路深，遂已登高陂[3]。

蹬[4]转岩壑开，松影互参差。

若有云涛声，清风来何迟。

徙倚[5]抚平石，摩挲[6]读古碑。

远磬[7]出东林，招寻路转微[8]。

鼯鼪跳丛莽[9]，似与游人嬉[10]。

力倦登山阁，对酒斟酌[11]之。

回瞻上党郡[12]，轻雷发天陲[13]。

策骑[14]不可留，归来空复思。

【注释】

[1] 这首诗按照登山的顺序描写了五龙山的景色，通过不断变化的视角，把山的面貌充分展示出来。

五龙山：又名上党山，位于今长治市东南二十五里处。高二百二十丈，盘踞十六里。

[2] 迷离：模糊不明，难以分辨。

[3] 陂（bēi）：山坡，斜坡。

[4] 蹬（dèng）：磴；石级。

[5] 徙倚：犹徘徊；逡巡。徙，《海岱人文》本作"徒"，误。

[6] 摩挲（mó suō）：抚摸。宋朱熹《石马斜川之集分韵赋诗得灯字》："徙倚绿树荫，摩挲苍石棱。"

[7] 磬（qìng）：古代打击乐器。状如曲尺。用玉、石或金属制成。悬挂于架上，击之而鸣。

[8] 微：隐蔽。

[9] 鼯鼪（wú shēng）：鼯鼬。泛指小动物。丛莽：丛生杂乱的草木。

[10] 嬉：戏乐，游玩。

[11] 斟酌：指饮酒。

[12] 回瞻：犹回望。上党郡：古地名，治今山西长治市一带。

[13] 轻雷：响声不大的雷；隐隐的雷声。天陲（chuí）：天边。

[14] 策骑：即策马。

次武安计家书此日达[1]

山光西与太行分，前寄回书定已闻。
料得开缄[2]当日暮，游人野店[3]看秋云。

【注释】

[1] 诗写留宿武安乡村旅舍时所见所思，表达了游子思乡之情。

次：留宿；停留。武安：地名，今为武安市，在河北省邯郸市西部、太行山东麓，邻接山西省。

[2] 开缄（jiān）：开拆（函件等）。

[3] 野店：指乡村旅舍。

金寿门以诗赋别，依韵答之[1]

依依杨柳远送客，轻鲦跳波鸠振翮[2]。
春风不疗凤皇[3]饥，竹实[4]未熟那得食？
送子南去过芜城[5]，芜城城外江水声。
明年何地栽杨柳？我见杨柳忆送行。

【注释】

[1] 这是一首送别诗，表现了诗人与金寿门的殷殷友情。事、景、情交汇相融，错落有致。眼前之景与想象别后之景重叠，抒发了浓浓的离愁别绪。准

确而恰当地运用典故、化用前人诗歌中的语汇和意象，增添了诗歌内涵。

金寿门：指清代书画家、诗人金农。详见《癸乙编·与金三寿门夜坐》诗注释 [1]。

[2] 轻鲦（tiáo）：即白鲦鱼。因其游动轻快，故称。振翮（hé）：挥动翅膀。

[3] 凤皇：即"凤凰"。古代传说中的百鸟之王，也用于比喻地位高贵或德才高尚的人。

[4] 竹实：竹子所结的籽实，形如小麦。也称竹米。《韩诗外传》卷八："凤乃止帝东园，集帝梧桐，食帝竹实，没身不去。"

[5] 芜城：古城名。即广陵城。故址在今江苏省江都市境。西汉吴王刘濞建都于此，筑广陵城。南朝宋竟陵王刘诞据广陵反，兵败死焉，城遂荒芜，鲍照作《芜城赋》以讽之，因得名。

烈妇姚挽歌[1]

朝雁[2]一何悲，毋乃失其匹[3]。
风雨不可见，羽翼安追随？
飞飞[4]恋坟墓，嗷嗷[5]伤乱离。
既绝稻粱谋[6]，殊罢衡湘[7]思。
泣同蜀帝[8]魄，腹过西山[9]饥。
骨销形亦化，清影[10]留方池。
顾彼连理木，同穴[11]以为期。

【注释】

[1] 烈妇，古指重义守节的妇女，特指以死殉节或殉夫的妇女，此诗中的姚姓女子当是以死殉夫者。作者对其遭遇深表同情，但也迂腐地认同并赞美了烈妇的殉夫行为。诗中以失去伴侣的朝雁比喻丧夫的姚氏，生动形象。多处运用典故，贴切而不冷僻。

[2] 朝雁：即晨雁、晨凫，野鸭。晋左思《杂诗》："披轩临前庭，嗷嗷晨雁翔。"此处喻指姚烈妇。

[3] 匹：伴侣；配偶。

[4] 飞飞：飞行貌。

[5] 嗷嗷：哀鸣声；哀号声。

[6] 稻粱谋：本指禽鸟寻觅食物，多用以比喻人谋求衣食。

[7] 衡湘：衡山和湘水的并称。衡山有回雁峰，相传雁至衡阳而止，遇春而回。湘水有神，即《九歌》所谓"湘君""湘夫人"，清赵翼《陔余丛考·湘君湘夫人非尧女》认为湘君、湘夫人乃配偶神，近人多主此说。

　　[8] 蜀帝：相传蜀帝杜宇死，其魂化为杜鹃。春末夏初，常昼夜啼鸣，其声哀切，啼至血出乃止。常用以形容哀痛至极。

　　[9] 西山：山名。指首阳山。在今山西省永济市南。相传伯夷、叔齐隐居于此。《史记·伯夷列传》："武王已平殷乱，天下宗周，而伯夷、叔齐耻之，义不食周粟……遂饿死于首阳山。"后因以"西山饿夫"为伯夷、叔齐的代称。

　　[10] 清影：清朗的光影。

　　[11] 同穴：《诗·王风·大车》："谷则异室，死则同穴。谓予不信，有如皦日！"后以"同穴"指夫妻合葬。亦用以形容夫妇相爱之坚。

暮春过枝津园有感[1]

分明池馆画栏东[2]，人到春残趣不同。
芳树渐添前日碧，桃花只记去年红。
卜居有志学渔父[3]，多酌无妨似次公[4]。
亭外柳绵飞不尽，拼留[5]斜日上帘栊。

【注释】

　　[1] 诗写暮春之景，抒发了隐居之趣。

　　枝津园：曲阜知县孔毓琚别业，在曲阜城西南。按：孔毓琚，字季玉，号璞斋。山东曲阜人。孔子六十七代孙，曲阜知县孔兴认第四子，颜懋伦的四舅。雍正三年以岁贡生荐授曲阜世职知县，遇覃恩授文林郎。著有《红杏山房诗》一卷、《曲阜县志》二十六卷，今不传。颜崇榘《摩墨亭稿》中《枝津园》诗前有序："璞斋世尹休沐地。按《水经注》：'洙水经鲁县西南出焉'，即其地也。"枝津即支流。

　　[2] 分明：明亮。池馆：池苑馆舍。

　　[3] 卜居有志学渔父：谓像渔父那样择地居住，随遇而安。楚辞有《卜居》《渔父》篇，诗化用之。

　　[4] 次公：指汉盖宽饶，字次公。为官廉正不阿，刺举无所回避。平恩侯许伯治第新成，权贵均往贺，宽饶不行，请而后往，自尊无所屈。许伯亲为酌酒，宽饶曰："无多酌我，我乃酒狂。"丞相魏侯笑道："次公醒而狂，何必酒也？"见《汉书·盖宽饶传》。宋苏轼《赠孙莘老七绝》："时复中之徐邈圣，毋

多酌我次公狂。"

[5] 拼留：极力挽留。

枝津亭即席送别孔主簿，次家幼客原韵[1]

亭外春寒湿露华[2]，来年故燕又还家。
墙西花片随流水，树里钟声起暮鸦。
十里好风清口渡，二分明月玉钩斜[3]。
知君礼乐兴南国，好嗣谈经设绛纱[4]。（主簿父以国子博
士起家，终农部郎）

【注释】

[1] 这是一首送别诗。孔主簿指孔尚任长子孔衍谱，详见《癸乙编·東雨村丈并怀改堂》注释 [1]。家幼客，指诗人从兄颜懋侨。孔衍谱将赴丹阳为官，颜懋伦、颜懋侨等人为之送行。席间颜懋侨作《赠丹阳主簿雨村孔丈》，颜懋伦依懋侨诗韵而作此诗。

[2] 露华：露水。

[3] "十里"句：写由曲阜赴丹阳路上将所经之地，所见之旖旎风光。清口：古地名。在今江苏淮安区西南。清潘季驯《河防一览·河防险要》："清口乃黄、淮交会之所。"二分明月：唐徐凝《忆扬州》诗："天下三分明月夜，二分无赖是扬州。"后因以表示美好的风光，尤其是扬州的风光。孔衍谱由曲阜赴丹阳任，清口渡、扬州都是必经之地。

[4] "知君"句：谓孔衍谱到任后定会继承其父设席讲经、振兴礼乐的传统，治理好辖地。孔衍谱的父亲孔尚任曾任国子监博士，1700 年晋升为户部广东司员外郎，不久被罢黜。绛纱：犹绛帐。《后汉书·马融传》："融才高博洽，为世通儒，教养诸生，常有千数……居宇器服，多存侈饰。常坐高堂，施绛纱帐，前授生徒，后列女乐，弟子以次相传，鲜有入其室者。"后因以"绛帐""绛纱"为师门、讲席之敬称。

乐圃小集，敬和先司马公韵[1]

斜日明[2]芳涧，天空[3]倚暮栏。
荷薪怀郑谷[4]，贻则守殷盘[5]。
水影牵萝[6]下，峰青借树看。

池鱼如可钓，不是爱纶竿[7]。

山水为园圃，修治自考功[8]。（圃为考功叔祖别业）
累征陶令宅[9]，一亩鲁儒[10]宫。
柳絮莺先见，桃花燕不穷。
暮春好景物，难与古贤同。

【注释】

[1] 诗写乐圃春日美景，表现了山水隐逸之趣。

乐圃：颜懋伦叔祖颜光敏在曲阜的别业。颜光敏（1640—1686），字逊甫，一字修来，号乐圃。颜子六十七世孙，颜伯璟次子。康熙六年（1667）进士，官至吏部考功清吏司郎中。康熙二十五年（1686）任《大清一统志》编修官。交游广泛，雅善鼓琴，书法擅名一时。尤工于诗，与尚书宋荦、侍郎田雯、国子祭酒曹禾等结成"十子诗社"，并被举为诗坛盟主，时有"康熙十子"之美誉。著有《乐圃集》四卷、《未信编》一卷、《旧雨堂集》二卷、《南行日记》一卷、《大学订本》一卷、《训蒙日纂》二卷、《颜氏家诚》四卷等，辑录《颜氏家藏尺牍》。先司马公：指颜懋伦叔曾祖颜伯珣，详见《癸乙编·挽叔曾祖季相公二首》注释[1]。

[2] 明：照亮。

[3] 天空：谓天际空阔。

[4] 荷（hè）薪：扛柴火。郑谷：汉郑子真隐居谷口。见《汉书·王贡两龚鲍传序》。后以"郑谷"泛指隐居地。

[5] 贻则：《书·五子之歌》："有典有则，贻厥子孙。"后因以"贻则"指为后世留下典则。殷盘：指殷王盘庚。

[6] 萝：指松萝，或云女萝。蔓生植物。色青灰，缘松柏或其他乔木而生，亦间有寄生石上者，枝体下垂如丝状。

[7] 纶竿：钓竿。

[8] 考功：官名。三国魏尚书有考功定课二曹，隋置考功郎，属吏部，掌官吏考课之事，历代因之，清末废。此指颜光敏。

[9] 累征：多次征辟。陶令宅：晋诗人陶潜的家宅。后用指隐者居所。

[10] 鲁儒：鲁国儒生。亦泛指儒家学说的信奉者、儒派学者。

谒上官口号[1]

腐儒文字亦空谈，初过棘门未解参[2]。

独爱天空似茅舍，团团好月上东南。

【注释】

[1] 这首绝句是作者于京城拜谒上司时所作。

上官：上司；长官。口号：古诗标题用语。表示随口吟成，也说"口占"。

[2] 棘门：古代帝王外出，在止宿处插戟为门，称"棘门"。棘，通"戟"。《周礼·天官·掌舍》："为坛壝宫棘门。"郑玄注引郑司农曰："棘门，以戟为门。"又古代宫门插戟，故亦为宫门的别称。此处指宫门。解参：同"参解"。琢磨，领悟。

过芜园送妹婿魏茂才、族兄如仲及舍弟南游[1]

送君大道旁[2]，渐见车尘微。

乍别怀往路，立语依荆扉[3]。

林木静不喧，夕鸟待斜晖。

有酒不成欢，居人[4]各言归。

归来当户卧，清风吹余衣。

童仆设几榻[5]，如共纳凉时。

皎皎阶前月，泻影何光辉[6]。

照人不肯移，似与昨夜违[7]。

念子宵徘徊[8]，何以慰朝饥[9]？

槛槛牸车鸣[10]，行行沛水湄[11]。

枝枝河上柳，泛泛[12]舟子嬉。

冉冉[13]日已远，脉脉[14]望归期。

【注释】

[1] 这是一首送别诗。前八句写送别之时；后十六句写送别之后，既有"我"之情景，又穿插了回忆送别之前和想象亲人一方离别之后的情景。多重时空间交汇，或叙事，或写景，或抒情，曲折回环、重重叠叠地渲染气氛，表现离愁别绪。全诗隔句用韵，中间换韵而又交错用之，整齐中不失变化。《曲阜诗钞》本题目中无"及"字。

芜园：又称魏氏芜园，位于曲阜沂河畔。颜崇槼《摩墨亭稿》中《芜园》诗前有序，谓："魏松溪（嘉祚）先生别墅。庚戌间湘帆（指蒋衡）、寿门（指金农）诸名流翕集，临流泛觞，时称极盛。"《曲阜诗钞》中有魏嘉祚诗《喜介子至》（介子即颜懋伦之弟颜懋价），并有魏嘉祚小传云："字松溪，诸生。茂才牒请增建县学、至圣庙，未果。行人多高其识云。"颜懋伦的妹婿即为魏嘉祚。族兄如仲：指颜懋愻，字如仲、平叔，号卷石山房。乾隆戊午（1738）举人，后两次参加会试不第，郁郁成疾，年四十五卒。著有《卷石山房诗》一卷。舍弟：指颜懋价（约1706—1753后），字介子，号慕谷。颜肇广次子，颜懋伦弟。雍正乙卯（1735）拔贡，官泰安府肥城县教谕。工诗，曾帮助卢文弨编辑《山左诗钞》，与纪昀共同考订史实。

[2] 旁：从《曲阜诗钞》本，赵藏本作"傍"。

[3] 立语：站着对话。荆扉：柴门。

[4] 居人：家居的人。

[5] 几榻：靠几与卧榻，泛指日用器具。

[6] 光辉：光明。

[7] "照人"句：今晚月亮不肯西移，好像跟昨晚相反。言指昨晚与亲人相聚甚欢，故觉时间飞逝，怨月之疾驰；今晚亲人远去，孤独难寐，故觉黑夜漫长，怨月之不移。

[8] 子：指诗中提到的南游的诸人。宵：夜。

[9] 慰：问。朝饥：早晨空腹时感到的饥饿。

[10] 槛槛：车行声。犊车：牛车。

[11] 泲（jǐ）水：即"济水"。古四渎之一。《周礼·职方》《汉书·地理志》《说文》作"泲"，他书皆作"济"。包括黄河南北两部分。湄（méi）：岸边，水和草相接的地方。

[12] 泛泛：水顺流无阻的样子。

[13] 冉冉：渐进貌。形容时光渐渐流逝。

[14] 脉脉：凝视貌。

送孙学博居易谒选[1]

莫将浊酒负樽前[2]，别后知君亦惘然。
似我怀人在远道[3]，独骑瘦马夕阳边。

【注释】

[1] 这是一首送别诗，体制短小，但将眼前与别后、对方与己方两重时空

兼容。语言朴素而又深婉，末句余韵悠长。

孙学博居易：一个叫孙居易的学官，生平事迹不详。学博，唐制，府郡置经学博士各一人，掌以五经教授学生。后泛称学官为学博。谒选：官吏赴吏部应选。

[2] 负：辜负。樽前：在酒樽之前。指酒宴上。

[3] 远道：犹远路。

枝津园小集次韵[1]

一径[2]城西避暑来，直过溪水傍山隈[3]。
任他柳线[4]牵眠榻，尽有莲房[5]当酒杯。
度曲闲调商角引[6]，论诗须尽鬼仙才。
秋风景物休轻负，燕子迎人去复回。

【注释】

[1] 诗写秋日于枝津园与众人聚会宴饮、吟诗度曲的情景，表现了诗人对优美的自然风光和高雅闲适生活的热爱。

次韵：依次用所和诗中的韵作诗。也称步韵。世传次韵始于白居易、元稹，称"元和体"。

[2] 一径：一条小路。

[3] 傍：贴近；靠近。山隈（wēi）：山的弯曲处。

[4] 柳线：柳条细长下垂如线，故名。

[5] 莲房：莲蓬。莲花开过后的花托，倒圆锥形，有许多小孔，各孔分隔如房，故名。

[6] 度曲：制曲，作曲。商角：五音（宫、商、角、徵、羽）中的商和角。引：乐曲体裁名，有序奏之意。

晚过西池，赋赠张明府稼兰[1]

流水栖鸦淡夕阴[2]，南州嘉客爱招寻[3]。
移来树影月初上，闻有荷香夜渐深。
策世曾传黄石术[4]，谭禅不异远公林[5]。
他时别后还来此，北斗栏干忆自今。

【注释】

［1］这首诗歌描写了西池晚景，赞美了张稼兰的才华和志趣。意境清幽，用典贴切，对仗细密，句律精切。

西池：位于博山城东南约40公里，东临淄河，地处鲁山北麓。张明府稼兰：名若谷，字稼兰。南方人，事迹不详。乾隆己未（1739）七月自山东平原除调长清任知县。

［2］夕阴：傍晚阴晦的气象。

［3］南州：泛指南方地区。嘉客：佳客，贵宾。

［4］策世：筹谋世事。黄石术：相传张良于博浪沙（今安徽省亳州市）刺秦始皇失败后，逃亡至下邳（今江苏睢宁北），在圯上遇见一老父。老父授张良以《太公兵法》，并言称十三年后，到济北谷城山下，见到一块黄石，那就是他。十三年后，张良从刘邦过济北，果在谷城山下得黄石。良死，遂与黄石并葬。事见《史记·留侯世家》及《汉书·张良传》。黄石公授予张良的兵书，世称《黄石公三略》。黄石术指黄石公所授兵术。

［5］谭禅：谈说佛教教义（谭，同"谈"）。远公林：晋高僧慧远，世人称为远公。居庐山东林寺，传道授法，并创建净土宗。

九日怀仲兄易州[1]

九月九日上高楼，楼上美人望远愁。
忽见西北飞来雁，问他何日过易州[2]。

【注释】

［1］重阳佳节，诗人登高望远，思念远在他乡的兄弟，赋此诗以纪之。

仲兄：次兄、二哥，指颜懋侨。易州：州名，今为河北省易县。因境内有易水而得名。

［2］"忽见"句：此处用了"雁足传书"的典故。汉武帝时苏武出使匈奴被扣，徙北海牧羊十九年。昭帝时汉使求释苏武，匈奴谎称苏武已死。使者曰："天子射上林中，得雁，足有系帛书，言武等在某泽中。"苏武因此获释归汉。事见《汉书·苏武传》。人们认为大雁季节性迁徙能为人传递书信，故又称雁为"送书雁"。

题某相国殉节录[1]

纲维解纽地轴倾[2]，犬羊腥血污神京[3]。

守埤[4]将军降战尽，玉熙宫[5]中火炬明。

夜雾阴霾铁骑走[6]，禁门列仗如繁星[7]。

汹传乘舆已南下[8]，日午始闻天子崩[9]。

宜城相公[10]痛欲绝，社稷荡覆[11]臣何生？

作书与子寄阿父[12]，投缳[13]笑比鸿毛轻。

去年妖气薄湖湘[14]，逼胁[15]阿父囚宜城。

堂上骂贼姑妇[16]死，梗塞[17]南北绝音声。

捐躯那复顾儿子[18]，讵知[19]相见皆幽冥。

睹公轶事思先祖[20]，河间孤守无援兵。

前公二载死君难，其时仲冬天寒冰[21]。

兖州城陷室家破，远求骸骨如泉明[22]。

惟公冢子亦避难[23]，泣血上书聋公卿[24]。

我与公家何相类，为公题诗悲填膺[25]。

江汉洙泗流不竭[26]，徒遗子孙清白名。

【注释】

[1] 诗写明末大臣丘瑜的殉国事迹，赞颂了其忠义节操。丘瑜（1621—1644），字民忠，号鞠怀，宜城（今湖北宜城）人。天启五年（1625）进士。崇祯，任詹事府少詹事，擢为礼部侍郎。崇祯十七年（1644），以本官兼东阁大学士。据清初计六奇《明季北略》卷二十二记载，在李自成攻克北京、崇祯帝死后，丘瑜亦欲投缳自尽。后为李自成军所拘，道遇其长子之敦，袖出绝命词一纸授之，又云："天崩地坼，我辈读书明道，岂能苟且求活。一月纶扉，廿年玉署。虽事柄不由己操，而大义安可不立。毕命投缳，畅然无憾，吾儿勉游忠孝，勿为过伤。长途孤衬，势难自达，到处青山，可埋吾骨，何必故乡。"是夜，欲求死而不得，被刘宗敏逼勒助饷，百般毒辱。在被押送回寓时，乘隙服冰片而死。另有说法是被刘宗敏手下用夹棍夹死，或是自缢而死。

相国：古官名。清代专指大学士。

[2] 纲维：总纲和四维。比喻法度。解纽：喻国家纲纪废弛。地轴：古代传说中大地的轴。泛指大地。倾：倾覆；覆亡。

[3] 犬羊：旧时对外敌的蔑称。神京：帝都；首都。

[4] 守埤：守城（埤，音 pì，城上呈凹凸形的矮墙）。

[5] 玉熙宫：明嘉靖朝在皇城内兴建的道教建筑。

[6] 阴霾：天气阴晦、昏暗。铁骑：披挂铁甲的战马。借指精锐的骑兵。

[7] 禁门：宫门。仗：弓、矛、剑、戟等兵器的总称。

[8] 汹：形容纷扰。乘舆（shèng yú）：古代特指天子和诸侯所乘坐的车子。

[9] 天子：指明崇祯帝。崩：古代称帝王、皇后之死。

[10] 宜城相公：指丘瑜。宜城，《海岱人文》本作"白头"。

[11] 荡覆：毁坏；颠覆。

[12] 作书：写信。阿父：父亲。

[13] 投缳（huán）：自缢。

[14] 薄：逼近，靠近。湖湘：湖南省洞庭湖和湘江地带。常用来代指湖南。

[15] 逼胁：逼迫；胁迫。

[16] 姑妇：婆媳。

[17] 梗塞：阻塞。

[18] 儿子：子女。

[19] 讵知：岂知。

[20] 公：《海岱人文》本作"父"。先祖：祖先。这里指颜懋伦的高祖父颜胤绍，颜胤绍于1642年清南侵时在外无援兵的情况下死守河间，自焚殉节。

[21] "前公"句：颜胤绍卒于1642年，比卒于1644年的丘瑜死得早二年。颜胤绍死时正值农历十一月，故称"仲冬"。

[22] "兖州"句：此句写颜氏一家的遭遇。河间之役颜胤绍殉难之后不久，清兵攻陷兖州，颜氏城内房产尽被毁，颜胤绍长子颜伯璟被伤致残，但后来凭惊人毅力跐行千里，匍匐入河间，得父遗骸，携幼弟颜伯珣归曲阜。骸骨：尸骨。如：去。泉明：疑当为"泉冥"，指冥世，阴间。

[23] 惟公冢子亦避难：指丘瑜子之敦幸免于难，后流寓湖州。冢子：嫡长子。

[24] 聋公卿：这里指唤醒那些公卿。

[25] "我与"句：从《海岱人文》本。赵藏本在两小句之间多出"问天不应天涵清，干戈久消岁月异"。

[26] 江汉：长江和汉水。洙泗：洙水和泗水。古时洙泗二水自今山东省泗水县北合流而下，至曲阜北又分为二水，洙水在北，泗水在南。

秋郊[1]

秋阳照场圃，溪水声溘溘[2]。
农夫待午饷[3]，回风[4]卷豆叶。

【注释】

[1] 这是一首田园小诗，写常见之景，富有生活气息。

[2] 溘溘（kè kè）：象声词。形容水流声、风吹声等。

[3] 午饷：午饭。

[4] 回风：旋风。

即目[1]

短树展平畴[2]，轻阴[3]来远翠。
牧儿睡未觉[4]，干雀[5]上牛背。

【注释】

[1] 此诗以白描手法写眼前所见之景，有动有静，远近结合。语言质朴自然，风格简淡。

即目：眼前所见。

[2] 平畴（chóu）：平坦的田野。

[3] 轻阴：淡云，薄云。

[4] 觉（jiào）：睡醒；清醒。

[5] 干雀：即喜鹊。其性好晴，其声清亮，故名。

哭雨村孔丈诗成，重书一绝[1]

自我有诗君必见，惟君不见哭君诗。
几回下笔泪盈手，思遍都无绝妙辞。

【注释】

[1] 这是一首伤悼诗，盖作于乾隆二年（1737）。诗中真情实感，凄咽欲绝，不假雕饰而感人至深。

雨村孔丈：指孔尚任长子孔衍谱，详见《癸乙编·柬雨村丈并怀改堂》注释[1]。颜懋企有诗《哭雨村孔丈》。绝：绝句。

蕴阁小集，先考功京都旧舍也[1]

吏部官清屋数椽[2]，街西旧业续遗编[3]。
登楼似与春山识，偶聚恰逢客月圆。
拟向燕台求骏骨[4]，敢从宦海比鱼筌[5]。
桃花一别重来此，大好东风是胜缘[6]。

【注释】

[1] 诗写在叔祖颜光敏京城旧宅蕴阁与诸人聚会之事，赞美了颜光敏为官清廉、潜心著述及善于为国家选拔人才。

先考功：指颜光敏。颜光敏曾充会试同考官，官吏部考功司郎中等职。

[2] 椽（chuán）：指房屋的间数。

[3] 旧业：旧时的园宅。遗编：指前人留下的著作。这里指颜光敏诗集《乐圃集》等著作。

[4] 燕台：指战国时燕昭王所筑的黄金台。故址在今河北省易县东南。相传燕昭王筑台以招纳天下贤士，故也称贤士台、招贤台。见南朝梁任昉《述异记》卷下。后作为君主或长官礼贤之典。骏骨：据《战国策·燕策一》载，郭隗用买马作喻，说古代有用五百金买千里马的马头骨，因而在一年内就得到三匹千里马的，劝燕昭王厚币以招贤。后因以"骏骨"喻杰出的人才。

[5] 宦海：指官场。因仕宦升沉无定，多风波险阻，如处海潮之中，故称。鱼筌（quán）：篓状渔具，口有向内翻的竹片，鱼入筌即不易出。此处比喻网罗甄别人才的方法。

[6] 胜缘：佛教语。善缘。

题完颜侍郎画照[1]

高梧碧如染，明玕[2]青于玉。
嘐嘐[3]双白鹤，和鸣谐丝竹[4]。
中有阆苑[5]人，息机媚幽独[6]。
纯素等袁滂[7]，好学类荀淑[8]。
从游忆往昔，绝境[9]隔尘俗。
题诗思无极[10]，山翠[11]纷在目。

【注释】

[1] 这是一首题画诗，颂扬了完颜侍郎的学识品行，诗中的意象如高梧、明玕、白鹤等都象征着高洁的人格。

完颜侍郎：指清朝大臣完颜留保，字松裔。正白旗人，康熙六十年（1721），由清圣祖特赐进士，任内廷行走，后改庶吉士，任翰林院检讨，升任侍讲学士。雍正年间历任福建乡试考官、詹事、通政使（署翰林院掌院学士）、礼部侍郎等。乾隆年间历任户部右侍郎、会试副考官、吏部右侍郎、盛京工部侍郎、内阁学士等。著有《大清名臣言行录》《完颜氏文存》等。

[2] 明玕（gān）：竹的别称。

[3] 翯翯（hè hè）：形容羽毛光泽洁白。

[4] 和鸣：互相应和而鸣。丝竹：弦乐器与竹管乐器之总称。亦泛指音乐。

[5] 阆苑（làng yuàn）：阆风之苑，传说中仙人的住处。

[6] 息机媚幽独：息灭机心，喜爱静寂独处。

[7] 纯素：纯粹而不杂；纯朴。等：等同；同样。袁滂：字公熙，一字公喜，陈郡人。汉灵帝熹平（172—177）中为光禄勋，光和元年（178）拜司徒。陈郡袁氏自袁滂任司徒开始，直到唐代，子孙连续13代都有人担任重要职务，活跃在政坛将近600年。袁滂虽然官至三公，却始终清心寡欲，不言人短。东汉末年，党派动荡，只有袁滂中立于朝廷，不被牵连。

[8] 荀淑（83—149）：字季和，东汉颍川颍阴（今河南许昌）人。少有高行，博学而不好章句。举为贤良方正，对策讥刺贵幸，为外戚梁冀所忌。出补朗陵侯相，办事明理，称为"神君"。不久弃官归乡，隐居养志。

[9] 绝境：与外界隔绝之地。

[10] 无极：无穷尽；无边际。

[11] 山翠：翠绿的山色。

题临海侯生过天姥岭图[1]

天姥峰高万壑明，飞泉古树晓云生。
永嘉[2]更有奇山水，我欲同君过此行。

【注释】

[1] 这是一首题画诗。临海侯生，指侯嘉翻（1698—1746），字符经，号夷门。浙江临海东乡隔溪人。雍正十三年（1735）拔贡，历官上元主簿、金山

丞和江宁丞。少负异才，为人纵横捭阖，不可羁世。敏于诗文，书法横行斜上，自成一格。曾以师事颜肇维，并为颜肇维《锺水堂集》作序。著有《夷门诗钞》十四卷、文一卷。天姥（mǔ）岭，在浙江省嵊州市与新昌县之间。《太平寰宇记·江南东道八·越州》："天姥山在县南八十里……《后吴录》云：'剡县有天姥山，传云登者闻天姥歌谣之响。'"颜懋侨有诗《题临海侯上舍元经携儿过天姥岭图》，应与颜懋伦此诗同时作。

〔2〕永嘉：县名。位于天姥山南。明清时为温州府治，今属浙江温州市。名胜古迹有楠溪江、大若岩、罗浮双塔等。

趵突泉[1]

第一名泉胜，来听趣不穷。

野汀长夜雨，高树晚秋风[2]。

立雪何年化，推轮亦自雄[3]。

凭栏心转寂，灏淼海门东[4]。

【注释】

〔1〕作者充分展开想象，连用四个比喻，绘声、绘色、绘形，生动形象地描写了趵突泉之景。

趵突泉：泉名。在山东省济南市西门外趵突泉公园内，被誉为济南第一泉。泉水喷涌，高数十厘米。其北有吕祖庙，其西为观澜亭，东有漱玉泉。清钱泳《履园丛话·古迹·趵突泉》："趵突泉在山东济南府西门外吕祖庙前，三窟突起，声如殷雷。相传此泉自王屋山来，为泺水之源也。"

〔2〕"野汀"句：采用了比喻手法，将趵突泉之声喻为夜间野外的风雨声。汀（tīng）：水边平地，小洲。

〔3〕"立雪"句：采用了比喻手法，将趵突泉喻为晶莹的白雪、运转的车轮。

〔4〕灏淼：水面广阔悠远貌（灏，通"浩"）。海门：海口。内河通海之处。

读《元后传》[1]

嘉梦何由月入帷[2]，未央乐奏汉家衰[3]。

分明天降新都祸[4]，枉杀东平与众姬[5]。

【注释】

[1] 这是一首咏史诗。《元后传》是《汉书》中的篇名，主要记载了汉元帝皇后王政君以及王氏家族的历史。王政君（前71—13），汉元帝刘奭的皇后，汉成帝刘骜的生母，新朝建兴帝王莽的姑母，身居后位（包含皇后、皇太后、太皇太后）时间长达61年。

[2] 嘉梦何由月入帷：相传王政君的母亲李氏怀王政君时曾梦见月亮入其怀。

[3] 未央乐奏汉家衰：王莽篡汉时欲得"汉传国玺"，指使王舜向王政君索取。王政君初怒骂之，后终与之。得玉玺后王莽大悦，为王政君在未央宫设宴，纵情歌舞宴饮。

[4] 新都祸：指王莽篡汉。永始元年（前16）五月，汉成帝下诏封王莽为新都侯，王莽从此进入了朝廷政权的核心。

[5] 枉杀东平与众姬：据《汉书·宣元六王传》记载，哀帝建平三年（前4），无盐县危山的土突然自地下涌起，附近瓠山又忽崩裂。东平王刘云以为不祥，常带王后伍谒到瓠山石前祭祀，祈求平安。国中一个名叫息夫躬的人为求封侯，诬奏说东平王借危山、瓠山地形变化之机，意图谋反。哀帝下令将东平王及王后逮捕，逼其招供并承认指使巫祝和婢女祭祀时诅咒皇上为刘云求天子之位的"罪行"。冤狱既成，刘云王爵被除，自杀而终；王后伍谒等姬妾被斩于市。刘云一案，成千古奇冤，史称"东平案"。

访宋二仲良别后却寄[1]

野戍[2]长堤古渡通，宋郎宅舍卫河[3]东。
到门不遇桥初起，别馆相携驷正中[4]。
神女[5]无山闲暮雨，梅花有赋忆春风。
与君别去齐州[6]道，惆怅郊原[7]晓日红。

【注释】

[1] 诗写拜访宋弼之事，表现了殷殷友情。事、景、情交汇相融，错落有致，音韵绵长，余味悠远。

宋二仲良：指宋弼（1703—1768），字仲良，号蒙泉。清山东德州人。乾隆十年（1745）进士，改庶吉士，历官翰林院编修、甘肃按察使等。与纪昀友善。有《蒙泉诗集》《思永堂文稿》等。

[2] 野戍：指野外驻防之处。

[3] 卫河：海河水系五大河之一。流经河南北部和山东（临清以下称南运河）、河北，到天津市入海河。

[4]"到门"句：谓诗人在初更时到宋弼住宅拜访未遇，后深夜时到其别墅二人相携以入。柝（tuò）：古代巡夜人敲以报更的木梆。引申凡巡夜所敲之器皆称柝。《海岱人文》本作"折"，误。别馆：别墅。驷：星宿名。即房星。古时以之象征天马。正中：正当中。

[5] 神女：谓巫山神女。典出战国楚宋玉《〈高唐赋〉序》：楚襄王与宋玉游云梦之台，望高唐之观。其上有云气变化无穷。玉谓此气为朝云，并对王说，过去先王曾游高唐，怠而昼寝，梦见一妇人，自称是巫山之女，愿侍王枕席，王因幸之。巫山之女临去时说："妾在巫山之阳，高丘之阻，旦为朝云，暮为行雨，朝朝暮暮，阳台之下。"

[6] 齐州：州名。治历城（今济南市历城区）。唐辖境相当今山东济南、章丘、禹城、济阳、齐河、临邑等市县地。北宋政和中升为济南府。

[7] 郊原：原野。

芜园红叶[1]

隔水见红树，鸡声出树间。
柴门如避客，落叶自闭关[2]。
坐久时回眺[3]，漠漠[4]辨远山。
饮酒不成醉，相对有厚颜[5]。

【注释】

[1] 诗写魏氏芜园之景，表达了对远离喧嚣的自然之美的热爱。
[2] 闭关：闭门谢客，断绝往来。谓不为尘事所扰。
[3] 回眺：回头眺望。
[4] 漠漠：迷蒙貌。
[5] 厚颜：惭愧，难为情。

赠孔丈石居[1]

宋国之裔孔刺史[2]，其目如晶立如鸢[3]。
翩然秀举年十五，芳春姝子竞鲜妍[4]。
落落顾之殊自喜[5]，偶习音律精七弦[6]。

总角侍父走燕代[7]，百粤佐理盐铁钱[8]。

家宰铨次典郴州[9]，其时无须辅承颧[10]。

劝农课桑[11]劳妇子，杜甫祠外草芊绵[12]。

吏民讴歌过秦陇[13]，初非法令相迫煎[14]。

羌夷弗靖[15]扰青海，将军羽檄转饷边[16]。

束装那复恋妻子，飞骑独走萧关[17]烟。

黄沙摘[18]帐寒月堕，橐驼[19]夜鸣北风咽。

回望甘州[20]五千里，旷野惟见天四悬。

名王款塞请内属[21]，护归任比校尉[22]专。

穹庐[23]郡主重汉使，赐来画石石卷卷[24]。

劳归报功滞幕府[25]，徒令籴粟督稽延[26]。

罢官不喜亦不怒，买书赁居曲江船[27]。

天子布德除赦令[28]，廉知刺史行独贤[29]。

承明诏见称明意[30]，咨尔作令星纪缠[31]。

愿君治吴如治秦，大书循吏青瑶镌[32]。

秣陵[33]春树静如此，我欲与君访古江南天。

【注释】

[1] 此诗主要记述了孔石居刺史的仕宦沉浮，赞美了他才艺多方、胆识非凡、格调清雅。全诗叙事、描写、抒情、议论相结合，表达方式多样。人物相貌形体描写极富特点，能展示出人物的内在风神。景物描写非常精彩，能很好地烘托气氛，表现情感。颜肇维《锺水堂诗》卷四有《送孔子衡作令江南》，颜懋价《近日吟诗略》有《送孔刺史石居之官江南三首》，当与此诗同时而作，可参看。

孔丈石居：其名不详，子衡、石居当是其字号。据诗中内容知其游历广泛：北至燕代，南至百越，西至秦陇，东至江浙。

[2] 宋国：周代诸侯国名。子姓。周武王灭商后，封商王纣子武庚于商旧都（今河南商丘）。成王时，武庚叛乱，被杀，又以其地封与纣的庶兄微子启，号宋公，为宋国。公元前286年为齐所灭。辖地在今河南东部及山东、江苏、安徽之间。刺史：古代官名。清仅用为知州之别称。

[3] 晶：日，太阳。鸢（yuān）：鸟名。鸷鸟。属猛禽类。俗称鸱鹰、老鹰。

[4] "翩然"句：谓风姿潇洒、俊美超逸，比妙龄美女还要美好。

[5] 落落：犹磊落。常用以形容人的气质、襟怀。自喜：亦作"自熹"。

自我欣赏。

　　[6]七弦：古琴的七根弦。此处借指七弦琴。

　　[7]总角：古时儿童束发为两结，向上分开，形状如角，故称总角。借指童年。燕代：战国时燕国、代国所在地。泛指今河北西北部和山西东北部地区。

　　[8]百粤：亦作"百越"。我国古代南方越人的总称。分布在今浙、闽、粤、桂等地，因部落众多，故总称百越。亦指百越居住的地方。佐理：协助治理。

　　[9]家宰：古代卿大夫家中的管家。铨次：谓选授官职的次序。典：任职。鄜州：今陕西富县。"安史之乱"中杜甫曾移家于此地。

　　[10]无须：没有胡须。辅承颧：指面相清瘦。辅，面颊。颧，颧骨。

　　[11]劝农课桑：鼓励农耕，督促蚕桑之事。

　　[12]杜甫祠：在今延安市。芊（qiān）绵：草木茂盛貌。

　　[13]吏民：官吏与庶民。秦陇：秦岭和陇山的并称。指今陕西、甘肃之地。

　　[14]迫煎：逼迫煎熬。

　　[15]靖：安定。

　　[16]羽檄：古代军事文书，插鸟羽以示紧急，必须迅速传递。饷边：以钱粮供给边防军。

　　[17]萧关：古关名。故址在今宁夏固原东南，为自关中通向塞北的交通要冲。

　　[18]摛（chī）：铺陈。

　　[19]橐驼（tuó tuó）：即骆驼。

　　[20]甘州：西魏废帝三年（554）改西凉州为甘州，因甘峻山为名，治永平（今甘肃张掖市），辖今甘肃嘉峪关市以东弱水上游。其后辖地屡有伸缩，名称亦有变更。清雍正初改为府。民国间废。

　　[21]名王：指古代少数民族声名显赫的王。款塞：叩塞门。谓外族前来通好。内属：谓归附朝廷为属国或属地。

　　[22]校尉：军职名。汉代略次于将军，并各随其职务冠以各种名号。掌管少数民族地区事务的长官，亦有称校尉者。隋唐以后迄清为武散官之号，地位逐渐降低。明清之际也称卫士为校尉，其地位尤低。

　　[23]穹庐：古代游牧民族居住的毡帐。泛指北方少数民族。

　　[24]画石：有纹理的石头。卷卷：干缩蜷曲貌。

　　[25]报功：酬报有功者。幕府：本指将帅在外的营帐。后亦泛指军政大

吏的府署。

[26] 籴（dí）粟：买进谷物。稽延：迟延，拖延。

[27] 赁居：谓租用房屋居住。曲江：水名。即钱塘江。本名浙江，因潮水经浙山下曲折而东入海，故又名曲江。

[28] 天子布德除赦令：谓天子广施恩德给予特赦之令。除：给予；赐予。

[29] 独贤：特别贤良。

[30] 承明：即承明庐。汉承明殿旁屋，侍臣值宿所居，称承明庐。又三国魏文帝以建始殿朝群臣，门曰承明，其朝臣止息之所亦称承明庐。后以入承明庐为入朝或在朝为官的典故。称明意：指符合明主之意。

[31] 咨尔：《论语·尧曰》："尧曰：'咨，尔舜！天之历数在尔躬。'"邢昺疏："咨，咨嗟；尔，女也……故先咨嗟，叹而命之。"后常以"咨尔"用于句首，表示赞叹或祈使。星纪：星次名。十二星次之一。此处泛指岁月。缠：通"躔"。践历。

[32] 大书：郑重记载。青瑶：青玉。镌：凿；雕刻。

[33] 秣陵：古代南京的别称。

霜[1]

霜高夜气清，城郭晓寒生。
朝爽[2]皑皑白，畲田森森平[3]。
天时非好杀[4]，王政欲销兵[5]。
青女何劳恨，年年变物情[6]。

【注释】

[1] 这是一首写景诗，视觉描写与触觉描写结合，景、情、理三者交融，语言自然朴素。

[2] 朝爽：早晨明朗开豁的景象。语出南朝宋刘义庆《世说新语·简傲》："王子猷……以手版拄颊云：'西山朝来致有爽气。'"

[3] 畲田森森平：田地像广阔无际的水面一样平。畲（shē）田：采用刀耕火种的方法耕种的田地。《海岱人文》本作"野田"。

[4] 天时：指时序。好杀：喜欢肃杀。

[5] 王政：犹王道，仁政。销兵：消弭战争。

[6]"青女"句：何须怨恨青女呢？自然万物之情状年年变更。青女：传说中掌管霜雪的女神。

役归感兴[1]

飕飗[2]风吹独树斜，苍凉路转野人家。
平田渐远收残照[3]，暝色[4]将深隐去鸦。
解组空怀《盘谷序》[5]，出游几误洛阳花。
归来惆怅城西路，独听寒钟感岁华[6]。

【注释】

[1] 此诗当作于1746年作者辞官归乡之时。诗中情感复杂，聊以清闲隐居自慰的想法，掩饰不住强烈的孤独、惆怅之情。画面苍凉，意境萧索。

役：充任；供职。感兴：感物寄兴。

[2] 飕（sōu）飗（yǒu）：象声词。形容风雨声。

[3] 残照：落日余晖。

[4] 暝色：暮色；夜色。

[5] 解组：犹解绶。谓辞免官职。《盘谷序》：指唐韩愈所作《送李愿归盘谷序》。唐德宗贞元十七年（801）韩愈送友人李愿回盘谷隐居时写下此文，借以倾吐他的不遇之叹和不平之鸣，并表达了美慕友人隐居生活的思想感情。

[6] 岁华：时光，年华。

夜[1]

沉檀袅袅玉玎玎[2]，静里闻香背后听。
睡觉[3]空窗烛焰息，寒蟾照过第三楞[4]。

【注释】

[1] 诗写凄清静谧的夜景，流露出淡淡的孤独与忧愁。从视觉、听觉和嗅觉多个角度写景，情感含蓄、深沉、真切，风格委婉深曲。

[2] 沉檀：用沉香木和檀木做的两种著名的熏香料。玎玎：象声词。常作玉石、金属的撞击声。

[3] 睡觉：睡醒。

[4] 寒蟾：指月亮。传说月中有蟾，故称。楞：窗户或栏杆上雕有花纹的格子。

过古龚邱，赠姚明府鸾伯[1]

嘉树连城洸水分[2]，姚君善政嗣庾君[3]。

他年欲补循良传，乞得阳冰小篆文（邑有阳冰《庾令颂》篆刻)[4]。

【注释】

[1] 这是一首赠人小诗。古龚邱故城址在今山东宁阳县境内。

姚明府鸾伯：即姚焜，字鸾伯，号处斋。安徽桐城人。清雍正元年（1723）举人，充明史馆纂修官，改任江苏兴化教谕，后迁山东宁阳知县。著有《处斋诗稿文稿》。

[2] 嘉树：佳树；美树。连：《海岱人文》本作"绕"。洸水：也叫洸河。《水经注》时代自刚县（今宁阳东北）分汶水，南流至任城（今济宁市任城区）与洙水交汇，南注入泗水。元宪宗七年（1257）于堽城做坝，遏汶水南流入洸后，洸水径直入泗。元明清时代长期为济州河、会通河和山东运河的重要水源之一。

[3] 姚君善政嗣庾君：谓在龚邱庾贲之后有姚焜继承其善政。《海岱人文》本作"庾君善政嗣姚君"，《曲阜诗钞》本作"庾君去后有姚君"。庾君：指唐代庾贲，字文明。其先颍川人，父曰钦嗣，为兖州别驾。大历三年（768）至龚邱做县令，颇有政声，邑人刻石立碑褒美庾令。

[4] 乞得阳冰小篆文：阳冰，指李阳冰，字少温，赵郡（治今河北赵县）人。唐代文字学家、书法家，李白族叔。宝应元年（762），为当涂令，白往依之，曾为白序其诗集。李阳冰精工小篆，圆淳瘦劲，为秦篆一大变革，被誉为李斯后小篆第一人，对后世颇有影响。李阳冰与庾贲有交情，故为之撰《龚邱县令庾公德政碑》。至金贞元三年（1155），宋佑之来任龚邱县令，该碑已不见，四处求访，竟得之于听事之后粪土中，断坏散亡，仅存其半。乃寻访碑文，于邑人彭鼎家得其拓本，使人重刻，此碑终于重见天日。此后该碑至清末尚存。

顾万峰陔兰图[1]

猗猗[2]南陔兰，含英纷独举[3]。

被之古琴操[4]，宁与宿莽伍[5]？

有客海陵[6]生，五年别江渚[7]。

抱经居太学[8]，寒松抚石鼓[9]。

秋气感林鸟，怀归在胥浦[10]。

眷言束皙诗[11]，将母不遑处[12]。

撷芳树有萱[13]，采山美可茹[14]。

庭闱良至乐[15]，吁哉恋龟组[16]！

【注释】

[1] 这是一首题画诗。诗中既评画又评人，赞美了顾万峰不恋官位、孝养父母的高尚德行。颜懋价《近日吟诗略》中有同名诗篇，当是同时所作，可参看。

顾万峰：即顾于观（1693—?），原名锡躬，字万峰，一字桐峰，号澥陆。江苏兴化人。少为庠生，屡试春官不第。康熙五十一年（1712）与郑燮、王国栋同拜在陆震门下，学词学书。雍正元年（1723），为济南郡守常建极聘为幕僚，入幕多年仍一袭布衣。乾隆元年（1736），随板桥进京另觅蹊径，诗墨会友，名满都下。顾于观工书法，善诗文，著有《澥陆诗钞》。陔兰：《文选·束晳〈补亡诗〉》："循彼南陔，言采其兰。"李善注："采兰以自芬香也。循陔以采香草者，将以供养其父母。"后因以"陔兰"敬称他人的子孙，意谓能孝养长辈。陔（gāi），田埂。

[2] 猗猗（yī yī）：美盛貌。

[3] 含英：花含苞而未放。纷：盛多；杂乱。独举：独力擎起。

[4] 被：合；配。琴操：诗体名。

[5] 宁：岂；难道。宿（sù）莽：经冬不死的野草。

[6] 海陵：古县名。西汉置。以其地高阜而又傍海得名。治今江苏泰州市。明洪武初，废入泰州。南北朝时曾为海陵郡治所，五代南唐以后为泰州治所。

[7] 江渚：江中小洲。亦指江边。

[8] 太学：国学。我国古代设于京城的最高学府。西周已有太学之名。汉武帝元朔五年（前124）立五经博士，为西汉置太学之始。东汉太学大为发展。魏晋到明清，或设太学，或设国子学（国子监），或两者同时设立，名称不一，制度亦有变化，但均为传授儒家经典的最高学府。

[9] 抚：拍，轻击。石鼓：《海岱人文》本作"古鼓"。

[10] 怀归：思归故里。胥浦：在今江苏扬州仪征市境内。

[11] 眷言：回顾貌（言，词尾）。束皙（约264—约303）：西晋文学家。字广微，阳平元城（今河北大名）人。官尚书郎。因《诗经·小雅》中《南

陔》《白华》等六篇"有其声而亡其辞",乃据《毛诗序》补作,称《补亡诗》。著述多散佚,明人辑有《束广微集》。

[12] 将:供养;奉养。《诗·小雅·四牡》:"王事靡盬,不遑将父。"毛传:"将,养也。"孔颖达疏:"我坚固王事,所以不暇在家以养父母。"不遑处:没有闲暇的时间过安宁的日子。指忙于应付繁重或紧急的事务。不遑:无暇,没有闲暇。

[13] 撷(xié)芳:采摘芳草。树有萱:种植了萱草。萱草,俗名忘忧草。

[14] 采山:上山打柴。茹:吃。

[15] 庭闱:内舍。多指父母居住处。良至乐:确实是最大的快乐。

[16] 吁哉:叹词。表示惊怪、不然、感慨等。龟组:即龟绶。龟纽印绶,印和系印的丝带。此处借指官爵。

送怡亭之长芦[1]

春风吹放孝廉[2]船,海水无波灶有烟[3]。
好续史迁《平准志》[4],白盐堆里住年年。

【注释】

[1] 这是一首送别诗。

怡亭:指颜懋份,字怡亭。颜肇维之子,颜懋侨之弟。早卒,故《颜氏世家谱》中未录。据诗中内容,其当是长芦盐官。颜懋侨有《怀怡亭》《七月十六夜同严集之、仲闿江、家怡亭登半江楼》等相关诗篇。长芦:即长芦盐区。在今河北省、天津市渤海沿岸,为北起山海关南至黄骅市盐场的总称。元太宗六年(1234)设河间盐运司,明初改名长芦,以运司驻在长芦镇(今沧州市)而得名。清康熙后运司移驻天津,而长芦之名不改。

[2] 孝廉:明清两代对举人的称呼。据《海岱人文》本,赵藏本作"孝陵"。

[3] 海水无波灶有烟:沿海人们设灶煮海水为盐,故有灶烟。

[4] 史迁《平准志》:即司马迁《史记》中的《平准书》。叙述汉初到武帝时百年财政经济的发展过程,着重说明商品货币关系的发展,财政经济政策的得失和变动,是中国最早的经济史专著。因为着重说明货币制度的变动以及控制商品流通和物价的均输、平准等政策,故名"平准书"。

玉兰[1]

几树亭亭[2]二月初，非云非雪玉何如？
微凉庭院亦温润，细雨栏干自卷舒[3]。
种日宁期人倚处，开时常在晓吹余[4]。
桃花未放江海落，惆怅城南兴未疏[5]。

【注释】

[1] 诗写玉兰花，托物抒情。

[2] 亭亭：直立貌。

[3] 卷舒：卷起与展开。

[4] 晓吹：晨风。余：未尽；不尽。

[5] 疏：冷淡；淡漠。

郭别驾画照[1]

景纯达物理[2]，林宗[3]妙风度。
翳然[4]竹木中，微尚濠濮趣[5]。
天光信湛湛[6]，秋华浥夕露[7]。
抚石怀古人，煮泉聊小住。
溯洄[8]咏君子，清风托情愫[9]。
从之沸水[10]深，倦言《郦氏注》[11]。

【注释】

[1] 这首诗既赞美了郭别驾的洒脱风度，又自写胸臆，表达了淡泊自守、不慕荣利的追求。

郭别驾：名字、事迹待考。明清时称通判为别驾。

[2] 景纯：指晋代学者、文学家郭璞。郭璞（274—324），字景纯，河东闻喜（今属山西）人。西晋末，避乱到江南。后任大将军王敦记室参军，因劝阻王敦谋反，被杀。死后追赠弘农太守。长于卜筮、天文、训诂学，著有《尔雅注》《方言注》等。文学作品以《江赋》和《游仙诗》最有名。物理：事物的道理、规律。

[3] 林宗：指郭泰（128—169），一作郭太，字林宗。山西介休人。东汉著名学者、思想家及教育家。东汉末为太学生首领，与李膺等人友善。不就官

府征召，后归乡里。党锢之祸起，遂闭门教授，生徒以千数。卒于家，四方人士前来会葬者多达千余人。

［4］翳（yì）然：犹隐没，隐灭。

［5］微尚：微小的志趣、意愿。常用作谦辞。濠濮趣：《庄子》记有庄子与惠子同游濠梁之上和庄子垂钓濮水的事。后以濠濮趣谓逍遥闲居、清淡无为的志趣。

［6］天光：犹天色。湛湛：清明澄澈貌。

［7］秋华浥夕露：谓秋花被傍晚的露水润湿。浥：湿，湿润。

［8］溯洄：《诗·秦风·蒹葭》："所谓伊人，在水一方。溯洄从之，道阻且长。"溯洄从之，指逆流而上追寻意中人。后以"溯洄"为追念思慕之典。

［9］托：寄托。情愫：真情；本心。

［10］沛水：即济水。见前诗《过芜园送妹婿魏茂才、族兄如仲及舍弟南游》注释［11］。

［11］惓言《郦氏注》：谓怀念谈论《水经注》的往事。惓（juàn）：想念；怀念。《郦氏注》：指郦道元所撰《水经注》。中国古代地理名著。《水经注》中对沛水有详细记载。

秋山疏木图[1]

> 秋树净如此，空天绝纤埃[2]。
> 数峰临阁重[3]，一涧带村回[4]。
> 共证皆真意[5]，所期适[6]自来。
> 柴门深不见，略彴隐莓苔[7]。

【注释】

［1］这是一首评画诗，表达了诗人对远离尘嚣、宁静淡泊生活的热爱和向往。

［2］空天：辽阔的天宇。纤埃：微尘。

［3］临：由上看下，居高面低。重：重叠。

［4］带：环绕。回：曲折，迂回。

［5］真意：自然的意趣。

［6］适：正好，恰巧。

［7］略彴（zhuó）：小木桥。莓苔：青苔。

赠孔内史松皋纳姬[1]

珠帘不卷翠屏[2]分，蛱蝶图来上画裙[3]。

池水清如团镜[4]影，晚云薄似碧罗纹[5]。

欲窥红晕羞明烛[6]，自有天香避夕熏[7]。

传道[8]江南多妙舞，参军白纻久知闻[9]。

【注释】

[1] 孔内史松皋，指孔传钲，字振远，号松皋。曲阜人。第六十七代衍圣公孔毓圻第三子，圣庙三品官。著有《炊经堂诗集》四卷。孔传钲新纳姬妾，颜懋伦赋此诗贺之。诗中渲染了一种柔婉浪漫的气氛，情景交融，描写细腻，比喻贴切。

内史：官名。清初置内史，相当于以后的大学士。

[2] 翠屏：绿色屏风。

[3] 画裙：绣饰华丽的裙子。

[4] 团镜：圆形的镜子。

[5] 碧罗纹：青绿色丝织物上的回旋的花纹。

[6] 欲窥红晕羞明烛：想要看看烛光下新娘羞红的脸。红晕：中心浓而四周渐淡的一团红色。

[7] 自有天香避夕熏：谓洞房中因有国色天香的美女就无须熏香了。天香：芳香的美称，又可代指美女，此处指孔传钲所纳姬妾。熏：用同"薰"。指香料。

[8] 传道：传说。

[9] 参军：官名。明清称经略为参军。白纻（zhù）：亦作"白苎"。白衣。古代士人未得功名时所穿衣服。

对月赠冯孝廉若渠[1]

梧枝濯濯[2]乍晴天，银汉[3]无尘晚露鲜。

望去真成千里碧，今宵只欠一分圆。

霓裳舞曲[4]何人见？锦瑟明珠定有缘[5]。

传是琼楼[6]消息近，水晶帘外自婵娟[7]。

【注释】

[1] 诗写光明澄澈的月景，想象丰富，援引为人熟知的典故、传说，化用前人诗词中的意象、词汇，丰富了诗歌内涵。

冯孝廉若渠：生平事迹待考。

[2] 濯濯：明净貌；清朗貌。唐乔知之《折杨柳》诗："可怜濯濯春杨柳，攀折将来就纤手。"

[3] 银汉：天河，银河。

[4] 霓裳舞曲：即霓裳羽衣曲。唐代著名法曲。为开元中河西节度使杨敬忠所献。初名《婆罗门曲》。经唐玄宗润色并制歌词，后改用今名。已有唐玄宗游月宫密记仙女之歌归而所作等传说，虽荒诞不可信，但每被诗人搜奇入句。

[5] 锦瑟明珠定有缘：此处化用了唐代李商隐《锦瑟》诗中的"锦瑟无端五十弦""沧海月明珠有泪"等句子。

[6] 琼楼：指仙宫中的楼台。

[7] 婵娟：形容月色明媚。

同人讌集咏归堂，病中追和冯孝廉四绝[1]

月光隐幔[2]梦如尘，花片游丝感去春。
病起自来天上望，迢迢银汉隔参辰。

二月春寒少出游，板桥流水自西流。
而今谷雨节将近，屋上鸠鸣屋里愁。

晶晶[3]晴日上园林，燕子桃花尽好音。
一曲吴歈[4]真妙绝，杜韦娘[5]去不堪吟。

绿苹红松粉褪微[6]，流莺[7]不动蝶高飞。
东皇[8]若解游人意，留着春风莫放归。

【注释】

[1] 这一组诗均写春日之景，所表达情感比较复杂，喜春、爱春、惜春、伤春诸多情感混融。情景水乳交融，意象清新自然，语言质朴浅切，明白如话。

同人：志同道合的朋友。讌集：聚饮。

[2] 幔：帐幕。

[3] 晶晶：明亮闪光貌。

[4] 吴歈（yú）：春秋吴国的歌。后泛指吴地的歌。

[5] 杜韦娘：唐歌女名。

[6] 绿苹：绿色的浮萍。红松：也称果松。常绿乔木。树皮红褐色，有块状脱落。

[7] 流莺：即莺（流：谓其鸣声婉转）。

[8] 东皇：司春之神。

素琴吊再从兄引年[1]

素琴横我床，欲弹展音徽[2]。

大弦[3]亦已绝，中弦[4]一何悲。

余年十岁余，阿兄始有髭[5]。

此后能[6]记忆，遂得相追随。

兄居木雁斋[7]，我下东园帷。

相去数十武[8]，其径颇逶迤。

凿壁设门户[9]，寝室通阶墀[10]。

既得常常见，食饮亦频移。

我爱山阴[11]书，君摹史晨碑[12]。

诵读有余力，学赋兼悦诗。

仲兄能苦吟[13]，才藻同江蓠[14]。

尔我不肯下[15]，得句[16]辄复奇。

西圃纷花木，水石磊[17]多姿。

晨夕共[18]登眺，念此先人治[19]。

此中有欣赏，岂是耽游嬉[20]。

旧业寄龙湾，乃在泗之涯[21]。

春秋多佳日[22]，禾黍郁离离[23]。

省稼[24]时同往，场圃隔西陂[25]。

立望可[26]相见，老树亦连枝。

举网弄晴波[27]，寻鸥逐游丝[28]。

村社动接席[29]，夕曛每待归[30]。

眷眷[31]十载余，便作百岁期。

良时苦不足，明月无盈亏。

天风起空际[32]，浮云互交驰[33]。

大道多深辙，秋雨成洿池[34]。

景物尚变迁，白发异昔时。

鸿鹄[35]志千里，越鸟依南枝[36]。

从父宦临海，念当从此辞[37]。

江水驶[38]且清，欲济无舟师[39]。

岂谓无舟师？堂上[40]不可违。

三载一相见，来往不及期[41]。

岂不怀昔乐？君当侍庭帏[42]。

政成膺内召，腊雪睹容辉[43]。

春日送君行，其时雨霏霏。

燕齐境相错[44]，会面自有时[45]。

虽捐[46]向时欢，音书良已稀。

天子临辟雍[47]，芹藻含春晖[48]。

为听圜桥[49]书，相聚宣武[50]西。

联被竟长夜[51]，絮语[52]忘力疲。

久别会所因[53]，乍欢祸已几[54]。

兄子同时病，其势更垂危[55]。

哀哉阿兄死，儿子尚未知。

护疾[56]移古寺，药饵相扶持[57]。

怜此见天意，渐可[58]遇良医。

生还渺[59]何所，孤榇绝人窥[60]。

归来厝别墅[61]，幼子[62]发哀疑。

阿嫂先已没[63]，爱女旋折摧[64]。

泉台会[65]相见，生者独何依？

春草蔚然[66]生，不虞秋已萎[67]。

出郭西北望，东风吹我衣。

【注释】

[1] 这是一首伤悼诗。诗中回忆了与颜懋龄的多年交往，表达了对亲人亡故的深沉哀痛。诗由眼前之景写起，转而按时间顺序回忆多年往事，最终思绪又回至眼前，叙事脉络清晰而又有变化。叙事、描写、抒情、议论相融合，景物描写很好地起到了渲染气氛、烘托情感的作用。语言不假雕饰，朴素深婉。

素琴：不加装饰的琴。吊：祭奠死者或对遭丧事及不幸者给予慰问。再从兄：同曾祖而年长于己者。引年：指颜懋龄，字引年，号山木。颜光敏孙，颜肇维长子。乾隆三年（1738）恩贡生，候选直隶州判。工诗，善隶书。有《木雁斋诗》一卷。

[2] 音徽：指琴上供按弦时识音的标志，亦可指琴或乐曲。此处指乐曲。

[3] 大弦：弦乐器的粗弦，也叫"老弦"。

[4] 中弦：中细的弦。

[5] 髭（zī）：嘴唇上边的胡子。

[6] 能：《海岱人文》本作"颓"。

[7] 木雁斋：颜懋龄的室名。

[8] 武：半步。

[9] 门户：房屋墙院的出入处。

[10] 阶墀（chí）：台阶。

[11] 山阴：晋王羲之的代称。王羲之曾居会稽山阴，故以代指。《海岱人文》本作"右军"。王羲之曾任右军将军。

[12] 史晨碑：东汉碑刻，隶书，汉灵帝建宁二年立。碑在今山东曲阜孔庙内。此碑两面刻，故前碑全称"鲁相史晨祀孔子奏铭"，后碑全称"鲁相史晨飨孔庙碑"。书法古朴厚实，端庄遒劲，为汉隶名碑。

[13] 仲兄：次兄、二哥，此处指颜懋侨。苦吟：反复吟咏，苦心推敲。言作诗极为认真。

[14] 才藻：才思文采。江蓠：亦作"江离"。香草名。又名"蘼芜"。

[15] 下：居人之下；谦让。

[16] 得句：谓诗人觅得佳句。

[17] 磊：众石委积貌。《海岱人文》本作"何"。

[18] 共：《海岱人文》本作"或"。

[19] 此：《海岱人文》本作"我"。治：整治；整理。

[20] 耽：沉湎。游嬉：游玩戏耍。

[21] "旧业"句：谓旧时的园宅在泗河岸边的龙湾村。龙湾村在曲阜西，今属济宁市兖州区。涯：水边；岸。

[22] 佳日：指温煦晴朗的日子。

[23] 郁：繁茂。离离：浓密貌。

[24] 省（xǐng）稼：察看耕作。

[25] 西陂：西边的堤岸。

[26] 可：《海岱人文》本作"即"。

[27] 晴波：阳光下的水波。

[28] 游丝：指蜘蛛等布吐飘荡在空中的丝。

[29] 村社动接席：谓参加村社时常常坐在一起。村社：旧时农村祭祀社神的日子或盛会。接席：座席相接。多形容亲近。

[30] 夕曛每待归：谓黄昏时常常等着对方一起回去。夕曛（xūn）：指黄昏。

[31] 眷眷：依恋反顾貌。

[32] 天风：风。风行天空，故称。空际：天边；空中。

[33] 交驰：交相奔走，往来不断。

[34] 洿（wū）池：水池；水塘。

[35] 鸿鹄（hú）：即鹄。俗称天鹅。因鸿鹄善高飞，常比喻志向远大的人。

[36] 越鸟：南方的鸟。《文选·古诗〈行行重行行〉》："胡马依北风，越鸟巢南枝。"后因用为思念故乡或故国之典。枝：《海岱人文》本作"陲"。

[37] "从父"句：颜肇维于1728年至1736年任浙江临海县令，颜懋龄相随。

[38] 骎：疾速。

[39] 舟师：船夫；舵手。

[40] 堂上：指父母。

[41] 往：《海岱人文》本作"住"，误。不及：赶不上；来不及。

[42] 庭帏：庭闱。指父母居住处。

[43] "政成"句：乾隆元年（1736）秋，颜肇维临海任满，自浙赴京，第二年岁初途经曲阜作短暂停留。此时懋伦与懋龄重逢于家乡。膺：承受；接受。内召：被皇帝召见。腊雪：冬至后立春前下的雪。容辉：仪容丰采；神采光辉。

[44] 相错：交错。

[45] 时：《海岱人文》本作"宜"。

[46] 捐：放弃；舍弃。

[47] 临：莅临。《礼记·曲礼下》："临诸侯畛于鬼神。"郑玄注："以尊适卑曰临。"辟雍：本为西周天子所设大学。东汉以后，历代皆有辟雍，一般为行乡饮、大射或祭祀之礼的地方。明清时辟雍指北京国子监。

[48] 芹藻：水芹和水藻。比喻贡士或才学之士。《诗·鲁颂·泮水》："思乐泮水，薄采其芹……思乐泮水，薄采其藻。"春晖：这里喻天子之恩。

[49] 圜桥：北京国子监内有琉璃牌楼，正面题字曰："圜桥教泽"，指辟

雍四面环水，水周流不断，象征教化不息。为了便于出入，又在辟雍四面各架一座桥梁。辟雍后面的彝伦堂是讲学之处。

[50] 宣武：北京旧城有九门，其南之西门，元称顺承，明正统四年（1439）改为宣武，俗又称顺治门。在今北京市西城区北部。颜光敏在此置有私宅。

[51] 联被：即被子相连。竟：谓自始至终的整段时间。

[52] 絮语：连绵不断地低声说话。

[53] 久别会所因：久别后会有相聚。会：聚会。因：顺随。

[54] 几（jǐ）：及；到。

[55] "兄子"句：颜懋龄有三子：崇树、崇縠、崇柏，据《四编诗·戊辰·哭从侄树并悼其弟縠》知崇树卒于1748年，崇縠死亡时间更早（《颜氏世家谱》中云其"年甫强仕而卒"）。此句中病势垂危的应是二子崇縠。垂：《海岱人文》本作"乖"。

[56] 护疾：护理其疾。

[57] 药饵：药物。相扶持：《海岱人文》本作"我自持"。

[58] 渐可：谓病情好转。

[59] 渺：邈远；渺茫。

[60] 孤榇绝人窥：指颜懋龄的遗体躺在棺材里，人们再也见不到其音容。榇（chèn）：指棺材。绝：断绝；拒绝。窥：观看。

[61] 厝（cuò）：停柩待葬。别墅：亦称"别业"。指本宅外另置的园林建筑游息处所。

[62] 幼子：指颜懋龄第三子颜崇柏。《海岱人文》本作"幻子"，误。

[63] 阿嫂：指颜懋龄之妻。没：《海岱人文》本作"殁"。

[64] 旋：不久。折摧：犹死亡。

[65] 会：《海岱人文》本作"果"。

[66] 蔚然：草木茂密貌。

[67] 不虞：意料不到。已：《海岱人文》本作"色"。

<h1 style="text-align:center">联句[1]</h1>

我醉问明月，清光[2]奈尔何？
月色与妾色，最爱是藤萝。

【注释】

[1] 联句是作诗方式之一。由两人或多人各成一句或几句，合而成篇。旧

传始于汉武帝和诸臣合作的《柏梁诗》。

[2] 清光：清亮的光辉。此处指月光。

题金坛王方度视膳图[1]

大坯山[2]头乌夜啼，湖光荡波星未稀。
小雏哑哑苦母饥，欲图反哺东西飞[3]。
昭阳云渺不可见，时顾日影伤别离[4]。
笑尔鸿雁徒自养[5]，道傍梁稻实累累[6]。
有食不食鸣何急？却恋巢中增嘘唏[7]。
蒲中有菰甘且滑[8]，但使相对如含饴[9]。
吁嗟乎[10]！我思王子重三叹[11]。
将母不遑图视膳[12]，义乌久名浙江县[13]。

【注释】

[1] 这是一首题画诗，旨在弘扬孝道，赞美孝行。诗中也表现了"忠"与"孝"难以两全的矛盾，肯定了舍忠取孝的做法。

金坛，市名。今属江苏省常州市。王方度：生平事迹待考。视膳：古代臣下侍奉君主或子女侍奉双亲进餐的一种礼节。

[2] 大坯山：山名，在河南省浚县境内。

[3] "小雏"句：小乌鸦哑哑地叫着，因其母遭受饥饿而愁苦，到处飞奔觅食想要喂养其母。哑哑（yā yā）：象声词。乌鸦鸣叫声。反哺：乌雏长成，衔食喂养其母。后比喻报答亲恩。

[4] "昭阳"句：化用了唐王昌龄《长信怨》诗中"玉颜不及寒鸦色，犹带昭阳日影来"的意象，意指王方度因在京为官为君尽忠，不能在父母身边侍奉尽孝而悲伤。昭阳：汉宫殿名。后泛指后妃所住的宫殿。此处代指京城。云渺：高远貌。日影：喻指君恩（日，喻指皇帝）。

[5] 自养：犹自奉；自给。

[6] 梁：通"粱"。累累：连接成串。

[7] 嘘唏（xū xī）：悲泣；抽噎；叹息。

[8] 蒲：植物名。香蒲。嫩时可食。菰（gū）：植物名，嫩茎的基部经某种菌寄生后，膨大，即平时食用的茭白。果实狭圆柱形，名"菰米"，可以食用。

[9] 含饴（yí）：谓含饴弄孙（饴，饴糖，用麦芽或谷芽之类熬成）。形容

老人自娱晚年，不问他事的乐趣。

[10] 吁嗟乎：叹词。表示有所感。

[11] 重（zhòng）：副词。表示程度深，相当于"极""甚"。三叹：多次感叹，形容慨叹之深。

[12] 将：供养；奉养。不遑：无暇，没有闲暇。图：绘画；描绘。

[13] 义乌久名浙江县：今浙江义乌市史上除此名外，亦曾名"乌伤""乌孝"。据南朝宋刘敬叔《异苑》卷十记载："东阳颜乌，以纯孝著闻。后有群乌衔鼓，集颜所居之村，乌口皆伤。一境以为颜至孝，故慈乌来萃，衔鼓之兴，欲令聋者远闻。即于鼓处立县，而名为'乌伤'。王莽改为乌孝，以彰其行迹云。"《水经注》也有类似记载。颜懋伦此诗句中的"义乌"或与这些传说有关，旨在赞美王方度之孝。

次姜三藻亭韵，赠别蒋拙存学正[1]

梁燕语绸缪[2]，高天起暮愁。
壮怀依白发[3]，别恨入新秋[4]。
细雨芳郊[5]树，晓钟[6]古渡舟。
长淮[7]碧若此，只是路悠悠。

【注释】

[1] 这是一首送别诗，表达了与友人深挚的情意和离别的哀伤。情景交融，音韵绵长。

姜三藻亭：浙江山阴人，寓居山东济南。颜懋价有《送别姜藻亭还山阴》一诗。蒋拙存：蒋衡（1672—1743），原名振生，字湘帆，一字拙存，号江南拙叟。江苏金匮（今属无锡）人。在西安观碑林时，发现唐代《开成石经》出于众手，书杂又失校核，决心重写《十二经》，历时十二年乃成。由江南河道总督高斌于乾隆五年转呈朝廷，收藏在懋勤殿，蒋衡因此被授为国子监学正。翌年，谕旨以蒋衡手书为底本，刻石太学，定名为《乾隆石经》。后以恩贡选英山县教谕，又举鸿博，皆力辞不赴。著有《拙存堂诗文集》《易卦私笺》《拙存堂临帖》等。学正：宋、元、明、清国子监所属学官。协助博士教学，并负训导之责。

[2] 梁燕：梁上的燕。绸缪（chóu móu）：情意殷切。

[3] 壮怀依白发：即"白发依壮怀"，谓蒋衡虽已年老发白却依然壮志在怀。

[4] 新秋：初秋。

[5] 芳郊：花草丛生之郊野。

[6] 晓钟：报晓的钟声。

[7] 长淮：指淮河。

拙存夜发有诗和之送别[1]

月斜天瑟瑟[2]，白首送将归。

鸿雁当来集，音书亦不稀。

参旗[3]若为别，渐与晨星违[4]。

秣马[5]秋风里，秋风力尚微。

【注释】

[1] 诗写送别，与前诗同是为蒋衡送行。想象丰富，颔联运用了鸿雁传书的典故，颈联以参旗喻蒋衡，以晨星喻众人，以参旗下沉离开众星喻友人离别，不得相见，生动形象。

[2] 瑟瑟：萧索貌；寂寥貌。

[3] 参（shēn）旗：星名。属毕宿，共九星，在参星西。又名"天旗""天弓"。

[4] 晨星：晨见之星。违：远。

[5] 秣马：饲马。

赠别上虞倪子秦如（倪为文正公元孙）[1]

愧尔忠臣裔，犹余烈士须[2]。

到今思版荡[3]，先日最欢虞（先河间公出文正之门)[4]。

秋墓人尝荐[5]，荒祠岁赐租[6]。

别来心转戚，斜月堕高梧[7]。

【注释】

[1] 这是一首送别诗，既抒发了友人离别的伤感，也追忆了两家先祖的事迹和交往，表达了对殉难祖先的崇敬和赞美。

倪子秦如：明末倪元璐玄孙。颜懋价有《送倪秦如太学南归》一诗。上虞：今属浙江省绍兴市。文正公：指明末大臣倪元璐（1593—1644），字玉汝，浙江上虞人。天启二年（1622）中进士，授翰林院编修，官至户部、礼部尚书，两兼翰林院学士。崇祯十五年（1642）闻清兵入至北京，元璐毅然尽鬻家产以征兵，募得死士数百人，驰赴北京，并向思宗陈述制敌之法，思宗拜为户部尚书。1644 年三月，李自成陷北京。城陷之日，元璐在家乡整衣冠拜阙，曰："以死谢国，乃分内之事。死后勿葬，必暴我尸于外，聊表内心之哀痛。"遂自缢。福王时谥文正，清改谥文贞。工诗文绘画，善书法，传世作品有《舞鹤赋卷》《行书诗轴》等，著有《倪文贞公文集》等。

[2] 烈士：有气节有壮志的人。须：胡须。

[3] 版荡：版，同"板"。《诗·大雅》有《板》《荡》两篇，皆刺周厉王暴虐无道，而致天下不宁。后因以"版荡"指动乱不安。

[4] 先日：从前。欢虞：同"欢娱"，欢乐。河间公：指颜懋伦的高祖父颜胤绍，明末时曾死守河间，颜胤绍于崇祯四年（1631）中进士，时倪元璐任主考官。科举考试及第者对主考官自称"门生"。

[5] 荐：祭祀时献牲。

[6] 祠：祠堂；庙。颜胤绍殉难后，河间人立祠纪念，祈请保佑一方平安。赐租：谓蠲免赋税。

[7] 堕：落；落下。高梧：高大的梧桐树。

哭谭儿[1]

呼遍阿谭谭不闻，荒林白日叶纷纷。
慈亲记尔啖山药[2]，一碗亲来浇汝坟。

【注释】

[1] 这是一首伤悼诗。谭儿是诗人亲生之子，不幸夭亡。查《颜氏世家谱》，知颜懋伦二子崇枏、崇桽皆为其嗣子。《海岱人文》本诗题作《悼谭儿》。

[2] 慈亲：慈爱的父母。啖（dàn）：吃。

题长山聂生印谱[1]

长白之山[2]青蒙蒙，曼[3]乎聂生处其中。
隆准深目颧不丰[4]，穆穆落落如孤松[5]。
手追羲颉通爻象[6]，刀笔[7]岂与文吏同？
河水南下洛水改[8]，龟龙尽亚洪涛风[9]。
九州鼎沉峋嵝灭[10]，盘匜[11]之铭徒废铜。

秦相师心不师古[12]，车马独留岐阳功[13]。

一别太学不可见，睹尔篆刻心蕴隆[14]。

开卷光摄如渥丹[15]，晓窗旭日何瞳瞳[16]！

自言学此非雕虫[17]，人或嗤[18]之听者聋。

学以致道夫子训[19]，琢之磨之同百工[20]。

嘻吁乎[21]，琅琊之东东蒙云[22]。

聂生之师我所闻，安丘老子张卯君[23]。

【注释】

[1] 此诗作于1740年，长山聂生至曲阜核辨金石，结识颜懋伦、颜懋企兄弟，并向二人索题。颜懋企有《题长山聂松岩印谱》一诗。颜懋伦此诗肯定了聂生辑集印刻之功，赞美了其高超的篆刻技艺。

长山聂生：指聂际茂（1700—?），字松岩，号怀古堂。山东长山（今邹平）人。诸生。乾隆十七年（1752），应宋弼之请游京师，被纪昀聘为西席。乾隆二十六年（1761）恩贡。乾隆三十六年（1771）尚在。性淳笃，通六书，尤工篆刻。师从清初著名篆刻家张在辛，所作雅健高古。有《怀古堂印谱》行世。

[2] 长白之山：即长白山。在山东邹平南、章丘市和淄博市之间。因山中云气常白得名。

[3] 曼：美。

[4] 隆准：高鼻。深目：眼睛凹陷。颧不丰：指颧骨高，面颊瘦。

[5] 穆穆：宁静；静默。落落：形容孤高，与人难合。

[6] 羲：指伏羲。古代传说中的三皇之一。相传其始画八卦。颉（jié）：指仓颉：古代传说中的汉字创造者。文象：《周易》中的爻辞和象辞。泛指《易传》。

[7] 刀笔：古代书写工具。古时书写于竹简，有误则用刀削去重写。

[8] 河水：专指黄河。洛水：古水名。即今河南省洛河。

[9] 龟龙：龟和龙。古人以为均是灵物。亚：俯；偃俯。洪涛：大波浪。

[10] 鼎：相传夏禹铸九鼎，历商至周，为传国的重器。岣嵝（gǒu lǒu）：衡山七十二峰之一，在今湖南衡山县西。古来称为衡山的主峰，故衡山又名岣嵝山。山上有碑，字形怪异难辨，后人附会为禹治水时所刻。

[11] 盘匜（yí）：古代盥洗器皿盘与匜的并称。盘以承水，匜以注水。

[12] 师心：以心为师，自以为是。师古：效法古代。

[13] 车马独留岐阳功：周孝王时，秦先祖非子因养马有功被周王分封，

成为周的附庸国。秦人此后世代为周王室养马并戍守西部边境，对抗西戎。公元前771年，周幽王被西戎所攻杀，秦襄公因率兵救周有功，而得到周平王的赏识。公元前770年，秦襄公派兵护送周平王东迁，被封为诸侯，又被赐封岐山以西之地。公元前750年，秦文公派兵讨伐西戎，西戎败逃。秦文公收周朝的遗民归为己有，地盘扩展到岐山，把岐山以东的土地献给周天子。岐阳：岐山之南。

[14] 蕴：积聚；蓄藏。隆：隆盛。

[15] 光摄：光芒；光彩。渥（wò）丹：润泽光艳的朱砂。

[16] 曈曈：日初出渐明貌。

[17] 雕虫：比喻从事不足道的小技艺。

[18] 嗤：讥笑；嘲笑。

[19] 学以致道夫子训："学以致道"出自《论语·子张第十九》："子夏曰：'百工居肆以成其事，君子学以致其道。'"

[20] 琢之磨之同百工：《海岱人文》本作"琢之磨同之百工"，误。百工：各种工匠。

[21] 嘻吁（yù）乎：象声词。表示叹息。

[22] 琅琊：亦作"琅邪""琅玡"。山名。在今山东省诸城市东南海滨。秦始皇曾至此，在山上建琅邪台并留有刻石。《史记·秦始皇本纪》："南登琅邪，大乐之，留三月。"东蒙：山东省蒙山的别称。因在鲁国东面，故名。

[23] 安丘：即今山东省安丘市。老子：对老年人的泛称。张卯君：指清初书法家、金石鉴赏家张在辛（1651—1738），字卯君，一字兔公，号白亭、柏庭。山东安丘人。张贞长子。少承家学，从理学家刘源渌问学。后拜谒郑簠学隶书，师周亮工、程邃受印法。康熙二十五年（1686）拔贡入太学，后授观城教谕。性如乃翁，无意做官，常与王渔洋、蒲松龄、魏禧、王岱、曹贞吉、尤侗、朱彝尊、高凤翰、金冬心等天下名士交游，潜心诗、书、画、印。

百合[1]

朝开暮敛太憨生[2]，百合如君最称名[3]。
今夕觉来眠不得[4]，沉沉和月到三更[5]。

【注释】

[1] 诗写夜间所见百合，表达了一种隐微的孤独寂寞之感，似有愁事萦怀。

[2] 敛：收拢。憨生：娇痴（生，助词，无义）。

[3] 称名：名称符合。

[4] 今夕觉来眠不得：今夜醒来后就再睡不着了。

[5] 沉沉：形容寂静无声。和月：与月相伴。

题张大虚斋训子图[1]

古松郁黔黔[2]，平溪鸣硌硌[3]。

茗碗淡夕清[4]，书声出林樾[5]。

阿翁信眉山[6]，儿子近康乐[7]。

味道在忘机[8]，小僮颇浑噩[9]。

空翠湛天光[10]，微风动丛薄[11]。

景趣[12]纷无穷，冥悟[13]深于昨。

眄[14]念山中人，孙复如可作[15]。（时虚斋秉铎[16]泰安）

【注释】

[1] 这是一首题画诗，赞美了张虚斋父子淡泊自守、潜心读书问学的高洁追求。颜懋侨有《题张广文伯刚岱麓课子图》诗，可能与颜懋伦此诗同时而作。

张大虚斋：张存仁，字虚斋，号伯刚，别号愚亭。山东胶州人。康熙五十六年（1717）举人，雍正二年副贡，除陵县训导，升鳌山卫教授，因裁卫而改任泰安府学教授。后以终养告归，作《归来吟》以明志。存仁性谦和，嗜学不倦，读书常以午夜为止，课士以立身制行为旨，以清慎著称。擅丹青，好吟咏。曾与同邑高凤翰学诗于纪汝奭。著有《岱游草序》《乐轩吟》《愚亭诗集》三卷。

[2] 郁黔黔（cǎn cǎn）：形容幽暗、暗淡。

[3] 硌硌（gè gè）：象声词。

[4] 茗碗：茶碗。夕清：傍晚时的清净。

[5] 林樾（yuè）：林木；林间隙地。

[6] 阿翁：父亲。信：果真，确实。眉山：宋代大文学家苏轼的代称。苏为四川眉山人，故称。

[7] 康乐：指南朝宋文学家谢灵运。《宋书·谢灵运传》："［灵运］袭封康乐公，性奢豪，车服鲜丽，衣裳器物，多改旧制，世共宗之，咸称谢康乐也。"

[8] 忘机：消除机巧之心。常用以指甘于淡泊，与世无争。

[9] 浑噩：形容无知无识，糊里糊涂。

[10] 空翠：指碧空，苍天。湛：澄清貌。

[11] 丛薄（bó）：丛生的草木。

[12] 景趣：由景色而生的情趣。

[13] 冥悟：谓从蒙昧中省悟。

[14] 眄（miàn）：盼望；眷顾。

[15] 孙复（992—1057）：北宋初学者。字明复。晋州平阳（今山西临汾）人。因曾隐居泰山，世称泰山先生。曾任秘书省校书郎、国子监直讲，官至殿中丞。其学上祖陆淳，下开胡安国。和胡瑗、石介提倡"以仁义礼乐为学"，并称"宋初三先生"。以继承儒家道统自居。注经重探寻本义，不惑传注，开宋代以义理解经的风气。主要著作有《春秋尊王发微》《睢阳子集》。如：如同。可作：再生；复生。

[16] 秉铎（duó）：指担任文教之官。

渡汶[1]

几渡汶阳[2]道，春风感逝涛[3]。
来承毛义檄[4]，去领卫真曹[5]。
水缓浮鸥[6]定，沙平落日高。
回瞻空岱色[7]，惆怅避山嚣[8]。

【注释】

[1] 此诗是诗人即将任职河南鹿邑时所作。作者心情复杂，既有学优则仕、立身扬名的渴望，又有辞亲离乡、宦海难测的忧虑。体物工细，含思婉转，意境清迥。

汶：水名。即今大汶河。源出山东省莱芜市北，西南流经古嬴县南，古称嬴汶，又西南汇牟汶、北汶、石汶、柴汶至今东平县戴村坝。

[2] 汶阳：古地名。春秋鲁地。在今山东泰安市西南一带。因在汶水之北，故名。

[3] 逝涛：即"逝水"。指一去不返的流水。

[4] 毛义檄：汉毛义以孝行称，府檄至，令其守安阳，义捧檄而喜。后有人轻视其因做官而喜悦，及义母去世，义遂不仕，方知义往日之喜为亲。后遂以"毛义檄"为孝子因养亲而屈志出仕的典故。亦泛指出仕为官。

[5] 卫真：古地名，即老子故里卫真县，今天的河南省鹿邑县。宋真宗赵恒于大中祥符七年（1014）来鹿邑朝拜老子之后，下诏改真源县为卫真县。曹：称呼管某事的职官。

[6] 浮鸥：鸥鸟。常比喻飘忽不定。

[7] 回瞻：犹回望。岱：指泰山。

[8] 罛（áo）：山凹之地。

拟古[1]

春雨同黄金，秋雨同商音[2]。
少妇背灯坐，回手压重衾[3]。
妾作青莲子[4]，郎作无弦琴[5]。
弃轸[6]不复弹，何以解[7]苦心。
转念初昏[8]时，瞡视[9]独沉吟。
惭谢[10]农家妇，南亩乐且耽[11]。

【注释】

[1] 这是一首弃妇诗，表现了被丈夫抛弃冷落的女子内心的痛苦。诗中景物描写、对比描写、人物动作描写和心理描写都十分精彩，双关兼比喻的手法形象而含蓄，引人联想。

[2] 商音：五音之一。亦指旋律以商调为主音的乐声。其声悲凉哀怨。

[3] 回手：反掌。重衾（chóng qīn）：两层被子。

[4] 莲子："怜子"谐音，表示爱慕之意。又莲心苦涩，寓意内心苦痛。

[5] 无弦琴：没有弦的琴。弦，比喻妻子。

[6] 轸（zhěn）：弦乐器上系弦线的小柱，可转动以调节弦的松紧。此处代指琴。

[7] 解：《海岱人文》本作"知"。

[8] 初昏：谓刚通婚或结婚不久。昏：通"婚"。

[9] 瞡（mián）视：含情而视。

[10] 惭谢：羞惭谢过。

[11] 南亩：谓农田。南坡向阳，利于农作物生长，古人田土多向南开辟，故称。耽：玩乐；沉湎。

任城阻雨[1]

湖水吹云屋角行，茅檐渐作洞泉声。
萧萧可似[2]桐阴下，正有客来拖屐[3]迎。

【注释】

[1] 诗写雨景，想象丰富，比喻恰当。

任（rén）城：古县名。今属山东济宁市。

[2] 可似：真似；正像。

[3] 屐（jī）：木制的鞋，底大多有二齿，以行泥地。

大梁道中[1]

驿路迢遥万柳通[2]，午阴[3]如盖碧朦胧。
客谈贾鲁[4]新河水，人受陈留[5]古郡风。
有水俱看荷点点[6]，无田不种豆芃芃[7]。
盛朝正讲沟洫[8]法，怅望公孙遗爱中[9]。

【注释】

[1] 诗写大梁道中所见、所闻、所感，抒写诗人为官一方、造福于民的心志。

大梁：古地名。战国魏都。在今河南省开封市西北。隋唐以后，通称今开封市为大梁。

[2] 迢遥：远貌。通：连接。

[3] 午阴：中午的阴凉处。此处指树荫下。

[4] 贾鲁（1297—1353）：元河东高平（今属山西）人，字友恒。至正四年（1344）黄河决口，河道北移。十一年，贾鲁任工部尚书、总治河防使，征发民工堵塞决口，疏通河道，使洪水南流合淮入海。为纪念其治河功绩，此河称之为贾鲁河。

[5] 陈留：郡、国名。西汉元狩元年（前122）置郡，治陈留（今开封东南）。西晋改为国，移治小黄（今开封东北）。南朝宋复为郡。北魏移治浚仪（今开封市）。隋开皇初废。唐天宝、至德时又曾改汴州为陈留郡。

[6] 点点：小而多。

[7] 芃芃（péng péng）：茂盛貌。

[8] 沟洫（xù）：田间水道。借指农田水利。

[9] 怅望：惆怅地看望或想望。公孙：指春秋时郑国子产（？—前522），名侨，字子产，又字子美。郑穆公之孙，又称"公孙侨"。执政时实行改革，整顿田地疆界和沟洫，发展农业生产，并铸刑鼎，以听取国人意见。这些改革给郑国带来新气象，遗爱于民。遗爱：指留于后世而被人追怀的德行、恩惠、贡献等。这里实指子产、贾鲁等泽被后世的历史功勋。

悼亡[1]

无端[2]亦泪落，况复上心来[3]。
似有娇儿语，还教阿婢猜。
夜荧[4]前夏月，花谢故人杯。
有梦愁相见，春来更几回？

【注释】

[1] 这是一首悼念亡妻的诗歌。诗中今昔交错，现实与幻境、梦境相渗，情感真切，凄婉哀恸，语言不假雕饰。

[2] 无端：无因由，无缘无故。

[3] 况复：何况，况且。上心：放在心上；用心。

[4] 荧：指光亮。

东南风口号[1]

巽顺天然象[2]，清明最好风。
来从苦县[3]北，不到鲁门东。
赤壁涛犹壮，庾楼[4]尘已空。
有怀非竹箭[5]，无分挂江篷[6]。

【注释】

[1] 此诗当写于作者任鹿邑知县时。诗人由眼前之景生发联想，超越时空的限制，想象了赤壁与庾楼之景，终又回到眼前之景，脉络明晰。

[2] 巽（xùn）顺天然象：巽为八卦之一，代表风。又六十四卦之一，巽下巽上，象上下皆顺，不相违逆，风行无所不入之义，故又有"顺"义，《易·蒙》："童蒙之吉，顺以巽也。"巽还可指东南方，《易·说卦》："巽，东南也。"

［3］苦（gǔ）县：古县名。春秋楚县。治今河南鹿邑。东晋咸康三年（337）改名谷阳。

［4］庾（yǔ）楼：楼名。一名庾公楼，在江西九江，传说为晋庾亮镇江州时所建。后泛指楼阁。

［5］有怀：犹有感。竹箭：竹子做成的箭。此处指诸葛亮草船借箭故事。

［6］无分：没有机缘。篷：船帆。

雨后将暮[1]

纷披禾黍响牛铃[2]，晚炊人家野水汀[3]。

云嶂日沉三叠黑[4]，夕林天与十分青[5]。

读书最爱河渠志[6]，作吏谁传树艺[7]经？

归路尚遥泥正滑，溪桥又见雨溟溟。

【注释】

［1］诗写雨后暮景，表达了对优美的山水田园之景的热爱和关心水利、注重农桑的治政理念。写景高低远近错落有致，视觉描写与听觉描写结合，壮阔中富含细腻。语言清新自然而又不乏工巧之处。

［2］纷披：盛多貌。禾黍：泛指黍稷稻麦等粮食作物。

［3］野水：野外的水流。汀：水中或水边的平地。

［4］云嶂：耸入云霄的高山。三叠：犹三折。

［5］夕林天与十分青：谓傍晚的树林与天都变成了青色。

［6］河渠志：指记载河道和水利设施等事的书篇。《史记》有河渠书，宋、金、元、明、清诸史书及方志均有河渠志。

［7］树艺：种植，栽培。

送南浦从祖北归[1]

特怜风雨携阿孙，谋国[2]谋家灯夜浑。

一别龙湾秋正好，野蔬[3]黄蝶上柴门。

重来计日便如年[4]，湖水高台秋气鲜。

我自劳劳[5]公亦累，输他荒政水衡钱[6]。

【注释】

[1] 这是一组送别诗。诗写与从祖俱因离乡宦游，公务缠身，聚少离多，故觉亲情弥足珍贵。全诗情景交融，语浅情深，亲切感人。

南浦从祖：生平事迹待考。从祖，谓祖父的堂房兄弟。

[2] 谋国：为国家利益谋划。

[3] 野蔬：野菜。

[4] 计日如年：谓时间虽短，但却感到过得很长。

[5] 劳劳：辛劳；忙碌。

[6] 输：缴纳。荒政：赈济饥荒的政令或措施。水衡钱：汉代皇室私藏的钱。由水衡都尉、水衡丞掌管、铸造，故称。后泛指国币。

微雨早发[1]

霖霖收林樾[2]，泠泠近绿浔[3]。
晓禽舒逸响[4]，黄树净秋阴[5]。
妇子春兼汲[6]，耕农犊胜金。
归田[7]空怅望，云物自无心[8]。

【注释】

[1] 这是一首山水田园诗，表达了诗人对归田隐居生活的向往。景物描写细致，绘声绘色，动静结合，远近错落有致。

[2] 霖霖：雨连绵不止貌。亦状雨声。林樾（yuè）：林木；林间隙地。

[3] 泠泠：清凉貌。绿浔：绿水边（浔，音 xún，水边）。

[4] 逸响：高声。

[5] 秋阴：秋季雨天的阴凉之气。

[6] 妇子：指妻子儿女。春兼汲：舂米和汲水。

[7] 归田：谓辞官回乡务农。

[8] 云物：景物，景色。无心：犹无意。

宋京兆西陂园林[1]

冬气碧如洗，西陂雪欲残。
到门多野竹，过舍得清湍[2]。
迟日[3]樱桃赋，夕风红蓼[4]滩。

有怀芳物尽[5]，嘉遁[6]慕陶潜。(园有樱桃堤、红蓼轩)

异代司徒宅 (旧为侯司徒别业)[7]，新传阁老亭 (谓文康公)[8]。
删[9]松云月白，放鸭水风青 (放鸭亭名)。
高阁人何远 (时方送舍弟北归)，寒林我独经。
舍亭有清尚[10]，宜与咏蓁苓[11]。

【注释】

[1] 此组诗描写了西陂园林的美景，赞美了宋京兆的高尚节操，表达了放情山水、隐逸自然的渴望和思乡念亲的愁绪。

宋京兆西陂：宋荦 (1634—1714)，字牧仲，号漫堂、西陂等。河南商丘人。历任湖广黄州通判、刑部员外郎、直隶通永道、山东按察使、江西巡抚、江苏巡抚、吏部尚书等。一生著述颇丰，有《绵津山人诗集》《西陂类稿》《漫堂墨品》《筠廊偶笔》《沧浪小志》等。京兆，京兆尹的省称，指京都地区的行政长官。宋荦的西陂园林，坐落在商丘城西南16里的史家河畔，原有溪流竹树之胜，一时名人多题咏。

[2] 清湍：清激的急流。

[3] 迟日：《诗·豳风·七月》："春日迟迟。"后以"迟日"指春日。

[4] 红蓼 (liǎo)：蓼的一种。多生水边，花呈淡红色。

[5] 有怀：犹有感。芳物：芳香之物。多指花卉草木。

[6] 嘉遁 (dùn)：旧时谓合乎正道的退隐，合乎时宜的隐遁。

[7] 异代：前代，前世。侯司徒：指侯恂，侯方域之父，明崇祯年间官户部尚书。

[8] 阁老：明清时用为对翰林中掌诰敕的学士的称呼。文康公：指宋荦之父宋权 (1598—1652)，字符平，号雨恭，又号梁园、归德老农。河南商丘人。明天启五年 (1625) 进士。由山西太原府阳曲县知县累官顺天巡抚。崇祯末降清，授原官，官至内翰林国史院大学士。曾两主会试。在官六年，致仕归。卒后赠光禄大夫，少保兼太子太保，谥号文康。

[9] 删：砍削；剪除。

[10] 清尚：清白高尚。亦谓高尚的节操。

[11] 蓁苓 (zhēn líng)：榛木与苓草 (蓁，通"榛")。《诗·邶风·简兮》："山有榛，隰有苓，云谁之思? 西方美人。"孔颖达疏："山之有榛木，隰之有苓草，各得其所。"后因以"榛苓"喻指贤者各得其所的盛世。

阳夏道中重晤许司马五塘[1]

愧我得三益[2]，事君长五年。
到来逢夕月，别去见寒烟。
物誉清风永[3]，人伦水镜悬[4]。
所思歌杨柳，同泛汴渠[5]船。

方雅[6]如君少，兼识事外[7]心。
自书齐物[8]论，为注慎言箴[9]。
灯绿觉寒重，星高知夜深。
溯洄望漷水[10]，鱼鸟任浮沉。

【注释】

[1] 此组诗叙写了与许五塘的交往、会面之事，赞美了许氏的才华、品行、情操等。

阳夏（jiǎ）：古县名。秦始置，隋改名太康县，沿用至今。今属河南省周口市。许司马五塘：疑为山东滕州人，与颜懋伦为小同乡，曾任扬州同知。后有诗《吊维扬许五塘司马》，可参看。

[2] 三益：谓直、谅、多闻。语本《论语·季氏》："孔子曰：益者三友，损者三友。友直，友谅，友多闻，益矣。"此处借指良友。

[3] 物誉：声望，声誉。清风：高洁的品格。

[4] 人伦：谓品评或选拔人才。水镜：谓明鉴，明察。

[5] 汴渠：河川名。即汴河，也称通济渠。

[6] 方雅：雅正。

[7] 事外：指尘世之外。

[8] 齐物：春秋、战国时老庄学派的一种哲学思想。认为宇宙间一切事物，如生死寿夭，是非得失，物我有无，都应当同等看待。这一思想，集中反映在庄子的《齐物论》中。

[9] 慎言：出言谨慎。箴：文体的一种。以规劝告诫为主。

[10] 溯洄：亦作"溯回"。逆流而上。《海岱人文》本作"溯徊"。漷（kuò）水：古水名。即今山东滕州市郭河，一名南沙河。下游本西注泗水，元明以来时有变迁，今合南梁河入运河。

寄哭三舅[1]

三载不相见，信来疑未真。
老遗无子恨，冤重陟冈[2]人。
汉井虚秋夕[3]（所居村舍有汉时井），雩坛[4]闭暮春。
自伤生别[5]后，又复断河滨。

一病知难起，感时独泪垂。
慈闱犹梦别（讣来之前夕母梦舅来别）[6]，去日久伤离。
为位[7]哀难尽，縻官制又亏[8]。
归来成隔世，我意辑遗诗。

【注释】

[1] 这是一组伤悼诗。大约作于1744年诗人任鹿邑知县期间。诗人收到三舅去世的消息异常悲伤，但因官任在身不能回乡奔丧，故赋诗寄怀。诗中叙事、描写、抒情相结合，情感真挚动人，风格哀婉凄切，语言质朴无华。

三舅：指孔毓璘，字叔玉，别字绣谷，乡谥"文夷"。山东曲阜人。孔子六十七代孙，曲阜知县孔兴认第三子，曲阜"湖山吟社八子"之一。以贡生官顺天府昌平州判，授征仕郎。著有《水木山房诗》，今不传。

[2] 陟（zhì）冈：《诗·魏风·陟岵》："陟彼冈兮，瞻望兄兮。"后因以"陟冈"为怀念兄弟之典。

[3] 秋夕：秋日黄昏。

[4] 雩（yú）坛：即舞雩坛，古时祈雨所设的高台，在曲阜城东南。孔子与其弟子暮春之时"浴乎沂，风乎舞雩"即此地。见《论语·先进》。

[5] 生别：谓生生别离。

[6] 慈闱犹梦别：谓母亲梦到舅父来辞别。按：牛运震《空山堂文集》卷七《颜孺人孔君墓志铭》："毓璘卒，孺人梦之于鹿邑。"慈闱：亦作"慈帏""慈帷"。旧时母亲的代称。讣（fù）：告丧文书。

[7] 为位：居官任职。

[8] 縻（mí）官：被官职牵制束缚。制：古代丧服的礼制。

雪[1]

堕下都无意，吹来似不寒。

最奇惟树色，绝好是晨看。

料峭[2]回风善，晶莹净业[3]宽。

莫愁销[4]易尽，雪苑尚荒残。

【注释】

[1] 诗歌从视觉和触觉角度写雪景，表现了对美丽景致的由衷喜爱。

[2] 料峭：形容微寒。

[3] 净业：佛教语。清净的善业。一般指笃修净土宗之业。

[4] 销：融化，消融。

田家雪[1]

东风飂飂[2]夜何急，人家睡着寒语涩[3]。

开门始知雪已深，屋外空蒙惟一色[4]。

东阡[5]盈尺西堤平，但见溪水气浮碧。

天帝如欲贵异物[6]，有树尽变琼瑶[7]质。

野乌在巢亦不鸣，颠毛[8]欲作老翁白。

垄中有蕨蕨欲苗[9]，昨日观者今无迹[10]。

闻说种雪如种玉[11]，丰年之兆盛稼穑[12]。

村中社鼓赛神出[13]，贫女无柴犹掩泣[14]。

【注释】

[1] 这是一首七言古体诗。作者从视觉、听觉和触觉多角度地、细致地描写雪景，既有自然景观的描写，又有生活场景的描写。时间上由深夜至平明，空间上由远及近，脉络清晰，层次井然。

[2] 飂飂（liù liù）：风声。

[3] 语涩：说话艰难，不流利。

[4] 空蒙：迷茫貌；缥缈貌。一色：单色；一种颜色。

[5] 阡：指野外，郊外。

[6] 异物：珍奇的东西。

[7] 琼瑶：美玉。

[8] 颠毛：头顶的毛发。

[9] 蕨：多年生草本植物。生在山野。嫩叶可食，俗称蕨菜。亦泛指蕨类植物。茁：草初生出地貌。亦泛指植物的生长。

[10] 无迹：没有踪影；没有痕迹。

[11] 种玉：形容雪景。

[12] 稼穑：指农作物；庄稼。

[13] 社鼓：旧时社日祭神所鸣奏的鼓乐。赛神：谓设祭酬神。

[14] 掩泣：掩面而泣。

题朱绳武香溪诗卷 (竹垞先生之孙)[1]

秋树黄看微雨后[2]，碧鸥吟在晓霜[3]时。
今朝天气晴如此，携得朱郎七字诗[4]。

说经旧折充宗角[5]，开卷如读书字铭[6]。
惆怅君家先检讨[7]，秀州湖色落帆亭[8]。

【注释】

[1] 此诗赞美了朱绳武的多项才能，尤其是文学才华。
朱绳武：即朱振祖（1703—?），字绳武，号香溪、醙舫，浙江秀水（今嘉兴）人。朱彝尊（字竹垞）曾孙，朱桂孙子。颖异多才，度曲自谐音律，书宗欧阳，尤善指墨花卉，生动可观。著有《醙舫吟草》《耕砚田斋笔记》等。

[2] 秋树黄看微雨后：微雨过后，秋树看上去更黄了。

[3] 晓霜：早晨的霜露。

[4] 七字诗：七言诗。

[5] 说经旧折充宗角：汉元帝时，少府五鹿充宗治梁丘《易》，以贵幸善辩，诸儒莫敢与抗论。人有荐朱云者，云入，昂首论难，驳得充宗无言以对。诸儒为之语曰："五鹿岳岳，朱云折其角。"事见《汉书·朱云传》。后以"折角"喻指雄辩，能在争论中驳倒对方。

[6] 书字：文字。铭：刻写在器物上的文辞。

[7] 惆怅君家先检讨：指朱振祖曾祖父朱彝尊曾任翰林院检讨。检讨：官名。唐宋均曾设置，掌修国史，位次编修。明清一般以三甲进士之留馆者为翰林院检讨。

[8] 秀州：州名。五代吴越置。治嘉兴（今市）。宋升为嘉兴府。落帆亭：

在今浙江嘉兴市。始建年代无考，清光绪六年（1880）再建。

顾明府官舍并蒂芍药歌[1]

晓日初升照帘幕。银瓶换水风绰约[2]。
美人见我新芍药。一枝袅作同心萼[3]。
夭艳妨他惊且愕[4]。含羞含睇[5]愁见客。
晕靥两辅纷香濯[6]。丫髻双骨红云络[7]。
赵家姊妹承恩沃[8]。軃袖欲舞魂狞弱[9]。
六宫嫱嫔颜色恶[10]。栏干罢奏清平乐[11]。
南禅古寺[12]春寂寞。此花有诗自我作。
繁英并蒂何的烁[13]。东皇亦恐伤力薄。
溱洧儿女徒相谑[14]。

【注释】

[1] 这是一首七言咏物诗，诗中运用比喻兼拟人的手法赞美了并蒂芍药之美，采用了柏梁体的诗歌体式，句句用韵。

顾明府：某顾姓县令，生平事迹待考。官舍：官署；衙门。

[2] 绰约：柔婉美好貌。

[3] 袅：摇曳；颤动。萼：花萼、萼片的总称。

[4] 夭艳妨他惊且愕：谓并蒂芍药非常艳丽，使得美人见到后很惊讶。

[5] 含睇：含情而视（睇，音 dì，微微地斜视）。

[6] 晕靥两辅纷香濯：谓并蒂芍药就像美女红晕的香气四溢的脸颊。晕靥（yè）：红晕的面颊；施以粉黛的面庞。辅：面颊。濯：本为洗涤，涤荡，此处为溢出，四散。

[7] 丫髻：指丫形发髻。络：笼罩。

[8] 赵家姊妹：指赵飞燕及其妹合德。飞燕善舞，合德柔媚，二人同得宠于汉成帝。承恩：蒙受恩泽。沃：盛多貌。

[9] 軃（duǒ）：下垂。狞弱：凶恶而怯懦，即色厉内荏。

[10] 六宫：古代皇后的寝宫，正寝一，燕寝五，合为六宫。因用以称后妃或其所居之地。嫱嫔：嫱和嫔，皆古代宫内女官名。颜色恶：容貌丑陋。

[11] 清平乐：唐代教坊曲名，后用为词牌、曲牌名。此处泛指乐曲。

[12] 南禅古寺：此处泛指寺庙。南禅，禅宗至第五世弘忍门下，分成北方神秀的渐悟说和南方慧能的顿悟说两宗。但后世唯南方顿悟说盛行，主张不

立文字，直指人心，顿悟成佛。

[13] 繁英：繁盛的花。的（dì）烁：明亮。

[14] 溱洧（zhēn wěi）：溱水与洧水。在今河南省。《诗·郑风》篇名。诗写男女春游之乐。相谑：互开玩笑。多指男女间互相戏谑狎玩。《诗·郑风·溱洧》："维士与女，伊其相谑，赠之以芍药。"

送八弟归里[1]

岂谓能相见，携将[2]致毁身。
笑颦[3]都是泪，岁月已如尘。
堂上添黄发[4]，膝前[5]有几人？
言归[6]思共载，不是为官贫。

【注释】

[1] 颜懋伦时在鹿邑为令，其母亦随宦在此。八弟前来探望，旋即归里，诗人赋诗送别。诗人虽能与母亲朝夕相见，不废天伦之乐，但诗中仍表达了致母亲流落异乡的惭愧之意和对家乡的思念之情。

八弟：指颜懋伦之弟颜懋价。详见《癸乙编·将至齐州忆八弟河南》注释[1]。

[2] 携将：扶持。

[3] 笑颦：谓欢笑或皱眉。

[4] 堂上：此处指颜懋伦母亲。黄发：指年老。

[5] 膝前：指父母的身边。

[6] 言归：回归。言，助词。

舅母陆恭人哀辞二十韵[1]

阿舅[2]书来日西颓，其时秋气纷纷催。
缄封[3]不署平安字，才读一行心烦灰。
吾以未生伯舅[4]死，微闻阿母初嫁来。
五月新衣易麻绖[5]，至今明镜蒙尘埃。
不饮不食夜不哭，身欲从之翁姑哀[6]。
但言妇在儿犹在，矧尔叔姑皆婴孩[7]。
含悲再拜敢不听，捐躯易毕儿女怀。

死节立孤岂足论，念我翁姑重徘徊。

寡鹄未死萱花萎[8]，君公戚戚年岁衰[9]。

诸舅娶妇诸母嫁[10]，身集荼蓼无嫌猜[11]。

吾母居近恩犹厚，时因过从得追陪[12]。

西堂洒泪话夙昔[13]，明月皓皓当庭槐。

余才韶龀[14]弟方幼，抚摩不厌声喧豗[15]。

四十年来将宾祭[16]，室事堂事发如皑[17]。

双阙表门嗣子贵[18]，萧萧布素忘金钗[19]。

岁华易阻离别起，奉母远过梁王台[20]。

前月有书来问讯，勤勤[21]念母今春回。

忽接凶闻痛欲绝，友朋亦为罢举杯。

转念太守[22]隔万里，北风呜呜哭珠厓[23]（时表弟方守琼州）。

【注释】

[1] 这是一首伤悼诗。颜懋伦在鹿邑忽闻舅母陆恭人亡故之讯，赋诗以抒其哀。诗中记述了舅母默默奉献、辛苦操劳的一生，叙事、描写中饱含深情，感人至深。

恭人：古时命妇封号之一。后多用作对官员妻子的尊称。哀辞：亦作"哀词"。文体名。古用以哀悼天而不寿者，后世亦用于寿终者。多用韵语写成。二十韵：二十联诗句。但此诗实际只有十九联。

[2] 阿舅：颜懋伦的另一舅父，非诗中陆恭人之夫。

[3] 械封：信封（械，音 jiān，用同"缄"）。

[4] 伯舅：母亲的哥哥，此处指诗中的陆恭人之夫，应为曲阜世职知县孔兴认的长子，早卒。

[5] 麻绖（dié）：服丧期间系在头部或腰部的葛麻布带。

[6] 从：跟，随。指从死，殉葬。翁姑：公婆。

[7] 矧（shěn）：况且。叔姑：此处指陆恭人的小叔子和小姑子。

[8] 寡鹄：丧偶的天鹅。用以比喻寡妇或不能婚嫁的女子。此处指舅母陆恭人。萱花：忘忧草所开的花，后借指母亲。此处指陆恭人的婆婆。

[9] 君公：此处指陆恭人的公公。戚戚：忧伤貌。

[10] 诸舅娶妇诸母嫁：诗人谓舅父、姨母们先后成婚。

[11] 荼蓼："荼"和"蓼"。荼味苦，蓼味辛，因比喻艰难困苦。嫌猜：疑忌。

[12] 过从：互相往来。追陪：追随；伴随。

［13］夙昔：泛指昔时，往口。

［14］龆龀（tiáo chèn）：垂髫换齿之时，指童年。

［15］喧豗（huī）：喧闹。

［16］宾祭：谓招待贵宾和举行大祭。

［17］室事：闺房之事。堂事：谓于正厅祭祀祖先之事。

［18］双阙：古代宫殿、祠庙、陵墓前两边高台上的楼观。表：显扬；表彰。嗣子：旧时无子者以近支兄弟或他人之子为后嗣。

［19］萧萧：简陋。布素：布衣素服。布指质地，素指颜色，形容衣着俭朴。

［20］梁王台：为西汉初期梁王彭越的点将台，位于今山东省菏泽市定陶区境内。

［21］勤勤：恳切至诚。

［22］太守：指陆恭人的嗣子、颜懋伦的表弟，时任琼州太守。

［23］珠厓：亦作"珠崖"。在海南省海口市琼山区东南，此指琼州。

题卷石卷子[1]

天外浮蓝海上峰，峰头薽薽[2]动秋风。
岩花涧藻纷无数，独少游人似谢公[3]。

【注释】

［1］这是一首题画诗，诗人的想象不为画面所限，写来动静结合，视听兼备。

卷石：如拳大之石（卷：音quán，通"拳"）。颜懋伦族兄颜懋恕有室名"卷石山房"，此处"卷石"代指颜懋恕本人。卷（juàn）子：可以舒卷的横幅字画。

［2］薽薽（sù sù）：风声劲急貌。

［3］"岩花"句：山石上盛开着花儿，岩缝间布满了海藻，如此奇山，独独少了如谢灵运一样的诗人来歌咏它。谢公：指南朝宋著名诗人谢灵运（385—433），陈郡阳夏（今河南太康）人，移籍会稽（今浙江绍兴）。晋时袭封康乐公，入宋曾任永嘉太守、侍中、临川内史等职。诗作多写山水名胜，开中国文学史上的山水诗一派。明人辑有《谢康乐集》。

寄哭克四从兄[1]

送别黄河边，远涉平阳郡[2]。

时遇汾州[3]客，携有武平[4]信。

去夏多炎蒸[5]，言归暑在闰。

避热饮可消，伏湿脾已困[6]。

书病探真源，抄方参素问[7]。

卧久无良医，呕多粒不进。

长谢白发亲，儿罪疾不慎。

顾彼扶床[8]子，爷死尔需顺。

鸡鸣日向午，奄奄[9]年命尽。

讣[10]至心独疑，转思泪重抆[11]。

相将[12]复几时，艰辛半荒赈[13]。

赁妇养遗孩，施椁掩道殣[14]。

自有济物怀[15]，非关兄弟分。

良材世所希，谷松同朝蕣[16]。

鸿雁渐安集[17]，麦秋无饥馑[18]。

平畴[19]感今昔，怆然变双鬓。

重展寄我书，劝我加餐饭。

举箸不相亲，何时荐楹殡[20]。

【注释】

[1] 这是一首伤悼诗。颜懋伦时在鹿邑，得知从兄颜懋仁过世，赋此诗以寄哀。诗中回忆了从兄生前诸事，高度赞美了其济世之怀。

克四从兄：指颜懋仁，颜伯璟孙，颜肇立子。字克四，廪生。少孤，年四十一病逝。

[2] 平阳郡：三国魏正始八年（247）分河东郡置，治平阳县（今属山西临汾市）。明清时期为平阳府，大致包括今临汾与运城两市。

[3] 汾州：州、府名。北魏太和十二年（488）置州。治蒲子城（今山西隰县）。明万历中升为府。辖境扩大至今山西临县、中阳、离石、石楼等市县。

[4] 武平：古县名。东汉置，治今河南省鹿邑县西北。属陈国。建安元年（196）封曹操为武平侯于此。隋开皇十八年（598）改名鹿邑县。

[5] 炎蒸：暑热熏蒸。

[6] 伏湿脾已困：中医认为湿为六淫（风、寒、暑、湿、燥、火）之一。湿属阴邪，流行于夏季。可由表入里，逗留于脾胃、三焦及其他内脏等。伏：隐藏；埋伏。

[7] 素问：书名。《内经》的一部分。为汇集各家医论，着重论述基础理论的中医学著作。

[8] 扶床：形容年纪尚小，身高才刚能碰到床沿。

[9] 奄奄：气息微弱貌。

[10] 讣：报丧的书信

[11] 抆（wěn）：擦，揩拭。

[12] 相将：相偕，相共。

[13] 荒赈：赈济遭荒灾民，救荒。

[14] "赁妇"句：雇用妇人，喂养遗孤；施舍棺木，掩埋饿死之人。槥（huì）：小棺材。道殣（jìn）：饿死于道路者。

[15] 济物怀：济世救人的情怀。

[16] "良材"句：谓颜懋仁如谷松和木槿一样，是世之良材。谷松：长在山谷中的松树。朝蕣（shùn）：木槿的别名。唐元稹《梦游春》诗："朝蕣玉佩迎，高松女萝附。"

[17] 安集：安定和睦。

[18] 饥馑：灾荒。庄稼收成很差或颗粒无收。

[19] 平畴：平坦的田野。

[20] 荐：祭祀时献牲。殡：指灵柩。

七夕前夕送俞茂才归试[1]

纤雨繁星霡霂[2]凉，一竿清浅[3]待归航。
明朝定见天孙[4]巧，此夕犹看银汉长。
过后方知成缱绻[5]，未来真觉费思量。
莫劳乌鹊年年力，碧海青天夜已央。

【注释】

[1] 这是一首送别诗。诗人展开想象，借助神话传说，表达了对赴考友人的衷心鼓励和美好祝愿。

俞茂才：名字、事迹待考。

[2] 霡霂：小雨不断的样子。

[3] 清浅：指清浅的银河。唐孟郊《古意》诗："未得渡清浅，相对遥相望。"

[4] 天孙：指"织女星"。织女为民间神话中巧于织造的仙女，为天帝之孙，故名。

[5] 缱绻（qiǎn quǎn）：缠绵。形容感情深厚。

暮秋送八弟归里[1]

曙鸡朝白生[2]，西月光渐敛。
北风凄以厉[3]，丛筱露犹泫[4]。
鸿雁多南翔，阿弟独北返。
行行乡井[5]近，乃知游人[6]远。
聚少别尤促[7]，方别意千转。
树隐后车尘，烟暝下舂饭[8]。
独寐起中宵[9]，联床[10]隔昨晚。
邦族敬问讯，坟园肃拜展[11]。
岁晏期重来，萱帏致洗腆[12]。

【注释】

[1] 这是一首送别诗，与前《送八弟归里》盖同时之作，送别对象都是其弟颜懋价。颜懋伦鹿邑为官时，其母亦相伴。据《颜清谷四编诗》中《先母诞日展墓》，知其母生日在秋日，故颜懋价此次至鹿邑可能是为母亲庆寿。兄弟短暂相聚后又要离别，诗人不禁黯然神伤。全诗将叙事、描写、抒情巧妙地融为一体，叙事娓娓道来，人物动作描写和景物描写都生动地传达出诗人的离别感伤之情和游子思归之意。

此诗亦收入《秋庐吟草》中。

[2] 曙鸡朝白生：意谓拂晓天亮，鸡鸣声起。

[3] 凄以厉：谓寒风肆虐。

[4] 筱（xiǎo）：小竹子。泫（xuàn）：水珠下滴。

[5] 乡井：家乡。

[6] 游人：指诗人自己。

[7] 别尤促：《山左续钞》作"尤别促"。促，时间紧迫。

[8] "树隐"句：大车过后扬起尘土，树木隐没；舂米做饭，昏暗的炊烟升起。暝（míng）：幽暗不明。舂饭：舂米做饭。

[9] 中宵：中夜，半夜。

[10] 联床：并榻或同床而卧。多形容情谊笃厚。

[11]"邦族"句：请替我传达对族人和乡亲们的恭敬问候，并代我拜谒省视祖先陵墓。邦族：邦国宗族，此指家乡的族人和乡亲。坟园：《山左续钞》本同，《曲阜诗钞》本作"故园"。

[12]"岁晏"句：期盼年终之时你能再来，我会置办酒食和你一起祝福母亲。岁晏：一年将尽的时候。萱帏：亦作"萱闱"，指母亲。洗腆：谓置办洁净丰盛的酒食。多指用来孝敬父母或款待客人。《书·酒诰》："肇牵车牛，远服贾，用孝养厥父母。厥父母庆，自洗腆，致用酒。"

对月[1]

晚风习习月娟娟[2]，客里相逢思黯然[3]。
别去梧桐西院落，迢迢[4]四十九回圆。

湘妃帘影琐窗幽[5]，云自徘徊光自流。
坐到夜深人尽散，觉来风味总如秋。

【注释】

[1] 诗写对月思乡之情，语浅情切，感人至深。根据诗中之意可知作者此时已离乡宦游四年多（四十九个月），诗当作于 1745 年前后。

[2] 娟娟：明媚貌。

[3] 客里：离乡在外期间。黯然：感伤沮丧貌。

[4] 迢迢：时间久长貌。

[5] 湘妃帘：即竹帘。琐窗：镂刻有连琐图案的窗棂。

七夕和舍弟韵[1]

鹊桥相望杳如弦[2]，银汉无波夜有烟。
承露台边灯潋滟[3]，长生殿外草芊绵[4]。
神仙何有别离事，郎女[5]常当妙少年。
野菜纷纷虫寂寂，看他斜月独荧然[6]。

【注释】

[1] 诗人与母亲在鹿邑时，其弟颜懋价前来探望。七夕之日，懋价有诗

《七夕鹿邑感怀》，懋伦依韵和之写下此诗。诗中多处用典，表达了人生短暂和亲人别离的伤感。

[2] 杳：隐约。弦：半圆形的月亮。农历每月初七、初八为"上弦"。

[3] 承露台：汉武帝迷信神仙，于建章宫筑神明台，立铜仙人舒掌捧铜盘承接甘露，冀饮以延年。潋滟：光耀貌。

[4] 长生殿：唐华清宫殿名，即集灵台。唐白居易《长恨歌》："七月七日长生殿，夜半无人私语时。"芊绵：草木蔓衍丛生貌。

[5] 郎女：牛郎织女。

[6] 荧然：光微弱貌。

雪中怀从兄幼客观城，兼讯家居诸弟[1]

> 飞雪积渐深，客绪瀿然清[2]。
> 徘徊檐楹[3]间，时念弟与兄。
> 西圃澹林[4]木，东园颇轩闳[5]。
> 晏居[6]有余闲，壶酒应自倾。
> 余牵元兴丝，君授安定经[7]。
> 去家数百里，何由得合并[8]。
> 阿木[9]新娶妇，向累[10]亦已轻。
> 阿嫂[11]解诗书，近无徐淑赓[12]？
> 余少君三岁，儿女俱弱龄[13]。
> 老母怀闾里，抚景寡欢情[14]。
> 赋诗写余怀[15]，窗外纷晶莹。
> 对此非故乡，中心[16]何能平？
> 皑皑原上村，漠漠炊烟横。
> 鸿雁戛然[17]起，回翔恋寒汀[18]。
> 劝尔度河飞，夕游鲁卫坰[19]。
> 莫问雪浅深，但看何所营。

【注释】

[1] 这首诗歌抒发了作者宦游在外强烈的思乡念亲之情。诗中融叙事、写景和抒情于一体，脉络清晰而又有变化，以淡笔写浓情，亲切感人。诗题从《曲阜诗钞》本，赵藏本题目作《雪中怀从兄观城学舍兼讯家居诸弟》。

从兄：指颜懋侨，时任山东观城教谕。讯：询问。

[2] 客：旅人；游子。诗人自指。绪：情绪，思绪。潏（zhuó）：象声词。雨声或水声。

[3] 檐楹：屋檐下厅堂前部的梁柱。

[4] 西圃澹林：颜光敏、颜光猷的别业分别名乐圃、澹园。

[5] 轩闳：高大宽广。

[6] 晏（yàn）居：闲居；安居。

[7]"余牵"句：回忆我初仕时，你给我讲平静稳定的道理。谢灵运《初去郡》诗有"牵丝及元兴，解龟在景平"句，李善注："牵丝，初仕；解龟，去官也。"元兴：东晋安帝年号（402—404）。

[8] 合并：犹聚会。

[9] 阿木：指颜懋侨之子颜崇木，字阶先，庠生。

[10] 向累：向平之累的省辞。东汉高士向长字子平，隐居不仕，子女婚嫁既毕，遂漫游五岳名山，后不知所终。后以"向平"为子女嫁娶既毕者之典。

[11] 阿嫂：指颜懋侨之妻。

[12] 徐淑：东汉女诗人。陇西（今甘肃东南）人。桓帝时，其夫秦嘉为郡上计吏，赴洛阳，淑病居母家，不及面别，相互赠答，表示怀念之情。所作今存《答秦嘉诗》一首及答书二篇。赓：连续，继续。这里指赓诗，唱和之诗。

[13] 弱龄：泛指幼年、青少年。

[14]"老母"句：老母怀念家乡，对着异乡之景难有欢乐之情。诗人老母时在鹿邑。闾（lú）里：乡里。抚景：对景。

[15] 怀：心意；心情。

[16] 中心：心中。

[17] 戛（jiá）然：象声词。形容嘹亮的鸟叫声。

[18] 回翔：盘旋飞翔；回旋。寒汀：清寒冷落的小洲。

[19]"劝尔"句：劝你（指鸿雁）飞过黄河，傍晚到达观城，替我传递家书给堂兄。颜懋伦时在黄河之南的鹿邑，颜懋侨时在黄河之北的观城。观城在春秋时属卫国，与鲁国毗邻。度：从《曲阜诗钞》本，赵藏本作"渡"。埛（jiōng）：古同"坰"，遥远的郊野。

送虞生南归[1]

焦山古鼎真奇绝，我爱西樵题句佳[2]。
且喜虞郎京口[3]住，为抄铭字寄长淮[4]。

【注释】

[1] 虞生南归镇江，诗人赋此诗送别。诗中既赞美了镇江的文物古迹，又期许了二人志同道合的友谊。

虞生：姓虞的生员。名字、事迹不详。

[2]"焦山"句：焦山在今江苏镇江东北长江中，与金山对峙。相传东汉处士焦先隐居于此，故名。清王士禄《焦山古鼎考》："游焦山者莫不知有古鼎，而皆不晓其始末。"此鼎久已不存，仅传其铭识。王士禄（号西樵）并作诗《焦山古鼎歌》，即此处所谓"西樵题句"。

[3] 京口：镇江的古称，今有镇江市京口区。

[4] 铭字：指焦山上著名的碑林和摩崖石刻，焦山因之被誉为"书法之山"。长淮：指淮河。

吊维扬许五塘司马[1]

鲁甸寒泉义墓云[2]，逢君往往在斜曛[3]。
昨朝雪大犹相忆，此日鸿吟[4]不可闻。
琴散已亡王大令[5]，芜城谁赋鲍参军[6]。
而今沉痛义山句，短翼差池不及群[7]。

【注释】

[1] 这是一首伤悼诗。诗中今昔交错，用典精当，情感真挚。

维扬许五塘司马：见前诗《阳夏道中重晤许司马五塘》。

[2] 鲁甸：指鲁国郊野，即曲阜城外。义墓：即"义冢"，收埋无主尸骨的坟场。

[3] 斜曛：黄昏，傍晚。

[4] 鸿吟：鸿雁鸣叫。此处喻指许五塘的诗文。

[5] 琴散已亡王大令：王大令指东晋著名书法家、画家王献之（344—386），字子敬。王羲之子。官至中书令，时称"王大令"。《世说新语·伤逝第十七》："王子猷（指王徽之）、子敬俱病笃，而子敬先亡。子猷问左右：'何以

都不闻消息？此已丧矣！'语时了不悲。便索舆来奔丧，都不哭。子敬素好琴，便径入座灵床上，取子敬琴弹，弦既不调，掷地云：'子敬！子敬！人琴俱亡。'因恸绝良久，月余亦卒。"

[6] 芜城谁赋鲍参军：鲍参军指南朝宋文学家鲍照（414？—466），字明远，东海（今山东郯城一带）人。晚年任临海王刘子顼前军参军，世称鲍参军。作有《芜城赋》，是南朝赋中的名作。芜城：古城名。即广陵城。故址在今江苏省江都市境。

[7] "而今"句：谓自己虽有李商隐（义山）诗中沉痛的情感，却无李商隐的才华，无法作出好诗表达对友人亡去的哀痛。差池：犹参差。不齐貌。

潘秀才雅三贻诗，依韵赋答[1]

明蟾[2]窥积雪，古木画寒影。
有客信孤芳[3]，微言[4]得要领。
闲居惭昔赋[5]，泉陵[6]隔幽境。
相对天汉[7]深，森森横东井[8]。

【注释】

[1] 这是一首赠答诗，既赞美了潘秀才高洁脱俗的品格，亦抒发了自己归隐的渴望。

潘秀才雅三：即潘呈雅，字雅三，号秣陵山人。山东济宁人。工诗、古文，尤精汉隶、篆刻，所与交者如郑板桥、高凤翰、傅金桥等，皆一时名流。著有《小秣陵诗草》。

[2] 明蟾：古代神话称月中有蟾蜍，后因以"明蟾"为月亮的代称。

[3] 孤芳：独秀的香花。常比喻高洁绝俗的品格。

[4] 微言：精深微妙的言辞。

[5] 赋：天赋秉性。

[6] 泉陵：指山水。

[7] 天汉：天河。

[8] 东井：星宿名。即井宿，二十八宿之一。因在玉井之东，故称。

署斋夜忆东湖[1]

天宇澄氛虚牖明[2]，独披幞被忆东城[3]。

台荒柱史遗经绝[4]，竹老希夷石榻横[5]。

寒月定盈平淀[6]水，野凫[7]时杂夜钟声。

更深渐觉忘尘虑[8]，自欲题诗句亦清。

【注释】

[1] 诗写鹿邑东湖古迹和景致。鹿邑是老子故里，有很多与之相关的古迹、文物。诗中眼前之景与想象之景交错，视觉意象与听觉意象结合，景、情、理三者融汇。

东湖：在鹿邑城东。

[2] 天宇：天空。澄氛：澄净的云气或雾气。牖（yǒu）：窗户。

[3] 幞（fú）被：被子。东城：指鹿邑城东。

[4] 台：指老君台，位于鹿邑城东北隅。相传老子修道成仙，于此处飞升，故又名"升仙台"。唐时所建。柱史："柱下史"的省称。相传老子曾做过周柱下史，故借以代指老子。遗经：指老子《道德经》。鹿邑城东太清宫太极殿前有"唐开元神武皇帝道德经注碑"，碑文为唐玄宗对《道德经》的释文。

[5] 竹：颜懋伦在鹿邑的馆舍名"竹林草堂"，其诗《竹林草堂题句》（见后）有"修竹探阶石笋青"之句。希夷：《老子》："视之不见名曰夷，听之不闻名曰希。"后因以"希夷"指虚寂玄妙。此处指虚寂玄妙的境界。石榻：狭长而矮的石床。

[6] 淀：浅水湖泊。这里指鹿邑东湖。

[7] 野凫：野鸭。

[8] 更深：夜深。尘虑：犹俗念。

送樊元度去大梁[1]

好月当空白，庭虚夜寂寥。

悬知[2]人去后，那复胜今宵。

柳重夷门[3]雪，灯喧汴水[4]桥。

客居逢客别[5]，常惜马蹄遥[6]。

135

【注释】

[1] 这是一首送别诗。诗中既写了送别之时的情景，又设想了离别之后的情景，双重时空交错，表达了与友人的浓浓情义。

樊元度：生平事迹待考。大梁：战国魏都，在今河南省开封市西北。隋唐以后，通称今开封市为大梁。

[2] 悬知：料想，预知。

[3] 夷门：大梁（开封）的别称。

[4] 汴水：即汴渠，流经今开封市，下游注入淮河。

[5] 客居逢客别：谓他乡为人送行。客居，指诗人客居他乡。客别，谓与樊元度离别。

[6] 马蹄遥：指路途遥远。

自寿[1]

> 且得陶令子[2]，兼邻李聃祠[3]。
> 半生空筋力[4]，来日补闻知[5]。
> 苍发山妻[6]笑，兕觥[7]稚女持。
> 殷勤依慈母，深愧老莱嬉[8]。

【注释】

[1] 诗写作者的生日情景及感慨，展示了其日常闲适生活和天伦之乐，表现了诗人旷达自适的情怀。

自寿：自己过生日。

[2] 且得陶令子：陶令，指晋陶潜。因其曾任彭泽令，故称。陶潜诗《责子》："虽有五男儿，总不好纸笔。阿舒已二八，懒惰故无匹。阿宣行志学，而不爱文术。雍端年十三，不识六与七。通子垂九龄，但觅梨与栗。天运苟如此，且进杯中物。"表现了其旷达与诙谐。

[3] 李聃祠：即今之太清宫，位于鹿邑城东太清宫镇。据《后汉书》和《鹿邑县志》，其始建于东汉时期，初名老子庙。

[4] 筋力：犹体力。

[5] 闻知：见闻；知识。

[6] 山妻：隐士之妻。后多用为自称其妻的谦辞。

[7] 兕觥（sì gōng）：泛指酒器。

[8] 老莱嬉：指老莱子行年七十仍身穿五彩斑衣扮婴儿戏耍以娱双亲事。

多用为奉养父母竭尽孝心之典。

谒刘文烈公祠 (公讳履顺)[1]

孤祠对夕阳，野老说天荒[2]。
无憾遗妻妾[3]，残躯动犬羊[4]。
百年兵不见[5]，三月柳仍长。
苹藻徒劳荐[6]，惟增故主[7]伤。

【注释】

[1] 诗写明末殉国大臣刘理顺，赞美其忠义之举，表达了自己的景仰之意。

刘文烈公：指明代刘理顺（1582—1644），原注误为"履顺"。字复礼，号湛六。河南杞县人。万历三十四年（1606）中举于乡，崇祯七年（1634）登进士第一，授修撰，历南京司业、左中允、右谕德，入侍经筵兼东宫讲官。李自成破北京后，自缢死。顺治十年（1653）追赐谥号文烈。有《刘文烈公集》。其祠在今河南杞县西关官道北侧，康熙二十五年（1686）建。

[2] 野老：村野老人。天荒：比喻历时久远。

[3] 无憾遗妻妾：据《明史·列传第一百五十四》载，李自成攻破北京，崇祯帝自缢，刘理顺妻妾及次子等请先死。刘理顺穿好朝服，北面再拜，入别宗祠，提笔在墙壁上写道："成仁取义，孔孟所传，文信（指文天祥）践之，吾何不然！既掇巍科，岂可苟全，三忠祠内，不愧前贤！"写罢，掷笔于地，自缢而死，时年六十三岁。

[4] 残躯动犬羊：北京城破不久，起义军将领李岩就带着几十个人手持令箭来到刘家，却发现刘理顺已阖门殉节，入唁曰："此吾乡杞县刘状元也，居乡厚德，何遽死？"遂令军士守护，禁止抢掠，罗拜号泣而去。犬羊：此处是对农民起义军的蔑称。

[5] 百年：指刘理顺殉难至诗人写作此诗已逾百年。兵：战争。

[6] 苹藻：苹与藻。皆水草名。古人常采作祭祀之用。此处泛指祭品。荐：祭祀时献牲。

[7] 故主：旧君。此处指明崇祯帝。刘理顺参加殿试时，崇祯亲擢其为第一，还宫喜曰："朕今日得一耆硕矣。"刘理顺以崇祯对己有知遇之恩。

和次雷世父立春集旧止堂韵[1]

故园春到春何似，此地雪晴鸟不哗。
正忆先生传腊酒[2]，适来嘉客赋梅花。
谕蒙侍坐尝持史[3]，太傅延宾不治家[4]。
好待鹿车游别业[5]，琴台隐隐隔朝霞[6]。

团圞[7]鱼鸟久相亲，簿领何由去卫真[8]？
南亩旧闻栽树法，东阡祗愧种花人[9]。
琴书无恙存先志，菽水原甘待乞身[10]。
时忆荒庐尘事少，晓光云影作新春。

【注释】

[1] 此组诗描写并赞美了从父颜肇维家乡闲居的生活，表达了诗人对家乡、亲人的思念和对自由闲逸生活的向往。

次雷：指颜肇维（1669—1749），号次雷，颜光敏子。官浙江临海县令，有《锺水堂诗》等。世父：伯父。旧止堂：颜懋伦在曲阜的故宅。

[2] 腊酒：腊月酿制的酒。

[3] 谕蒙侍坐尝持史：指颜肇维乡居期间时常谈古论今，教导子侄、儿孙等。用了《论语·先进》中"子路、曾晳、冉有、公西华侍坐"的典故。谕蒙：教导蒙童。侍坐：在尊长近旁陪坐。

[4] 太傅延宾不治家：谓颜肇维有时也会不理家事俗务，而与宾客诗酒娱情。此处用了颜之推著《家训》的典故。太傅，指颜之推（531—590后），其《颜氏家训》第五篇为《治家》。延宾：款待宾客。

[5] 好待鹿车游别业：指家乡闲居生活。此处了刘伶鹿车遨游的典故，《世说新语·文学》："刘伶著《酒德颂》，意气所寄。"刘孝标注引《名士传》曰："[伶]常乘鹿车，携一壶酒，使人荷锸随之，云：'死便掘地以埋。'"

[6] 琴台隐隐隔朝霞：此处了宓子贱弹鸣琴而单父治的典故，寓"无为而治"之义。琴台，相传为春秋时单父宰宓子贱弹琴之所，在山东省单县东南之旧城北。《吕氏春秋》卷二十一《开春论·察贤》："宓子贱治单父，弹鸣琴，身不下堂而单父治。巫马期以星出，以星入，日夜不居，以身亲之，而单父亦治。巫马期问其故于宓子。宓子曰：'我之谓任人，子之谓任力。任力者故劳，任人者故逸。'宓子则君子矣，逸四肢，全耳目，平心气，而百官以治义矣，

任其数而已矣。巫马期则不然，弊生事精，劳手足，烦教诏，虽治犹未至也。"

[7] 团圞 (luán)：团聚。

[8] 簿领：谓官府记事的簿册或文书。卫真：指鹿邑，详见前诗《渡汶》注释 [5]。

[9] 栽树、种花：此处均代指隐居自适的生活。唐郑谷《敷溪高士》："敷溪南岸掩柴荆，挂却朝衣爱净名。闲得林园栽树法，喜闻儿侄读书声。"宋杨蟠《时燕堂》："吏隐盂城九十旬，丰年日日是佳辰。……此地谁为爱酒伴，他时傥忆种花人。"适：恰；正。

[10] 菽水：豆与水，指所食唯豆和水，形容生活清苦。乞身：古代以做官为委身事君，故称请求辞职为乞身。

同人出游张氏园林，追和俞茂才韵[1]

芳甸[2]晶莹麦垄齐，修篁[3]一片古祠西。
余寒白夹思添絮[4]（客有使归而挟纩者[5]），新雨黄牛始上犁。
张氏隐居春草遍[6]，醉翁亭子[7]野禽啼。
而今欲补登临[8]约，莫放丝丝柳色低。

【注释】

[1] 诗写早春张氏园林之景，表达了对田园风光的热爱和对隐居闲适生活的向往。

同人：志同道合的朋友。张氏园林：即"张氏隐居"，在曲阜市东北约 50 里处石门山上。张氏，指唐张叔明，山东宁阳县人，"竹溪六逸"之一。曾隐居于石门山，与李白、杜甫等交游。唐开元二十四年 (736)，杜甫游齐赵时作诗《题张氏隐居二首》，赞美了张氏园林的幽美环境和主人淡泊名利的情怀。追和：后人和前人的诗。俞茂才：名字、事迹待考。可能与前诗《七夕前夕送俞茂才归试》中的是同一人。

[2] 芳甸：芳草丰茂的原野。

[3] 修篁：修竹，长竹。

[4] 余寒：残余的寒气。白夹 (jiá)：白色夹衣。

[5] 挟：携带。《曲阜诗钞》本作"携"。纩 (kuàng)：絮衣服的丝绵絮。这里指棉衣。

[6] 遍：周遍，到处。

[7] 醉翁亭子：亭名。在安徽省滁州市城西南琅玡山麓。北宋庆历六年

（1046），欧阳修知滁州，命僧智仙修建，以为游息之所。此处非实指，而是指张氏园林中的亭子。

[8] 登临：登山临水。也指游览。

和张子隶雷韵[1]

花尚凝红柳抱棉[2]，春城城外散春烟[3]。
暖分凫雁瓜瓢水[4]，晴上园林卵色[5]天。
修禊犹怀东晋事[6]，卜耕尝负邵平田[7]。
官贫无计买春色，数尽闲阶榆荚钱[8]。

【注释】

[1] 诗写春日之景，表达了对自然风光的喜爱和对隐逸生活的渴望。

张隶雷：生平事迹待考。后有诗《送张子隶雷之禹州》。

[2] 棉：指柳絮。

[3] 春烟：泛指春天的云烟岚气。

[4] 凫雁：野鸭与大雁。有时单指大雁或野鸭。瓜瓢水：色如瓜瓢的春水。

[5] 卵色：蛋青色。古多用以形容天的颜色。

[6] 修禊（xì）犹怀东晋事：古代于农历三月上旬的巳日（魏以后固定为三月初三）到水边嬉戏采兰，以驱除不祥，称为"修禊"。《世说新语·企羡》："王右军得人以《兰亭集序》方《金谷诗序》。"刘孝标注引晋王羲之《临河叙》曰："永和九年，岁在癸丑，暮春之初，会于会稽山阴之兰亭，修禊事也。"

[7] 卜耕：选择耕地。邵（shào）平田：秦广陵人邵平，在秦亡后，种瓜长安城东之青门。后因以"邵平田"借指退官隐居者的田园。

[8] 榆荚钱：榆树的果实。初春时先于叶而生，连缀成串，形似铜钱，俗呼榆钱。

答七弟[1]

贻我素纨扇[2]，展如屏风列。
丛竹扬清飙[3]，五字沃冰雪。
斯时暮春时，庭槐照人碧。

偶觉景物移，几忘身在客。

新羽媚[4]远天，流云荡弦月[5]。

但举今日觥[6]，便同向时酌。

灵运觊安城[7]，士龙游宛洛[8]。

矫首[9]瞻古昔，令弟殊无怍[10]。

近知相思深，寤寐[11]求所乐。

岂云宰予[12]惰，庶为姬公[13]悦。

恍焉怀希夷，故宅在城阙[14]。

我欲从之游，湖水黮[15]且阔。

【注释】

[1] 诗人在鹿邑为官，从弟颜懋企送其一扇。颜懋伦睹物感怀，赋诗表达深切的思乡之情和宦海浮沉的无奈。

七弟：指颜懋企（1711—1752），初名懋俭，字故我，改字幼民，号庶华，自号西郭居士。颜肇维子。乾隆十三年（1748）恩贡生。今存《西郭集》一卷。

[2] 素纨扇：用白色细绢做扇面的扇子。

[3] 丛竹：丛生的竹子。清飙：犹清风。

[4] 新羽：鸟类于春秋两季更换的新羽毛。此处代指鸟。媚：喜爱。

[5] 弦月：呈半圆形的月亮。指农历初七、初八或廿二、廿三之月。

[6] 觥：盛满酒的杯。亦泛指酒器。

[7] 灵运：指南朝宋山水诗人谢灵运（385—433）。觊：喜欢，喜悦。安城：在今安徽省寿县。

[8] 士龙：指西晋文学家陆机胞弟陆云（262—303），字士龙。宛洛：南阳和洛阳二古邑的并称。

[9] 矫首：昂昂然自得貌。

[10] 令弟：这里称颜懋企。怍（zuò）：惭愧。

[11] 寤寐：醒与睡。常用以指日夜。

[12] 宰予（前522—前458）：一名宰我，字子我。春秋时鲁国人，孔子学生。宰予昼寝，孔子批评他"朽木不可雕"。事见《论语·公冶长》。

[13] 姬公：泛指周天子。

[14] "恍焉"句：谓好像思念老子，他的老宅就在鹿邑城。恍焉：犹恍如，仿佛、宛如。希夷：此处指老子。鹿邑是老子故里，县中有老子庙等古迹。

[15] 黮（dǎn）：黑。

梦孔芸轩[1]

梦里忘君死，逢君识旧颜。

转看窗影际，不是梓花[2]间。

河渚[3]晨星白，荒鸡[4]院宇间。

大夫如可复[5]，招赋寄东山[6]。

【注释】

[1] 诗写梦忆亡友，诗中虚境与实境交错，迷离惝恍，表达了作者对友人的沉痛之思。

孔芸轩：曲阜人，生平事迹待考。

[2] 梓花：梓木之花，花黄白色。

[3] 河渚：河中小洲或河边。

[4] 荒鸡：指三更前啼叫的鸡。旧以其鸣为恶声，主不祥。

[5] 大夫：此处指孔芸轩。复：此处指魂魄归来。

[6] 招赋：招魂之赋。《楚辞》有《招魂》篇。东山：《孟子·尽心上》："孔子登东山而小鲁。"赵岐注："东山，盖鲁城东之高山。"后因以代指鲁地。

乐藻亭新成题句[1]

芹藻[2]自然香，方池带草堂[3]。

移荷新得法，种柳旧成行。

晴汉蒸云白[4]，夕城射雨黄。

淡怀[5]观物理，夫子在沧浪[6]。

止水真堪鉴[7]，况逢夏日佳。

短篱牵豆蔓，纤径互葵花[8]。

人有鱼梁[9]趣，地分凫渚[10]斜。

莫愁山色少，空翠湛无涯[11]。

【注释】

[1] 此组诗写鹿邑新建乐藻亭之景，画面清新自然，抒发了诗人恬淡的隐逸情怀。

[2] 芹藻：水芹和水藻。

[3] 草堂：茅草盖的堂屋。旧时文人常以"草堂"名其所居，以标风操之高雅。此处当指后文所言竹林草堂。

[4] 晴汉：晴朗的天空。蒸云：指升腾的云气。

[5] 淡怀：内心恬淡寡欲。

[6] 夫子：诗人自指。沧浪：《孟子·离娄上》："有孺子歌曰：'沧浪之水清兮，可以濯我缨；沧浪之水浊兮，可以濯我足。'"《楚辞·渔父》中渔父亦吟唱此歌。后"沧浪"往往与隐逸有关。

[7] 止水：静止的水。《庄子·德充符》："仲尼曰：'人莫鉴于流水而鉴于止水。'"成玄英疏："止水所以留鉴者，为其澄清故也。"鉴：照；映照。

[8] 纤径：迂回曲折的小路。互：交错。

[9] 鱼梁：拦截水流以捕鱼的设施。以土石筑堤横截水中，如桥，留水门，置竹笱或竹架于水门处，拦捕游鱼。

[10] 凫渚：野鸭栖息的水中小块陆地。

[11] 空翠：指清澈的泉水。湛：澄清貌。

立秋乐藻亭分赋[1]

天外夏云尽，空亭秋思长。
虫喧占物候[2]，厨俭恤[3]田荒。
月正茶烟白，星流竹簟凉。
好时常惜别，平野水茫茫。（时树亭[4]将北归）

【注释】

[1] 友人魏可式至鹿邑探访诗人，旋将北归。颜懋伦在乐藻亭为之送行，赋此诗以抒惜别之意。

分赋：即分题，诗人聚会，分探题目而赋诗。

[2] 占：预示。物候：动植物随季节气候变化而变化的周期现象。泛指时令。

[3] 恤：忧念。

[4] 树亭：指颜懋伦友人魏可式，字子端，号树亭。曲阜人。孝子魏防西次子。岁贡生，不求仕进。

和红亭从父饯春之作[1]

过院红盈砌[2]，卷帘绿近人。
燕莺方感夏，桑柘[3]欲辞春。
饮水[4]吾家事，畏炎本性真。
迎来还送去[5]，花事[6]最艰辛。

【注释】

[1] 诗写颜肇维乡居之景，亦表达了作者对这种闲适恬淡生活的向往。

红亭：指颜肇维（号红亭长翁）。颜肇维《锺水堂诗》卷一有《饯春》诗一首。饯春：饮酒送别春光。

[2] 砌：台阶。

[3] 桑柘（zhè）：桑木与柘木。

[4] 饮水：谓清廉。语本《晋书·良吏传·邓攸》："时吴郡阙守，人多欲之，帝以授攸。攸载米之郡，俸禄无所受，唯饮吴水而已。"

[5] 迎来还送去：谓迎春与送春。

[6] 花事：关于花的情事。春季百花盛开，故多指游春看花等事。

竹林草堂题句[1]

修竹探阶石笋[2]青，秋花的的[3]露泠泠。
衡门深闭成闲坐[4]，渐见参旗与井星[5]。

【注释】

[1] 诗写清秋夜景，取景高低远近错落，意境清幽。

竹林草堂：诗人在鹿邑的馆舍名。

[2] 石笋：挺直的大石，其状如笋，故名。

[3] 的的（dì dì）：光亮、鲜明貌。

[4] 衡门：横木为门。专指隐者所居屋舍之门。闲坐：闲暇时坐着没事做。

[5] 参旗：见前诗《拙存夜发有诗和之送别》注释[3]。井星：即井宿，星官名。二十八宿中朱鸟七宿的第一宿，也称"东井""鹑首"。有星八颗，属双子座。

中秋月[1]

中秋月，但愿其盈不复阙[2]。
桂影婆娑兔影肥[3]，年年不改今日乐。
天气静泬寥[4]，美人弄玉箫。
自顾衫袖[5]虑飞去，郎君为我持双屩[6]。
妃子窃药流年换[7]，低首不识旧宫殿。
琼楼玉宇曲中传，羽衣霓裳梦里见[8]。
举杯欲问天，天上何如人团圆？
坐久脉脉悄无言，树影之中过前轩。

【注释】

[1] 诗写中秋之月，引用了嫦娥奔月、吴刚伐桂、玉兔捣药等为人熟知的典故、传说，风格朴素而深婉，节奏富于变化。

[2] 盈：圆满。阙：残缺。

[3] 桂影婆娑兔影肥：传说月中有桂树和玉兔，月亮上的阴影像其形。

[4] 泬寥（xuè liáo）：亦作"泬漻"。清朗空旷貌。

[5] 袖：《海岱人文》本作"里"。

[6] 屩（juē）：草鞋。

[7] 窃药：传说后羿得不死之药于西王母，其妻姮娥盗食之，成仙奔月。见《淮南子·览冥训》。后以"窃药"喻求仙。流年：如水般流逝的光阴、年华。

[8] "琼楼"句：传说唐玄宗梦游月宫，密记仙女之歌归而作《霓裳羽衣曲》。清吴骞《扶风传信录》："并见姮娥与众仙姬逍遥按乐，殆所谓《霓裳羽衣》、钧天雅奏者，非复人世间所有。"羽衣霓裳：仙道的衣服。此处借指仙女。

早行雾凇[1]

春早雪犹积，肩舆[2]碧雾侵。
晓光春纷漠[3]，丛树月萧森。
僧起茶烟直，客寒酒味沉。
自然佳画本[4]，归去展云林[5]。

【注释】

[1] 诗写早春晨见雾景，画面萧瑟，意境清幽。

雾凇：寒冷天，雾滴碰到在零度以下的树枝等物时，再次凝成白色松散的冰晶，叫"雾凇"。通称树挂。

[2] 肩舆：轿子。

[3] 晓光：清晨的日光。纷漠：迷蒙。

[4] 自然：天然，非人为的。画本：绘画的范本。

[5] 云林：隐居之所。

送张子隶雷之禹州[1]

仙台湖水倏然别[2]，归去清风自掩关[3]。
他日挑灯[4]在何处？与君更话禹州山。

【注释】

[1] 诗写送别，表现了殷殷友情。语淡情浓，朴素真切。

禹州：州名。明万历三年（1575）因避神宗朱翊钧名讳，改钧州为禹州。治今河南禹州市。辖境相当今河南禹州、新密等市地。清不辖县。

[2] 仙台湖水倏（shū）然别：谓诗人与张隶雷在鹿邑忽然告别。仙台：即升仙台，在今鹿邑县城，为纪念老子修道成仙所筑。倏然：忽然；迅疾。湖水：即鹿邑东湖。见前诗《署斋夜忆东湖》注释。

[3] 掩关：关闭；关门。

[4] 挑灯：拨动灯火，点灯。亦指在灯下。

寄哭外王母[1]

四十年中事，街南与巷东。
独来无吠犬，坐后屡闻钟。
恤纬[2]恩尤厚，藉茅[3]教亦同。
那知生别去，六月见悲风[4]。

贤母人争颂，衔恩是藐孤[5]。
资忘三命贵[6]，身集半生茶[7]。
夜月虚鸠杖[8]，春风哭板舆[9]。

含悲谢[10]诸舅，执绋忆甥无[11]。

【注释】

[1] 诗人任鹿邑知县期间外祖母去世，因不能离职奔丧，遂作此组诗以寄其哀。

外王母：即外祖母。《尔雅·释亲》："母之妣为外王母。"据牛运震《空山堂文集》卷七《颜孺人孔君墓志铭》所记，颜懋伦的外祖母为桂恭人，曲阜世职知县孔兴认之妻。

[2] 恤纬：《左传·昭公二十四年》："抑人有言曰：嫠不恤其纬，而忧宗周之陨。"谓寡妇不忧其织事，而忧国家之危亡。后因以"恤纬"指忧虑国事。

[3] 藉茅：用茅草垫祭品。古代表示对神的敬意。

[4] 悲风：凄厉的寒风。

[5] 衔恩：受恩，感恩。藐孤：幼弱的孤儿。此处是诗人自指，其父颜肇广年三十一卒，时懋伦尚年幼。

[6] 资：人的性情。三命：三种寿命。指上寿、中寿、下寿。《文选·孙楚诗》："三命皆有极，咄嗟安可保。"李善注引《养生经》："黄帝曰上寿百二十，中寿百年，下寿八十。"

[7] 荼：苦菜。荼之味苦，引申为苦、痛苦。

[8] 鸠杖：杖头刻有鸠形的拐杖。《太平御览》卷九二一引汉应劭《风俗通》："俗说高祖与项羽战，败于京索，遁丛薄中，羽追求之，时鸠正鸣其上，追者以鸟在，无人，遂得脱。后及即位，异此鸟，故作鸠杖以赐老者。"

[9] 板舆：古代一种用人抬的代步工具，多为老人乘坐。

[10] 谢：道歉。

[11] 执绋（fú）：谓丧葬时手执牵引灵柩的大绳以助行进。后泛称为人送殡。甥：诗人自指。

哭朱季直[1]

发哀在所感，宁论姻与族[2]。
一死遂变节，不如穷途哭[3]。
翩翩朱公子，旧住崌华麓[4]。
黄金为客尽，卜居沂水曲[5]。
即下东园楄，重葺宅西屋。
方期白首欢，讵知膏肓[6]伏。

君病已八月，我乃解案牍[7]。
归来执手语，笑声杂泪出。
微陈狐首义[8]，再疏薄葬录。
自伤义气尽，岂复恤嫠独[9]。
秋风引药沸，夜月动帘縠[10]。
时闻向床叹，勉作回首瞩。
奄奄入重泉[11]，寥寥空三复[12]。
启椟[13]理君衿，不瞑[14]见君目。
娇女望爷生，其声犹惨毒[15]。
阴云郁不开，昏鸦啼灌木。
对此景物迁，转念平生促[16]。
酌酒惟灌地[17]，有诗教人读。
纵怀绸缪[18]意，岂能骨与肉。
淼淼泺水[19]波，森森禹登录[20]。
君魂不可留，故人犹种菊。

【注释】

[1] 这是一首悼念亡友的诗，当作于1746年。朱季直，字仲彝。原籍济南，移居曲阜。全诗叙事、描写与抒情、议论相结合，感情真挚而浓烈。

[2] 姻与族：有姻亲关系的各家族或其成员。

[3] 穷途哭：即穷途之哭，本谓因车无路可行而悲伤，后亦谓处于困境所发的绝望的哀伤。

[4] 崦（què）华麓：崦山与华不注山脚下。崦华，即今山东济南市北鹊（崦即鹊）山与华不注山，两山隔明湖相望。湖光山色，风景殊佳，"鹊华烟雨"为旧时济南八景之一。清彭开佑《历下城东观刈麦》："我行东城东，崦华拱晴翠。"

[5] 卜居：择地居住。沂水曲：沂河弯曲的地方。

[6] 膏肓（gāo huāng）：古代医学以心尖脂肪为膏，心脏与膈膜之间为肓。此处指膏肓之疾，即不可医治的绝症。

[7] 解案牍：指1746年诗人因病辞官归乡。案牍，官府文书。

[8] 狐首义：即狐死首丘，此处比喻对乡土的思念。

[9] 嫠（lí）独：寡妇和鳏夫。此处单指寡妇。

[10] 帘縠（hú）：绉纱做的帘子。

[11] 重泉：犹九泉，死者所归。

[12] 三复：谓反复诵读。

[13] 槥（huì）：棺材。

[14] 瞑：闭目。

[15] 惨毒：悲痛怨愤。

[16] 促：短促。

[17] 灌地：古代祭祀的一种仪式。把酒洒在地上，求神降临。

[18] 绸缪：情意殷切。

[19] 泺水：古水名，源出今山东济南市西南，北流至泺口入古济水（此段古济水即今黄河）。

[20] 禹登：即禹登山，又名龙洞山。在今山东济南市东南。元张养浩《龙洞山记》："历下多名山水，龙洞为尤胜。洞距城东南三十里，旧名禹登山。"按《九域志》："禹治水至其上，故云。"录：疑有误。

闺思四时诗[1]

帘外柳茫茫[2]，背人浴兰汤[3]。
力慵[4]闲砧杵，熏笼[5]夜正长。

【注释】

[1] 这是一首闺怨诗，表现了独守空闺的女子的寂寞和哀愁。诗中景物描写和人物动作描写细致传神，准确地表达出人的内心情思。

四时：指一日的朝、昼、夕、夜。

[2] 茫茫：茂盛貌。

[3] 浴兰汤：浴于兰汤，即用香草水洗澡。古人认为兰草避不祥，故以兰汤洁斋祭祀。

[4] 慵：懒。

[5] 熏笼：有笼覆盖的熏炉。可用以熏烤衣服。

颜清谷四编诗

诗集说明

是集共收诗108首。1746年，颜懋伦因病辞去鹿邑县令之职，归乡养病。不久，因母亡故，丁忧守制，循例待补河南。这期间作者主要在家乡曲阜一带活动，1751年曾北游至济南、河北、北京等地。《四编诗》中作品即创作于1748年至1751年四年间。

是集今有山东大学图书馆藏清稿本（收入《山东文献集成》）和民间收藏家赵敦玲藏清稿本，审其字迹，二本当出自一人之手。山大藏本封题《颜清谷四编诗》，前有牛运震序言，后有袁鉴（景昭）跋语。所收诗按创作时间戊辰（1748）、己巳（1749）、庚午（1750）、辛未（1751）排列。赵藏本实际是《什一编》的第二部分，写作时间不细分，只在开首题曰"戊辰至辛未"，没有序跋。二本中排诗顺序基本一致，唯有《哭从侄树并悼其弟榖》一诗先后顺序不同。本次整理以山大藏本为底本，参以赵藏《什一编》（戊辰至辛未）本等。

颜清谷四编诗序 （牛运震）[1]

曲阜颜子懋伦，袠[2]其所为诗四卷，属滋阳牛运震删其如干首[3]，而存其如干首，而为之叙，而归诸颜氏。叙曰：

诗之行于天下也，岂不难哉？诗者，情之托[4]于言与声之精者也。司马迁曰：古诗三千余篇，孔子定为三百五篇。[5]孔颖达以为迁说非也。[6]予无能折衷[7]其说，然吾有以知古诗之不苟作[8]，而孔子之不苟存也。《诗》有"大序"，有"小序"，或曰孔子作，或曰子夏作，或又以为卫宏。[9]予无能一一左契[10]之，然吾有以知[11]孔子之不苟为序也。

颜子为诗三十余年矣，今操起诗，乞能读，人不爱删之，而后序之，不亦作者之志而圣人之徒耶？然则颜子之诗盖居可知也[12]。读颜子之诗者，或曰似唐之韦柳[13]，或曰阑入于温李[14]，其高者刻削于杜韩矣[15]。予浅末[16]，不足知诗，亦无敢振美[17]颜子，然不能谓世之目[18]颜子诗者为不知言也。夫极[19]颜子诗之所至，崒崒[20]如前所列诸唐人，犹未满志[21]也。而独其汲汲[22]不爱删之，而又能为其可删者存，非其甚可畏[23]者耶？吾故谓颜子之诗志胜实者也。盖自唐以来，近代诗人无此久矣，抑[24]予又有进焉。予年二十三即读颜子诗，每独讽玩[25]其哀挽怀赠之章，黯然以远，凄然以深，若有人焉高望[26]遐思沉吟之余，忽然长叹。如使仲尼操衡[27]，李杜[28]赞笔，颜子虽不能升堂而入室[29]哉，求其麾而斥[30]焉，于古诗人之席也寡矣。此吾所以别赏颜子，自以为颜子知己，而决颜子之诗行于天下不难也。

然予知颜子又不徒以诗。颜子，名家子，少孤苦，性孝友，倾身[31]事客如恐失一士，为人谋忠而能力[32]，吾固知颜子之于性情之道正且深也。庄子曰：诗以道性情[33]。其不然乎[34]耶？然颜子鹿邑旧令，再起吏中州[35]。兹行也，驱驰周、郑、陈、卫[36]之郊，俯仰嵩高[37]黄河之壮，经历风尘簿领之烦[38]，博观风俗人情、正淫奢俭之变[39]，究尝悲喜愉快、怫怒愕怪[40]之趣致。以是为诗，而求进于古诗人，而合于圣人之道者。吾固知颜子骎骎[41]风格益上，则予今日之删而叙[42]之也，不更无惭德[43]也哉？

滋阳牛运震序。

【注释】

[1]《海岱人文》本《什一编》亦有此序，但据序中内容可知，此序当是牛运震为《四编诗》所撰。此序校注以山大藏本为底本，以《海岱人文》本为参校本。

[2] 裒（póu）：聚集。

[3] 属（zhǔ）：同"嘱"，叮嘱，嘱咐。牛运震（1706—1758）：字阶平，号真谷，人称空山先生，山东滋阳（今济宁市兖州区）人。雍正十一年（1733）进士，十三年（1735）举博学鸿词。官甘肃平番县（今永登县）知县，值固原（今甘肃固原市）兵变，大掠，牛运震为划策平定。上官咸异其才，为忌者所中，免归。性好金石，精经术，工文章。著有《空山堂文集》等。如干：若干，表示不定数。

[4] 托：寄托；寄寓。

[5] 司马迁《史记·孔子世家》云："古者诗三千余篇，及至孔子，去其重，取可施于礼义，……三百五篇孔子皆弦歌之，以求合《韶》《武》《雅》《颂》之音。"

[6] 唐孔颖达《毛诗正义》曰："《书》《传》所引之诗，见在者多，亡逸者少，则孔子所录，不容十分去九，迁言未可信也。"

[7] 折衷：亦作"折中"。取正，用为判断事物的准则。

[8] 有以：表示具有某种条件、原因等。不苟：不随便；不马虎。

[9] 齐、鲁、韩、毛四家诗原本都有序，但前三家已失传，独留《毛诗序》，有"大序""小序"之分，约成书于西汉。《毛诗序》的作者历来众说纷

纭，有谓孔子作，如程颐、程颢的《二程遗书》等持此观点；有谓子夏作，如班固的《汉书·艺文志》等持此观点；也有谓东汉卫宏所作，如范晔的《后汉书·儒林传》等持此观点。

［10］左契：中国古代朝廷传达命令、征调兵将以及用于各项事务的凭证称为"符契"，用时双方各执一半，合之以验真假。左契指符契的左半，这里指证实、验证。

［11］知：从《海岱人文》本，山大藏本无此字。

［12］盖：副词。大概。居：明显；明晰。《易·系辞下》："噫，亦要存亡吉凶，则居可知矣。"也：《海岱人文》本作"已"。

［13］韦柳：唐代文学家韦应物、柳宗元的并称。韦柳均系中唐诗人，诗格相近。

［14］阑入：掺杂进去。温李：晚唐诗人温庭筠、李商隐的并称。两人作品同属绮丽风格，在当时齐名，故称。

［15］刻削：谓造语工巧，文笔峻拔。明陶宗仪《辍耕录·文章宗旨》："唐之文，韩之雅健，柳之刻削，为大家。"杜韩：唐代诗人杜甫和韩愈的并称。

［16］浅末：肤浅；短浅。

［17］振美：显扬赞美。

［18］目：品题；品评。

［19］极：深探，穷究。

［20］廑廑：仅仅（廑，通"仅"）。

［21］满志：犹满意。

［22］汲汲：忧惶不安，游移不定。

［23］可畏：令人敬畏。

［24］抑：副词。表示语气。犹或许，或者。

［25］独：《海岱人文》本作"读"。讽玩：讽诵玩味。

［26］高望：登高远望。

［27］仲尼：孔子的字。操衡：持秤称物。比喻公允地品评人才。

［28］李杜：唐李白与杜甫的并称。

［29］升堂而入室：《论语·先进》："由也升堂矣，未入于室也。"原比喻学习所达到的境地有程度深浅的差别。后用以称赞在学问或技艺上的由浅入深，渐入佳境。

［30］麾而斥：纵横奔放。

[31] 倾身：身体向前倾。多形容对人谦卑恭顺。

[32] 能力：能尽力。《左传·僖公二十三年》："其从者肃而宽，忠而能力。"

[33] 诗以道性情：用诗歌表达自己的思想和志趣。《庄子·天下》："《诗》以道志。"志，意志；感情。

[34] 乎：《海岱人文》本无此字。

[35] "然颜子"句：颜懋伦约1741年至1746年任河南鹿邑县令，后以病辞官归乡。不久母丧丁忧，除服，循例待补河南，后任职于河南滑县、裕州、沁阳等地。《海岱人文》本"鹿邑"前有"方以"二字。中州：古豫州（今河南省一带）地处九州岛之中，称为中州。

[36] 驱驰：策马快跑。比喻奔走效力。《海岱人文》本作"驰驱"。周、郑、陈、卫：周，指东周，都今河南洛阳；郑、陈、卫，春秋战国时的诸侯国，均位于今河南及周边地区。这里代指颜懋伦任职之地。《海岱人文》本作"周、陈、郑、卫"。

[37] 嵩高：即嵩山。

[38] 经：《海岱人文》本作"径"。簿领：谓官府记事的簿册或文书。

[39] 博观：广泛地观察或观览。《海岱人文》本无"博"字。奢俭：《海岱人文》本作"俭奢"。

[40] 怫（fēi）怒：愤怒。愕怪：惊奇。

[41] 固：《海岱人文》本作"因"。骎骎（qīn qīn）：渐进貌。

[42] 叙：《海岱人文》本作"去"。

[43] 惭德：因言行有缺失而内愧于心。

戊辰（1748）

八月十四夜月[1]

又见前年[2]月，高秋[3]无片云。
圆时终有隔，望处[4]不相闻。
但拟迟朝曙，难期静夕氛。
怜他如我阙[5]，钟漏[6]莫殷勤。

【注释】

[1] 这是一首写景抒情诗，诗情伤感寂寞。

[2] 前年：此诗作于1748年，前年即1746年，是年作者以病辞官，离开鹿邑。

[3] 高秋：天高气爽的秋天。

[4] 处：时，时候。

[5] 阙：缺憾。

[6] 钟漏：钟和刻漏。古代用以报时、计时。

袁中书东邨挽诗[1]

愢焉抱凶悯[2]，声哀少文辞。

感激公子[3]义，讽咏丈人[4]仪。

繁霜被平陆[5]，夜鸟鸣枯枝。

宁止[6]临丧哀，景物有余悲。

文史列东荣[7]，神灵将安之。

竹木纷前轩，阒[8]焉人在斯。

素幡[9]何飘扬，辒迈庶其迟[10]。

椒醑[11]岂足珍，眷念归无期。

夙慕山阳[12]志，近惭嘉宾词。

徘徊泉路间，寒冬感往时。

牵帷吊遗孤[13]，再拜手重持。

同怀蓼莪痛[14]，悠悠尚告谁？

【注释】

[1] 这是一首伤悼诗。悼念对象袁中书东邨，山东曹县人。其子袁自钤，字雨樵，号次溪，与颜懋伦、牛运震交厚。牛运震《空山堂文集》卷八有《东邨袁公墓表》。

[2] 愢（nì）焉：忧思伤痛的样子。愢，忧思；忧伤。焉，山大藏本和赵藏本均误作“马”，径改。《诗·小雅·小弁》：“我心忧伤，愢焉如捣。”抱：心里存有；怀抱。凶悯：即悯凶，指父母之丧。

[3] 公子：指袁自钤。

[4] 丈人：指袁自钤之父。

[5] 繁霜被平陆：浓霜覆盖了平原。被：覆盖。

[6] 宁止：谓守父母之丧。《汉书·哀帝纪》颜师古注：“宁，谓处家持丧服。”止，无实义。

[7] 东荣：正房东边的廊檐。

[8] 阒（qù）：寂静无声。

[9] 素幡（fān）：旧俗出殡时举的窄长像幡的东西，多用白纸或帛做成。也叫招魂幡。上书死者名讳及生卒年月日。

[10] 辀（ér）迈庶其迟：但愿灵车缓慢行进。辀：古代载运棺柩的车。

[11] 椒醑（xǔ）：以椒浸制的芳烈之酒。

[12] 山阳：汉置县名，属河南郡，故城在今河南省修武县境内。魏晋之际，嵇康、向秀等曾居此为竹林之游。后因以代指高雅人士聚会之地。

[13] 吊遗孤：此处指对死者遗孤即袁自钫表示慰问。

[14] 同怀蓼莪痛：谓自己有同袁自钫一样的悲痛。蓼莪（liǎo é）：《诗经·小雅》篇名，写子女追慕双亲抚养之德的情思，后借以指对亡亲的悼念。

次雷世父旧雨草堂题句属和[1]

五亩平溪上，三间古井西。
町畦[2]朝出犊，篱落午闻鸡。
雨霁[3]斜阳静，沙长远树低。
储羲有真赏[4]，诗是偶然题。

【注释】

[1] 这是一首唱和诗，诗写曲阜泗河之滨颜氏故居旧雨草堂之景。

次雷世父：指作者从伯父颜肇维，详见《什一编·和次雷世父立春集旧止堂韵》注释 [1]。旧雨草堂：颜崇槼《摩墨亭稿》中《旧雨草堂》诗前有序云："在龙湾别业，先孝靖公（指颜伯璟）筑。"属（zhǔ）和：指和别人的诗。

[2] 町（tīng）畦：田界；田地。

[3] 雨霁（jì）：雨止转晴。

[4] 储羲：指唐代诗人储光羲（约707—约762），润州延陵（今江苏丹阳）人，祖籍山东兖州。开元年间进士，官至监察御史。其诗风格质朴，多写田园风光，表现士大夫的闲适恬淡情调。真赏：会心的欣赏。

龙湾村居和韵[1]

晴川[2]辞燕子，霜岸见凫翁[3]。
寥落增秋节[4]，萧森来北风。

夕澄岚[5]欲近，鸡曙月方中。

君子感时变，题诗意不穷。

【注释】

[1] 诗写家乡龙湾秋日之景。龙湾在曲阜泗河岸边。

[2] 晴川：晴天下的河面。

[3] 凫翁：本指水鸭的颈毛。《急就篇》卷二："春草鸡翘凫翁濯。"颜师古注："凫者，水中之鸟，今所谓水鸭也。翁，颈上毛也。"此处指水鸭。

[4] 秋节：泛指秋季。

[5] 岚：山林中的雾气。

魏氏芜园感旧[1]

茅屋人何在，荒园我又过。

寒蟾[2]窥老树，夜鸟笑枯萝。

不易[3]营炊米，何能禁斧柯[4]？

所嗟非废堕[5]，岁月本无多。

【注释】

[1] 这是一首写景抒怀诗。诗人故地重游，来到昔日繁盛的芜园，看到如今芜园真的成了"芜园"，满目荒凉，作者触景生情，感伤无限。

魏氏芜园：魏嘉祚别墅，在曲阜沂河岸边。详见《什一编·过芜园送妹婿魏茂才、族兄如仲及舍弟南游》注释 [1]。

[2] 寒蟾：指月亮。传说月中有蟾，故称。

[3] 不易：不改变；不更换。

[4] 斧柯：斧柄。

[5] 废堕：因怠惰而中止。

止宿负郭园别业感怀[1]

草阁寒烟信宿[2]迟，负郭园子动悲思。

忆从春老扶舆后[3]（丙寅假归，奉母过此），感在童年侍病时[4]（余九岁侍先君养疾于此）。

荷叶尽枯鱼不住，松枝欲老鹤先辞。

繁华景物成追忆，再拟经营[5]只泪垂。

【注释】

[1] 这是一首写景抒怀诗。诗人重到兖州负郭园别业，看到满眼凋零之景，追忆往事，思悼双亲，慨叹岁月流逝。

负郭园：颜崇槼《摩墨亭稿》中《负郭园》诗前有序云：“先大父（指颜肇维）筑。”颜光敏《颜氏家诫》：“［兖州］城东地名娄德，亦有祠，所云负郭田五十亩在焉。”按：娄德，今名陋地，在兖州兴隆庄镇。

[2] 信宿：连住两夜。此处意为滞留。

[3] 忆从春老扶舆后：指乾隆丙寅（1746）诗人由鹿邑任上乞归奉养老母，曾陪母亲至负郭园。春老：谓晚春。扶舆：扶持车轿。

[4] 感在童年侍病时：指诗人童年时父亲在负郭园养病，自己曾随侍左右。侍：据赵藏本，山大藏本作“待”。先君：指诗人已故父亲颜肇广（颜肇广年三十一卒）。

[5] 经营：筹划营造。

蚤经兖郡城南[1]

长桥[2]横古渡，沙路带寒林[3]。
红日女墙[4]晓，绿冰水藻深。
野沉刘将垒，寺废鲁王金[5]。
依旧炊烟起，故居不可寻。（前朝余故家城中）

【注释】

[1] 这是一首登临怀古之作。诗人途经兖郡城南，咏怀古迹，慨叹历史沧桑，世事变迁。

蚤：通“早”。兖郡：指兖州府，府治在今山东省济宁市兖州区。

[2] 长桥：指兖州城东南横跨泗河的石桥，俗称南大桥，明万历年间修建，被誉为“鲁国长虹”。

[3] 沙路：沙丘的道路。沙丘，兖州古地名，在城东偏南的泗河岸边，距南大桥不远。带：环绕。宋范成大《将至石湖道中书事》诗：“柳堤随草远，麦陇带桑平。”

[4] 女墙：城墙上呈凹凸形的小墙。

[5]“野沉”句：郊野刘将军的战垒已经消失不见，鲁王金碧辉煌的宫舍也已变成废墟。刘将：指刘泽清，明崇祯末年曾为山东总兵，一度驻守兖州一带。寺：衙署，官舍。鲁王：指明鲁藩王，受封于兖州。明末最后一代鲁王为

朱以派，清兵攻陷兖州时自缢身亡。

宿黄学士忝斋宅[1]

月明学士宅，寒夜住轩东。
转忆长安雪，同听萧寺钟[2]。
死疑君早达[3]，生痛我如穷[4]。
帘外霜风起[5]，幽森梦不通。

【注释】

[1] 诗人夜宿已故友人黄学士之宅，追忆过往之事，表达了对友人的缅怀之情，亦流露出自己仕宦不达的嗟痛。

黄学士忝斋：即黄孙懋，字训昭，号忝斋。山东曲阜人。乾隆元年（1736）进士，官至内阁学士。清戴璐《藤阴杂记》卷一："乾隆丙辰（1736）榜眼黄孙懋，五年（1740）即擢阁学而卒。"

[2] "转忆"句：回忆两人在京城佛寺久坐，共听钟声的往事。同听萧寺钟：从赵藏本。山大藏本作"久同萧寺风"。萧寺：唐李肇《唐国史补》卷中："梁武帝造寺，令萧子云飞白大书'萧'字，至今一'萧'字存焉。"后因称佛寺为萧寺。

[3] 达：显贵；显达。

[4] 穷：特指不得志。与"达"相对。

[5] 霜风起：山大藏本作"霜花重"。

雪中书怀[1]

莫辩[2]遥山与近树，回风[3]吹去复吹还。
明春二麦应书熟[4]，不见腊雪[5]又四年。

【注释】

[1] 诗写雪景，祈盼丰年，表现了诗人对农事、民生的关心。

[2] 辩：通"辨"。辨别；区分。

[3] 回风：旋风。

[4] 二麦：大麦、小麦。书：疑应为"尽"，"书（書）""尽（盡）"二字繁体形似。熟：有收成；丰收。

[5] 腊雪：冬至后立春前下的雪。

雪后晓行[1]

明发[2]出东郭，寒重鸟不喧。

远树炫[3]雪光，晻暧[4]初阳昏。

积素[5]满大道，但见横波痕。

宛若平秋沙，风水相吐吞。

荷担[6]从东来，冰缕近在唇[7]。

问我车不前，导我桑柘根。

野店冻无烟，莫由得朝飧[8]。

乃叹行路难，好境亦蹇屯[9]。

转念从军士，塞外无冬春。

指堕谁复恤[10]，区区[11]安足论。

【注释】

[1] 诗写雪后所见、所遇、所感。诗人由乍见奇景的惊叹，到雪后难行的烦恼，再到对塞外兵士的嘉悯，情感凡三变，思想亦升华。

[2] 明发：早晨起程。

[3] 炫：光亮；辉映。

[4] 晻暧（ǎn'ài）：昏暗貌。

[5] 积素：积雪。

[6] 荷担：用肩负物；挑担。

[7] 冰缕近在唇：指因为天气严寒，胡须上结成丝缕状的冰霜。

[8] 朝飧：朝餐，早饭（飧，音 sūn，饭食）。

[9] 蹇屯（jiǎn zhūn）：困顿，不顺利。

[10] 恤：体恤；怜悯。

[11] 区区：小；少。形容微不足道。

生日墓宿[1]

高墟[2]夜寂寥，寒星错[3]古木。

悠悠[4]念我生，今日谁复育。

风雨间饥渴，调护[5]乃自恤。

岂无妻与孥[6]，其爱非骨肉。

周晬罗文褓[7]，渐长赉[8]金玉。

既与加欢笑，还复宽罪触[9]。

痛此一日恩，何有百身赎[10]。

背我堂上[11]欢，来为墓田宿。

梦我侍病榻，抚[12]我命之粥。

转似外家[13]集，宾客殊恍惚。

城鼓[14]正三更，东月方升[15]屋。

欲呼杳不闻，万感徒一哭。

晓起拜宿草[16]，夜景纷在目。

俄延[17]松柏间，终成儿子独。

【注释】

[1] 此诗作于诗人为母守丧期间。在自己生日这一天，颜懋伦夜宿墓地，追忆往事，缅怀慈母，表达了无比沉痛的丧母之情。

[2] 墟：此处指墓地。

[3] 错：间杂；混杂。

[4] 悠悠：思念貌；忧思貌。

[5] 调护：调养护理。

[6] 孥（nú）：儿女。

[7] 周晬：小儿周岁（晬，音 zuì，周岁。特指婴儿满周岁或满月、满百日）。罗：稀疏而轻软的丝织品。文褓：亦作"文葆"。绣花的襁褓。唐李商隐《骄儿》诗："文葆未周晬，固已知六七。"

[8] 赉（lài）：赏赐，赐予。

[9] 宽罪触：原谅过错和冒犯（触：触犯，冒犯）。

[10] 百身赎：即"百身莫赎"，一身虽百死亦不能补偿。谓无法报答养育之恩。

[11] 堂上：指父母。

[12] 抚：抚摩。

[13] 外家：此处指母亲的娘家。

[14] 城鼓：报更的鼓声。

[15] 升：赵藏本作"上"。

[16] 宿草：来年的草。此处借指坟墓。

[17] 俄延：拖延，延缓。

岁除墓室述怀[1]

吾生至丙寅[2]，四十三年[3]春。

远游诚不免，未尝违[4]兹辰。

一官异椒盘，乃作客舍陈[5]。

既去故国[6]欢，难偕门内[7]亲。

引疾赋归来，私计愿其伸[8]。

何当仲冬天，长夜不复晨。

天降[9]割我魄，晦朔[10]焉足论。

纷杂万感发，惝恍同飙尘[11]。

悠悠历三载[12]，往事行遵循。

转觉平生日，一一来逼真。

长筵若家庆[13]，拜跪迎亲宾。

独有唤儿声，九霄不可闻。

幼女渐长大，近前谁复存[14]。

提携[15]成间隔，悬知[16]心酸辛。

日暮出东郭，暂与坟墓亲。

岂乐要儿哭，聊当诉烦冤。

养生不努力，欲报总无因[17]。

纵怀百悔志，终非膝前[18]人。

徘徊重瞻眺[19]，林木静不言。

远听爆竹声，黯黯夜又昏。

【注释】

[1] 诗人除夕之日来到母亲坟前，回忆近年来遭际，百感交集，因赋诗抒怀。

岁除：谓一年的最后一天。墓室：犹墓庐。墓旁之屋。古人为守父母、师长之丧，筑室墓旁，居其中以守墓。

[2] 丙寅：指乾隆十一年（1746），是年诗人辞去鹿邑知县之职，返归故里曲阜，不久遭遇母丧。

[3] 四十三年：颜懋伦生于1703年，至乾隆丙寅恰四十三岁。

[4] 违：避开。

[5] "一官"句：谓自己往日在陈地为官时，只能客居他乡度过年节。椒

盘：盛有椒的盘子。古时年节用盘进椒，饮酒则取椒至酒中。陈：诗人做县令的鹿邑古时属陈国。

[6] 故国：故乡。此处指诗人家乡曲阜。

[7] 偕：俱；同。门内：家庭；家中的人。

[8]"引疾"句：自己托病辞官，归隐田园，心想与家人团圆的心愿可以实现了。引疾：托病辞官。赋归来：晋陶潜为彭泽令，不愿"为五斗米折腰"，辞官归隐，并赋《归去来兮辞》："归去来兮，田园将芜，胡不归?"后因以"赋归来"或"赋归去"为辞官归隐之典。私计：私下考虑或估计。

[9] 天降：谓祸事（指母丧）突然来临。

[10] 晦朔：指早晚，旦夕。

[11] 惝恍（chǎng huǎng）：失意；伤感。飙（biāo）尘：被狂风卷起的尘埃。比喻人生无常。

[12] 历三载：诗人之母亡于1746年，此诗作于1748年，即母亲去世的第三年。

[13] 长筵：宽长的竹席。此处指排成长列的宴饮席位。家庆：指家中的喜庆之事。

[14]"幼女"句：颜懋伦有一子二女，但其亲生子此时已夭亡，参见《什一编》中《哭谭儿》和《悼亡》二诗。

[15] 提携：照顾；栽培。

[16] 悬知：料想，预知。

[17] 无因：无所凭借；没有机缘。

[18] 膝前：指父母的身边。

[19] 瞻眺：远望，观看。

哭从侄树并悼其弟穀[1]

百感难忘处，真源[2]母病时。
露装吾在野，夜药尔求医[3]。
归养悲难逮，相依痛又离[4]。
泉台[5]应相见，只是少阿痴[6]。

兄嫂已先逝[7]，茕茕是长孙[8]。
永辞阶下应，难负死前恩。

回首悲重娶，临危尽一飧[9]。
由来目待瞑[10]，遗恨不堪论。

但望诸叔返（时两叔于役[11]京师），宁知仲氏捐[12]。
抱衰[13]皆稚子，凭殡独髫年[14]。
荒圃书声绝，蓑藤夜月悬。
徘徊涂[15]殡处，况是欲凉天。

一径通南院，昏晨无间过。
偶言家计短[16]，强半[17]泪痕多。
改过心无吝[18]，读书愿不磨[19]。
有年天不假[20]，此后信蹉跎[21]。

【注释】

[1] 此组诗前二首悼从侄颜崇树，后二首悼从侄颜崇毂。颜崇树，颜懋伦从兄颜懋龄长子，字择先，庠生。颜崇毂，颜懋龄次子，字用冠，庠生。《颜氏世家谱》："（崇毂）负不羁才，读书观大略，耻事占毕（谓经师不解经义，但视简上文字诵读以教人）。诗效李长吉（李贺）体，著《小颜家诗》一卷。年甫强仕（四十岁）而卒。"

该诗赵藏本置于己巳编《初秋过六舅别业》之后。

[2] 真源：鹿邑的古称。

[3] "露裳"句：我在野外，露水打湿了衣装；（我母亲病了），你夜里到处求医，侍奉服药。

[4] "归养"句：我辞官归乡奉养老母，（母亲亡故）已让我无比悲痛；与你相依，你又离我而去，让我愈加哀痛。归养：回家奉养父母。逮：追上；赶上。

[5] 泉台：墓穴。此处指阴间。

[6] 阿痴：此处是诗人自指。

[7] 兄嫂已先逝：指从兄颜懋龄与其妻早已亡故。参见《什一编·素琴吊再从兄引年》。

[8] 茕茕（qióng qióng）：孤零貌。长孙：指颜崇树，是颜光敏长孙。

[9] 临危：谓人病重将死。飧（sūn）：晚饭。

[10] 瞑（míng）：闭；合上。

[11] 于役：行役。此处指因公务等奔走在外。

[12] 宁知：岂知。仲氏：兄弟或姐妹中排行第二者。这里指颜崇毅。捐：指死去。

[13] 衰（cuī）：古代丧服。用粗麻布制成，披在胸前。

[14] 殓：给死者穿衣入棺。耄（mào）年：这里指老人（耄，通"耄"，年老）。

[15] 涂：道路。

[16] 家计：家中资财；生活用度。短：缺少。

[17] 强半：大半，过半。

[18] 无吝：不吝惜。

[19] 读书愿不磨：读书的愿望不能磨灭。

[20] 有年天不假：上天不赐给足够的年寿，不能享其天年。假：授予；给予。

[21] 信：果真，确实。蹉跎：失意。不遂心；不得志。

己巳（1749）

题袁次溪半槎秋色图[1]

我欲题诗写次溪，忽听春雨拂窗低。
朝来院宇真清绝[2]，似在三株红树西。

野水围岚平镜开，双桡艇子日徘徊[3]。
缘[4]他空谷无人住，分得秋声一半来。

【注释】

[1] 这是一组题画诗。第一首写眼前春日之景，第二首写画中秋日之景。袁次溪：即袁自钫。详见《戊辰编·袁中书东邺挽诗》注释 [1]。槎（chá）：树的杈枝。

[2] 清绝：清雅至极。

[3] "野水"句：河流为山间雾气笼罩，水平如镜，双桨小船在日光下缓缓游动。桡（ráo）：船桨。艇子：小船。

[4] 缘：因为。

水仙花分赋[1]

重帘低亚琐窗明[2]，银蒜丸丸石齿清[3]。
舞蝶游蜂都避却，正无人处踏波行[4]。

洞庭寒尽荡微波，鼓瑟湘灵[5]近若何。
不意[6]被他花占去，梨园谱入缓声歌[7]。

【注释】

[1] 这是一组咏物诗，赞美了水仙花品洁清雅，孤傲绝俗，为人所赏。
分赋：即分题，诗人聚会，分探题目而赋诗。

[2] 重帘低亚琐窗明：层层帘幕低垂，琐窗明丽。琐窗：镂刻有连琐图案的窗棂。

[3] 银蒜丸丸石齿清：水仙花如团团银蒜，在清澈的水中生长。石齿：齿状的石头。亦指山石间的水流。

[4] 踏波行：指水仙花如美女凌波而行。水仙花素有"凌波仙子"的美称。

[5] 鼓瑟湘灵：弹奏古瑟的湘水女神。

[6] 不意：不料，意想不到。

[7] 梨园谱入缓声歌：古有琴曲名《水仙操》，汉蔡邕《琴操·水仙操》认为是伯牙所作。宋刘放《研冰词》："凭君与制《水仙操》，传入湘灵宝瑟弹。"缓声歌：指柔缓的乐声或歌声。

梁学博以高西园雪竹索题[1]

白石晶漾箐篌斜[2]，一枝两枝吹雪花。
西园得之大苏氏[3]，萧槭寒森无参差[4]。
美人[5]邀我教题句，都知笔墨绝繁华。
寒云不散纸窗白，繁桃香李徒槎丫[6]。
欲种丛篠何时大，移榻且愿住君家[7]。

【注释】

[1] 这是一首题画诗。诗中描绘了雪竹的风姿，咏叹了竹子的高格，赞美了作者的高超画技。

梁学博：姓梁某学官。高西园：即高凤翰。详见《癸乙编·怀历下亭兼寄胶西高西园》注释［1］。

［2］皛溔（xiǎo yǎo）：深白貌。篬筤（qiāng láng）：指青竹。

［3］大苏氏：指宋代苏轼，善画竹。

［4］萧槭（sè）：凋零；零落。参差：纷纭繁杂。

［5］美人：指品德美好的人。

［6］繁桃香李徒槎丫：桃树李树枝丫繁多，不能与之相比。繁：从赵藏本，山大藏本改为"艳"。槎丫（chá yā）：树木枝杈歧出貌。

［7］"欲种"句：很想自己种植丛竹，但发愁它何时长大，真想搬到画中之地去。丛篠：丛竹（篠，音xiǎo，小竹，细竹）。欲种丛篠何时大：从赵藏本，山大藏本改为"宅东隙地可一亩，其坟黄壤井在沙。新移丛筱尚未长"。不从。

鲁雅社初集枝津园分赋[1]

敢谓多君子，到今守雅言。
右丞怡北垞，外史艳西园[2]。
柳重栏干远，竹深鸟雀喧。
春风谁鼓瑟，尊酒欲重论[3]。

【注释】

［1］这是一首唱和诗，写鲁雅社成员于枝津园宴集风雅之事。

鲁雅社：时曲阜文人所结诗社名。枝津园：详见《什一编·暮春过枝津园有感》注释［1］。

［2］"右丞"句：指鲁雅社成员在枝津园各赏所爱。右丞、外史：当指鲁雅社的两位诗人。北垞、西园：疑为枝津园中的景观（垞，音chá，土丘。从赵藏本，山大本作"垞"）。艳：美慕；喜爱。

［3］尊酒欲重论：边喝酒边继续谈诗论文。尊：亦作"樽"。古盛酒器。

海棠分赋效西昆体[1]

梦醒栏干[2]夜渐深，自擎银烛出花阴。
看来绝色真无奈[3]，更有天香[4]恐不禁。
若为春浓添缱绻[5]，似缘人醉久沉吟。

浅斟低唱流苏下，莫启珠帘蝶翅寻[6]。

【注释】

[1] 这是一首咏物唱和诗。诗中采用拟人手法描写了海棠花的风姿，表达了诗人的爱花惜春之情。

西昆体：见《癸乙编·七夕绝句效西昆体》注释 [1]。

[2] 栏干：赵藏本作"阑干"。

[3] 无奈：无比。

[4] 天香：芳香的美称。

[5] 缱绻（qiǎn quǎn）：缠绵，难舍难分。

[6] "浅斟"句：意为在庭园中吟咏，莫去掀开珠帘干扰花蝶相依。此处化用唐郑谷《咏海棠》中诗句："朝醉暮吟看不足，美他蝴蝶宿深枝。"浅斟低唱：缓缓喝酒，低声歌唱。形容消闲享乐的情状。

大金川凯歌[1]

狼卡实羌丑，任土殊不毛[2]。

庸吏失控御，睚眦起弓刀[3]。

曲穴力不施[4]，伏鼠[5]气遂骄。

欲为掩覆[6]术，加之罪安逃。

圣主慎兵革，屡诏咨臣寮[7]。

亲信遣勋贵[8]，将以绥荒要[9]。

将军不临敌，士气何由豪[10]？

秋风老关塞，挽运徒坐耗[11]。

明罚敕国典，缇骑当法曹[12]。

震怒在负恩，岂屑因逆獠[13]。

储糈简岳牧，经略拜嫖姚[14]。

要当[15]识夷情，胡必[16]覆其巢。

用兵贵[17]神速，昏夜指招摇[18]。

积雪为减寒，危栈[19]为失高。

一战歼间谍，再战破坚碉。

自作不可活[20]，何敢望乞饶。

王师期止戈，但欲责包茅[21]。

念此几上肉，斧锧何足膏[22]。

军门竖降旗，诏下闻欢嚣[23]。

君王仁如天，岂必古神尧[24]。

佛像夷世尊，愿以输天朝[25]。

何以报元戎[26]，立庙荐血膋[27]。

不啻[28]父母恩，子孙安耕缲[29]。

策勋继泸水[30]，格心见有苗[31]。

七校如云屯[32]，一时释弓弢[33]。

铙歌动巴江[34]，羽猎下临洮[35]。

边月洗春雨，阵云散清飚[36]。

战马多意气[37]，烽堠亦萧嶤[38]。

征役本无苦，饮至还慰劳[39]。

焕[40]乎告成功，明日将亲郊[41]。

【注释】

[1] 这是一首长篇叙事诗，记述了乾隆年间发生在西南嘉绒地区的第一次大小金川战役。羌人莎罗奔（？—1760）因从岳钟琪平乱，作战勇武，雍正元年（1723）被授予四川大金川县安抚司职衔。后来他逐渐向外扩张势力，乾隆十一年（1746）吞并小金川。次年（1747）举兵叛乱，攻掠邻近土司，击败四川巡抚纪山。清廷遣张广泗、讷亲等引兵镇压，莎罗奔依险设卡，凭石碉顽抗，清军屡战不克。十三年（1748）十二月，清廷再遣傅恒、岳钟琪统军往讨。莎罗奔兵败势蹙，降于岳钟琪，后被赦免，仍为土司，因年老由其兄子郎卡主土司事。诗歌按照时间顺序记述了战争始末，谴责了作乱叛军，为大清歌功颂德，同时还表达了诗人希望国家统一、反对民族分裂和战争的思想。全诗叙议结合，境界开阔，气势雄浑。

金川：河川名，在四川西部，有大、小金川之分。大金川为大渡河的上源，南流至丹巴县，汇小金川，称大渡河。

[2]"狼卡"句：指羌地荒瘠，无能力向中央朝廷进贡。狼卡：指恃强凌弱的大小金川一带。雍正元年（1723），因金川土司率兵随清朝官兵征剿羊峒部有功，接受清朝政府的册封。之后，大小金川势力日益强大，经常打着朝廷的名号，恃强凌弱，使边境不得安宁。任土：即"任土作贡"，古代有入贡制度，少数民族要向中央王朝贡纳方物，依据土地的具体情况而制定贡赋的品种和数量。语出《尚书·禹贡序》："禹别九州，随山浚川，任土作贡。"殊：特别。

[3]"庸吏"句：庸劣无能的官吏控制不住局面，因小的怨隙引起战端。

按：乾隆十年（1745），大金川土司莎罗奔袭取小金川，生擒小金川土司泽旺，夺取小金川印信。川陕总督庆复和四川巡抚纪山不肯派兵介入，仅以檄谕相告，以求息事宁人。迫于清廷压力，莎罗奔释放泽旺，交还印信，然其扩张野心不死。睚眦（yá zì）：发怒时瞪眼睛，借指小的仇恨。

[4] 曲穴力不施：谓朝廷军队在狭隘险峻之地无法施展力量。曲穴：曲曲折折的洞穴。

[5] 伏鼠：喻叛军。

[6] 掩覆：掩盖；掩饰。

[7] "圣主"句：谓乾隆皇帝对动武打仗很慎重，屡诏大臣商讨对策。臣寮：同"臣僚"，群臣百官。

[8] 勋贵：功臣权贵。

[9] 绥：安抚。荒要：即要荒。荒，荒服；要，要服。古称王畿外极远之地，此处指荒远的金川之地。

[10] 豪：迅猛；强劲。

[11] 挽运徒坐耗：指在金川战役中，叛军一度阻断了清军的运粮之道。挽运：运输。

[12] "明罚"句：严明刑罚，整饬国家的典章制度；捉拿犯人，交由司法署惩处。金川之战中，多名清朝官员被惩处。如1748年，张广泗以失误军机罪处斩，讷亲以师久无功被削官，次年亦被斩。敕：整饬。缇（tí）骑：为逮治犯人的禁卫吏役的通称。法曹：古代司法官署。亦指掌司法的官吏。

[13] "震怒"句：天子盛怒是由于他们辜负了皇恩，哪里是因为羌人作乱。逆獠：此处指金川作乱的少数民族。獠：即僚，中国古族名。分布在今四川、两广、云贵等地。亦泛指南方各少数民族。

[14] "储糈"句：储备粮饷，选用封疆大吏；筹谋策划，任用骁勇战将。乾隆十三年（1748），皇帝命岳钟琪为四川提督、傅恒为经略将军至金川平叛。糈（xǔ）：粮饷。简：选择；选用。岳牧：传说为尧舜时四岳十二牧的省称，后泛指封疆大吏。此处指岳钟琪。嫖（piào）姚：亦作"票姚""骠姚"。汉霍去病官嫖姚校尉、骠骑将军，后以称霍去病。此处指傅恒。

[15] 要当：自当；应当。

[16] 胡必：何必。

[17] 贵：赵藏本作"至"。

[18] 招摇：星名。《星经》："招摇星在梗河北，主边兵。"这里指兴兵边地。

[19] 危栈：高而险的栈道。

[20] 自作不可活：自作的罪孽，无法逃避惩罚。《尚书·太甲中》："天作孽，犹可违；自作孽，不可逭。"《孟子公孙丑上》引此文，"逭"作"活"。

[21] "王师"句：谓天子兴师是为了制止干戈，让金川土司臣服于朝廷。包茅：古代祭祀时用以滤酒的菁茅。因以裹束菁茅置匣中，故称。古代诸侯以此物向中央进贡，《左传·僖公四年》载：齐桓公伐楚，责之曰："尔贡包茅不入，王祭不供，无以缩酒。"后亦泛指贡物。

[22] "念此"句：谓战败的叛军如任人宰割的案上之肉，哪里值得朝廷用刑处死。斧锧：亦作"斧质"。斧子与铁锧，古代刑具。行刑时置人于锧上，以斧砍之。膏（gào）：犹沾溉。借指赴死或受死。

[23] "军门"句：谓叛军竖旗乞降，听闻朝廷下诏赦免他们而欢嚣。

[24] 古神尧：传说中古帝陶唐氏之号。

[25] "佛像"句：指乾隆十四年（1749）正月，莎罗奔等人立誓于佛前，愿意归顺朝廷，永保太平之世。夷世：太平之世。输：报效。

[26] 元戎：这里指平叛的清朝大军。

[27] 荐：祭祀时献牲。血膋（liáo）：祭祀用的血和脂膏。《诗·小雅·信南山》："执其鸾刀，以启其毛，取其血膋。"郑玄笺："膋，脂膏也。血以告杀，膋以升臭。"

[28] 不啻：如同，无异于。

[29] 耕缲：即耕织。

[30] 策勋继泸水：谓平定金川之功堪比诸葛亮南征平定南中的功勋。策勋：记功勋于策书之上。泸水：今金沙江在四川宜宾以上、川滇交界处的一段。诸葛亮《出师表》："五月渡泸，深入不毛。"按：225年春，蜀汉丞相诸葛亮亲率大军南下，渡过泸水，平定南中蛮族叛乱，大获全胜。从此南中蛮族归顺，不再叛乱。

[31] 格心：归正之心。有苗：古国名。亦称三苗。尧、舜、禹时代我国南方较强大的部族（有，词头）。

[32] 七校：指汉代中垒、屯骑、步兵、越骑、长水、射声、虎贲七校尉。后泛称各军将领。云屯：如云之聚集。形容盛多。

[33] 释弓弢：指放下武器，平息兵事（弢，弓袋）。

[34] 铙歌：指凯歌。巴江：河川名。亦称"巴水""南江"。源出四川省南江县北大巴山，南流汇巴水及渠江，入嘉陵江。

[35] 羽猎：帝王出猎，士卒负羽箭随从，故称。临洮：县名。在甘肃省

东部、洮河沿岸。

[36]"边月"句：即春雨洗边月，清飙散阵云。比喻清朝大军平定金川战乱。清飙：清风（飙，同"飙"。指风）。阵云：浓重厚积形似战阵的云。古人以为战争之兆。

[37]战马：此处指军士。意气：志向与气概。

[38]烽堠（hòu）：烽火台。蕉峣（jiāo yáo）：同"嶕峣"。峻峭；高耸。

[39]饮至：指奏凯庆功之宴。慰劳：慰问犒劳。

[40]焕：光亮、鲜明。

[41]亲郊：帝王亲出郊祀。

探春花分赋[1]

几枝葳蕤滞余寒[2]，槎粉团香似未干[3]。
深坐[4]不知春至否，却教明日卷帘看。

迢遥江上忆春梅，北地俄惊玉作堆[5]。
残雪欲融寒渐减，小园今日最先来。

不沾蝶翅不闻莺，艳李夭桃太近情[6]。
我欲更作花品命，春风吹放第三名[7]。

冷冷风味绝繁华，才见东皇[8]便自嗟。
不敢占他春好处，年年常作去时花[9]。

【注释】

[1]这是一组咏物诗，主要表达了诗人对探春花的喜爱和赞美，并托物言志，抒发了自己洒脱自适、不趋世俗的人生追求。

[2]几枝葳蕤滞余寒：谓因天寒探春花枝叶虽茂，但花迟迟不开。葳蕤（wēi ruí）：草木茂盛枝叶下垂貌。滞：迟缓。

[3]槎粉：指探春花蕾装点着枝条（槎，树的杈枝）。团香：香气凝聚。

[4]深坐：久坐。

[5]"迢遥"句：想着遥远的长江岸边梅花已经绽放，很吃惊北方突然白雪如玉堆积。

[6]"不沾"句：谓探春花不像艳丽的桃李那样刻意招引莺歌蝶舞，太想

亲近取悦他物。夭桃：《诗·周南·桃夭》："桃之夭夭，灼灼其华。"后以"夭桃"称艳丽的桃花。近情：合乎人情。

[7]"我欲"句：我愿拥有探春花一样的品性，不与桃李争锋，随缘自适。第三名：探春花的花期在桃李之后，故曰"第三名"，实为虚指。

[8]东皇：指司春之神。

[9]"不敢"句：谓探春花不与百花争春，总是在春去的时节开放。

蚕月行[1]

桑花欲飞桑叶萌，家家布谷上屋鸣。
蚕妇扫子子初成[2]，深房曲护如儿婴[3]。
今年三月不忧旱，十日一雨天常晴。
二眠蠕蠕三眠起[4]，苇箔[5]乍展清凉生。
繁星照地人语寂[6]，时见窗际一灯明。
睡起不知夏已到，微闻远树啼流莺[7]。
市上尽说桑价贱，高枝低枝无青虻[8]。
新绿渐深葚子[9]大，晓光湛露何盈盈[10]。
执筐女儿颜如丹，道傍但避使君行[11]。
况逢明诏蠲田赋[12]，卖丝不用输[13]县城。
焚楮击鼓谢神罢[14]，壶中余酒聊复倾。
村鸡将雏[15]黄犊卧，坐听门前络纬[16]声。

【注释】

[1]这是一首叙事诗，主要描述了桑户养蚕卖丝的过程。
蚕月：养蚕的月份，即夏历三月。

[2]蚕妇：养蚕的妇女。扫子：指把蚕卵均匀扫开。

[3]深房：深邃的房舍。蚕卵孵化过程中一定阶段（点青期）要在黑暗封闭的环境中进行。曲护：这里指精心照料。如儿婴：赵藏本作"同啼婴"。

[4]眠：蚕在蜕皮时不食不动。《醒世恒言·施润泽滩阙遇友》："北蚕三眠，南蚕俱是四眠。"蠕蠕（rú rú）：昆虫爬动的样子。

[5]苇箔（bó）：以苇子编成的养蚕用的筛子或席子。

[6]寂：赵藏本作"静"。

[7]流莺：即莺。流，谓其鸣声婉转。

[8]虻（méng）：昆虫名。多生活在草丛里或枝叶上，吸食植物的汁液或

人畜的血。

[9] 葚（shèn）子：桑树结的果实。赵藏本作"椹子"。

[10] 湛（zhàn）露：浓重的露水。盈盈：清澈貌；晶莹貌。

[11] "执筐"句：用了汉乐府《陌上桑》中罗敷采桑路遇使君事，但去除了太守调戏罗敷意，只是单纯描述官吏出行劝课农桑之事。执筐女儿：指蚕妇。丹：丹砂；朱砂。傍：旁边；侧近。使君：汉时称刺史为使君。后用以对官吏、长官的尊称。行：赵藏本作"横"。

[12] 明诏：英明的诏示。蠲（juān）：除去；减免。

[13] 输：缴纳。

[14] 焚楮：指祭祀时焚化纸钱（楮，音 chǔ，纸钱）。谢神：祭神。这里指祭祀蚕神，以表对其保佑蚕桑丰收的感谢之意。

[15] 将雏：携带幼禽。

[16] 络纬：虫名。即莎鸡，俗称络丝娘、纺织娘。夏秋夜间振羽作声，声如纺线，故名。汉无名氏《古八变歌》："枯桑鸣中林，络纬响空阶。"

拟古[1]

妆成出邃阁[2]，顾影若飞仙[3]。
不敢临池照，恐郎爱又迁。

宛转[4]就郎宿，只言意不深[5]。
夜来妾无梦，何用起疑心。

【注释】

[1] 这是一组拟古闺怨诗，描写了闺中女子敏感而细腻的爱情心理。

[2] 邃阁：深幽的楼阁。

[3] 顾影若飞仙：自顾其影，貌如飞仙。

[4] 宛转：指缠绵多情，依依动人。

[5] 只言意不深：指男子谓女子用情不深。

项羽冢[1]

乌江水断霸业休[2]，榖城城外留封邱[3]。
鲁中大冢何为者，仿佛传葬项王头。

铁骑如林戈如堵[4]，子弟登埤父老语[5]。

此生但感亡秦功，私念犹怀故国主[6]。

汉王长者独不嗔[7]，念兹礼义周遗民[8]。

启函持示城始下[9]，今之大冢无乃[10]真。

呜呜帐下歌声哀，娥眉气尽委尘埃[11]。

月明齐唱江东曲，手抚战马久徘徊。

烟波小艇羞东风，壮士宁辞颈血红[12]。

敌国已著千金赏，追骑犹分五侯封[13]。

生时王楚死王鲁[14]，何年荒草埋羊虎。

颇快阿房三月灰[15]，岂恤园陵一抔土[16]。

吾闻新莽槃成器，又闻羌胡持作溺[17]。

赤眉之贼[18]世岂希，王头何如士垄贵[19]。

春来吊古落日斜，少昊陵[20]西啼暮鸦。

当时最惜将军死，到今空种美人花[21]。

【注释】

[1] 这是一首怀古诗。诗中主要叙写了项羽之死的悲壮，赞美了其亡秦之功和鲁人之义。

项羽冢：又称"霸王坟""鲁公项王头墓"。在今曲阜城东五泉庄，相传为项羽头颅埋葬处。《史记·项羽本纪》："项王已死，楚地皆降汉，独鲁不下。汉乃引天下兵欲屠之，为其守礼义，为主死节，乃持项王头视鲁，鲁父兄乃降。始，楚怀王初封项籍为鲁公，及其死，鲁最后下，故以鲁公礼葬项王穀城。汉王为发哀，泣之而去。"按：穀城，曲阜五泉庄有"古城"。乾隆版《曲阜县志》载："在鹿城东里许，俗称为霸王冢。"颜光猷曾写有《赞霸王坟》："四面楚歌霸业移，乌江战败有谁知？鲁人尚有忠臣节，闭户弦歌拒汉师。"

[2] 乌江水断霸业休：指项羽自刎乌江事。

[3] 封邱：坟墓。邱，赵藏本作"坵"。

[4] 堵：指墙。

[5] 子弟、父老：指鲁地的年轻人和年老者。登埤：登上城墙，引申为守城（埤，音 pí，城上女墙，借指城墙）。

[6] 故国主：指项羽。因楚怀王初封项羽为鲁公。

[7] 汉王：指刘邦。嗔：责怪。

[8] 周遗民：指鲁地之人。周灭殷后，武王封其弟周公旦于曲阜，曰鲁国。

[9] 启函：指打开盛着项羽头颅的匣子。下：屈服；投降。

[10] 无乃：莫非，恐怕是。表示委婉测度的语气。

[11] "呜呜"句：指项羽被围垓下时慷慨悲歌，其宠姬虞姬拔剑自刎。娥眉：原指女子的秀眉，借指美女，此处指虞姬。

[12] "烟波"句：谓项羽自感无颜面见家乡父老，宁死不肯乘船东渡乌江。《史记·项羽本纪》："乌江亭长檥船待，谓项王曰：'江东虽小，地方千里，众数十万人，亦足王也。愿大王急渡，今独臣有船，汉军至，无以渡。'项王笑曰：'天之亡我，我何渡为？且籍与江东子弟八千人渡江而西，今无一人还，纵江东父兄怜而王我，我何面目见之？纵彼不言，籍独不愧于心乎？'……乃自刎而死。"

[13] "敌国"句：指刘邦悬赏千金求项羽头，最终有五个追兵分得项羽之体而被封侯。《史记·项羽本纪》："项王乃曰：'吾闻汉购我头千金，邑万户，吾为若德。'乃自刎而死。王翳取其头，余骑相蹂践争项王，相杀者数十人。最其后，郎中骑杨喜、骑司马吕马童、郎中吕胜、杨武各得其一体。五人共会其体，皆是。故分其地为五：封吕马童为中水侯，封王翳为杜衍侯，封杨喜为赤泉侯，封杨武为吴防侯，封吕胜为涅阳侯。"

[14] 生时王楚死王鲁：指项羽生前自立为西楚霸王，死后以鲁公礼葬。

[15] 颇快阿房三月灰：相传项羽焚秦阿房宫，火三月不灭。但目前考古发掘未证实此事。快：赵藏本作"怏"。

[16] 园陵：帝王的墓地。抔（póu）：量词。相当于"把""捧"。

[17] "吾闻"句：相传王莽死后其头骨被涂上油漆，制成漆器。晋惠帝时王莽头曾藏于皇宫武库中，详见《晋书·卷三十六·列传第六·张华传》记载。又传王莽头为羌胡所得，作为溺器。髹（xiū）：把漆涂在器物上。新莽：指王莽。西汉末王莽篡权，改国号新，故称。

[18] 赤眉之贼：指西汉末年樊崇等领导的农民起义军，因以赤色涂眉为标志，故称。

[19] 王头何如士垄贵：即"生王之头，不若死士之垄"。《战国策·齐策四》："王愤然作色曰：'王者贵？士贵乎？'对曰：'士贵耳，王者不贵！'王曰：'有说乎？'斶曰：'有。昔者秦攻齐，令曰："有敢去柳下季垄五十步而樵采者，死不赦！"令曰："有能得齐王头者，封万户侯，赐金千镒！"由是观之，生王之头，曾不若死士垄也。'"垄：坟墓。

[20] 少昊陵：曲阜古迹，有东方金字塔之称，在曲阜城东八里处，项羽冢在其西南数里处。

[21] 美人花：指虞美人花。草本植物，取名于项羽爱姬虞美人。

题蒋孝子庐墓图卷[1]

淮山不废青，淮水无逝绿[2]。

翆然孝子志，企而高人躅[3]。

古树立修修[4]，凉风吹谡谡[5]。

此中有玄扃[6]，封之若夏屋[7]。

长谢[8]宾客欢，聊遗妻子嘱。

劬劳[9]不为德，毁瘠[10]岂所欲。

恩由至爱生，哀从百感触。

庐帏[11]形影单，旷野精魂[12]独。

敢希黄泉瘗[13]，暂为场室筑。

荣名既不爱，灭性亦岂恤[14]。

昏日[15]人烟绝，夜雨青磷[16]哭。

便作毕生期，何啻[17]三年宿。

异鸟为翔集[18]，薄夫亦敦笃[19]。

相将出郊垧[20]，来劝携馈粥[21]。

自抱营陵志，一变淮阳俗[22]。

画师写缣素[23]，裔孙守卷轴[24]。

持示意良重，展观泪在匊[25]。

叙述多贤哲，咏叹尽实录。

时近正德[26]朝，人是杜陵[27]族。

孰独非人子，余丧始释服[28]。

转念今昔异，但觉平生促。

朝出鲁门东，南望射陂曲[29]。

荐新[30]感时节，穬穬[31]小麦熟。

【注释】

[1] 这是一首题画诗，主要叙述和描写了蒋孝子的庐墓之举，表达了诗人的钦佩和颂扬之意。

蒋孝子：名、字不详。据诗中所写，约生活于明正德年间，河南淮阳人。庐墓：古人于父母或师长死后，服丧期间在墓旁搭盖小屋居住，守护坟墓，谓之庐墓。

[2] "淮山" 句：既写画面之景，又以淮山常青、淮水永绿象征蒋孝子之

德行将流芳千古。淮水：即淮河。

[3]"皋然"句：谓蒋孝子志向高远，企望能效仿志行高尚的前贤的行为。皋然：高远貌（皋，音 gāo，通"皋"）。躅（zhú）：足迹；踪迹。比喻前贤的行为、功绩。

[4] 修修：修长美好的样子。

[5] 谡谡（sù sù）：劲风声。

[6] 玄扃（jiōng）：墓门；墓室。

[7] 夏屋：大屋。

[8] 长谢：长辞；永远离开。

[9] 劬（qú）劳：劳累；劳苦。

[10] 毁瘠：因居丧过哀而极度消瘦。

[11] 庐帏：房舍内的帐幔。此处借指蒋孝子为守丧而构筑在墓旁的小屋。

[12] 精魂：精神魂魄。赵藏本作"父母"。

[13] 寤（wù）：梦。此处指梦见双亲。

[14] 灭性：谓因丧亲过哀而毁灭生命。恤：顾及；顾念。

[15] 昏日：犹夕阳。

[16] 青磷：俗谓鬼火，此处喻指死者。

[17] 何啻：犹何止，岂止。

[18] 翔集：众鸟飞翔而后群集于一处。

[19] 薄夫：刻薄的人。敦笃：敦厚笃实。

[20] 相将：相偕，相共。郊垌：郊野田地（垌，音 dòng，田地）。

[21] 饘（zhān）粥：饘，稠粥；粥，稀粥。后以饘粥作为稀饭的统称。

[22]"自抱"句：谓蒋孝子有志为父母营造陵墓，改变淮阳之地的风俗。淮阳：淮水之北。史上曾作为郡、国名。汉成帝时辖境相当今河南淮阳、鹿邑、太康、柘城、扶沟等县地。

[23] 缣（jiān）素：指书画。

[24] 裔孙：远代子孙。卷轴：有轴的字画。此处指蒋孝子庐墓图卷。

[25] 展观泪在匊：谓展观图卷，洒泪可掬。匊（jū）："掬"的古字，双手所捧。

[26] 正德：明武宗年号（1506—1521）。

[27] 杜陵：地名。在今陕西省西安市东南。秦置杜县。汉宣帝筑陵于东原上，因名杜陵，并改杜县为杜陵县。或人名，指唐杜甫。杜甫祖籍杜陵，自称杜陵野老或杜陵布衣。

[28] 余丧始释服：指诗人为母守丧期满，刚除去丧服。按：颜懋伦母亡于1746年，距写作此诗时恰三年。释服：除去丧服。谓除丧。

[29] 射陂（bēi）：当指曲阜古泮池，在曲阜城东南。春秋时鲁僖公筑宫室于泮水边，谓之"泮宫"，是僖公饮酒作乐、演武庆功之所。汉代始为学宫，是读书骑射之地。明嘉靖间，为修筑城墙，将泮水东片水域隔在了城外，"射陂"应指此处（陂，池塘湖泊）。曲：弯曲的地方。《诗·魏风·汾沮洳》："彼汾一曲，言采其藚。"朱熹集传："一曲，谓水曲流处。"

[30] 荐新：以时鲜的食品祭献。

[31] 穊穊（lì lì）：禾苗成行貌。

过次雷伯父旧雨草堂别业感赋[1]

百感缘秋起，新悲逐境来。
再过不愿入，独坐有余哀。
户网[2]今何重，檐花[3]旧尚开。
柴门残月上，扶杖最徘徊。

井邑原连舍，村居亦近邻[4]。
桑蚕咨物候，树艺示先民[5]。
谭往夜尤健[6]，恤孤[7]老更亲。
苍凉郭西路，何处见车尘[8]。

【注释】

[1] 诗忆从父颜肇维。颜肇维卒于1749年，其去世后不久，诗人至其生前所居旧雨草堂，睹物伤情，赋此组诗表达了对从父眷眷不忘的悼念。

次雷伯父：指颜肇维，详见《什一编·和次雷世父立春集旧止堂韵》注释[1]。旧雨草堂：颜氏龙湾别业，在曲阜城西北泗河畔。

[2] 户网：门上的蛛网。

[3] 檐花：靠近屋檐下边开的花。

[4]"井邑"句：指在曲阜龙湾故里，诗人与伯父比邻而居。井邑：故里。连舍：邻舍。

[5]"桑蚕"句：指颜肇维根据时令让人采桑养蚕，按照古人所教种植作物。咨：征询。物候：动植物随季节气候变化而变化的周期现象。泛指时令。树艺：种植，栽培。

[6] 谭往：即谈论往事；说古。谭，同"谈"。健：不倦。

[7] 恤孤：存恤孤弱的人。

[8] "苍凉"句：城西路径荒凉，难见车马经过。按：旧雨草堂在曲阜城西北，故云"郭西路"。

送张外弟绍曾归京兆[1]

十年方聚首，九月怅离居[2]。
同抱劬劳憾，偏当饥馑[3]余。
我思修旧业[4]，君要课儿书[5]，
太液池[6]相近，先春忆雁鱼[7]。

【注释】

[1] 这是一首送别诗。主要写诗人与表弟多年来各为生活奔波以致聚少离多，由此抒发了浓浓的亲情。

张外弟绍曾：颜懋伦表弟，生平待考。京兆：京都。

[2] 离居：散处；分居。

[3] 饥馑：灾荒，庄稼收成很差或颗粒无收。

[4] 修旧业：修理旧时的园宅。

[5] 课儿书：教育督促儿子读书。

[6] 太液池：即今北京故宫西华门外的北海、中海、南海三海。

[7] 先春：犹早春。雁鱼：即"雁素鱼笺"，指书信。

先母诞日展墓[1]

又到初秋祗[2]泪垂，墓田雨重草离离[3]。
今朝定忆儿来过，隔着重泉[4]是见期。

四十年来无甘旨[5]，更逢此日是斋居[6]。
三牲五鼎空罗列，不是当年七箸余[7]。

【注释】

[1] 这是一组伤悼诗。诗人于母亲诞辰之日省视坟墓，祭奠亡母，不由睹物伤情。山大藏本于题目下有注："此诗系戊辰，误编于此。"赵藏本注则为"补录"。

展墓：省视坟墓。

[2] 祇（zhī）：适；恰；正。

[3] 墓田：坟地。雨重：指雨浓重。离离：浓密貌。

[4] 重（chóng）泉：九泉。指死者所居之地。

[5] 四十年来无甘旨：指诗人自愧多年来未能很好地奉养母亲。甘旨：美味的食物。此处指养亲的食物。

[6] 斋居：斋戒别居。

[7] "三牲"句：谓此时母亲坟前虽摆放了丰盛的酒食，但再无往年母亲寿筵上的团圆热闹。三牲五鼎：指丰厚的祭品。七箸：七双筷子。表示母亲健在时一家人吃团圆饭的人数。当年：赵藏本作"中堂"。

初秋过六舅别业[1]

西风来北墅，秋雨净南塘。

渐见园林色，微闻花药香。

征歌[2]临活水，移席避斜阳。

既醉还高卧[3]，澄澄[4]月似霜。

【注释】

[1] 诗写初秋园林之景，表达了诗人的闲适之情。

六舅：颜懋伦的舅父，曲阜世职知县孔兴认之子。

[2] 征歌：谓征招歌姬。

[3] 高卧：高枕而卧；悠闲地躺着。

[4] 澄澄：明洁清澈貌。

庚午（1750）

元日展墓[1]

百福宜春更不书[2]，今朝泉下定何如。

三年那拟儿颁白，元日何曾母另居[3]。

东郭[4]寒风吹草树，北堂明烛照阶除[5]。

几筵还绕诸孙拜，图里分柑事已虚[6]。

【注释】

[1] 庚午（1750）大年初一，诗人到母亲坟前祭拜，并赋此诗以悼念亡母。诗中情景交融，今昔相映，虚实结合，表达了深沉而真挚的情感。

元日：正月初一。展墓：省视坟墓。

[2] 百福宜春更不书：指庚午春节时，母亲虽已去世三年，但诗人仍没有书写、张贴"百福""宜春"字样的红色春联。按：曲阜旧俗，有亲人亡故之家，三年不得贴红色春联。

[3] "三年"句：哪料到守丧三年儿子已须发斑白，何曾在元日让母亲孤单一人。拟：猜测。颁白：须发半白（颁，通"斑"）。

[4] 东郭：指东城外，东郊。按：颜懋伦之母葬于曲阜城东颜林。

[5] 北堂：指母亲的居室。语本《诗·卫风·伯兮》"焉得谖草，言树之背"毛传："背，北堂也。"阶除：台阶。

[6] "几筵"句：现在儿孙们只能向母亲的灵位跪拜，再也见不到图画上母亲给儿孙分柑橘的情景了。按：古人以柑橘寓意吉祥如意，故很多地方有新年吃橘、送橘的习俗。清吴曼云《江乡节物词·咏吉利》："闽荔干红邓橘黄，深宵酒醒试偷尝。听郎枕畔朦胧语，新岁还君大吉祥。"几筵：祭祀的席位或灵座。

人日雪分赋[1]

> 白雁[2]声回荠菜新，年光[3]已见七分春。
> 聚来好友天方雪，选有佳题日是人[4]。
> 荆楚重镂花作絮，承华旧戴胜如银[5]。
> 欲书鲁史观云物[6]，城上高台[7]迹已陈。

【注释】

[1] 诗写早春雪景。人日佳节，诗人与众友踏雪寻访、追忆曲阜名胜古迹，并赋诗纪游，融现实与历史为一体。

人日：旧俗以农历正月初七为人日。

[2] 白雁：候鸟。体色纯白，似雁而小。

[3] 年光：春光。

[4] "聚来"句：人日好友相聚，恰天正降雪，大家有了作诗的好题目。

[5] "荆楚"句：项羽家好似以絮为花镂成的头饰，灵光殿恰如戴着银做的花胜。荆楚：荆为楚之旧号，略当古荆州地区，在今湖北湖南一带。此处代

指曲阜项羽冢，参见《己巳编·项羽冢》注释［1］。承华：太子宫室。此处指鲁灵光殿，是西汉初汉景帝子鲁恭王刘余所建宫殿，故址在曲阜城东。汉王延寿《鲁灵光殿赋（并序）》："初，恭王始都下国，好治宫室，遂因鲁僖基兆而营焉。遭汉中微，盗贼奔突，自西京未央建章之殿，皆见隳坏，而灵光岿然独存。"胜：即花胜，又作"华胜"。古代妇女的一种花形首饰。《太平御览》卷九七六引南朝梁宗懔《荆楚岁时记》："正月七日为人日。以七种菜为羹，剪彩为人或镂金箔为人，以贴屏风，亦戴之头鬓。又造华胜以相遗，登高赋诗。"

　　［6］鲁史：指《春秋》。云物：景物，景色。

　　［7］城上高台：此处指曲阜太子钓鱼台。按：鲁恭王在曲阜常至古泮池垂钓，故池又称"太子钓鱼池"，其垂钓处所建之台称"太子钓鱼台"。郦道元《水经注》卷二十五"泗水"："孔庙东南五百步，有双石阙，即灵光之南阙。北百余步即灵光殿基，东西二十四丈，南北十二丈，高丈余，东西廊庑别舍，中间方七百余步。阙之东北有浴池，方四十许步；池中有钓台，方十步，台之基岸，悉石也，遗基尚整。故王延寿赋曰：周行数里，仰不见日者也。是汉景帝程姬子鲁恭王之所造也。殿之东南，即泮宫也，在高门直北道西，宫中有台，高八十尺，台南水东西百步，南北六十步，台西水南北四百步，东西六十步，台池成结石为之，《诗》所谓思乐泮水也。"

春寒分赋[1]

东风料峭雨蓼泠[2]，二月余寒浸画屏，
最惜春光留雁住，不添树色隔山青[3]。
人皆可爱如冬日，农自占时望建星[4]。
炉火拨残游兴少，南窗自注《净名经》[5]。

【注释】

　　［1］诗写早春所见、所感，表达了诗人对春天的期盼和喜爱。前两句写景，由近及远；后两句写人，由人到己。

　　［2］蓼（liù）：风声。泠（líng）：清凉，寒凉。赵藏本作"冷"。

　　［3］不添树色隔山青：指早春时节草木始发芽，近看树色未变，但远山已经变青。隔山：远山（隔，远，空间上的距离长）。

　　［4］"人皆"句：人们对春天的喜爱如同对冬日太阳的喜爱，农人也开始根据天象节候盘算农事了。可爱：喜爱。占时：指根据天象预测自然界和天气变化。建星：古星座名。凡六星。在黄道北。与南斗六星同属斗宿。

[5] 南窗：向南的窗子。因窗多朝南，故亦泛指窗子。《净名经》：佛经名。《维摩诘经》的异称。

春郊漫兴[1]

春山明远墅，春日遍西郊。

水活[2]鱼浮藻，泥香燕近巢[3]。

弹琴须友和[4]，种树借书钞[5]。

坐久人声寂，微风上竹稍[6]。

山郭[7]新晴后，人家春半[8]时。

来游得别业，最爱及晨曦。

地远光如水，风和籁[9]可吹。

此中看不厌，一径柳长垂。

【注释】

[1] 诗写曲阜西郊颜氏龙湾别业之景，表现了诗人对家乡风光和闲居生活的热爱。

漫兴：谓率意为诗，并不刻意求工。

[2] 水活：指水解冻。

[3] 泥香燕近巢：指燕子衔泥筑巢。

[4] 和（hè）：以声相应；跟着唱。

[5] 钞：也作“抄”。誊写。

[6] 竹稍：竹子的枝叶。

[7] 山郭：山村。

[8] 春半：谓春季已过半。

[9] 籁：古代一种竹制管乐器。当指箫、笛之类。《史记·司马相如列传》：“拟金鼓，吹鸣籁。”裴骃集解引《汉书音义》：“籁，箫也。”

题东山仲文课子图[1]

自有清风无纤埃[2]，老松作屋水如阶。

此中解识[3]儿童慧，携得濂溪[4]一卷来。

【注释】

[1] 这是一首题画诗，描绘了一幅清雅闲淡的画面。

东山仲文：其人待考。课子：督教儿子读书。

[2] 纤埃：微尘。

[3] 解识：知晓；熟悉。

[4] 濂溪：此处指宋代理学家周敦颐的著作。周世居湖南道县濂溪畔，晚年移居江西庐山莲花峰下，峰前有溪，因取旧居濂溪以为水名，并自以为号，世称濂溪先生。

和孔明府衙斋古槐四韵[1]

不辨何年植，纷敷[2]及暮春。

腹空容物久，时至得花新。

阴重[3]云承盖，影移月结邻[4]。

尚如元始市，多士亦常臻[5]。

【注释】

[1] 这是一首咏物诗，借咏古槐赞美了孔明府招贤纳士，气量宏大。

孔明府衙斋：指曲阜世职知县孔氏的官衙。四韵：指四联诗句。

[2] 纷敷：纷披繁盛貌。

[3] 阴重：树荫浓重。

[4] 月结邻：与月亮结为邻居。

[5] "尚如"句：谓贤士们常常来到古槐树下，人多得如同集市开始。元始：起始。多士：指众多的贤士。臻：到。

魏氏古柏十韵[1]

谷风吹飚飔[2]，春鸟啼磔格[3]。

徘徊庭东际，蔚然[4]见古柏。

直身类决射，回干似肃客[5]。

特立不可群[6]，其南唯怪石。

良友动[7]来集，清阴时布席[8]。

恍见蛟龙形，当空云影碧。

始种自何年，仿佛代两易[9]。

岂惟鲁国表^[10]，亦绵魏氏泽^[11]。

赤松既已往，翠实繁且硕^[12]。

抚树念古人，流年良可惜。

【注释】

[1] 这是一首咏物诗。诗中描写了魏氏古柏的形貌，赞美了古柏所象征的特立独行、黜华崇实的高洁志行。

魏氏古柏：可能指颜懋伦妹婿魏嘉祚家的古树。可参看戊辰编《魏氏芜园感旧》和《什一编·过芜园送妹婿魏茂才、族兄如仲及舍弟南游》二诗。

[2] 飚飚（zhēng hóng）：风声。

[3] 磔（zhé）格：象声词。鸟鸣声。

[4] 蔚然：草木茂密貌。

[5]"直身"句：指树身笔直者如射箭之状，弯曲者如迎客之貌。决射：较量射技。回干：弯曲的树干。肃客：迎进客人。

[6] 特立：独立；挺立。群：与之为伍。

[7] 动：往往；常常。

[8] 清阴：清凉的树荫。布席：铺设座席。

[9] 代两易：即易两代，改朝换代两次。

[10] 表：首，第一。《汉书·冯奉氏传》："奉世图难忘死，信命殊俗，威功白著，为世使表。"颜师古注："表，犹首。"

[11] 绵：延续；连续。泽：影响。

[12]"赤松"句：谓魏氏古柏果实翠绿，累累而硕大，赤松都无法与之相比。赤松：松树的一种，具有观赏价值。

舞雩坛怀古^[1]

鸣鸠拂羽桐作花，决决沂水扬晴沙^[2]。

春风吹我度桥去，遥见两株柏丫杈^[3]。

古台久荒游客少，乍来满地惊啼鸦。

其高不过三丈耳，但觉豁达^[4]无藏遮。

尘埃不动游丝^[5]静，东山浮青日升霞。

命我素琴挥朱弦^[6]，好音与景岂参差^[7]。

穆然尚怀古狂士，操瑟何必忘国家^[8]。

世无孔子莫轻与，学者徒尔走传车^[9]。

我生斯地乐斯土，方春四望兴咨嗟[10]。

武子宫湮两观堕[11]，岿然独此绝繁哗[12]。

昔闻龙见则雩祭[13]，今年好雨足桑麻。

农夫罢鉏妇子饷[14]，浩浩麦浪千畦[15]斜。

【注释】

[1] 这是一首怀古诗。诗中描绘了春日舞雩坛的美景，赞美了曾点淡泊名利的生活理想。赵藏本题目作《舞雩怀古》。

舞雩（yú）坛：又称舞雩台。是鲁国求雨的祭祀之坛，位于今曲阜东南，沂河之滨。舞雩，古代求雨时举行的伴有乐舞的祭祀。

[2]"鸣鸠"句：斑鸠展翅，高飞过繁花盛开的梧桐；沂水汤汤，激荡着明媚阳光下的沙滩。鸣鸠：即斑鸠。拂羽：振动翅膀。《礼记·月令》："[季春之月]鸣鸠拂其羽。"郑玄注："鸣鸠飞且翼相击。"决决：水流貌。沂水：即曲阜小沂河。详见《癸乙编·将至齐州忆八弟河南》注释[3]。

[3] 丫杈（yā chà）：树木分枝处。此处指树枝歧出错杂的样子。

[4] 豁达：显豁通敞。

[5] 游丝：指蜘蛛等布吐飘荡在空中的丝。

[6] 命：使用。素琴：不加装饰的琴。朱弦：用熟丝制的琴弦。

[7] 参差：错过。

[8]"穆然"句：谓在舞雩台上怀念起曾点，他的隐退之志并非忘了国家。按：《论语·先进篇第十一》："[曾点]鼓瑟希，铿尔，舍瑟而作，对曰：'异乎三子者之撰。'子曰：'何伤乎？亦各言其志也。'曰：'莫春者，春服既成，冠者五六人，童子六七人，浴乎沂，风乎舞雩，咏而归。'夫子喟然叹曰：'吾与点也！'"穆然：和敬貌。古狂士：古代志向高远，勇于进取之士。此处特指曾点（皙），春秋时鲁国人，孔子弟子，曾参之父。季武子之丧，大夫往吊，而点倚门而歌，人谓之狂。清孙枝蔚《清明日阎再彭携歌童泛舟城北》诗之八："曾点称狂士，固宜圣所与。"

[9]"世无"句：谓世人不要轻易效仿孔子周游列国，否则只是徒然奔波。与：赞许。徒尔：徒然，枉然。传车：古代驿站的专用车辆。

[10] 兴：产生。咨嗟：赞叹。

[11] 武子宫：此处当指季武子的宫室，在今曲阜市东北。季武子（？—前535），姓姬，季孙氏，名宿（一作夙）。季文子之子。鲁国执政，历仕襄公、昭公二世。《左传·定公十二年》："公与三子入于季氏之宫，登武子之台。"郦道元《水经注》卷二十五"泗水"："阜上有季氏宅，宅有武子台。今虽崩夷，

犹高数丈。台西百步有大井，广三丈，深十余丈，以石垒之，石似磬制。《春秋》定公十二年，公山不狃帅费人攻鲁，公入季氏之宫，登武子之台也。"湮（yān）：埋没。两观：此处当指两观台，在今曲阜市东南。《孔子家语·始诛第二》："孔子为鲁司寇，摄行相事……于是为政七日而诛乱政大夫少正卯，戮之于两观之下，尸于朝三日。"《左传·定公二年》："夏，五月，壬辰，雉门及两观灾。""冬，十月，新作雉门及两观。"宋孔传《东家杂记》卷下"庙外古迹"："庙东南二里，鲁城高门之外，曰两观，周回各四十步，高一丈一尺，东西相去一百步。昔先圣为鲁司寇，摄行相事，于是朝政七日而诛乱政大夫少正卯，戮之于两观之下者是也。"两观，指宫门前两边的望楼。

[12] 此：指舞雩坛。繁哗：繁杂喧哗。

[13] 龙见（xiàn）：苍龙七宿出现。《左传·桓公五年》："凡祀，启蛰而郊，龙见而雩。"杜预注："龙见，建巳之月。苍龙宿之体，昏见东方，万物始盛。待雨而大，故祭天。远为百谷祈膏雨也。"雩祭：古代求雨的祭祀。

[14] 农夫罢鉏妇子饷：鉏：古同锄。看见妻子儿女来到田间送饭，农夫停止了锄地。罢鉏（chú）：停止锄地。饷：馈食于人。

[15] 塍（chéng）：同"塍"。田埂；畦田。

碧桃花[1]

江边琼树无消息[2]，天外瑶台正渺茫[3]。
开后恰逢三月雪，春来又见五更霜。
闲阶客去光逾静，别院风来花似香。
看取武陵添异种[4]，不教红处误渔郎[5]。

【注释】

[1] 这是一首咏物诗，描写了碧桃花的幽香与红艳，赞美了其傲立霜雪的品质。

碧桃花：一名千叶桃。桃树的一种。花重瓣，不结实，供观赏和药用。据《汉武帝内传》载，神仙西王母曾赐汉武帝碧桃。

[2] 琼树：树木的美称。消息：变化。

[3] 天外瑶台正渺茫：意为王母住处的仙桃也还不见动静。瑶台：指传说中的神仙居处。这里指西王母居住处。碧桃在古诗文中特指传说中西王母给汉武帝的仙桃。正：赵藏本作"至"。

[4] 看取：看。取，作助词，无义。武陵：即武陵源。陶渊明《桃花源

记》载：晋太元中，武陵渔人误入桃花源，见秦时避乱者的后裔居其间，有良田美池，阡陌交通，鸡犬相闻，男女老少怡然自乐。后渔人复寻其处，遂迷不复得路。后以"武陵源"借指避世隐居的地方。

[5] 不教红处误渔郎：不要让飘落的花瓣误导了渔郎。此处暗用南宋谢枋得《庆全庵桃花》诗句："花飞莫遣随流水，怕有渔郎来问津。"谢诗意为不要让落花随水流去，担心渔人借此来探问桃花源的情况而扰乱这里的宁静，用陶渊明《桃花源记》的典故表明自己洁身自好，不愿出仕元朝与新贵同流合污。颜懋伦诗句则是对谢枋得诗句的反用，意为不要让自己的避世行为误导了有识之士，略带自嘲意味。

枝津 (洙分流也)[1]

乱泗分洙水，淙淙[2]过鲁城。
种桃添岸色，采藻听春声。
疏派今犹浚，寻源旧已平[3]。
自从经圣里，不受盗泉名[4]。

【注释】

[1] 诗写曲阜境内的洙水。洙水是泗水的支流，古时洙泗二水自今山东泗水县北合流而下，至曲阜北又分为二水，洙水在北，泗水在南，西流至兖州又合流为一。故道久已湮没。孔子曾在洙泗之间聚徒讲学。

枝津：指江河的支流。

[2] 淙淙：流水声。

[3] "疏派"句：指在曲阜境内的洙水河道仍然很深，但其上源河道早已变平。疏派：分出的支流（疏，分也。派，支流）。浚：深。

[4] "自从"句：谓洙水流经圣地曲阜后，便不再被称为"盗泉"了。盗泉：古泉名。故址在今泗水县东北。《水经注》卷二十五"洙水"："洙水西南流，盗泉水注之。泉出卞城东北，卞山之阴。《尸子》曰：孔子至于暮矣而不宿，于盗泉渴矣而不饮，恶其名也。"

观射[1]

南风习习日晶晶[2]，校射[3]园林夏转清。
平草中看画鹄落[4]，垂杨外听控弦声[5]。

北平久叹失飞将[6]，矍相[7]今犹聚鲁生。

欲嗣采繁歌已阕[8]，谁能饮酒果无争。

【注释】

[1] 诗写夏日观看射箭活动的所见、所思。

[2] 晶晶：明亮闪光貌。

[3] 校（jiào）射：比试射技和武艺。

[4] 画鹄落：指箭射中了箭靶的中心（鹄，音 gǔ，箭靶的中心）。

[5] 控弦声：拉弓射箭的声音。

[6] 北平：指右北平郡置。西汉辖境相当今内蒙古宁城、河北承德、天津市蓟县以东，辽宁大凌河上游地区。历代为北方军事重镇。飞将：指西汉时名将李广。广勇武善射，屡战匈奴，屡立奇功。《史记·李将军列传》："广居右北平，匈奴闻之，号曰'汉之飞将军'，避之数岁，不敢入右北平。"后泛称敏捷善战的将领。

[7] 矍相：古地名，也称"矍相圃"。故址在曲阜市城内孔庙西，仰高门外，是孔子领着其弟子练习射箭的地方。后借指学宫中习射的场所。

[8] 嗣：继承，接续。采繁：繁，应为"蘩"。《诗经·豳风·七月》："春日迟迟，采蘩祁祁，女心伤悲，殆及公子同归。"毛传："豳公子躬率其民同时出，同时归也。"谓豳公子有与民同甘苦的德行。后因以"采蘩"作思念君子的典故。阕（què）：终了；止息。

题家师葬青毡晓雪、绛帐春风二图[1]

冬卦述来复[2]，皇祖[3]时如春。

沍寒非潜固[4]，青阳何由伸[5]。

祗奉有苗裔[6]，传经穷灵津[7]。

慨然[8]为斯图，悬象觉吾人[9]。

鳣堂[10]明积雪，樽俎[11]无垢尘。

古柏郁青青，可以澄心神。

久存程门志，自与扶风亲[12]。

坚冰凛易戒，和风饮德醇[13]。

赛帏纷桃李，弟子皆恂恂[14]。

诗书教至精，礼乐行独淳。

步趋宫墙侧，惝恍追先民[15]。

先生颜如华，八十发如银。

致之果何术，道腴寿自臻[16]。

【注释】

[1] 这是一首题画诗。诗中赞美了颜师莘高尚的德行和教书育人的才华，表达了诗人的崇敬之情。

家师莘：与颜懋伦同族的长辈或年长者，师莘当是其字号。莘："庵"的古字。青毡：青色的毛毯。此处指青毡制作的帐篷。宋陆游《汉宫春·初自南郑来成都作》词："吹笳暮归，野帐雪压青毡。"绛帐：红色帐帷。《后汉书·马融传》："［马融］常坐高堂，施绛纱帐，前授生徒，后列女乐，弟子以次相传，鲜有入其室者。"后因以"绛帐"为师门、讲席之敬称。

[2] 来复：往还，去而复来。语见《易·复》，谓阳气经七日已由剥尽而开始复生。后因以称阳气始生。

[3] 皇祖：对已故祖父的敬称。此处指颜光猷。

[4] 沍寒：寒气凝结，谓极为寒冷（沍，音 hù，寒冷）。潜固：水积冻不开（潜，音 jìn，《玉篇》：水也）。

[5] 青阳：指春天。伸：舒展；展开。

[6] 祗（zhī）奉：敬奉。有苗：古国名。也称三苗。尧、舜、禹时代我国南方较强大的部族，传说舜时被迁到三危。有，词头。

[7] 传经：传授经学。灵津：天河，银河。

[8] 慨然：感慨貌。

[9] 悬象：天象，多指日月星辰。觉吾人：使我们醒悟。

[10] 鳣（zhān）堂：讲学之所。

[11] 樽俎：古代盛酒肉的器皿（樽，盛酒器；俎：置肉之几）。

[12] "久存"句：谓颜师莘早有尊师重教的志向，喜欢亲近结交慷慨豪迈之士。程门志：尊师重教之志。化用了"程门立雪"的典故，《宋史·道学传二·杨时》："［时］一日见颐，颐偶瞑坐，时与游酢侍立不去。颐既觉，则门外雪深一尺矣。"扶风：古郡名，古为三辅之地，多豪迈之士。唐李白《扶风豪士歌》："扶风豪士天下奇，义气相倾山可移。"后以代称慷慨豪迈之士。

[13] "坚冰"句：谓颜师莘的教诲如温和的春风，让弟子蒙受深醇的德泽，毫不费力地戒除过错，克服困难。坚冰：《易·坤》："初六，履霜坚冰至。像曰：履霜坚冰，阴始凝也；驯致其道，至坚冰也。"王弼注："始于履霜，至于坚冰，所谓至柔而动也。刚阴之为道，本于卑弱而后积著者也。"后多以比喻积过成祸，困难重重。凛：寒冷。饮德：蒙受德泽。

[14]"褰（qiān）帏"句：谓颜师荟门生众多，个个温顺恭谨。褰帏：撩起帷幔。意即绛帐之下。褰，从赵藏本，山大藏本作"寒"。帏，此处指绛帐。桃李：《韩诗外传》卷七："夫春树桃李，夏得阴其下，秋得食其实。"后以"桃李"比喻所教的学生和栽培的后辈。恂恂：温顺恭谨的样子。

[15]"步趋"句：谓紧紧追随老师，效仿先贤。宫墙：师门；教席。语出《论语·子张》："叔孙武叔语大夫于朝曰：'子贡贤于仲尼。'子服景伯以告子贡。子贡曰：'譬之宫墙，赐之墙也及肩，窥见室家之好。夫子之墙数仞，不得其门而入，不见宗庙之美，百官之富。'"惝恍：惆怅，伤感。先民：古代贤人。

[16]道腴寿自臻：道德高尚自然会高寿。道腴：道德高尚（腴，音yú，丰厚）。

喜雨[1]

渐渐[2]落处已无尘，槭槭吹来渐作潨[3]。
自向町畦[4]深试土，觉来禾黍最亲人。
农夫社鼓迎田祖[5]，野老村沽速近宾[6]。
欲续东坡亭子记[7]，北窗风味[8]一时新。

【注释】

[1]诗写久旱逢甘霖之景，表达了诗人的喜悦之情，体现了其仁民爱物的情怀。

喜雨：谓久旱后得雨而喜悦。

[2]渐渐：象声词。此雨声。

[3]槭槭（sè sè）：象声词。叶落声。潨：同"潀"。水流石间。

[4]町畦（tǐng qí）：田界；田地。

[5]社鼓：旧时社日祭神所鸣奏的鼓乐。田祖：传说中始耕田者。指神农氏。

[6]野老村沽速近宾：村野老人备办酒菜邀请亲近的宾客。村沽：即村酤，指村酒。速：召，请。

[7]欲续东坡亭子记：谓想要效仿苏轼作诗文以志喜雨。按：苏轼任凤翔府签判的第二年（1062），造亭于官舍厅堂之北，亭始成而恰逢久旱甘雨，苏轼遂名此亭为"喜雨亭"，并作《喜雨亭记》一文。

[8]北窗风味：犹北窗高卧。比喻悠闲自得。语出晋陶渊明《与子俨等

书》："见树木交荫，时鸟变声，亦复欢然有喜，尝言五六月中，北窗下卧，遇凉风暂至，自谓是羲皇上人。"

<h2 style="text-align:center">子箴孔丈移居[1]</h2>

南池[2]池水绿如苔，新构精庐近钓台[3]。
晓日栏杆花自在，清风门巷燕随来。
卜居且喜君能赋[4]，作室[5]还知子尽才。
鲁殿[6]岿然何处是，不须惆怅故人杯[7]。

【注释】

[1] 这是一首赠答诗，主要赞美了孔丈新居优美的自然环境和周围悠久的名胜古迹。

子箴孔丈：孔姓长者，字（或号）子箴。移居：迁居。

[2] 南池：即曲阜古泮池。详见《己巳编·题蒋孝子庐墓图卷》注释[29]。

[3] 精庐：学舍，读书讲学之所。钓台：指太子钓鱼台。详见前《人日雪分赋》注释[7]。

[4] 卜居：择地居住。赋：吟诵或创作诗歌。

[5] 作室：谓构建居室，盖房子。

[6] 鲁殿：即鲁灵光殿。详见前《人日雪分赋》注释[5]。

[7] 杯：疑应为"怀"字。

<h2 style="text-align:center">蝉[1]</h2>

汉冠[2]曾何取，豳风[3]亦入吟。
喧时云郁郁，飞去树森森。
残暑声逾曲[4]，夕阳恨转深。
近来多静趣[5]，不愿就繁音[6]。

【注释】

[1] 这是一首咏物诗。诗中托物寓志，表达了诗人不慕繁华、清高自适的人生取向。

[2] 汉冠：汉代侍从官所戴的冠，上有蝉饰，故称蝉冠。取蝉清高，饮露而不食之义。

[3] 豳风：《诗经》的十五国风之一，其《七月》篇有咏蝉句："四月秀葽，五月鸣蜩。"

[4] 残暑：残余的暑气。逾曲：更加婉转。

[5] 静趋：即趋静，喜欢安静。赵藏本作"静趣"。

[6] 繁音：繁密的音调。

题石邨老人画扇[1]

五里十里浮岚[2]内，三家两家空翠[3]中。
每到秋来爱山水，老人不住弃湖东[4]。

【注释】

[1] 这是一首题画诗。既描绘了画面之景，又赞美了作画者的山水之情。
石邨老人：即孔衍栻，详见《癸乙编·题石村画册》注释[1]。

[2] 浮岚：飘动的山林雾气。

[3] 空翠：指绿色的草木。

[4] "每到"句：因为喜欢秋日的山水，故石邨老人离开家乡寻访胜景。
弃：离开。湖东：孔衍栻老家在曲阜房岭湖上村（今曲阜南辛镇小湖村），位于曲阜城东南，故曰"湖东"。

遣愁[1]

自掩残书不按弦[2]，更无人处已凉天[3]。
重阴夜漏蛩螿急[4]，检药秋灯儿女缘[5]。
梦里湖山思做客，闲中啼笑欲逃禅[6]。
新悲旧痛[7]谁能遣，寥落西风又五年[8]。

【注释】

[1] 这是一首咏怀诗，表达了诗人人生失意之愁和亲人亡故之悲。

[2] 残书：谓未读完的书。按弦：弹奏弦乐器。

[3] 凉天：秋天。

[4] 重阴：指云层密布的阴天。夜漏：夜间的时刻（漏，古代滴水计时的器具）。蛩螿（qióng jiāng）：蟋蟀和寒蝉。

[5] 检药：挑选药材。儿女：此处指子女。

[6] "梦里"句：谓梦中自己在他乡为官，现实中却赋闲在家，面对忧喜

得失想要遁世参禅。湖山：湖水与山峦，代指外边更广阔的天地。逃禅：指遁世而参禅。

[7] 新悲旧痛：指诗人辞官归乡，不久又遇母丧，连续遭逢打击。

[8] 五年：诗人丙寅（1746 年）辞官，至庚午（1750 年）恰赋闲五年。

赠素文孔丞重娶[1]

郎君白马须鬑鬑[2]，重画娥眉下镜奁[3]。
定有新人工织素[4]，不同贾氏自窥帘[5]。
步移裙衩灯犹背[6]，手展熏笼夜已餍[7]。
欲赋新昏何逊句[8]，妨他旧事在心忺[9]。

【注释】

[1] 这是一首赠答诗，表达了诗人对友人孔素文再婚的美好祝福。

[2] 鬑鬑（lián lián）：须发稀疏的样子。

[3] 镜奁（lián）：女子梳妆用的镜匣。

[4] 织素：将丝织成绢帛（素，白色生绢）。

[5] 贾氏自窥帘：即"贾氏窥帘"，又称"韩寿偷香"。晋贾充属吏韩寿美姿容，贾充之女在门帘后窥见而心悦之，二人私通。贾女窃奇香与韩寿，贾充闻香而察觉此事，遂将女嫁与韩寿。事见《晋书·贾充传》。后以韩寿偷香或贾氏窥帘为男女暗中偷情的典故。

[6] 裙衩：衣裙（衩，音 chà，衣裙两侧开口的地方）。背：指灯尽或烛尽。

[7] 熏笼：一种覆盖于火炉上的器物，可供熏香、烘物或取暖用。夜已餍：夜已深（餍，音 yàn，吃饱，引申为止）。

[8] 欲赋新昏何逊句：想着如何逊那样写首新婚诗表示祝贺。新昏：即"新婚"。何逊：南朝梁诗人，东海郯（今山东郯城）人，存诗有《看伏郎新婚诗》。

[9] 忺（xiān）：喜悦。

题李晴江画册[1]

吹向江城是绝调[2]，移来林下[3]最先春。
花繁枝古谁能谱，大似天池徐道人[4]。

叶如春水薏[5]生初，不着浮菱与细鱼[6]。

似在江南日正晓，卢家女儿对门居[7]。

【注释】

[1] 这是一组题画诗，第一首写画中梅，第二首写画中莲。

李晴江：即李方膺（1695—1754），字虬仲，号晴江，别号秋池。通州（今江苏南通）人。曾在山东乐安、兰山及安徽潜山、合肥任知县，去官后寓居南京借园，自号借园主人。清代画家，"扬州八怪"之一，松竹兰菊咸精，尤长于梅。

[2] 江城：临江之城，此处当指南京。绝调：绝妙的曲调。古有笛曲《梅花落》《梅花三弄》等。

[3] 林下：指山林田野退隐之地。

[4] 天池徐道人：指徐渭（1521—1593），字文长，号天池道人、青藤山人等。浙江山阴（今绍兴）人。明代文学家、书画家，其画工花草竹石，笔墨奔放淋漓，开创一代画风，对后世扬州八怪影响很大。徐渭善画梅，亦有《画梅》《画红梅》等诗。

[5] 薏：莲子的心。此处代指莲蓬。

[6] 着：着墨。浮菱：菱的一种。水生草本植物，夏季开花，果实叫菱角，可食用。

[7] 卢家女儿对门居：古乐府中相传有洛阳女子莫愁，远嫁江东卢氏夫家，居于南京水西门外湖滨。其后湖以"莫愁"为名，湖内多植莲。

寿尹母[1]

侧闻[2]吾友论，夙扬尹氏风[3]。

尹氏有贤母，洁如高冈桐[4]。

繁华[5]清无滓，孤柯碧浮空[6]。

蔚为海岱贡，叶律发中宫[7]。

鹓雏下和鸣，旭日常在东[8]。

时饮沆瀣[9]气，贞固[10]类寒松。

乃知嘉木贵，不异堂构[11]功。

欲效吉甫颂[12]，自愧非喤喤[13]。

持此报贤母，庶与吾友同。

【注释】

[1] 这是一首祝寿诗。从诗意来看，尹母当是友人的母亲。诗歌以议论的笔调，抒写其对子女的谆谆教诲，赞扬尹母的高贵品质，表达对尹母的敬仰之情。

[2] 侧闻：从旁听到。即传闻，听说。

[3] 夙（sù）：平素。风：风操，节操。

[4] 高冈桐：长在高处山脊上的梧桐。根据下文可知诗人把尹母比作"峄阳孤桐"，即峄山南坡所生的特异梧桐。唐李白《琴赞》："峄阳孤桐，石筝天骨，根老冰泉，叶苦霜月。"

[5] 繁华：亦作"繁花"。盛开的花；繁密的花。赵藏本作"繁霜"。

[6] 孤柯（kē）：孤枝。碧浮空：赵藏本作"浮碧空"。

[7] "蔚为"句：峄阳桐制成的琴瑟华美异常，弹奏出的声音悦耳合律，因而峄阳桐成为山东珍贵的贡品。按：古人视峄阳桐为制琴的上好材料。《书·禹贡》："羽畎夏翟，峄阳孤桐。"孔传："峄山之阳，特生桐，中琴瑟。"王琦注李白《琴赞》引《封氏闻见记》："土人云：此桐所以异于常桐者，诸山皆发地兼土，惟此山大石攒倚，石间周围皆通人行，山中空虚，故桐木绝响，是以珍而入贡也。"蔚：华美。海岱：今山东省渤海至泰山之间的地带（海，渤海；岱，泰山），泛指山东。叶（xié）律：合乎音律。中宫：合乎五音中的宫级音阶。

[8] "鹓雏"句：化用了《诗·大雅·卷阿》中的诗句："凤凰鸣矣，于彼高冈。梧桐生矣，于彼朝阳。"鹓（yuān）雏：传说中与鸾凤同类的鸟。和鸣：互相应和而鸣。《左传·庄公二十二年》："初，懿氏卜妻敬仲。其妻占之，曰：'吉。是谓"凤皇于飞，和鸣锵锵"。'"

[9] 沆瀣（hàng xiè）：夜间的水气、露水，古人谓仙人所饮。

[10] 贞固：守持正道，坚定不移。

[11] 堂构：筑堂基，盖房子。语出《尚书·大诰》："若考作室，既底法，厥子乃弗肯堂，矧肯构。"孔传："以作室喻治政也。父已致法，子乃不肯为堂基，况肯构立屋乎？"

[12] 吉甫颂：周代贤臣尹吉甫所作赞美周宣王之颂歌。相传《诗·大雅》中之《嵩高》《烝民》《韩奕》《江汉》等篇皆是。

[13] 雍雍（yōng yōng）：鸟和鸣声。此处特指鸾凤的和鸣声。《尔雅·释训》："雍雍喈喈，民协服也。"郭璞注："凤凰应德鸣相和，百姓怀附兴颂歌。"

辛未 （1751）

春游遇雨分韵[1]

芳甸[2]湿烟雨气重，野田涓涓水淙淙[3]。

策车犹得花间墅，沽酒忽闻柳外钟。

寒食作歌多宛曲[4]，阳春鼓瑟自雍容[5]（时有携琴而来者）。

夭桃艳李洗颜色，生憎红尘十里封[6]。

【注释】

[1] 这是一首写景抒情诗，表现了诗人热爱自然本色、不求繁华富贵的恬淡情怀。

分韵：旧时作诗方式之一。数人相约赋诗，选择若干字为韵，各人分拈，依拈得之韵作诗。

[2] 芳甸：芳草茂盛的原野。

[3] 涓涓：清新、明洁貌。淙淙（cóng）：流水声。

[4] 寒食：节日名，在清明前一日或两日。春秋时期，晋文公负其功臣介之推，介愤而隐于绵山，文公悔悟，烧山逼令出仕，介抱树焚死。人民同情介之推的遭遇，相约于其忌日禁火冷食，以为悼念。以后相沿成俗，谓之寒食。宛曲：同"婉曲"。曲折；婉转。

[5] 雍容：舒缓；从容。

[6] "夭桃艳李"句：桃花李花被雨水清洗了妖艳的颜色，我最厌恶人世间的繁华富贵。生憎：最恨；偏恨。红尘：指繁华之地。封：量词。古代地积单位。《汉书·刑法志》："地方一里为井，井十为通，通十为成，成方十里；成十为终，终十为同，同方百里；同十为封，封十为畿，畿方千里。"

励堂明府招集枝津园即事[1]

清溪绕屋柳多阴，载酒芳园趣可寻。

布谷先知春雨候[2]，野苹亦兴乐宾心[3]。

滁州山色庐陵记，单父星光宓子琴[4]。

自爱鲁城西郭外，轻轩游处翠微深[5]。

【注释】

[1] 这是一首宴游即兴之作，表达了对励堂明府以教化理政的赞颂。

励堂明府：疑为曲阜世尹孔毓琚的号。按：孔毓琚是颜懋伦的舅父，详见《什一编·暮春过枝津园有感》注释 [1]。枝津园：孔毓琚别业，在曲阜城西南。

[2] 候：时节，时候。

[3] 野苹亦兴乐宾心：《诗经·小雅·鹿鸣》：“呦呦鹿鸣，食野之苹。我有嘉宾，鼓瑟吹笙。”此处化用之，表达了宴请宾客的欢愉之情。苹：赵藏本作“萍”。

[4] “滁州”句：谓励堂明府治理曲阜重在教化，就如欧阳修以诗文治理滁州、宓子贱以弹琴治理单父一样。滁州：今安徽省滁州市。庐陵：古庐陵即今江西省吉安市，欧阳修为庐陵人，此处代指欧阳修。欧阳修为滁县令时曾写有《醉翁亭记》《丰乐亭记》等赞美滁州美丽的山色风光。单父（shàn fǔ）：春秋鲁国邑名。故址在今山东省单县南。孔子弟子宓子贱为单父宰，以弹琴理政，甚得民心。《吕氏春秋·察贤》：“宓子贱治单父，弹鸣琴，身不下堂，而单父治。巫马期以星出，以星入，日夜不居，以身亲之，而单父亦治。”

[5] 轻轩：古代田猎之车，因其轻便，故称。翠微：形容山光水色青翠缥缈。

乐圃剪春罗分赋[1]

浓绿忽惊夏，微薰不是棉[2]。
正宜明月夜，恰置雨余[3]天。
见舞曲能写，闻声笑自妍。
挑灯歌白纻[4]，丝絮正翩褼[5]。

【注释】

[1] 诗写夏夜雨后在乐圃歌舞的情景。

乐圃：颜光敏在曲阜的别业，并以自号。剪春罗：草名。又名剪红罗、碎剪罗、雄黄花。夏季开花，呈红黄色或朱砂色。

[2] “浓绿”句：谓剪春罗忽然开花，散发出淡淡香气，这才发现不是棉花。夏：从赵藏本，山图本作“雪”。薰：香气。从赵藏本，山图本作“熏”。

[3] 雨余：雨后。

[4] 白纻：乐府吴舞曲名。始于晋代的白纻舞。南朝梁沈约有《四时白纻歌》。

[5] 翩褼（xiān）：即“褼褼”。衣服飘扬貌。

题梦桃生异兆图[1]

西颢垂精玉兔肥[2]（生生于八月十有八日），
碧桃[3]结子第一回。
中宵云气霭霭[4]下，曼倩先生[5]入画来。

天如宝瑟[6]露如银，阆苑[7]桃花不记春。
今日见君仙骨异，戒禅原是后来身。

【注释】

[1] 这是一组题在《梦桃生异兆》图画上的诗。

梦桃生：一位名梦桃的生员，其事迹不可考。

[2] 西颢：秋季。西方曰颢天，秋位在西，故称。垂精：放射光芒。玉兔：这里指月亮。

[3] 碧桃：一名千叶桃。桃树的一种。花重瓣，不结实，供观赏和药用。

[4] 霭霭：同"漫漫"。遍布貌。

[5] 曼倩先生：指西汉文学家东方朔。朔本姓张，号曼倩，平原厌次（今山东陵县）人。汉武帝时征四方士人，东方朔上书自荐，诏拜为郎，后任常侍郎、太中大夫等职。东方朔事迹后经神化，视其为暂居人间的神仙之类的人物。

[6] 宝瑟：瑟的美称。这里用以形容天空洁净鲜明的样子。

[7] 阆苑：阆凤山之苑，传说中仙人的住处。

牛真谷明府述梦[1]

五年同薄宦，千里尚怀人[2]。
梦里桃花发，图中燕子新。
秦川[3]如昨夕，故国见余春。
话久人声寂，蒙蒙雨压尘。

【注释】

[1] 诗人挚友牛运震罢官归乡后仍心系秦川，向颜懋伦倾诉曾梦回宦游之地。颜因赋此诗表现了二人对宦居之乡的牵挂和眷恋，也抒发了宦海浮沉的感慨。

牛真谷：指牛运震。详见《颜清谷四编诗序》注释 [3]。

[2]"五年"句：谓牛运震与颜懋伦有五年时间同为县令，一在甘肃，一在河南，相隔千里，互相怀念。薄宦：卑微的官职。有时用为谦辞。

[3]秦川：古地区名。泛指今陕西、甘肃的秦岭以北平原地带。因春秋、战国时地属秦国而得名。

与牛大真谷对雨[1]

槭槭复潇潇[2]，遥村与近郊。
飘时穿户牖[3]，浓处堕蟏蛸[4]。
有客鸠鸣树，覆棋[5]燕避巢。
明朝莫漫别，我拟赋嘉肴[6]。

【注释】

[1]诗写大风雨天诗人与友人对弈，并约定明天以好酒饭招待友人。

[2]槭槭（sè sè）：象声词，叶落之声。潇潇：风雨急骤貌。

[3]户牖（yǒu）：门和窗。

[4]蟏蛸（xiāo shāo）：一种蜘蛛。

[5]覆棋：泛称下棋。

[6]"明朝"句：明天不要就走，我准备好饭好菜招待你。漫：随意。赋：给予。

过乐圃忆池边垂柳[1]

一亩方塘柳半横，枝头晓月叶中星[2]。
廿年前去东风恶，不与春添分外青[3]。

【注释】

[1]这是一首咏物小诗。

[2]"一亩"句：透过池塘边上歪斜的柳树枝叶，可以看到空中的晓月和群星。

[3]"廿年"句：回忆起二十年前一场猛烈的春风将垂柳吹歪，使得春光减色。

伊母赞[1]

于昭哲媛[2]，瓜尔佳氏[3]。
来嫔于伊，系唐帝纪[4]。

策名地官[5]，大夫佐理。

心在王国，志非膴仕[6]。

琴书邱园[7]，宾客酒酏[8]。

孟光[9]佐之，乃脱簪珥[10]。

朝雨而田，夜月以枲[11]。

内职[12]惟勤，恒戒在侈。

逌公不禄，先妣其似[13]。

大造厥室，作师二子。

伯氏仲氏[14]，南宫济美[15]。

上书补阙，布政无秕[16]。

于朝于野，颂母教尔。

我鲁敬姜[17]，克饬官揆[18]。

亦有夫人[19]，缉光[20]国史。

房山峨峨[21]，孔水浟浟[22]。

礼宗斯垂[23]，奕世受祉[24]。

【注释】

[1] 此是为伊母所写的祝颂文字。据诗中所写，伊母为满族瓜尔佳氏女子，其夫为伊姓户部官员。丈夫去世后，伊母尽心抚养教育子女，二子皆成才。赞：文体名。以颂扬人物为主旨。

[2] 于昭：对美好的赞叹。哲媛：有贤德的妇女。

[3] 瓜尔佳氏：满族姓氏之一。

[4] "来嫔"句：嫁到了伊家，（伊氏）是唐尧氏之后。嫔（pín）：嫁。

[5] 策名：出仕、任官。地官：官名。唐时以称户部长官。

[6] "心在"句：谓伊母之夫忠于国家朝廷，但志向并非高官厚禄。膴（wǔ）仕：高官厚禄。

[7] 邱园：乡村家园。

[8] 酒酏：指酒（酏，音 yǐ，古代一种用黍米酿成的酒）。

[9] 孟光：东汉隐士梁鸿之妻，字德曜。夫妻隐居于霸陵山中，以耕织为生。鸿为佣工，每食时，光必举案齐眉，以示敬爱（见《后汉书·逸民传·梁鸿》）。后作为古代贤妻的典型。此处指伊母。

[10] 簪珥：发簪和耳饰。古代多为高贵妇女的首饰。

[11] 枲（xǐ）：泛指麻。此处指纺麻织布。

[12] 内职：指古代女子所尽的职守。

[13]"迨公"句：谓伊母的丈夫去世，伊母成为寡妇，这种遭遇和自己已故的母亲多么相似。迨：等到。不禄：士死的讳称。先妣（bǐ）：称自己去世的母亲。

[14]伯氏仲氏：长兄与二弟。此处指伊母的两个二子。

[15]南宫：尚书省的别称。谓尚书省像列宿之南宫，故称。唐及以后，尚书省六部统称南宫。又因进士考试多在礼部举行，故又专指六部中的礼部为南宫。此处即指礼部。济美：谓在以前的基础上使美好的东西发扬光大。

[16]"上书"句：向君主进呈书面意见，匡补君王的缺失，为官施政没有不良之处。秕（bǐ）：坏；不良。

[17]敬姜：姜姓，谥曰敬。春秋时齐侯之女，鲁国大夫公父文伯的母亲。文伯退朝回家，见其母正在绩麻，文伯以为居官之家，母不当绩麻。其母告以民勤劳则善，安逸则淫，为官朝夕勤劳，犹恐忘先人之业，若有怠惰，岂能避罪。

[18]克饬官揆：能够教诲官员（饬，教诲；教导。揆，统理国政的官员、职位）。

[19]夫人：此处指伊母。

[20]缉光：光明。

[21]房山：此处指北京市房山区西北的大房山。峨峨：高貌。

[22]孔水：此处泛指曲阜境内的河流。渀渀：水满貌。

[23]礼宗：指妇女守礼而可为人师法者。此处指伊母。垂：留传；流传。

[24]奕世：累世，世代。受祉：接受天地神明的降福（祉，音zhǐ，福也）。

哭四舅[1]

支枕[2]神气噩且烦，小僮排闼[3]惊呼喧。
但闻阿舅堕井死，其语刺促如讹言[4]。
长巷日影初照地，庶人啬夫皆星奔[5]。
入门哭声听始信，抚榻空作两手援[6]。
舅初撄疾[7]惟孟冬，时谈旧事语颇繁。
方春徂夏[8]夜不寐，拊髀扪胸走蹇蹇[9]。
清露满树犬不吠，自看云汉[10]横西轩。
《难经》[11]曰颠状或似，刀圭诘辩徒纷纭[12]。
服之无怍[13]亦无效，时因甥在加一餐[14]。

微闻独坐有叹息，向人欲语声复吞。

六十得子才四岁，眉目美秀无比伦。

迤来绕膝便麾去，岂真忍绝平昔恩[15]。

平昔知命兼知乐，偶罹簿对[16]无啼痕。

德泽[17]在民政在家，沉沉此中何烦冤。

大声呼舅舅不应，如甥不解他何论。

嗟嗟[18]！一哭讵[19]偿平生亲？

此后欲赎百其身，而况骨肉遗儿孙。

何处寻闻见，依然器具陈。

只疑身未死，还与昨相亲。

修竹仍依客，孤松不对人。

西州是真痛，华屋最酸辛[20]。

此时灵最异，去日兆先萌[21]。

黑昔当星影[22]，黄昏闻履声。

无恩可报舅，有属[23]独贻甥。

辗转栏干上，悲来怨不平。

【注释】

[1] 这是一组伤悼诗。第一首以惊闻舅父堕井之讯为始，然后追忆死者生前所遭受的病痛折磨，最后以亲人的悲痛作结。第二首写诗人来到舅父生前住所，看到物是人非，不禁悲从中来。第三首回想舅父去世之日的征兆，感念舅父对自己的恩情，抱怨命运对舅父的不公。三首诗都充满了浓重的悲伤情调。

四舅：指孔毓琚，字季玉，号璞斋。山东曲阜人。孔子六十七代孙，曲阜知县孔兴认第四子。雍正三年以岁贡生荐授曲阜世职知县，遇覃恩授文林郎。著有《红杏山房诗》一卷、《曲阜县志》二十六卷，今不传。

[2] 支枕：半躺在床上。

[3] 排闼（tà）：推门，撞开门。

[4] 刺促：惶恐不安。讹言：谣言。

[5] 啬夫：农夫（啬，通"穑"）。星奔：如流星飞逝。形容疾速。

[6] 援：执；持。

[7] 撄（yīng）疾：患病。

[8] 方春徂夏：从初春到夏天。

[9] 拊髀（fǔ bì）：以手拍大腿。寋寋（jiǎn）：迟缓貌。

[10] 云汉：银河，天河。

[11]《难（nàn）经》：原名《黄帝八十一难经》。中医理论著作，旧题战国秦越人（扁鹊）撰。共八十一章，以问答体形式解释《内经》中的疑义。

[12] 刀圭诘辩徒纷纭：谓为治病而到处寻医问药。刀圭：指药物。诘辩：辩论。诘，赵藏本作"诣"。

[13] 无忤：不抵触；不违逆。

[14] 飧：同"飧"，音 sūn，饭食。

[15]"迩来"句：近来舅父每当幼子要绕于其膝下，便挥手使之去，岂是真的忍心割断亲情？

[16] 薄对：犹对簿。受审问。

[17] 德泽：恩德，恩惠。

[18] 嗟嗟：叹词。表示感慨。

[19] 讵（jù）：副词。表示反诘。相当于"岂""难道"。

[20]"西州"句：化用羊昙过西州悲感其舅父谢安的典故，表示自己对舅父去世的沉痛悼念和物是人非的伤感。西州：古城名。东晋置，为扬州刺史治所，故址在今江苏省南京市。《晋书·谢安传》："羊昙者，太山人，知名士也，为安所爱重。安薨后，辍乐弥年，行不由西州路。尝因石头大醉，扶路唱乐，不觉至州门。左右白曰：'此西州门。'昙悲感不已，以马策扣扉，诵曹子建曰：'生存华屋处，零落归山丘。'恸哭而去。"按，羊昙，谢安的外甥。后"西州"或"西州路"遂为表示感旧兴悲、伤悼故人的典实。华屋："华屋山丘"的省略，谓壮丽的建筑化为土丘，比喻兴亡盛衰的迅速。这里指物是人非。

[21] 去日兆先萌：谓舅父去世之日有征兆产生。

[22] 黑眚（shěng）：古代谓五行水气而生的灾祸。五行中水为黑色，故称"黑眚"。当：遮蔽；阻挡。

[23] 属（zhǔ）：同"嘱"，嘱咐，委托。

龙湾别业柬牛真谷旧令[1]

沙屿[2]澄鲜万木苍，人家大半对沧浪[3]。

斜阳落网鲂鱼[4]美，甜水浮瓯[5]豆粥香。

自喜竹林依阮舍（谓家意园）[6]，欲邀陶令过柴桑[7]。

泗南泗北[8]清如此，十五里中一苇杭[9]。

【注释】

[1] 1750年牛运震从甘肃回到家乡兖州，时颜懋伦亦赋闲在家，遂写信邀请好友至曲阜相聚。诗中主要描写了家乡美景，表现了田园隐居之趣。

龙湾别业：颜氏别业，在曲阜城西泗河拐弯处。柬：指寄柬。牛真谷：即牛运震。详见《颜清谷四编诗序》注释 [3]。

[2] 沙屿：沙滩和小岛。亦泛指小沙岛。

[3] 沧浪：此处指青苍色的水。

[4] 鲂（fáng）鱼：鱼名。体广而薄肥，细鳞，青白色，味美。

[5] 瓯（ōu）：杯、碗之类的饮具。

[6] 阮舍：《晋书·阮咸传》："［咸］与叔父籍为竹林之游……咸与籍居道南，诸阮居道北，北阮富而南阮贫。"后因以"阮舍"喻指叔侄之居。意园：在曲阜西泗河畔。按：颜崇榘《摩墨亭稿·意园》诗前小序谓意园是"东轩逸老所筑"，其主人应为颜绍发。颜绍发，又名颜绍美，字存斋，号意园老人。庠生。《颜氏世家谱》云其"善树艺，好花木"。后颜懋伦有《过意园》诗，颜肇维写有《意园主人饭我及乐清侄》诗，可参看。

[7] 陶令：指晋陶潜（渊明）。陶潜曾任彭泽令，故称。此处指牛运震。柴桑：古县名。西汉置，治所在今江西九江市西南。因有柴桑山得名。陶潜故里。后常以"柴桑"代指家乡，此处指颜懋伦故里曲阜龙湾。

[8] 泗南泗北：泗河南北两岸。

[9] 苇杭：即苇航。小舟。明徐渭《镜湖竹枝词》："杏子红衫一女郎，郁金衣带一苇航。"

村暮同牛真谷分赋[1]

莹莹[2]秋色雨晴余，好住龙湾慰索居[3]。
天外云峰[4]随鸟度，水中霞影见人渔。
塞翁失马[5]知能解，逸少笼鹅[6]愧不如。
且喜子黯[7]诗客在，刺船[8]我与读奇书。

【注释】

[1] 1751年秋，牛运震至颜懋伦龙湾别业小住，二人共赏山水，赋诗读书。此诗题旨与前诗相似，主要描写乡村美景，赞美隐逸之乐。

[2] 莹莹：明亮貌。

[3] 索居：离开人群独自居处一方。

[4] 云峰：状如山峰的云。

[5] 塞翁失马：典出《淮南子·人间训》，比喻祸福相倚，坏事可以变成好事。此处诗人以此劝慰挚友不要对去职一事耿耿于怀。赵藏本作"庄生得筌"。

[6] 逸少笼鹅：指王羲之以字换鹅事。《晋书·王羲之传》："山阴有一道士，养好鹅，羲之往观焉，意甚悦，固求市之。道士云：'为写《道德经》，当举群相赠耳。'羲之欣然写毕，笼鹅而归，甚以为乐。"此处诗人以此鼓励牛运震过率性而为、任心自乐的生活。

[7] 子黯：赵藏本作"僧孺"。牛僧孺，字思黯，安定鹑觚（今甘肃灵台）人，唐代政治家、诗人。此处"子黯"或"僧孺"当指牛运震。

[8] 刺船：撑船。《庄子·渔父》："乃刺船而去，延缘苇间。"

过意园[1]

开门惊过鸟，一径避修篁[2]。
日午烟犹积，秋深水自荒。
署名皇甫传，题字郑公乡[3]。
莫漫成陈迹，浣花故草堂[4]。

【注释】

[1] 这首诗赞美了意园的自然风光和文化底蕴。

意园：见前诗《龙湾别业柬牛真谷旧令》注释 [6]。

[2] 修篁：修竹，长竹。

[3] "署名"句：谓此处堪比皇甫冉所说的"郑公乡"。郑公乡：本指汉朝大儒郑玄所居的乡里（见《后汉书·郑玄传》）。后以"郑公乡"为对别人乡里的赞誉之词。唐皇甫冉《馆陶李丞旧居》诗："词藻世传平子赋，园林人比郑公乡。"

[4] "莫漫"句：希望意园不要成为历史陈迹，而应像杜甫草堂一样得到保护。浣花故草堂：即浣花草堂、杜甫草堂，是唐杜甫流寓成都时的故居，在今四川省成都市西郊浣花溪畔。原宅中唐后已不复存，北宋元丰年间重建茅屋并立祠宇，元、明、清三朝多次改建修葺。

龙湾即事和牛真谷韵[1]

悠然[2]爱秋空，平石行可歇。

云影淡晴光，澄沙照初月[3]。

主宾匪参辰，山水证吴越[4]。

抚琴一再弹，胸怀自超豁。

忽忆天际鸿，岸长水未落[5]。

【注释】

[1] 1751年秋，牛运震与颜懋伦短暂相聚，不久牛运震便要奔赴外地讲学，颜懋伦赋诗表达深挚的友情。

[2] 悠然：闲适貌。

[3] 初月：新月，农历月初的月亮。

[4] "主宾"句：你我并不隔绝孤独，山水会见证我们同舟共济。主宾：指颜懋伦与牛运震。匪：同"非"。不，不是。参（shēn）辰：参星和辰星，辰星在东，参星在西，出没各不相见，因用以比喻彼此隔绝。吴越：即"吴越同舟"。吴人与越人同舟共济。《孙子·九地》："夫吴人与越人相恶也，当其同舟共济，遇风，其相救也，如左右手。"后以吴越同舟比喻团结互助，同心协力，战胜困难。比喻同遭危难时同心协力，互相援助。

[5] "忽忆"句：谓忽然忆起远方的挚友，思念之情如长长的流水，久久萦绕心间。天际鸿：天边的鸿雁。此处指牛运震。

送次雷从伯父宅兆[1]

沃垩作椁松液固[2]，佷室深闳地脉沍[3]。

九秋筮吉月几望[4]，荐马欲适城东路[5]。

明灯隐隐帷堂高，祖奠[6]哀声乌夜号。

攀缘拂披[7]不可住，霜风刺目心忉忉[8]。

束发[9]好学老始仕，时有宾客载游记。

政迹已变南北俗，诗卷自益江山气。

太行西去大河回，匹马曾为吾祖来。

南薰楼上秋月堕，棋声丁丁白盐堆[10]。

平生爱读河渠书，淮南风雨民其鱼[11]。

幕府决筹同官异[12]，督河使者独嗟吁[13]。

章安十载清如泚，地不苦瘝民无痡[14]。

舆人久乐灵江桥，老夫但饮石梁水[15]。

皇华有职待循良，宣武坊西旧署郎[16]。

初行官制员改隶[17]，宗伯璁佩声铿锵[18]。

谁与游者皆时彦，青齐海错越竹箭[19]。

人说大历十子名，常集戏马九日谯[20]。

春风思鲁脱朝簪[21]，贮清池馆松多阴。

柴桑有酒华冈屐[22]，斜阳自看山色深。

龙湾别业远城郭，乔木绕村泗水活[23]。

阮咸窃慕竹林风，苏氏信有眉山乐[24]。

九九数厄与世辞[25]，形体在兹神安之。

挽歌满壁不归来，却忆先生属和诗。

与公居处连房闼[26]，儿齿[27]相随今白发。

杲杲[28]日影照高楼，不向墙南呼遏末[29]。

【注释】

[1] 这是一首伤悼诗。诗中回忆了从伯父颜肇维的一生经历，表达了诗人对其无比景仰和沉痛哀悼之情。

次雷从伯父：指颜肇维。宅兆：墓地。赵藏本题目作"恭送次雷从伯父宅兆"。

[2] 沃垩（è）：灌注白垩土（沃：灌，浇）。槅：隔板。此指覆盖棺木的白垩土凝固层。松液：即松脂，松木分泌出来的树脂，有黏性。

[3] 佷室：指墓室（佷：音 xuán，幽深）。闭（bì）：关闭；关门。冱：凝聚；凝结。从赵藏本，山大藏本作"互"。

[4] 九秋：九月深秋。筮（shì）：用蓍草占卜吉凶；占卦。几望：农历月的十四日（几：近；望：农历每月的十五日）。

[5] 荐马：给马喂草。城东路：颜氏祖林在曲阜城东北，故称。

[6] 祖奠：出殡前一天晚上的祭奠。

[7] 拂披：即披拂。拨开。

[8] 霜风刺目：刺骨寒风让人睁不开眼睛。切切（dāo dāo）：忧思貌。

[9] 束发：古代男孩成童时束发为髻，因以代指成童之年。

[10]"太行"与"南薰"二句：谓颜肇维曾游河东（山西南部），探访颜光猷仕宦旧地。吾祖：指颜懋伦祖父颜光猷，颜光猷曾任河东盐运使。南薰楼：

当系山西安邑的一大景观。颜肇维《锺水堂诗》卷一《安邑盐池》："试上南薰楼，俯瞰波痕净。"丁丁：此处形容下棋的声音。白盐堆：山西安邑有盐湖，借指安邑。

[11]"平生"句：谓临海百姓饱受水患，颜肇维到任后非常注重发展水利。河渠书：指记载河道和水利设施等事的书篇。其鱼：语出《左传·昭公元年》："天王使刘定公劳赵孟于颍，馆于雒汭。刘子曰：'美哉禹功！明德远矣。微禹，吾其鱼乎！'"后借指洪水所造成的灾难。清冯桂芬《致李伯相书》："淮扬万众惴恐，时时有其鱼之虑。"

[12]幕府决筹同官异：谓颜肇维等划决定政事的能力让同僚们很是诧异。决：赵藏本作"抉"。

[13]嗟吁：感叹。

[14]"章安"句：谓颜肇维任临海知县十年为官清廉，地富民安。章安：浙江临海古称。沚（cǐ）：指清水。苦窳（gǔ yǔ）：粗劣（苦，通"盬"）。瘉（yù）：病。

[15]"舆人"句：谓临海县的民众安居乐地。舆人：众人。灵江、石梁：皆临海地名，颜肇维所到之地，皆有诗记之。

[16]"皇华"句：指乾隆二年（1737），颜肇维由临海县令擢行人司行人，住在北京宣武坊。皇华：指皇帝所在之地；京华。宣武坊：康熙癸丑（1673），颜肇维之父颜光敏在北京城西宣武坊买宅。

[17]初行官制员改隶：指行人司后被裁减，颜肇维遂任礼部仪制司马。

[18]宗伯：职官名。周代六卿之一。掌礼仪祭祀等事，即后世礼部之职。故后世亦称礼部尚书为大宗伯或宗伯，礼部侍郎为少宗伯。此处指颜肇维。璁佩：玉佩（璁，音 cōng，似玉的美石）。此从赵藏本，山大藏本作"苍佩"。

[19]"谁与"句：谓颜肇维交游的都是当时各地的贤俊、名流。按：牛运震《协办礼部仪制司行人司行人颜公墓志铭》云："公内仁九亲，外笃于交友。所与游若峰阳李克敬、历下王革、金乡杜天培，及黄学士懋、刘学士藻、鞠编修逊行、李郡守果、齐宗伯召南、沈观察廷芳，皆当时名人也。"青齐海错越竹箭：胶东的各种海味和越竹所制的箭。这里指代各地名人。海错：指各种海味。《书·禹贡》："厥贡盐绨，海物惟错。"孔传："错杂非一种。"越：指浙江。

[20]"人说"句：谓颜肇维与那些友人的交游跟唐代大历十才子的集会宴游相似。大历十子：指唐代宗大历年间的十个诗人。《新唐书·文艺传下·卢纶》："纶与吉中孚、韩翃、钱起、司空曙、苗发、崔峒、耿湋、夏侯审、李端

皆能诗齐名，号'大历十才子'。"他书所载，十人姓名略异。戏马：驰马取乐。九日：指农历九月九日重阳节。此处泛指节日。讌：宴会；会饮。

[21] 春风思鲁脱朝簪：指乾隆七年（1742）颜肇维辞官还乡。脱朝簪：指致仕（朝簪，朝廷官员的冠饰，常用以借指京官）。

[22] 柴桑有酒华冈屐：指颜肇维辞官后过着悠闲的诗酒生活。柴桑：借指晋陶潜。因其故里在柴桑，故称。华冈屐：即谢公屐，一种前后齿可装卸的木屐。原为南朝宋诗人谢灵运游山时所穿，故称。事见《宋书·谢灵运传》。因谢灵运曾作《入华子冈是麻源第三谷诗》，故此称"华冈屐"。

[23] 乔木绕村泗水活：赵藏本作"泗水当门村树洁"。

[24]"阮咸"句：以阮咸、苏轼之典称颂颜肇维退隐山水的追求。阮咸：晋名士，阮籍从子，著名的"竹林七贤"之一。苏氏：指苏轼，生于眉州眉山（今四川眉山市），境内有峨眉山。

[25] 九九：此处既指颜肇维卒年八十一，又指所谓"阳九""阴九"之灾。厄：此处指灾凶。

[26] 房闼：门户。

[27] 儿齿：幼年。

[28] 杲杲（gǎo gǎo）：形容日光明亮。

[29] 不向墙南呼遏末：谓伯父再也不能隔墙呼唤我们了。遏末：即"封胡遏末"。南朝刘义庆《世说新语·贤媛》："一门叔父，则有阿大、中郎；群从兄弟，则有封、胡、遏、末。"按：封、胡、遏、末本为东晋南朝时门阀贵族谢氏家族四人谢韶、谢朗、谢玄、谢渊的小名，后借指优秀子弟。此处是作者自指。

望灵岩寺[1]

岱宗[2]北去见灵岩，松色依微梵宇闲[3]。
一自佛图澄住后，无人说是玉符山[4]。

【注释】

[1] 诗写济南长清区灵岩寺。寺在泰山西北麓灵岩峪中。创建于前秦永兴年间，兴于北魏，盛于唐宋。

[2] 岱宗：即泰山。

[3] 松色依微梵宇闲：元于钦《齐乘》卷五"灵岩寺"："自山麓至寺门十余里，古松参天，亦谓之十里松，历代碑志具存。"梵宇：佛寺。

[4]"一自"句：谓自从法师澄卓锡在此居住后，就没有人称它玉符山了，

（而是改称为灵岩山）。于钦《齐乘》中疑灵岩山即《水经》之玉符山。清聂
钗（剑光）《泰山道里记》卷捌："东晋京兆竺僧朗事佛图澄，硕学渊通，初止
于琨瑞山降锡焉，尝往来于此说法，猛兽归服，乱石点头，灵岩所由名也。"
佛图澄：指僧人澄卓锡。

过历下有怀朱仲髯刘蒲若[1]

十年又作齐州[2]客，自起挑灯思黯然。
修竹小山人对酒（季直禹登山房[3]今已转售），
古祠流水舍无烟（蒲若居近双忠祠[4]，身死而家益落）。
论同朱穆身先逝，遇似刘蕡命不延[5]。
涕泪不知谁更解，斜风冷雨到帘前。

【注释】

[1] 1751年秋，诗人北上，路经济南，故地重游，转思已故友人朱仲髯、
刘蒲若，因赋诗表达对二人的景仰与悼念。

历下：历山（今济南千佛山）之下，即今济南。朱仲髯：即朱季直。详见
《什一编·哭朱季直》注释[1]。刘蒲若：即清诗人刘伍宽（1679—1745），字
蒲若，号此亭。祖籍山东观城，自父辈迁居历城（今济南市历城区）。少有才
名，雍正七年（1729）始拔贡，晚年檄取选教谕，不就。著有《海右草堂集》
十二卷。

[2] 齐州：州名。北魏皇兴三年（469）改冀州置，治历城县（今济南市
历城区），以地为齐国故地为名。隋大业初改为齐郡，唐武德元年（618）又改
为齐州，北宋政和中升为济南府。这里借指济南。

[3] 禹登山房：朱季直宅邸名。禹登山，又名龙洞山，在今济南市东南。

[4] 双忠祠：在今济南双忠祠街西首，是为纪念明崇祯十一年死于抗清斗
争的山东巡抚宋学朱和历城知县韩承宣于清初建立的，今废。据说当年建祠时
掘地而成泉，即今双忠泉。

[5] "论同"句：以朱穆和刘蕡因触怒宦官而获罪的遭遇，暗示朱仲髯、
刘蒲若二人因维护正义而未得寿终。朱穆（100—163）：字公叔。东汉南阳宛
人。笃于学，举孝廉。桓帝时拜侍御史，谏大将军梁冀求贤能，戒侈暴，不听。
永兴元年为冀州刺史，举劾权贵，为政严明。以忤宦官被输作左校，太学生数
千人为讼其冤。后拜尚书。禄仕数十年，蔬食布衣，家无余财。《后汉书》有
传。刘蕡（fén）：字去华。唐幽州昌平人。敬宗宝历进士。文宗太和二年策试

贤良方正直言极谏科，贊对策言论激切，极言宦官专横之祸，考官叹服，而不敢取。后令狐楚、牛僧孺皆表贊幕府，授秘书郎。而宦官深疾贊，诬以罪，贬柳州司户参军，卒。《旧唐书》有传。

过张氏园亭口号[1]

齐山七十二泉名[2]，处处门前活水清。
张氏园林吾独赏，惜他只少下滩声。

【注释】

[1] 诗写济南名园张氏园。张氏园又名漪园，位于旧城西门外五龙潭附近的古温泉处，为清初历城人张秀的私家别墅，俗称张家园。王士祯（渔洋）曾作《游漪园记》一文，对漪园的美景作了细致的描述。

[2] 齐山：齐地之山。这里指济南。七十二泉：济南向有七十二名泉之说，并因此得名"泉城"。张氏园所在的古温泉，金《名泉碑》、明《七十二泉诗》、清《七十二泉记》均著录。

赠朱景韩之官神木[1]

黄河南下五原[2]高，千里征云[3]马不嚣。
贤者新承毛义檄[4]，边民应卖少卿[5]刀。
月临绝塞[6]无烽火，雪积长城有战壕。
记取泉头[7]相送后，期君抚字[8]纪君劳。

【注释】

[1] 这是一首赠别诗。友人朱景韩将远赴陕西神木为官，作者临别赋诗，颇有慷慨悲凉之气。

朱景韩：指朱琦，字景韩。山东历城（今济南市历城区）人。神木：即今陕西省神木县。在陕西省东北部、黄河西岸、秦长城沿线。

[2] 五原：古关塞名，是两汉五原郡边塞的统称。指今内蒙古大青山西端、乌拉山南麓及阴山南坡的秦汉长城障塞。

[3] 征云：战云。

[4] 贤者新承毛义檄：谓朱景韩新接到任命文书，要去神木为官。贤者：指朱景韩。毛义檄：详见《什一编·渡汶》注释[4]。

[5] 少卿：指李陵（？—前74），字少卿，陇西成纪（今甘肃秦安县）

人。西汉名将李广孙。善骑射，武帝时拜骑都尉。后与匈奴交战，矢尽力竭而降。居匈奴二十余年，病死。

[6] 绝塞：极远的边塞地区。

[7] 泉头：泉边。时诗人在泉城济南为朱景韩送行。

[8] 抚字：指对百姓的安抚体恤。

访姜藻亭新居不遇[1]

门对佛慧[2]青，舍绕明湖[3]碧。
游客滞莱夷，故人去京国[4]。

摅词[5]遗所思，岁晏当归来[6]。
君登华不注，我住黄金台[7]。

【注释】

[1] 诗写济南访友不遇之事，表达了对友人的思念和不得相见的感伤。姜藻亭：浙江山阴人，寓居山东济南。

[2] 佛慧：即济南佛慧山。在千佛山东南，山势峭拔，登临山顶可俯瞰泉城。

[3] 明湖：即济南大明湖。

[4] "游客"句：指诗人来到济南，而姜藻亭去了北京。莱夷：殷周时古国名，在今山东半岛东北部。这里指济南。京国：京城；国都。

[5] 摅词：措辞（摅，音 shū，抒发；表达）。

[6] 岁晏当归来：指姜藻亭将在年终时回济南。岁晏：岁暮、年终。

[7] "君登"句：谓年终时姜藻亭回到济南，而自己又去了京城。华不注：又名华山。在济南东北黄河与小清河之间。此处代指济南。黄金台：又称金台、燕台。故址在今河北省易县东南北易水南。相传战国燕昭王筑，置千金于台上，延请天下贤士，故名。后世慕名，在今北京市和徐水、满城、定兴等县皆有台以"黄金"为名。此处代指北京。

登会波楼[1]

百尺凭城堞[2]，高楼势自雄。
云同山尽起，客与水皆空[3]。

岱岳[4]迷残雪，沧溟[5]匿晓虹。

列仙如可学，缥缈御天风[6]。

【注释】

[1] 诗写济南大明湖会波楼美景。会波楼，又作"汇波楼"。元代初年修建于汇波门（也称北水门，亦是北城门）之上，为二层建筑。今汇波楼是新中国成立后于旧址上重建的。

[2] 百尺凭城堞（dié）：指汇波楼建于济南旧城城墙之上。城堞：城墙。

[3] "云同"句：谓登楼远眺，可见群山连绵，云雾缭绕；俯瞰楼下，则见明湖澄澈，令人心静。

[4] 岱岳：指泰山。

[5] 沧溟：高远幽深的天空。

[6] "列仙"句：如果能学会仙术，就可以在缥缈的空中御风而行。

旅舍感怀[1]

日暮寒风入屋吹，老僮[2]无语一灯垂。

沉沉仍似当年客，不是慈恩覆育时[3]。

【注释】

[1] 诗写旅途之感，充满了感伤情调。

[2] 老僮：老年仆役。

[3] "沉沉"句：诗人年轻时曾北上京城（有《什一编·春杪将归，自京师奉别小东李夫子》一诗为证），时母亲健在。此番再度进京，母亲已亡故。慈恩：上对下的恩惠。此处指母亲的恩惠。覆育：抚养，养育。

齐河晓渡[1]

寒入祝阿[2]路，清河[3]晓渡中。

水汹悬斗急，桥断伏狮雄。

牵缆冰盈手，移篙靶[4]在胸。

临深[5]古所戒，船上正朔风[6]。

【注释】

[1] 诗写在寒冷的冬晨乘船冒风渡河的情景。

齐河：地名，与济南隔黄河相望，明清时为济南府辖县，今属山东省德州市。

　　[2] 祝阿（ē）：春秋齐邑，西汉时置祝阿县，今齐河县有祝阿镇。

　　[3] 清河：齐河境内自黄河至徒骇河有河道相连，这段河道称大清河。

　　[4] 皲（jūn）：皮肤受冻而破裂。

　　[5] 临深：面临深渊。《诗·小雅·小旻》："战战兢兢，如临深渊，如履薄冰。"后以"临深履薄"喻谨慎戒惧。

　　[6] 朔风：寒风；北风。

蚤行[1]

　　客起鸡鸣后，前村见蚤炊。
　　地寒尘不起，宵永[2]月升迟。
　　渐与山川别，翻嫌车马疲[3]。
　　漫天正霜气，真冷是晨曦[4]。

【注释】

　　[1] 此诗写于北上途中，描写了寒冬早起赶路所见之景，表现了旅途的艰辛。

　　蚤：通"早"。

　　[2] 宵永：夜很长。

　　[3] "渐与"句：谓与熟悉的山川和家乡越来越远，不仅没有心生留恋，反而埋怨车马疲敝，不能疾速前行。

　　[4] 晨曦：清晨的阳光。

平原道中怀古[1]

　　西渡鬲津[2]故道荒，平原古郡[3]郁苍凉。
　　晓烟渐逐日光退，寒柳仍随征路长。
　　党锢不罗推史弼[4]，诙谐有谏忆东方[5]。
　　汉朝犹重贤良[6]选，不教渔阳猎骑张[7]。

【注释】

　　[1] 这是一首咏史怀古诗。诗人北上途经平原，联想古人古事，表达了朝廷应重视选用贤良之臣主张。

　　平原：古县名、郡名。秦置平原县，西汉时置平原郡，郡治设于平原县

（今县西南）。平原郡辖境包括今山东德州市、滨州市西部、济南市北部及河北吴桥等。平原县今属山东省德州市。

[2] 鬲（gé）津：古水名。故道在西汉鬲县（今山东平原县西北）附近，东流入海。但在西汉时即已淤塞，其详难于确指。

[3] 平原古郡：西汉时曾置平原郡。治平原（今县西南）。辖境包括今山东平原、陵县、禹城、齐河、临邑、商河、惠民、阳信及河北吴桥等市县。

[4] 党锢：亦作"党固"。东汉桓帝时宦官专权，士大夫李膺等联合太学生抨击朝政。166年，宦官诬告他们结为朋党，诽谤朝廷。李膺等二百余人遭捕，后虽释放，但终身不许为官。灵帝时，李膺等复起用，与大将军窦武谋诛宦官，事泄。宦官于169年将李膺等百余人下狱处死，并陆续囚禁、流放、处死数百人。后灵帝在宦官挟持下下令凡"党人"的门生故吏、父子兄弟，都免官禁锢。史称"党锢之祸"。罗：搜寻；罗致。史弼：字公谦。东汉陈留考城（今河南兰考）人。桓帝时为平原相。党锢事起，诏捕党人，郡国所奏，多至数百，弼独无所上，全活者千余人。迁河东太守，抑制豪强，不受请托，被宦官侯览诬陷下狱，吏民诣阙讼之得免。

[5] 东方：即东方朔，西汉平原厌次（今山东陵县）人。滑稽有急智，善观察颜色，直言切谏。曾以辞赋戒武帝奢侈，又陈农战强国之策，终不见用。

[6] 贤良：有德行才能的人。

[7] 渔阳：古地名。汉时渔阳郡在今北京市密云区西南。猎骑：骑马行猎者。张：壮大；强大。

读王安石父子传[1]

绝代聪明择术新，熙宁财利误君臣[2]。
负他韩富诸前辈，剩有唐坰是解人[3]。

蓬头垢面是薪传[4]，又为刻书射大官[5]。
那识程君真长者，直须携得妇人冠[6]。

【注释】

[1] 此组诗分别评价了王安石、王雱（pāng）父子。作者认同《宋史》观点，否定了王安石熙宁变法，批判了父子二人。

[2] "绝代"句：批判王安石熙宁变法之失。《宋史·王安石传》引朱熹论王安石曰："汲汲以财利兵革为先务，引用凶邪，排摈忠直，躁迫强戾，使天

下之人，嚣然丧其乐生之心。"熙宁：宋神宗年号（1068—1077）。

[3]"负他"句：谓王安石变法中排斥韩琦、富弼之类的忠直之臣，而任用唐坰之类的奸邪小人。韩富：指韩琦、富弼二人。韩琦（1008—1075），字稚圭，号赣叟。相州安阳（今河南安阳市）人。宋仁宗天圣五年（1027）进士，官至枢密使、宰相，封魏国公，卒赠尚书令，谥忠献。曾屡次上疏反对王安石变法，与司马光、富弼等同为保守派首脑。富弼（1004—1083），字彦国。河南洛阳人。宋仁宗天圣八年（1030）举茂才异等，官至枢密使、宰相，封郑国公，卒赠太尉，谥文忠。王安石变法时，他在亳州抵制青苗法被勃降官，后退居洛阳，上疏要求废新法。唐坰（jiōng）：字林夫。钱塘（今浙江杭州）人。神宗熙宁初，上书言新法推行受阻，宜斩大臣持异议者如韩琦数人。为王安石引荐，赐进士出身，任崇文校书，除太子中允。将用为谏官，王安石疑其轻脱，恐背己立名，遂不除职，以本官同知谏院。唐坰怒王安石易己，遂面驾诋毁王安石，被贬潮州别驾，改监广州军资库，徙吉州酒税，卒于官。坰，从赵藏本，山大藏本误作"坰"。解人：见事高明，明理识趣的人。

[4]蓬头垢面是薪传：指王雱传承了其父不拘小节、不重仪表的作风。《宋史·王安石传》谓王安石"性不好华腴，自奉至俭，或衣垢不浣，面垢不洗"，谓王雱"囚首跣足"。

[5]又为刻书射大官：谓王雱善著述，并望以此取得高官。《宋史·王安石传》："雱气豪，睥睨一世，不能作小官。作策二十余篇，极论天下事，又作《老子训传》及《佛书义解》，亦数万言。时安石执政，所用多少年，雱亦欲预选，乃与父谋曰：'执政子虽不可预事，而经筵可处。'安石欲上知而自用，乃以雱所作策及注《道德经》镂板鬻于市，遂传达于上。邓绾、曾布又力荐之，召见，除太子中允、崇政殿说书。神宗数留与语，受诏注《诗》《书》义，擢天章阁待制兼侍讲。书成，迁龙图阁直学士，以病辞不拜。"射：谋求。

[6]"那识"句：写王雱蓬头垢面见程颢之事。《宋史·王安石传》："安石与程颢语，雱囚首跣足，携妇人冠以出，问父所言何事。曰：'以新法数为人所阻，故与程君议。'雱大言曰：'枭韩琦、富弼之头于市，则法行矣。'安石遽曰：'儿误矣。'"程君：指北宋哲学家、教育家程颢（1032—1085），字伯淳。河南洛阳人。与弟程颐同为北宋理学的奠基者，世称"二程"。神宗熙宁初，为太子中允、监察御史里行，反对王安石新政。直须：竟至于；还要。

过献县吊河间献王[1]

日华宫废暮云屯[2]，闻说城东冢[3]尚存。

七国宁知为善乐[4]，六经不为读书燔[5]。

何须学士[6]述封建，自有明王[7]恤子孙。

吾欲回车拜祠下，寒风吹处夕阳昏。

【注释】

[1] 这是一首怀古诗，颂扬了河间献王收集整理古籍、弘扬儒家文化的历史功绩，表达了诗人的敬仰之情。

献县：清属河间府，今属河北沧州市，因地为汉河间献王封国得名。河间献王（？—前130）：西汉景帝子刘德，封为河间王。修礼乐，好儒术。因好学明睿，谥曰献王。

[2] 日华宫：河间献王所筑用以接待四方学士、整理古籍、进行学术研讨的场所，在今献县南。汉刘歆《西京杂记》卷四："河间王德筑日华宫，置客馆二十余区，以待学士。"屯：屯集；聚集。

[3] 冢：指河间献王陵墓，在献县城东十余里。

[4] 七国：指西汉景帝时吴、楚、赵、胶西、济南、灾川、胶东七个诸侯国。公元前145年同时发动武装叛乱，史称"七国之乱"。为善乐：谓行善是乐事。

[5] 六经不为读书燔：指秦焚书坑儒后，汉河间献王招集儒士，收集整理儒家典籍，献于朝廷。六经：指《诗》《书》《礼》《乐》《易》《春秋》六部儒家经典。燔（fán）：焚烧。

[6] 学士：此处指唐柳宗元。柳宗元曾撰《封建论》一文，论述了封邦建国制度的由来和弊病。

[7] 明王：圣明的君主。此处指汉武帝。刘德死后，汉武帝念其功劳，遂赐谥为"献王"。

途中绝句四首[1]

日暮徒深吊古情，春秋濡水[2]汉时城。

至今但说任丘县，不为中郎将讳名[3]。

宋氏防边抒善筹，赵北塘泺一时修[4]。

燕云[5]战垒何年废，烟水漫漫古莫州[6]。

十里长堤十二桥[7]，寒冰滟滟苇萧萧。

行人贪得湖鱼贱，谁为春来惜柳条。

微风不动少尘埃，野戍平冈朝曙开[8]。

行尽白沟天宇澈[9]，西山[10]山色对桥来。

【注释】

[1] 此组诗为诗人北上途经河北任丘、保定等地时所作，或发思古之幽情，或赞眼前之美景。

[2] 濡（rú）水：古水名。《左传·昭公七年》：“二月戊午，盟于濡上。”杜预注：“濡水出高阳县东北，至河间鄚县入易水。”鄚县，古县名。西汉置，治今河北任丘市北。

[3] “至今”句：指今日每当提到任丘这个地名，没有谁还会记得它是来源于汉时中郎将任丘的名讳。任丘县：清为河间府属县，今河北任丘市。县因汉巡海使中郎将任丘所筑城任丘古城为名。《太平寰宇记·卷六十六·河北道十五》“任丘县”：“任丘古城，在县南二十六里。《三郡记》：‘汉元始二年，巡检海使中郎将任丘筑此城以防海寇，即以为名。’”

[4] “宋氏”句：谓北宋政府加强边防，耗费大量人力、物力、财力，在河北实施塘泺工程。塘泺：水塘湖泊（泺，音pō，同“泊”）。此处是指由沟渠、河泊、水泽、水田等所构成的一种兼具水利、防御作用的水网工程。善筹：良策。赵北：古赵国之北。河北省任丘北、雄县南有赵北口镇（今属安新县），位于白洋淀边。

[5] 燕云：五代时，后晋石敬瑭以燕云十六州割让给契丹。燕指幽州，云指云州。后以“燕云”泛指华北地区。赵藏本作“澶渊”。

[6] 莫州：州名。唐景云二年（711）分瀛、幽两州置鄚州，开元中改“鄚”为“莫”，治莫县（今任丘市北鄚州镇）。

[7] 十里长堤十二桥：据《任丘县志》记载，赵北口有十二连桥，南北长堤七八里。现仅存一桥。

[8] 野戍：指野外驻防之处。朝曙开：曙光显现。

[9] 白沟：即白沟河，在今河北保定市境内，其上游源于太行山的拒马河。宋、辽曾以此为界，故又称界河。位于白沟河岸边的白沟镇，为北方著名

的商贸集散地。天宇澈：天空澄澈。

[10] 西山：指太行山脉，在河北及北京西边。

题宋太史仲良学诗草后[1]

莲子湖[2]边夜月生，慈仁寺[3]畔晚钟鸣。
异时说我独能解，别去输君最有名[4]。
酒味渐鲜终二卷[5]，灯花微晕对三更[6]。
楚骚赓后何人继，渺渺前溪咏杜蘅[7]。

【注释】

[1] 诗歌回忆了与宋弼谈诗论文的风雅往事，赞美了友人的才华和志趣。
宋太史仲良：指宋弼。详见《什一编·访宋二仲良别后却寄》注释[1]。
宋弼时在京城为官。学诗草：似为宋弼诗集名。

[2] 莲子湖：北京慈仁寺内的荷花池。清何绍基《慈仁寺荷花池》："坐看倒影浸天河，风过栏杆水不波。想见夜深人散后，满湖萤火比星多。"

[3] 慈仁寺：今名报国寺，位于北京市广安门大街之北。建于元世祖中统年间，明成化年间改名慈仁寺，清乾隆十九年重修，更名为大报国慈仁寺。清初慈仁寺是文人聚集之地。

[4] "异时"句：此为赞扬友人写诗之语。意为以往你曾说只有我能作诗表达出上述夜景的意境，而如今你已经胜我一筹。

[5] 酒味渐鲜终二卷：此处用了北宋苏舜钦《汉书》下酒的典故。宋龚明之《中吴纪闻》卷二载：苏舜钦嗜酒，每夜要饮一斗。其岳父深以为疑，使人密察之。闻其读《汉书》至张良行刺秦始皇未中，拍案叹息，饮酒一大杯；读至张良、刘邦君臣际遇，感慨兴奋，又饮一大杯。岳父大笑曰："有如此下物，一斗诚不为多也。"后用"汉书下酒"称扬倾心读书。鲜：鲜明。终：竟；尽。

[6] 灯花：灯芯余烬结成的花状物。俗以灯花为吉兆。晕：指色彩由中心向四周扩散开去。据赵藏本、《山左续钞》本和《海岱人文》本改，山大藏本作"昏"。

[7] "楚骚"句：意为楚辞离骚所用的香草美人的手法被宋弼继承下来，于诗歌中寄托深情。赓：继续；连续。《山左续钞》本和《海岱人文》本作"更"。渺渺：悠远貌。前溪：即前溪曲，为古乐府吴声舞曲。杜蘅：亦作"杜衡"。即杜若，香草名，文学作品中常用以比喻君子、贤人。

送杨参戎赴武昌[1]

虎臣能缓带[2]，儒士叹醇醪[3]。
看剑霜气急，谈兵夜月高。
诗清黄鹤客[4]，人镇洞庭涛。
用武荆襄地，分阴独慕陶[5]。

【注释】

[1] 这是一首送别诗，表达了对杨参戎文才和武略的赞赏。

杨参戎：名字、事迹待考。参戎，明清对武官参将的俗称。

[2] 虎臣：比喻勇武之臣。缓带：宽束衣带。形容从容自在。

[3] 醇醪（láo）：味道浓厚的美酒。

[4] 诗清黄鹤客：此处用了唐崔颢题《黄鹤楼》诗的典故，意在称扬杨参戎的诗才和气格。

[5]"用武"句：意为友人在战略要地施展军事才华，偶尔也学学陶渊明，让自己放松一下。荆襄地：荆州、襄阳一带地区，除今天的湖北省，还包括河南南部、湖南北部一带，是中国古代的军事战略要地。分阴：指极短的时间（阴，日影，借指光阴）。陶：指东晋陶渊明。

宋太史寓斋对罗酒送李孝廉南归[1]

陵州桥下水溶溶[2]，香稻黄粱[3]秋后春。
今日樽前风更永[4]，翻嫌送客太情浓。

【注释】

[1] 这是一首送别诗，表现了宋太史的浓浓送客之情。

宋太史：指宋弼。详见《什一编·访宋二仲良别后却寄》注释[1]。罗酒：清朝德州所产的一种白酒。雍正《山东通志》载："罗酒，出德州罗氏，色白而味醇。"阮葵生《茶余客话》："德州罗酒，亦北酒之佳者。"李孝廉：李姓举人，名字生平待考。

[2] 陵州：即今山东德州市陵县。宋弼老家为今陵县宋家集。溶溶：水势盛大貌。

[3] 黄粱：粟米名，即黄小米（粱，通"粱"）。

[4] 樽前：酒樽之前，指酒宴上。风：风度，风范。

221

述所见四首[1]

一尺冰鞋[2]铁齿匀，御河冻合净无尘[3]。
斜身侧掠如飞鸟，赢得人家露半身。

十五盘头宫样[4]妆，蜡梅朵朵贴鸦黄[5]。
问郎买得太平鼓[6]，不放声声误夕阳。

怀中婀娜好孩儿，绛冠黄袍稳称宜[7]。
行出寺门回首笑，阿哥多谢喇嘛[8]师。

朝朝箕帚委长街[9]，旋[10]有儿童拣剩煤。
忽地捻[11]来向人看，是谁剪碎凤头鞋[12]？

【注释】

[1] 此组诗叙写诗人京城所见，反映了当时北京的诸多文化风情。

[2] 冰鞋：滑冰时穿的鞋。清富察敦崇《燕京岁时记·溜冰鞋》："冰鞋以铁为之，中有单条缚于鞋上，身起则行，不能暂止。技之巧者，如蜻蜓点水，紫燕穿波，殊可观也。"

[3] 御河：指环绕皇城的护城河。冻合：即冰封。

[4] 宫样：皇宫中流行的装束式样。

[5] 朵朵：赵藏本作"折枝"。鸦黄：古时妇女涂额用的化妆黄粉。赵藏本作"额黄"。

[6] 太平鼓：打击乐器。明清时民俗，春节期间挝鼓跳舞，歌"太平年"，多为女子表演。

[7] 绛冠：红色的帽子。黄袍：僧服。清纪昀《阅微草堂笔记·滦阳消夏录六》："喇嘛有二种，一曰黄教，一曰红教，各以其衣别之也。"稳称宜：匀称合适。

[8] 喇嘛：藏语音译，是藏传佛教对高僧的尊称，意为"上师"。但汉族常把蒙、藏僧人统称为"喇嘛"。

[9] 箕帚：畚箕和扫帚，皆扫除之具。委：丢弃。

[10] 旋：不久；立刻。

[11] 捻（niē）：握持；取。

[12] 凤头鞋：鞋头绣有凤凰图饰的一种花鞋。

雄县道中立春[1]

人过瓦桥关[2]，春来赵北泺[3]。
天际荡微风，青阳[4]振初作。
渔舟前浦动，湖冰近桥薄。
野鹜泛噰噰[5]，炊烟淡漠漠。
堤上卖鱼声，持来双尾活。
值兹负冰时，顿亡在藻乐[6]。
行客感物理[7]，抚景惊飘忽[8]。
日暮寒渐深，残月上寥廓[9]。

【注释】

[1] 诗写赵北泺早春之景。当是诗人由北京返回家乡曲阜途中所写。
雄县：县名，今属河北省雄安新区，西南紧靠白洋淀。

[2] 瓦桥关：唐置。在今河北雄县西南。

[3] 赵北泺：古赵国北部的湖泊（泺，同"泊"），即今白洋淀。

[4] 青阳：指春天。

[5] 野鹜（wù）：野鸭。噰噰（yōng yōng）：鸟和鸣声。

[6] "值兹"句：谓天气转暖，水中之鱼忽而游近冰面，顿时又逃匿到水藻中游乐。负冰：鱼由水底游近冰面，以示天气回暖，百虫解蛰。

[7] 行客：过客。此处是诗人自指。物理：此处指自然变化的规律。

[8] 抚景：对景；览景。飘忽：指变幻莫测。宋范成大《王希武通判挽词》之二："遽为重壤去，凄断十年邻。物理真飘忽，家声正隐辚。"

[9] 寥廓：辽阔的天空。

过河间感怀[1]

力尽无援阖室[2]焚，久怀烈志嗣平原[3]。
身亡犹冀存宗社[4]，世乱宁期长子孙[5]。
第宅渐新遗老逝，城隍有备胜兵屯[6]。
苍茫旧迹知何处，一树寒鸦野店昏。

【注释】

[1] 此为诗人由京返乡途中过河间府时所作。诗人高祖颜胤绍，明末曾任

河间府知府。1642 年，清军南侵，颜胤绍在外无援兵的情况下死守河间，城破后率家人自焚殉国。诗中颂扬了颜胤绍的忠烈精神，表达了诗人对高祖的缅怀与景仰。

[2] 阖室：全家。

[3] 久怀烈志嗣平原：谓颜胤绍早就下定决心，要效仿颜真卿做宁死不屈的忠烈。按：颜胤绍临危受命赴任河间，其家书云："吾为自全计，此方百姓安所逃死乎？且吾千里赴邯郸之难，岂望生全？今不死于赵而死于瀛，又何避焉！"（颜光敏《颜氏家诫》卷二）平原：指唐颜真卿（709—784），"安史之乱"爆发时任平原太守，招募义兵，抗抵叛军。唐德宗时李希烈反，颜真卿被命前往劝谕，凛然拒贼，遂为李希烈缢死。谥文忠。

[4] 冀：希望。宗社：宗庙和社稷。借指国家。

[5] 世乱宁期长子孙：遭逢战乱，岂敢期望能抚育子孙后代。按：河间之役时，颜胤绍集家人一室自焚，仆人于烈火中救出颜胤绍幼子伯珣。长（zhǎng）：抚养，抚育。

[6] 城隍：城墙和护城河。泛指城池。胜兵：犹精兵。屯：戍守；驻扎。

晤李氏蕗原、秋崖赋赠[1]

宋氏[2]论诗对酒杯，合称四子[3]有仙才。
东风漠漠春初起，一径特寻二李来。

熏炉茗碗闭西轩，坐后闻君已出门。
日暮[4]归来三十里，又知能始[5]住南村（谓曹绮庄[6]）。

【注释】

[1] 这是一组赠答诗，赞美了李氏二人的才华，表达了诗人的仰慕之情。

李氏蕗原、秋崖：指李基墙和李国柱。蕗原，又作"露园"，李基墙字。李基墙，河北景州人。康熙五十三年（1714）举人，官湖南永定知县。著有《墨霞堂诗抄》。李国柱，字金瓯，号秋崖（一作秋厓）。山东德州人。乾隆六年（1741）拔贡。曾与金英受业于赵执信，与纪昀亦有交，纪昀曾作《德州夜坐悼亡友李秋崖成二绝句》。

[2] 宋氏：当指宋弼，亦为德州人，与李基墙、李国柱俱有交。宋弼生平详见《什一编·访宋二仲良别后却寄》注释 [1]。

[3] 四子：据《德州乡土志》载，德州李国柱、金英与景州曹昕、李基墙

合称"广川四才子"。

　　[4] 蓍：疑应为"暮"。

　　[5] 能始：元始；根源。能：今音 tāi。《素问·阴阳应象大论》："阴阳者，万物之能始也。"王冰注："谓能为变化之生成之元始。"孙诒让《札移·〈素问〉王冰注》："能者，胎之借字。"

　　[6] 曹绮庄：即曹昕，字丽天，一字旸谷，号绮庄。河北景州人。据《晚晴簃诗汇》卷八十七载，曹昕著有《中田间吟》。

高唐道中[1]

　　隐隐[2]征车动，摇摇[3]客梦醒。
　　地阴残月影，霞展远天青。
　　岁暮[4]人烟静，村荒市货[5]停。
　　绵驹[6]今不起，歌善为谁听？

【注释】

　　[1] 此诗为作者南返途经高唐时所作。画面萧瑟，意境清幽。

　　高唐：今山东聊城市高唐县，在山东省西北部，元明清曾置州。

　　[2] 隐隐：象声词。宋司马光《柳枝词》之四："属车隐隐远如雷，陈后愁眉久不开。"

　　[3] 摇摇：摇动貌。

　　[4] 岁暮：岁末，一年将终时。

　　[5] 市货：犹买卖。

　　[6] 绵驹：春秋时齐国人，善歌。《孟子·告子章句下》："绵驹处于高唐，而齐右善歌。"

颜清谷四编诗跋 (袁鉴)

　　四始彪炳[1]，六义环深[2]，风雅宏材冠绝三唐两宋[3]。春圃弟袁鉴[4]拜识。

【注释】

　　[1] 四始：旧说《诗经》有四始，各家说法不一：或以为指"风""小雅""大雅""颂"，或以为指"风""小雅""大雅""颂"的首篇，或以为指"大雅"的《大明》和"小雅"的《四牡》《南有嘉鱼》《鸿雁》。彪炳：文采

焕发貌。

　　[2] 六义：亦称"六诗"。《〈诗〉大序》："诗有六义焉：一曰风，二曰赋，三曰比，四曰兴，五曰雅，六曰颂。"环深：周密而深邃。

　　[3] 风雅：指《诗经》中的《国风》和《大雅》《小雅》。亦用以指代《诗经》。宏材：亦作"宏才"。大才。冠绝：远远超过。

　　[4] 春圃弟袁鉴：指清乾隆年间书画收藏家袁景昭，字春圃，江苏常熟人。

旧止草堂集

诗集说明

　　《海岱人文》本《旧止草堂集》一卷，收诗 10 首，悉入《颜清谷四编诗》。其中收于《四编诗》己巳（1749）卷的有五题六首：《大金川凯歌》《蚕月行》《拟古》（2 首）、《项羽冢》《初秋过六舅别业》，收于庚午（1750）卷的有二首：《春寒分赋》《魏氏古柏十韵》，收于辛未（1751）卷的有二首：《龙湾别业柬牛真谷旧令》《过献县吊河间献王》。此处仅列其目如上，不再重出。如有异文者，均在《四编诗》有关诗目下注出。

夷门游草

诗集说明

《海岱人文》本《夷门游草》一卷，收诗 17 首。其中《宿维摩寺》《延津道中》和最后两首《对月》《题宋太史仲良学诗草后》，钤有"运生"印，系颜崇槼编辑《海岱人文》时从《国朝山左诗续钞》中录入。"夷门"，本战国魏都大梁城东门，在今开封城内东北隅，以在夷山之上得名。后人遂以夷门指开封，此处代指河南。是集有关河南的诗作居多，写作时间当在诗人任职河南滑县、裕州、泌阳、南阳等邑期间，大约从乾隆十七年（1752）至十九年（1754）。另有些诗写作时间稍晚，当在其被罢黜之后，可能是后人补入的，如《题吴总兵警备图》，当写于乾隆皇帝第二次东巡幸鲁的乾隆二十一年（1756）；《送牛平番归空一首》，当写于牛运震去世的乾隆二十三年（1758）。

渡河却寄袁次溪兄弟[1]

近岸人烟少，黄河三渡来。
长堤飞白蝶，枯树上青苔。
董酒[2]朝含绿，姚花[3]晚尚开。
多君车马赠，临水更徘徊。

【注释】

[1] 1752 年前后，诗人再次赴任河南，第三次途经黄河，因赋诗描写所见独特之景，抒发对友人袁自钫的感激和惜别之情。

袁次溪：即袁自钫。详见《四编诗·戊辰·袁中书东邨挽诗》注释 [1]。

[2] 董酒：疑为当时曹县一带生产的一种酒。

[3] 姚花：即姚黄，牡丹花的名贵品种之一。为千叶黄花，据说是一家姚氏花农培育而成。

苏村晤刘宗伯书赠[1]

杨花[2]村里闭门居，帘影厨纱尽赐书[3]。
天子推恩虚讲席[4]，礼卿燕喜在庭除[5]。
古坛[6]道院秋深后，细酒[7]明灯春雨余。

相见故人头半白，论诗不异定交初[8]。

【注释】

[1] 诗人再次赴任河南，途经山东巨野，拜谒刘藻，赋诗赠予对方。诗作推许刘藻受到的恩宠和彼此多年不变的友情。

苏村：即今巨野县苏集村，刘藻故里。刘宗伯：指刘藻（1701—1766），初名玉麟，字麟兆。后奉特旨改名为刘藻，字赢海，号苏村。雍正四年（1726）举人，任河北观城教谕。乾隆元年（1736），应博学鸿词试，定二等第三名，授翰林院检讨。后任内阁学士、陕西布政使、湖北布政使、云贵总督、湖广总督等。乾隆十二年（1747）至二十年（1755）辞官归乡闲居。书赠：挥笔写字赠送。

[2] 杨花：指柳絮。

[3] 赐书：君王赐给的书籍。

[4] 推恩：广施恩惠。虚讲席：空着学者讲学的座位等候。表示礼贤。

[5] 燕喜：又作"宴喜"。喜庆之宴。庭除：庭阶；庭院。

[6] 古坛：即北京天坛。乾隆元年，颜懋伦与刘藻同住天坛附近。

[7] 细酒：精致的酒。

[8] 论诗不异定交初：谈论起诗来跟当初刚结识为友时一样。定交：结为朋友。

相国寺访玉峰上人[1]

古刹埋唐碣[2]，白头遇戒僧[3]。
花飞疑作雨，龙去化为藤[4]。
池水无宫影，虚寮有佛灯[5]。
《楞严》[6]犹可读，悟处过三乘[7]。

【注释】

[1] 诗写作者至相国寺拜谒玉峰和尚所见，赞美了古寺清雅肃穆的环境和高僧的笃学修行。景奇语妙，比喻贴切。

相国寺：著名寺院，在今河南省开封市内。本名建国寺，北齐天保六年（555）建。唐睿宗时改名相国寺。上人：《释氏要览·称谓》引古师云："内有德智，外有胜行，在人之上，名上人。"自南朝宋以后，多用作对和尚的尊称。

[2] 古刹（chà）：古寺。唐碣：唐代石碑。

[3] 戒僧：受戒的僧人。

[4]"花飞"句：采用比喻手法，花飞如雨下，藤曲如龙盘。

[5]虚寮（liáo）：空旷的僧舍。佛灯：供于佛前的灯火。

[6]《楞（léng）严》：即《楞严经》，亦称《首楞严经》或《大佛顶经》。大乘佛教经典。古人曾有"自从一读《楞严》后，不看人间糟粕书"的说法。

[7]三乘（chéng）：佛教语。一般指小乘（声闻乘）、中乘（缘觉乘）和大乘（菩萨乘）。三者均为浅深不同的解脱之道。亦泛指佛法。

行堵阳七峰山中[1]

积雨[2]七峰下，沙泉[3]百道明。
村孤依涧[4]立，云过见山生。
槲叶缫多利[5]，阳坡垦易成[6]。
行来秋正好，草木对人清。

【注释】

[1]诗写堵阳七峰山的独特美景，风格清新明丽，写景角度多变，句律精切，语言自然而精练。

堵阳：今河南省南阳市方城县，位于河南省西南部。七峰山：位于今方城县杨集乡境内，距方城市区约15公里。七峰山又称七顶山，古称七石山。

[2]积雨：犹久雨。

[3]沙泉：沙土地涌出的泉水。

[4]涧：山间的水沟。

[5]槲（hú）：即柞栎。落叶乔木，其叶可饲养柞蚕。缫（sāo）：同"缫"。抽丝。

[6]阳坡垦易成：在向阳的山坡开垦种植易有收获。

宿维摩寺[1]

夕霭罥群壑[2]，明蟾[3]照潭水。
坐觉万籁[4]寂，忽听寺钟起。
尘虑洒然清[5]，夜气碧于洗。
悟彼觉后缘[6]，乃是静中理。
萧槭冬物枯[7]，夭韶春物美[8]。
一室梦维摩，天花[9]纷若此。

晓起汲[10]山泉，吹烟[11]漱寒齿。

不知世网[12]深，老僧犹说鬼。

【注释】

[1] 诗写作者夜宿山寺所见、所闻、所感。全诗虚实结合，情、景、理互渗。写景角度多样，视觉、听觉、触觉融合。意脉流贯而有变化，时间上从日暮、入夜写至第二日晨晓。交错用韵，富有音乐美。

维摩寺：古佛寺，位于河南省方城县西北 25 公里的郦山脚下，唐代诗人王维（字摩诘）出家于此寺，故名。维摩，维摩诘的省称。佛经中人名。《维摩诘经》中说他和释迦牟尼同时，是毗耶离城中的一位大乘居士。为佛典中现身说法、辩才无碍的代表人物。

[2] 夕霭：傍晚的云气。罨（yǎn）：掩盖，覆盖。

[3] 明蟾：古代神话称月中有蟾蜍，后因以"明蟾"为月亮的代称。

[4] 万籁：各种声响（籁，从孔穴中发出的声音）。

[5] 尘虑：犹俗念。洒然：形容神气一下子清爽。

[6] 缘：佛教语，佛教谓事物生起或坏灭的主要条件为因，辅助条件为缘。

[7] 萧槭（sè）：草木凋落；凋零。冬物：冬天的景物。

[8] 夭韶：指草木茂盛美好。也作"妖韶"。春物：春日的景物。常指花卉；花朵。

[9] 天花：佛教语。天界仙花。亦作"天华"。《维摩经·观众生品》："时维摩诘室有一天女……见诸大人闻所说法，便现其身，即以天华散诸菩萨大弟子上。"

[10] 汲：指打水。

[11] 吹烟：浮动的云烟。《续钞》作"跏趺"。

[12] 世网：比喻社会上法律礼教、伦理道德对人的束缚。

一径[1]

一径入山家[2]，山空晓不哗[3]。

树寒冈势阔，溪静雁声斜。

索飨为迎虎[4]，烧田待艺麻[5]。

隐居真可乐，何计惜年华。

【注释】

［1］这是一首山水田园诗，表达了作者恬淡的隐逸情怀。

［2］山家：山野人家。

［3］哗：喧哗；喧闹。

［4］索飨（xiǎng）：谓求索所有的神而尽祭之。《礼记·郊特牲》："伊耆氏始为蜡。蜡也者，索也。岁十二月，合聚万物而索飨之也。"迎虎：古八蜡之一。于腊月农事完毕后迎虎神而祭之，以祈消灭野兽，保护庄稼。

［5］烧田：一种耕作法。播种前焚烧田地里的杂草和庄稼的残剩部分用作肥料。艺：种植。

早春怀八弟客都门[1]

早春惊变律[2]，远雁怅离群[3]。
白首南都[4]雪，浮名北阙[5]云。
读诗应有泪，对客易成醺[6]。
前月长安[7]信，梅花定已闻。

【注释】

［1］此诗作于颜懋伦南阳为官时，其八弟颜懋价时在北京。冬去春来，节序变更，诗人感此思亲，赋诗抒怀。

都门：京都城门。借指京都。

［2］变律：节气变更。古人以律与历附会，用十二律对应一年的十二个月。其说始于《吕氏春秋》。

［3］远雁怅离群：暗喻自己和八弟客居他乡如离群之雁。

［4］南都：东汉光武帝的故乡在南阳郡（今河南省南阳市），郡治宛在京都洛阳之南，因称宛为南都。

［5］北阙：古代宫殿北面的门楼。是臣子等候朝见或上书奏事之处。后用为宫禁或朝廷的别称。

［6］醺（xūn）：醉。

［7］长安：即今西安城。唐以后诗文中常用作都城的通称。这里指清都北京。

雪霁[1]

雪霁春山里，春游兴不违[2]。
村墟寒漠漠[3]，草树暖依依[4]。
溪活碧初起[5]，壑晴晶四围[6]。
只愁归路滑，遮莫恋斜晖[7]。

【注释】

[1] 诗写早春雪后山间景色，清新自然，明丽如画，有王维诗风。雪霁：雪止天晴。

[2] 春游兴不违：春游的兴致不减。不违：不休止。

[3] 村墟：村庄。漠漠：迷蒙貌。

[4] 依依：依稀隐约貌。

[5] 溪活碧初起：指溪水解冻，始呈碧色。

[6] 壑晴晶四围：谓雪晴后沟壑周围非常明亮。晶：明亮；光亮。

[7] 遮莫：亦作"遮末"。莫要；不必。斜晖：指傍晚西斜的阳光。

雨中赴郡有怀蒋邓州[1]

鸡鸣驾言迈[2]，一舍日已晏[3]。
沿溪泥转深，舆人跛者半[4]。
树外云冥冥，树底流溅溅[5]。
时见大河横，奄[6]复群峰变。
荷蓑[7]逐耕牛，平芜柔且蒨[8]。
羡彼牧竖[9]闲，自惭征夫[10]倦。
忽念同袍[11]友，此行庶[12]可见。
到时向夕[13]酌，还共夜中饭[14]。
拟议[15]神飞扬，烦愁亦已散。

【注释】

[1] 这首诗是作者赴南阳府途中所作，记叙了雨中的艰难行程和途中所见，抒发了对隐逸生活的向往和对友人的怀念之情。全诗将叙事、写景和抒情融为一体，意境浑融而又脉络贯通。既有眼前的真实之景，又有设想的将来之事，实虚互渗。句句押韵，一韵到底。

郡：指南阳府。蒋邓州：指蒋光祖，字南村。江苏泰兴市人。拔贡，历知河北武安县、河南虞城县，乾隆十七年（1752）升任河南南阳府邓州知州。曾主编乾隆《武安县志》《虞城县志》《邓州志》。

[2] 驾言：《诗·邶风·泉水》："驾言出游，以写我忧。"驾，乘车。言，语助词。后用"驾言"表示出游，出行。迈：远行；行进。

[3] 一舍：古以三十里为一舍。日已晏：天色已晚。

[4] 舆人：轿夫。跛：跛行，走起路来身体不平衡。半：半数。

[5] 溅溅（jiàn）：水疾流貌。

[6] 奄（yǎn）：忽然，突然。

[7] 荷（hè）蓑：披着蓑衣。

[8] 蒨（qiàn）：茂盛。

[9] 牧竖：牧奴；牧童。

[10] 征夫：远行的人。

[11] 同袍：《诗·秦风·无衣》："岂曰无衣，与子同袍。王于兴师，修我戈矛，与子同仇。"后军人用以互称。也泛指朋友、同年、同僚、同学等。

[12] 庶：副词。希望，但愿。

[13] 向夕：傍晚；薄暮。

[14] 还共夜中饭：夜半还要一起吃饭。

[15] 拟议：行动之前的猜度。

延津道中[1]

酸枣微风路[2]，哀鸿[3]细雨滩。
废河沙碛乱[4]，丰草卤田[5]宽。
恤政迟输纳[6]，防堤筹奠安[7]。
行来莽麦[8]熟，纠笠[9]尚余叹。

【注释】

[1] 这首诗写作者延津道中所见，当地到处是盐碱地，百姓虽劳苦耕作却难有收成。诗中表达了作者的仁政思想，希望为政者能体恤百姓。

延津：县名，今属河南新乡市，以县北古延津得名，宋以后黄河改道，延津遂湮。

[2] 酸枣：野生植物名，果实可入药。延津一带因多产酸枣，历史上曾设酸枣县。路：《曲阜诗钞》本作"起"。

［3］哀鸿：悲鸣的鸿雁。

［4］废河：指废弃的黄河古道。沙碛：沙滩；沙洲（碛，音 qì，浅水中的沙石）。

［5］卤田：盐碱地。

［6］恤政：指体恤百姓的政治。输纳：缴纳。

［7］防堤筹奠安：筑堤以谋求安定。防堤：堤防；堤坝。

［8］麰（móu）麦：大麦。

［9］笠：笠帽；斗笠。

邯郸[1]

先子桐乡邑[2]，来过泪欲倾。
羽书飞午夜，匹马向孤城[3]。
设守期王日，防奸诛两生[4]。
肃瞻从祀[5]处，松柏种初成。

【注释】

［1］这是一首怀念高祖颜胤绍的诗。颜懋伦经过邯郸，见当地乡人仍崇敬地祭祀颜胤绍，十分激动，写下此诗感念高祖功德。

［2］先子桐乡邑：谓祖父是像桐乡朱邑那样的好官。先子：泛指祖先。这里指颜胤绍。桐乡：古地名。在今安徽省桐城市北。春秋时为桐国，汉改桐乡。《汉书·循吏传·朱邑》：“［朱邑］少时为舒桐乡啬夫，廉平不苛，以爱利为行，未尝笞辱人，存问耆老孤寡，遇之有恩，所部吏民爱敬焉……初邑病且死，属其子曰：‘我故为桐乡吏，其民爱我，必葬我桐乡。后世子孙奉尝我，不如桐乡民。’及死，其子葬之桐乡西郭外，民果共为邑起冢立祠，岁时祠祭。”后因以为官吏在任行惠政、有遗爱之典。

［3］“羽书”句：谓高祖半夜接到朝廷任命，明知邯郸已陷重围，成为孤城，但仍匹马到任。颜光敏《颜氏家诫》卷二：“吾（颜胤绍自指）受朝廷特达之知，唯昼夜兼行，与邯郸人同死，是所以报也。”羽书：古时征调军队的文书，上插鸟羽表示紧急，必须速递。也泛指书信。

［4］“设守”句：颜胤绍到任邯郸后，立即招募、训练勇士，对城池严加布防，并诛杀两个企图逃跑通敌的生员（参见颜光敏《颜氏家诫》卷二）。设守：布防，设置守军。

［5］从祀：犹配享，附祭。

望郎山口号[1]

群玉为峰列翠铺[2]，天然年少出名都[3]。
郎山若爱江南好，移近青溪伴小姑[4]。

【注释】

[1] 这是一首短小的写景诗。诗中充满了奇特的想象，先把郎山比作群玉、翡翠，次又比作翩翩少年。最后竟起跨越时空的浪漫之想，将燕地的郎山移近江南青溪岸边，与小姑相伴。

郎山：今名狼牙山，在河北省保定市易县西南，属太行山脉，奇峰林立，峥嵘险峻。据传西汉武帝太子刘据之子为避祸，自京城远遁该山，故名郎山。为纪念此事，山下原有郎山君祠。

[2] 列翠铺：像翡翠一样铺列开来。

[3] 天然年少出名都：指太子刘据之子逃离京都事。

[4] "移近"句：谓将郎山移到青溪旁与小姑相伴。青溪：古水名。指三国吴在建业城东南所凿东渠。发源于今江苏省南京市钟山西南，流经南京市区入秦淮河，曲折达十余里，亦名九曲青溪。《曲阜诗钞》本作"青山"。伴：据《曲阜诗钞》本，《海岱人文》本作"住"。小姑：指"青溪小姑"，亦称"青溪小妹""青溪妹"，是汉蒋子文的未嫁三妹。蒋子文为秣陵尉，因击贼至钟山，负伤而死，其妹亦投水自尽。吴孙权时封子文中都侯，立庙钟山。至迟到晋代，小姑亦被祀为青溪神。古乐府《神弦歌》有《青溪小姑曲》，诗云："开门白水，侧近桥梁。小姑所居，独处无郎。"

题王司马《出剑集》后[1]

人出巴渝[2]道，客观苏陆[3]文。
五年惊白发，一卷对斜曛[4]。
春艳锦江[5]月，天青危栈[6]云。
说诗余有志，古寺更逢君。

【注释】

[1] 诗人于古寺偶逢多年未见的友人，谈诗论文，在其《出剑集》后题下此诗，抒写志同道合的深挚友情，夸赞友人不凡的文学才华。

王司马：名字事迹待考。

[2] 巴渝：今四川、重庆一带。

[3] 苏陆：苏轼和陆游。

[4] 斜曛：落日的余晖。

[5] 锦江：岷江分支之一，在今四川成都平原。传说蜀人织锦濯其中则锦色鲜艳，濯于他水，则锦色暗淡。

[6] 危栈：高而险的栈道。巴蜀多山，古多栈道。

题吴总兵警备图[1]

吾闻云台图画吴忠侯[2]，至今勃勃生气人歌讴[3]。

将军岂其苗裔耶？定蜀之功良与俦[4]。

成都西去二千里，松潘南阻金沙舟[5]。

水深山险不可度[6]，竹箐冥冥隐碉楼[7]。

蠢尔犬羊之性生羌种[8]，莎罗奔细长其酋[9]。

党羽凶狡肆劫抄[10]，阻我西藏荒服[11]之咽喉。

天子赫然震怒命大将[12]，遴选偏裨[13]参军谋。

将军手提兜鍪[14]腰横剑，申整麾下士卒如霜秋[15]。

夜深雪大不敢宿，独拂劲风蹑高丘[16]。

更筹宵下人语静[17]，遥看重围列帜灯幽幽[18]。

斯时丑类震詟欲乞降[19]，已复鸟惊兽骇生夷犹[20]。

将军慨然请命入其巢[21]，晓譬大义熟与筹[22]。

重译庶以释其疑[23]，酣然高卧腥膻裘[24]。

夷情冰涣思效顺，倾倒酪酥椎肥牛[25]。

君不见代郡太守裴文行，单车之部乌丸收[26]。

又不见河南节度郭子仪，免胄见虏回纥羞[27]。

制敌存乎胆与识，将军仿佛是其流[28]。

幕府第功功第一[29]，宣府坐镇边城陬[30]。

翠华东巡幸鲁甸[31]，泮池离宫冥雕搜[32]。

我始拜公识公面，素琴古调声相求[33]。

我有鹅溪之绢吴兴画[34]，图公三毛[35]点双眸。

爱公不忘艰难[36]意，乃知临事而惧克壮犹[37]。

即今风和雨甘烽烟净[38]，好为阿母百年上寿锦江头[39]。

【注释】

[1] 此诗写到了清乾隆年间的第一次大小金川战役。诗歌以简练的文字描

述了战争的起因、经过和结果，赞扬了有胆有识的清军将领，斥责了叛军的分裂行为，表达了对和平生活的祈愿。全诗叙事、描写与抒情、议论相结合，境界阔大，气势雄浑。前《四编诗·己巳编》有《大金川凯歌》，可对照参看。

吴总兵：名字、事迹待考。乾隆二十一年（1756）皇帝东巡曲阜，这位吴总兵护驾随行，颜懋伦始有缘相识，并写下此诗。总兵，官名。明代遣将出征，别设总兵官、副总兵官以统领军务。其后总兵官镇守一方，渐成常驻武官，简称总兵。清因之，又称"总戎"。于各省置提督，提督下分设总兵官及副总兵官。《曲阜诗钞》本作"总戎"。

[2] 云台：汉宫中高台名。汉明帝时因追念前世功臣，图画邓禹等二十八将于南宫云台，后用以泛指纪念功臣名将之所。吴忠侯：指东汉开国名将吴汉，云台二十八将第二位。吴汉帮助刘秀建立了东汉政权，刘秀即位后任大司马，封舞阳侯。后率军平定刘永等割据势力，屡建战功。建武十一年（35），攻灭割据益州的公孙述。死后刘秀赐谥号忠侯。

[3] 歌讴：讴歌，歌颂。

[4] 良：副词。确实；果然。侔（móu）：齐等；相当。

[5] 松潘：卫、厅名。明洪武十一年（1378）并松州、潘州置卫。清雍正九年（1731）改为厅，乾隆二十五年（1760）升为直隶厅。辖今四川马尔康、若尔盖、南坪、松潘、红原、黑水等县地。金沙：即金沙江。指长江上游自青海省玉树县巴塘河口至四川省宜宾市的一段。以水中产金沙得名。

[6] 度：通"渡"。

[7] 箐（qìng）：山间大竹林。亦指竹木丛生的山谷。冥冥：幽深貌。

[8] 蠢尔：无知蠢动貌。犬羊：旧时对外敌或外族的蔑称。羌：我国古代民族名。主要分布地相当于今甘肃、青海、四川一带。

[9] 莎罗奔细长其酋：谓莎罗奔细（即莎罗奔）做了大金川土司。酋：部落的首领。

[10] 凶狡：凶顽狡诈。肆劫抄：肆意抢劫袭击。

[11] 荒服：古"五服"之一。称离京师二千里到二千五百里的边远地方。亦泛指边远地区。

[12] 赫然：盛怒貌。震怒：盛怒，大怒。旧常用于君主。

[13] 偏裨（pí）：偏将，裨将。将佐的通称。

[14] 兜鍪（dōu móu）：亦作"兜牟"。古代战士戴的头盔。

[15] 申整：申诫整治。麾下：即部下。《曲阜诗钞》本无此二字。

[16] 独拂劲风蹑高丘：独自顶着狂风，登上高山。《曲阜诗钞》本作"独

将劲旅登高丘"。

[17] 更筹（gēng chóu）：古代夜间报更用的计时竹签。借指时间。宵下：后半夜。

[18] 列帜：排列旗帜。幽幽：形容光线微弱。

[19] 丑类：恶人，坏人。对敌人的蔑称。震詟（zhé）：震惊畏惧。

[20] 已复：已经。复，无义。有补充或调整音节的作用。《曲阜诗钞》本无此二字。夷犹：亦作"夷由"。犹豫；迟疑不前。

[21] 慨然：感情激昂貌。巢：《曲阜诗钞》本作"穴"。

[22] 晓譬：犹晓谕，开导。熟与筹：仔细地与之筹划、打算。《曲阜诗钞》本"晓譬大义熟与筹"后有"所从不过数骑耳，出入夹侍森戈矛"句，《海岱人文》本无。

[23] 重译庶以释其疑：辗转翻译希望能消除他们的疑虑。《曲阜诗钞》本作"反复重译重其信"。

[24] 酣然高卧腥膻裘：谓让羌人放心，不会改变他们的习俗。

[25] "夷情"句：谓羌人的疑惑涣然冰释，表示忠顺朝廷，又是倒酥油茶，又是杀牛款待。

[26] "君不见"句：指三国时魏大臣裴潜单车至乌桓部说服单于归降，事见《三国志·魏书·第二十三》。裴文行：名潜，字文行，河东闻喜（今山西闻喜县）人。曾任代郡太守。乌丸：也作乌桓。古时北方少数民族名。原是东胡族的一支，西汉初被匈奴击败，迁移到乌桓山，因以为名。汉建安十二年（207）曹操破乌桓，徙万余落至中原，其势遂衰。

[27] "又不见"句：指唐时将领郭子仪脱下头盔说退回纥事。《旧唐书·郭子仪传》："虏初疑，持满注矢以待之。子仪以数十骑徐出，免胄而劳之曰：'安乎？久同忠义，何至于是？'回纥皆舍兵下马齐拜曰：'果吾父也。'子仪召其首领，各饮之酒，与之罗锦，欢言如初。"

[28] 是其流：是这一类人。是：《曲阜诗钞》本作"同"。

[29] 幕府：本指将帅在外的营帐。后亦泛指军政大吏的府署，或借指将帅。第功：评定功劳等次。

[30] 宣府：清军镇名。镇守地区相当于今河北西北部内外长城一带。总兵官驻宣府（今河北张家口市宣化区）。陬（zōu）：四隅。谓边远偏僻之地。

[31] 翠华东巡幸鲁甸：谓乾隆帝东巡曲阜。翠华：天子仪仗中以翠羽为饰的旗帜或车盖。又为御车或帝王的代称。幸：封建时代称帝王亲临。鲁甸：鲁地；鲁国故地。

[32] 泮池离宫冥雕搜：谓皇帝在泮池、行宫潜心考订史实、修改文字。据方志记载，乾隆第二次东巡曲阜时（1756），住在当地官员专为其修建的位于古泮池畔的行宫里，潜心考订泮池的地理位置，修正原来题诗中的错误。冥：潜心；苦心孤诣。雕搜：即"雕锼"，雕刻，比喻修饰文字。

[33] 声相求：即"同声相求"，谓志趣相同者互相吸引、聚合。

[34] 鹅溪之绢：即鹅溪绢。产于四川省盐亭县鹅溪的绢帛。唐代为贡品，宋人书画尤重之。亦省称"鹅绢""鹅溪"。吴兴：指元代书画家赵孟頫。赵为吴兴人，故称。

[35] 三毛：三绺髭须。此处用顾恺之的典故，刘义庆《世说新语·巧艺》："顾长康画裴叔则，颊上益三毛。人问其故，顾曰：'裴楷俊朗有识具，正此是其识具。看画者寻之，定觉益三毛如有神明，殊胜未安时。'"

[36] 艰难：危难；祸乱。

[37] 临事而惧：谓遇事谨慎戒惧。《论语·述而》："暴虎冯河，死而无悔者，吾不与也。必也临事而惧，好谋而成者也。"克壮犹：《诗·小雅·采芑》："方叔元老，克壮其犹。"朱熹注："犹，谋也；言方叔虽老，而谋则壮也。"后常用以指宏大的谋划或功绩。犹：通"猷"。

[38] 即今：今天；现在。烽烟净：指没有战争。

[39] 好为阿母百年上寿锦江头：谓画有画图的蜀锦可用作献给老母百年华诞的贺礼。

送牛平番归窆一首[1]

北斗建孟春[2]，白日匿晶莹[3]。
妖祲薄东壁，掩郁文昌星[4]。
君年五十二，尚少余三龄[5]。
云何相捐弃[6]，不复怀平生[7]。
到门灯照帏[8]，嗒然萎尔形[9]。
当复有恨不[10]，大呼不肯应。
君素爱我诗，下笔不成声[11]。
乃知至痛理，文字徒经营[12]。
忆君年十五，淹贯越五经[13]。
受知彭长沙[14]，余轫亦初征[15]。
朝廷重选贡[16]，琅琊典文衡[17]。

君文戛金石[18]，余药佐参苓[19]。

乃复[20]相亲爱，意气[21]如弟兄。

同踏征路月，时借旅舍灯。

齐门秋水阔，燕山白云横[22]。

惟君最年少，高骞若霜鹰[23]。

桂岩香纷郁[24]，杏苑花敷荣[25]。

耻为狗监[26]荐，归与马迁盟[27]。

上下数千祀[28]，治忽辨几萌[29]。

河渠探昆仑，形胜窥井陉[30]。

田赋及食货[31]，一一啜其英[32]。

训诂采郑何[33]，名理衍周程[34]。

文以先秦贵，诗谓初唐清。

腹笥万象绘[35]，颖脱三峡溯[36]。

自命韩欧[37]间，此坐[38]莫与争。

天子登博学[39]，明诏下旁征[40]。

薄海[41]百余人，而余副[42]君行。

督亢收地络，皇居瞻列星[43]。

对酒西山[44]晓，论诗道院清。

慷慨相期许[45]，浮名匪重轻[46]。

献赋明光殿[47]，颇复拟《两京》[48]。

异数不可邀[49]，一时为君倾[50]。

我归故乡里，君次吏秦亭[51]。

相别郡城[52]南，泗水何泂潆[53]。

良吏朴无华，瘠土垦且耕[54]。

政仁猛虎驯，灾捍水土平[55]。

德洽羌夷俗[56]，变弭固原兵[57]。

国人皆曰贤，大吏称之能。

会列山公启[58]，当与马周[59]升。

媢疾[60]彼何人？巧簧起青蝇[61]。

摭拾缁衣好，乃为循吏眚[62]。

余也宰鸣鹿[63]，水沴岁相仍[64]。

三书致殷勤，下考烦叮咛[65]。

五载陈情归，仲冬遘伶仃[66]。

哀哉先母墓，乃为真谷铭[67]。

君续鹅溪集[68]，惟先民是程[69]。

秦晋邹鲁间，多士咸蒸蒸[70]。

来泛泗河舟，同翻鲁壁经[71]。

抚弦杂弹棋[72]，崖蜜和酒铛[73]。

便作百岁期，不受世网萦[74]。

春日出陋巷[75]，暂别只俄顷。

讵知飙尘际，形影入幽冥[76]。

古人重立说[77]，晚年乃会精[78]。

君书多未就，何从得其朋[79]。

上有七旬父，下有十岁婴。

即我二三人，君目亦不瞑。

北风吹浩浩[80]，黄树森荒陵[81]。

墓门掩在兹，群鸟争悲鸣。

回首少陵台[82]，犹耸鲁故城[83]。

落月照千载，会我独拊膺[84]。

【注释】

[1] 此诗为悼念亡友牛运震而作。诗歌由眼前之景转至往事之忆，卒归于眼前之景。结构脉络清晰，情感深沉真切，融叙事、描写和抒情于一体。

牛平番：即牛运震。详见《颜清谷四编诗序》注释 [3]。归窆：归葬（窆，音 biǎn，墓穴）。

[2] 建：古代天文学称北斗星斗柄所指为建。一年之中，斗柄旋转而依次指向十二辰，称为十二月建。孟春：春季的第一个月，农历正月。

[3] 白日匿晶莹：太阳隐藏起光芒。晶莹：光亮。

[4] "妖祲"句：谓凶气侵犯东鲁，文化名人牛运震不幸去世。妖祲（jìn）：犹妖氛。祲：不祥之气，妖氛。此据《曲阜诗钞》本，《海岱人文》本作"侵"。薄（bó）：逼近，靠近。东壁：星宿，即壁宿。因在天门之东，故称。此处指东鲁一带。掩郁：掩藏隐匿。文昌星：星座名。共有六星，如半月形，在北斗魁前。此处代指牛运震。

[5] 少余三龄：比我小三岁（少：音 shào，年轻）。

[6] 云何：为何，为什么。捐弃：抛弃。

[7] 平生：旧交；老交情。

[8] 帷：以布帛制作的环绕四周的遮蔽物。泛指起间隔、遮蔽作用的悬垂

的布帛制品。

[9] 嗒（tà）然：形容怅然若失的样子。萎：此处指人死亡。

[10] 当复有恨不：意为怎能无遗憾？不：同“否”。

[11] 不成声：泣不成声。

[12] “乃知”句：意为这才知道文字无法表达内心极度痛苦的道理。经营：指艺术构思。

[13] 淹贯：深通广晓。越：超越。

[14] 受知：受人知遇。彭长沙：彭维新（1679—1769），字肇周，号石原，茶陵（明清时归长沙府管辖）人。康熙四十五年（1706）进士，雍正二年至九年（1724—1731）先后任直隶按察使、浙江布政使、江苏巡抚。雍正十年（1732）后，历任户部尚书、刑部尚书、兵部尚书兼协办内阁大学士。善为诗，有《墨香阁集》行世。

[15] 余轫亦初征：谓我也开始写诗作文。轫：车轮。

[16] 选贡：科举制度中贡入国子监生员的一种。明清在岁贡之外考选学行兼优者充贡，称选贡。

[17] 琅琊典文衡：据牛运震之父牛梦瑞为子所作《行状》记载，雍正六年（1728），牛运震参加朝廷选贡，时山东学政长洲王公试第七十二贤姓名、里居，牛运震对答如流，分毫不差。典：主持；掌管。文衡：旧谓判定文章高下以取士的权力。评文如以秤衡物，故云。

[18] 戛（jiá）：敲击；触及。金石：指钟磬一类乐器。常用以比喻诗文音调铿锵，文辞优美。

[19] “余药”句：作者把牛运震比作名贵的中药人参茯苓，把自己比作普通的佐药。

[20] 乃复：乃；如此。

[21] 意气：情谊，恩义。

[22] “齐门”句：写二人在济南、北京的求学生涯。牛运震于雍正六年（1728）选为拔贡生，九年（1731）应顺天试。齐门秋水：代指济南及其名胜大明湖。牛、颜均有吟咏大明湖及秋柳诗社的篇什。

[23] 高骞：高举；高飞。霜鹰：秋日之鹰。唐张鷟《朝野金载》卷四：“苏味道才学识度，物望攸归；王方庆体质鄙陋，言辞鲁钝，智不逾俗，才不出凡。俱为凤阁侍郎。或问张元一曰：‘苏王孰贤？’答曰：‘苏九月得霜鹰，王十月被冻蝇。’或问其故，答曰：‘得霜鹰俊绝，被冻蝇顽怯。’时人谓能体物也。”后因以“得霜鹰”或“霜鹰”比喻才俊捷悟的人。

[24] 桂岩：长满桂树的石丛。纷郁：多盛貌。

[25] 敷荣：开花。

[26] 狗监：汉代内官名。主管皇帝的猎犬。《史记·司马相如列传》："蜀人杨得意为狗监，侍上。上读《子虚赋》而善之曰：'朕独不得与此人同时哉！'得意曰：'臣邑人司马相如自言为此赋。'"司马相如因狗监荐引而名显，故后常用以为典。

[27] 归与马迁盟：谓归后来致力于历史研究。马迁：即司马迁。

[28] 祀：岁；年。

[29] 治忽辨几萌：辨别历史上治与乱的先兆、开端。治忽：治与乱；安定与动乱。几（jī）：隐微。多指事物的迹象、先兆。萌：植物的芽。比喻事情刚刚显露的发展趋势或情况；开端。

[30] 形胜窥井陉：探究井陉山那样的险要之地。形胜：指险要之地。井陉（xíng）：山名。太行山的支脉。有要隘名井陉口，又称土门关。秦汉时为军事要地。

[31] 田赋及食货：有关田赋与食货的记载文字，如史书、方志中的《田赋志》《食货志》等。

[32] 啜（chuò）其英：即"啜英咀华"，比喻品赏、体味诗文的精华。

[33] 郑何：指东汉时的经学家郑玄与三国时的玄学家何晏。

[34] 名理：名和理的合称。名：名词、名称、概念；理：条理、规律、准则。这里指从汉末清议发展起来的考核名实和辨名析理之学。周程：指北宋的理学家周敦颐和程颢、程颐两兄弟。

[35] 腹笥万象绘：谓非常博学，腹藏宇宙万象的学问。腹笥（sì）：《后汉书·边韶传》："边为姓，孝为字，腹便便，五经笥。"笥：书箱。后因称腹中所记之书籍和所有的学问为"腹笥"。

[36] 颖脱：锥芒显露。比喻充分显现才华。澎（pēng）：象声词，波涛相互冲击发出的声音。

[37] 韩欧：韩愈与欧阳修。

[38] 坐：席，席位。后作"座"。

[39] 登：进用；选拔。博学：学识渊博。此处指选才取仕的博学鸿词科。

[40] 明诏：英明的诏示。旁征：广泛征求。

[41] 薄海：到达海边（薄：逼近）。《书·益稷》："州十有二师，外薄四海，咸建五长。"泛指海内外广大地区。

[42] 副：助，辅助。

[43] "督亢"句：谓诗人与牛运震来到京师。督亢：古地名。战国燕的膏腴之地。今河北省涿州市东南有督亢陂，其附近定兴、新城、固安诸县一带平衍之区，皆燕之督亢地。也是京畿之地。地络：犹地脉。土地的脉络。亦指疆界。皇居：皇宫。亦指皇城。列星：罗布天空定时出现的恒星。

[44] 西山：山名。北京市西郊群山的总称。

[45] 期许：期望；称许。

[46] 浮名匪重轻：谓不追求、看重浮名。匪：同"非"。不，不是。重轻：此处是偏义复词，偏用"重"的意义。

[47] 明光殿：汉代宫殿名，后也泛指宫殿。

[48] 拟：效法；模拟。《两京》：指东汉张衡的《二京赋》。

[49] 异数：特殊的礼遇。邀：请求；谋求。

[50] 倾：敬佩；钦慕。

[51] 君次吏秦亭：指1738年牛运震至甘肃秦安做官。秦亭：在今甘肃省天水市清水县。此处指牛运震任职的甘肃秦安县。

[52] 郡城：这里指兖州府城。

[53] 泗水：即泗河。流经曲阜、兖州。洄潆（huí yíng）：水流回旋貌。

[54] "良吏"句：谓牛运震是一个清廉简朴的贤能之吏，他任秦安令时引导百姓开垦荒田，使原本贫瘠的土地成为沃壤。按：牛运震《寄董阿兄书》中云，自己以"俭、简、检"三字作为官箴言。

[55] "政仁"句：指牛运震兼任徽县令时，招募猎户捕杀老虎，使徽县再无虎患之忧；任秦安令期间，招募壮丁开挖河道，解决了当地的水患问题。按：牛运震于乾隆三年（1738）始任甘肃秦安知县，乾隆六年（1741）始兼任徽县知县。灾捍：即捍灾，抵御灾荒。

[56] 洽：浸润；沾湿。羌夷：指羌族等少数民族（夷，泛称中原以外的各族）。

[57] 变弭（mǐ）固原兵：乾隆十二年（1747），固原县发生兵士叛乱，情势危急。陕甘总督急调大军镇压。这时有人讲起平番县令牛运震才干过人，总督便急忙召他到行辕商议对策。牛运震主张以抚为主，把已捕的四名叛兵放回去，让他们游说其他叛兵。又自告奋勇，冒着生命危险到城内去，晓以大义，变兵泥首听命。他还设计抓住了制造叛乱的主谋，亲自提审。最后仅斩三人，监候四人，避免了一场血腥屠杀。变弭：即弭变，平息变乱。

[58] 会列：应当列入。山公启：详见《癸乙编·赠高明府由泗水转海阳》注释[4]。

[59] 马周 (601—648)：唐初大臣。字宾王，博州茌平（今属山东）人。少孤贫，后到长安，为中郎将常何家客。贞观三年（629）代常何为疏，所论二十余事，为太宗所赏识，即日召见，授监察御史，后累官至中书令。

[60] 媢（mào）疾：嫉妒（疾：古同"嫉"，妒忌）。

[61] 巧簧：犹巧舌如簧、巧言如簧。青蝇：《诗·小雅·青蝇》："营营青蝇，止于樊，岂弟君子，无信谗言。"《诗序》说是周大夫刺幽王。后因以"青蝇"比喻谗言小人。

[62] "摭拾"句：居然把贤者的优点和功绩说成守法循吏的过失。《清史稿·列传二百六十四》："有忌者摭〔牛运震〕前受万民衣事，劾免官。"摭拾：挑剔。缁（zī）衣：古代用黑色帛做的朝服。《礼记·缁衣》："子曰：'好贤如《缁衣》，恶恶如《巷伯》。'"郑玄注："《缁衣》《巷伯》皆《诗》篇名也……此衣缁衣者贤者也。"眚（shěng）：过失。

[63] 余也宰鸣鹿：指颜懋伦在鹿邑做知县。鸣鹿：地名。在今河南省鹿邑县西。

[64] 水沴岁相仍：年年水灾不断。水沴（lì）：水灾。

[65] "三书"句：谓牛运震多次写信，殷勤询问诗人近况；每当上司考察政绩时，牛运震也是恳切叮咛。

[66] "五载"句：指颜懋伦在鹿邑为官五载，后因病主动辞官归乡，仲冬时节见到了牛运震。遘（gòu）：遇；遭遇。伶仃：形容瘦弱或细长。

[67] "哀哉"句：指牛运震为颜懋伦亡母作《颜孺人孔君墓志铭》。铭：据《曲阜诗钞》本，《海岱人文》本作"盟"。

[68] 鹅溪集：疑为文集或诗集名。集：《曲阜诗钞》本作"业"。

[69] 惟先民是程：指效法先贤。语出《诗·小雅·小旻》："哀哉为犹，匪先民是程。"先民：古代贤人。《诗·大雅·板》："先民有言，询于刍荛。"朱熹集传："先民，古之贤人也。"程：效法。

[70] "秦晋"句：牛运震被罢官后，转而从事教育和著述。他曾在兰州皋兰书院、山西晋阳书院和河东书院、兖州少陵书院等处讲学，所造多名隽士，世称"空山先生"。多士：指众多的贤士。蒸蒸：兴盛貌。

[71] 翻（fān）：翻阅。鲁壁经：孔子故宅墙壁中藏有的古文经传。《序》："至鲁共王好治宫室，坏孔子旧宅，以广其居，于壁中得先人所藏古文虞、夏、商、周之书及传、《论语》《孝经》，皆科斗文字。"此处借指古代文化典籍。

[72] 抚弦：拨弄琴弦。指弹琴。弹棋：弈棋。

[73] 崖蜜：山崖间野蜂所酿的蜜。又称石蜜、岩蜜。唐杜甫《发秦州》

诗："充肠多薯蓣，崖蜜亦易求。"酒铛（chēng）：旧时一种三足温酒器。

[74] 萦：牵缠；牵挂。

[75] 陋巷：简陋的巷子。《论语·雍也》："贤哉，回也！一箪食，一瓢饮，在陋巷，人不堪其忧，回也不改其乐。"一说，狭小简陋的居室。清刘宝楠《论语正义》："颜子陋巷，即《儒行》所云'一亩之宫，环堵之室'。解者以为街巷之巷，非也。"今曲阜城北门内有陋巷坊，毗邻颜庙、颜府。

[76] "讵知"句：哪里知道一阵疾风卷尘而过，人已全然不见？

[77] 立说：犹立论。

[78] 会精：可能达到精深的程度（会：可能）。

[79] 何从得其朋：朋友们从哪儿得到你的著作呢？

[80] 浩浩：风势强劲貌。

[81] 森：高耸，峙立。陵：坟墓；墓地。

[82] 少陵台：指兖州少陵台，为纪念杜甫《登兖州城楼》而筑，耸立于原兖州城墙之上。

[83] 鲁故城：指兖州城，明鲁王封藩于此。

[84] 会：《曲阜诗钞》本作"令"。拊膺（fǔ yīng）：捶胸。表示哀痛或悲愤。

对月（见《什一编》，共二首，是集仅录第一首）

题宋太史仲良学诗草后（见《颜清谷四编诗·辛未编》）

颜懋伦诗补录

补录说明

此处补录了六题十首诗，其中《春日园中杂诗》和《过家幼客书屋》二诗，出自诗集《秋庐庚壬学诗》，黄立振原有收藏稿本，校注者未见，兹据周洪才《孔子故里著述考》（济南：齐鲁书社 2004 年版，第 488 页）录入。《悼亡》等四题八首诗，均见于刻于清道光二十三年的《曲阜诗钞》第四卷颜懋伦名下，不知究竟出自何集。《曲阜诗钞》所选作品均未注明出处，但同一集中的作品往往排列在一起。《悼亡》等四题前后作品皆选自《夷门游草》，故此四题也极有可能出自此集。据此推知，道光年间应还有《夷门游草》的其他传本，惜迄今未见。据诗中所写，此四题八首盖作于颜懋伦遭贬回乡的 1754 年后。

春日园中杂诗[1]

茅舍琴书静，和风向晚清。
阶闲[2]群鸟下，梦去落花生。
园蔬篱边笋，盘餐市上饧[3]。
一池春水涨，疑是小蓬瀛[4]。

【注释】

[1] 这是一首田园诗，描写了春日傍晚美景，画面静谧闲适而富有生活气息，风格恬淡自然。

[2] 闲：安静。

[3] 饧（xíng）：用麦芽或谷芽熬成的饴糖。

[4] 蓬瀛：蓬莱和瀛洲。神山名，相传为仙人所居之处。亦泛指仙境。

过家幼客书屋[1]

茅屋斜连仄径[2]平，一帘烟雨未分明[3]。
新诗多向闲中得，落叶先从秋意生。
云冷黄花思白酒，霜含竹影沸茶铛[4]。
案头古帖双钩劲[5]，摹罢犹闻墨气清。

【注释】

[1] 诗歌描写了颜懋侨书屋的清雅环境，赞美了主人赋诗摹书、饮酒品茗的闲适高雅生活。

[2] 仄径：狭窄的小路。

[3] 分明：明亮。

[4] 茶铛（chēng）：煎茶用的釜。

[5] 帖（tiè）：书法术语。指供临摹或欣赏的墨迹或印本。亦以称碑刻的拓本。双钩：摹写的一种方法。用线条钩出所摹的字笔画的四周，构成空心笔画的字体。

悼亡[1]

合欢树[2]下露泠泠，良夜弹琴汝耐[3]听。
今日更操湘水曲[4]，独余斜月过窗棂。

西风禾黍上场新[5]，殇女[6]常携解笑䩄。
更向龙湾迟秋信[7]，河干[8]谁待夜归人？

画栏干外雨霏霏，梦里闻香醒后归[9]。
夜半敲门人尽睡，妨他秋透薄罗衣[10]。

每思省墓来京口[11]，梦里犹思到竹西[12]。
我拟横江更问渡[13]，斜阳深树子规[14]啼。

【注释】

[1] 此四首是悼念亡妻的组诗。

[2] 合欢树：树叶对生，夜间成对相合，故俗称"夜合花"。古人以之赠人，谓能去嫌合好。晋崔豹《古今注·草木》："合欢，树似梧桐，枝叶繁互相交结，每风来，辄身相解，了不相牵缀，树之阶庭，使人不忿，嵇康种之舍前。"

[3] 耐：愿意。

[4] 更：再，又，复。湘水曲：曲名，即《湘江怨》。相传舜帝南巡苍梧，二妃追至南方，闻舜卒，投江而死。后人以此为题材写成乐曲。

[5] 西风：多指秋风。上场：将新收割的谷物运到场上。又称登场。

[6] 殇（shāng）女：未成年而死的女儿。

[7] 秋信：秋季到来的信息。

[8] 河干（gàn）：河边；河岸。

[9] 梦里闻香醒后归：谓睡梦中闻到女子的香气，醒后女子却已归去。

[10] 妨他秋透薄罗衣：谓女子穿着单薄，秋寒透衣。罗衣：轻软丝织品制成的衣服。

[11] 省（xǐng）墓：祭扫坟墓。京口：古城名。在今江苏镇江市。209年，孙权把首府自吴（苏州）迁此，称为京城。211年迁治建业后，改称京口镇。

[12] 竹西：唐杜牧《题扬州禅智寺》诗："谁知竹西路，歌吹是扬州。"后人因于其处筑竹西亭，又名歌吹亭，在扬州府甘泉县（今江苏扬州市）北。

[13] 我拟横江更问渡：谓作者打算再次到渡口越长江祭拜亡友。

[14] 子规：杜鹃鸟的别名。传说为蜀帝杜宇的魂魄所化。常夜鸣，声音凄切，故借以抒悲苦哀怨之情。

桂未谷以诗见贻依韵赋答[1]

楚骚兰茝叹望洋[2]，格律精严自李唐。
清处君几同子厚[3]，评来我亦爱沧浪[4]。
藤萝好月牵三径[5]，修竹虚窗长数行。
此际应知诗思妙，吟成好付善奴藏[6]。

桃笙葵扇碧帘疏[7]，贻我新诗玉不如。
燕子将雏消夏去[8]，蝉声引露到秋初。
欲寻芳杜怀江渚[9]，偶赋停云坐草庐[10]。
吾鲁自多狂简士，向时夫子志归欤[11]？

【注释】

[1] 此组诗赞美了友人桂馥的诗情与诗才。颜懋伦长桂馥32岁，其去世时桂馥仅23岁左右，据此及诗中内容，可知此诗应作于作者被贬归乡后至病故期间（1754—1759）。

桂未谷：桂馥（1736—1805），字冬卉，号未谷，别署老苔。曲阜人。乾隆五十五年（1790）进士，授云南永平知县。博览群书，尤邃金石六书之学。著有《说文义证》《札樸》《缪篆分韵》等书。见贻（yí）：犹见赠。

[2] 楚骚兰茝叹望洋：谓屈原楚辞的艺术成就让后人望洋兴叹，自愧不如。兰茝（chén）：兰草和白芷，均为香草。

[3] 几：将近，相去不远。子厚：柳宗元（773—819），字子厚。唐宋八大家之一。诗风清冷峭拔。

[4] 沧浪：指南宋严羽，号沧浪逋客，撰有《沧浪诗话》。主张"妙悟"，反对以议论为诗、以才学为诗。此书多用禅理喻诗，对明清的诗歌评论有较大影响。

[5] 三径：晋赵岐《三辅决录·逃名》："蒋诩归乡里，荆棘塞门，舍中有三径，不出，唯求仲、羊仲从之游。"后因以"三径"指归隐者的家园。

[6] 吟成好付善奴藏：此处用唐欧阳询给善奴传授书法秘诀的典故。

[7] 桃笙：桃枝竹编的竹席。葵扇：用蒲葵叶制成的扇子，俗称芭蕉扇。

[8] 将雏：携带幼禽。消夏：谓避暑。

[9] 欲寻芳杜怀江渚：此处化用屈原诗句。《九歌·湘君》："采芳洲兮杜若，将以遗兮下女。"《湘夫人》："搴汀洲兮杜若，将以遗兮远者。"芳杜：香草名。即杜衡，又名杜若。

[10] 偶赋停云坐草庐：此处用陶渊明赋《停云》诗之典。

[11] "吾鲁"句：谓鲁国自古多狂简之士，你也属于当年孔子称许的曾点一类人吧？狂简：志向高远而处事疏阔。夫子志归：指孔子称许曾点事（归：称许；赞许）。《论语·先进》："［曾皙］曰：'暮春者，春服既成，冠者五六人，童子六七人，浴乎沂，风乎舞雩，咏而归。'夫子喟然叹曰：'吾与点也。'""吾与点也"意即我赞同曾点的观点。

题宗子约亭博士遗墨[1]

共知书翰继巴陵[2]，遗墨传来气骨澄[3]。
今日闲窗重展卷，卅年风雨感青灯[4]。

【注释】

[1] 此诗赞美了颜怀礼的出众才华和刻苦攻读的人生。

宗子：古代宗法制度称大宗的嫡长子。约亭博士：指颜怀礼，康熙年间曲阜人，约卒于1722年，年仅三十二岁。字子真，号约亭。颜子七十一代孙。诸生，袭翰林院五经博士。著有《带月草堂诗集》一卷。

[2] 书翰：指文墨。巴陵：指颜腾之，南朝宋人。字弘道。颜子三十一代孙，曾任巴陵太守。善草隶，长于文辞。

[3] 气骨：指作品的气势和骨力。澄：静。

[4] 卅年风雨感青灯：感慨颜怀礼三十多年的苦读生涯。青灯：光线青荧的油灯，借指熬夜苦读。

送别[1]

轻舠迢递度江关[2]，学既能优吏亦闲。

此去庐陵秋正好，一帘明月玉泉山[3]。

【注释】

[1] 诗写送别，送别对象应是赴任庐陵（今江西吉安）的某人。写作时间应是诗人任职南阳期间。诗中充满了对对方的热情鼓励和美好祝愿。

[2] 轻舠（dāo）：轻快的小舟。迢递：遥远貌。江关：湖北省枝城市的荆门与宜昌县的虎牙二山夹江对峙，称江关。

[3] 玉泉山：湖北当阳市西有玉泉山。山有乳窟，玉泉交流其中。山下有玉泉寺。

颜懋价诗校注

佳木堂稿

诗集说明

《海岱人文》本《佳木堂稿》一卷，收诗5题6首，其中《梁湖山上有松万余株》含诗2首，整理时据《曲阜诗钞》又增补1首。据卷首胡二乐写于"乾隆乙丑嘉平"的序，此卷诗应写于乾隆十年（1745）之前，为诗人前期作品。佳木堂，颜懋价曲阜故宅也。

佳木堂集序 （胡二乐）

慕谷[1]八兄先生，灵根则毓乎圣涯[2]，华胄则延于忠阀[3]。郭余十亩，雅擅博文[4]；家有四箴，尤称好学。奎娄[5]钟其精气，冰雪净其聪明。幼捷童乌[6]，定昂霄于国器[7]；长腾逸骥[8]，惊拔地[9]于天才。荀鸣鹤日下无双，陆士龙云间第一[10]。播蕤艺圃[11]，鲜妍芍药之编；摛藻词坛，婀娜葡萄之箧[12]。洵足扫千军而挥羽帜[13]，凌万仞以绝云霓者矣[14]。若夫嘤鸣风雨[15]，志在盍簪[16]；啸傲[17]烟霞，情殷蹑屦[18]。山巨源[19]之谋面，义重埙篪[20]；张元伯之盟心[21]，信符金石[22]。春则园中桃李芳菲，乐事偏多；秋则江上渔樵磊落，幽怀自远。

爰勤膏牵载、整缅维[23]，指吴会[24]以南征，沿淮阴[25]而东下。琼花台[26]畔，羡何年枯蕊重生；桃叶渡[27]头，怅此日凌波已沫[28]。问生公之说法，石果点头[29]；访西子之芳踪，廊曾响屧[30]。徘徊绘影，彳亍[31]寻声。莫不写艳吟香，试霜毫于庾鲍[32]；追魂蹑魄，披雪茧于曹刘[33]。既而冥迹[34]红尘，沁心清境。柔橹咿呀[35]，过夜半再讯篙师[36]；断桥靡迤[37]，听潮平还闻砧女[38]。湖山面面，横斜和靖[39]之梅；堤径家家，断续苏公之柳[40]。既叠韵于渔村解舍[41]，更联篇[42]于月磬风钟。而且雁岩天台[43]，奇多鸟道[44]；锦沙星石，秀绝人区[45]。吊晨肇之笙簧[46]，漠漠云山春寂；慕严吴[47]之耕钓，泱泱[48]江水风长。有不词妙青钱、卷盈黄绢者哉[49]？尔乃谢傅之游已閟[50]，龙门之兴方豪[51]。北度居庸[52]，中还伊洛[53]。仰帝室皇居之壮[54]，就日瞻云[55]；乐虞庠夏序之群[56]，铿鲸按棘[57]。摩挲石鼓[58]，译蝌蚪于韩篇[59]；扬扢经龛[60]，辨鲁鱼于郑疏[61]。试问玉泉[62]沙鸟，网[63]弗知名；即令琴峡山灵[64]，咸荣勒迹[65]。已而看花河阳县[66]，果掷潘郎[67]；赋雪曜华宫[68]，绢增收叔[69]。

凡兹著作，足见生平。况乎志洁白华[70]，慎终晨于门子[71]；心萦芳草，伤迟暮[72]于美人。辞[73]皆本乎性情，体不乖夫敦厚[74]。匪直博吐凤窗龙之誉[75]，矜嘲风弄月之情已[76]。

仆[77]也，素称游子，雅好诗人，广揽十五国之风谣[78]，默证三十年之道脉[79]。咏歌清藻[80]，抗怀于春风洙泗之间[81]；披撷芳华[82]，朗诵于陋巷箪瓢[83]之际。

南歙世小弟胡二乐谨序[84]。时乾隆乙丑嘉平[85]。

【注释】

[1] 慕谷：颜懋价号。

[2] 灵根：指有才德的人。毓（yù）：孕育；产生。圣涯：圣哲的方面、领域。

[3] 华胄：指显贵者的后代。忠阀：忠诚之家。

[4] 博文：指通晓古代文献。

[5] 奎娄：即奎宿和娄宿，皆为二十八宿之一。古人多因奎宿形亦似文字而认为它主文运和文章。

[6] 童乌：指早慧儿。

[7] 昂霄：高入霄汉。形容出人头地或才能杰出。国器：指可使治国的人才。

[8] 逸骥：古代称善奔的骏马。

[9] 拔地：耸出地面。

[10] "荀鸣鹤"句：南朝宋刘义庆《世说新语·排调》："荀鸣鹤、陆士龙二人未相识，俱会张茂先坐。张令共语。以其并有大才，可勿作常语。陆举手曰：'云间陆士龙。'荀答曰：'日下荀鸣鹤。'"荀鸣鹤：即荀隐，字鸣鹤。西晋颍川人。历太子舍人，廷尉平。早卒。日下：指京都。古代以帝王比日，因以皇帝所在地为"日下"。陆士龙：即陆云（262—303），字士龙。松江华亭（古称云间，今属上海市）人。西晋文学家，以文才与兄机齐名，时称"二陆"。曾任清河内史转大将军右司马等职。著有《陆士龙集》。

[11] 播蕤（ruí）：显扬芳名。艺圃：指文学艺术界。

[12] 摛（chī）藻：铺陈辞藻。意谓施展文才。娖娖（guǐ huà）：娴静美好貌。箧（qiè）：小箱子。"播蕤"以下二句谓颜懋价文学创作果实丰硕可观。

[13] 洵足：确实足以。羽帜：羽饰之旌旗。

[14] 万仞：形容极高。古以八尺为仞。绝云霓：超越天上的虹霓。

[15] 若夫：至于。用于句首或段落的开始，表示另提一事。嘤鸣：鸟相

和鸣。比喻朋友间同气相求或意气相投。

[16] 盍（hé）簪：指朋友相聚，语出《易·豫》。

[17] 啸傲：放歌长啸，傲然自得。形容放旷不受拘束。

[18] 蹑履：谓来不及穿鞋，拖着鞋子匆忙出迎。形容对来客的热情欢迎。

[19] 山巨源：即山涛（205—283），字巨源。西晋河内怀县（今河南武陟西）人。好老庄之学，与嵇康、阮籍等交游，为"竹林七贤"之一。晋初，曾任吏部尚书、尚书右仆射等职。《世说新语·贤媛第十九》："山公与嵇、阮一面，契若金兰。山妻韩氏，觉公与二人异于常交，问公。公曰：'我当年可以为友者，唯此二生耳！'"

[20] 埙篪（xūn chí）：埙、篪皆为古代乐器，二者合奏时声音相应和。故常以"埙篪"比喻兄弟亲密和睦。

[21] 张元伯：即张劭，字符伯。东汉汝南郡人。与山阳郡范式为友，式在他乡与劭约定，两年后当赴劭家相会。劭归告其母，请届时设酒食候之。母曰："二年之别，千里结言，尔何相信之审邪？"劭谓式信士，必不乖违。至其日，式果至。二人对饮，尽欢而别。事见《后汉书·独行传·范式》。后以范张"鸡黍约"为友谊深长、聚会守信之典。盟心：盟誓在心。

[22] 金石：金和美石之属。此处用以比喻心志的坚定、忠贞。

[23] 爰：助词。无义。用在句首或句中，起调节语气的作用。膏牵载：往马车上膏油（牵：指牛、马等牲畜；载：指车、船等交通工具）。整缡（lí）维：整理车马上的绳索（缡、维，皆绳索也）。

[24] 吴会（kuài）：东汉时分会稽郡为吴、会稽二郡，并称吴会。后虽分郡渐多，仍通称这两郡的故地为吴会。

[25] 沂：古水名。即大沂河。源出山东省沂山，南流经沂水、临沂、郯城等地入江苏省。此处用作动词，指顺着沂水而行。淮阴：今属江苏淮安市。

[26] 琼花台：在江苏扬州琼花观（又名后土祠、蕃釐观等）内，相传唐代观内有琼花一株而得名。按：琼花是一种珍贵的花。叶柔而莹泽，花色微黄而有香。宋周密《齐东野语·琼花》："扬州后土祠琼花，天下无二本，绝类聚八仙，色微黄而有香。仁宗庆历中，尝分植禁苑，明年辄枯，遂复载还祠中，敷荣如故。淳熙中，寿皇亦尝移植南内，逾年憔悴无华，仍送还之。其后，宦者陈源，命园丁取孙枝移接聚八仙根上，遂活，然其香色则大减矣。"

[27] 桃叶渡：渡口名。在今江苏省南京市秦淮河畔。相传因晋王献之在此送其爱妾桃叶而得名。

[28] 凌波：指美人轻盈的步履。已沫：已经终止。

[29]"问生公"句：指到苏州探访生公讲经之处。按：生公，指晋末高僧竺道生。相传生公曾于苏州虎丘寺立石为徒，讲《涅槃经》。至微妙处，石皆点头。

[30]"访西子"句：谓至响屧廊寻访西施的踪迹。响屧：指女子的步履声（屧：音 xiè，木屐也）。按：响屧廊，春秋时吴王宫中的廊名。遗址在今江苏苏州西灵岩山。宋范成大《吴郡志·古迹》："响屧廊，在灵岩山寺。相传吴王令西施辈步屧，廊虚而响，故名。今寺中以圆照塔前小斜廊为之，白乐天亦名'鸣屧廊'。"

[31]彳亍（chì chù）：小步走，走走停停貌。

[32]霜毫：指毛笔。庾鲍：北周庾信和南朝宋鲍照的并称。

[33]雪茧：指雪白如茧的纸。宋杨万里《谢福建茶使吴德华送东坡新集》诗："纸如雪茧出玉盆，字如霜雁点秋云。"曹刘：曹植、刘桢的并称。南朝梁刘勰《文心雕龙·比兴》："至于扬班之伦，曹刘以下，图状山川，影写云物。"

[34]冥迹：隐身，隐居。

[35]柔橹：指船桨轻划之声。咿呀（yī yā）：象声词。形容摩擦碰撞声。

[36]讯：询问。篙师：撑船的熟手。

[37]靡迤（mǐ yǐ）：绵长貌；连续不绝貌。

[38]砧女：捣衣的女子。

[39]和靖：指林逋（967—1029），字君复，谥和靖先生。北宋钱塘（今浙江杭州）人。隐居西湖孤山，种梅养鹤，终身不仕、不娶，故有"梅妻鹤子"之称。著有《林和靖诗集》，《山园小梅》乃其中名篇。

[40]苏公之柳：指苏公堤上的柳树。按：北宋元祐年间，苏轼知杭州时，疏浚西湖，堆泥筑堤，分西湖为内外两湖。其间有桥六座，夹道杂植花柳，有"六桥烟柳"之称。

[41]叠韵：指赋诗重用前韵。解舍（xiè shè）：官府，官舍。

[42]联篇：即联诗。

[43]雁宕天台：指浙江境内的雁荡山和天台山。明文征明《诗人孙太初》诗："天台雁宕平生梦，凭仗诗囊次第收。"

[44]鸟道：险峻狭窄的山路。

[45]人区：人居住的地域。指人间。

[46]晨肇：指东汉刘晨和阮肇。相传二人同入天台山采药，遇二女，留住半年回家，子孙已历七世，乃知二女为仙女。事见《太平御览》卷四一引南朝宋刘义庆《幽明录》及《太平广记》卷六一引《神仙记》。笙簧：指笙。簧，

笙中之簧片。此处用作动词，指吹奏笙簧。唐曹唐《刘阮洞中遇仙子》："云实满山无鸟雀，水声沿涧有笙簧。"

[47] 严吴：指东汉严光和唐代吴筠。严光，一名遵，字子陵。会稽余姚（今属浙江）人，曾与刘秀同学，有高名。刘秀即位后，他改名隐居。后被征召到京师洛阳，授谏议大夫，不受，归隐于富春山，后人名其钓处为严陵濑。年八十，卒于家。吴筠：字贞节。唐华州华阴（今属陕西）人，一说为鲁人。少通经，善作文，举进士不第，遂隐居为道士。开元中，南游金陵，访道茅山。后又游天台，观沧海。天宝初召至京，敕待诏翰林。"安史之乱"爆发后，东入会稽，往来于天台、剡中，逍遥泉石，与李白、孔巢父等相酬和，后卒于越中。

[48] 泱泱：水深广貌。

[49] 青钱：喻才学之士。黄绢：指优美的文辞。

[50] 尔乃：这才；于是。谢傅：即谢太傅，指晋谢安。谢安卒赠太傅，故称。鬯（chàng）：通"畅"。

[51] 龙门：泛指都门、国门。豪：豪放；豪迈。

[52] 居庸：山名。在今北京市昌平区。古名军都山，为太行山八陉之一，层峦叠嶂，形势雄伟，又为燕京八景之一，名曰"居庸叠翠"。

[53] 伊洛：伊水与洛水。两水汇流，多连称。亦指伊洛流域。

[54] 帝室：皇室；皇族。皇居：皇宫。亦指皇城。

[55] 就日瞻云：比喻对天子的崇仰或思慕。瞻：望。语出《史记·五帝本纪》："帝尧者，放勋。其仁如天，其知如神。就之如日，望之如云。"唐骆宾王《夏日游德州赠高四诗序》："固仰长安而就日，赴帝乡以望云。"

[56] 虞庠：周代学校名。夏序：夏代学校名。群：众，许多。

[57] 铿鲸：以鲸形的杵敲击巨钟（铿：撞碰，敲击；鲸：指形状如鲸的撞钟杵）。形容铿锵有力。语本汉班固《东都赋》："于是发鲸鱼，铿华钟。"按棘：抚摸兵戟（按：抚；摸。棘：通"戟"，古兵器名）。

[58] 摩挲：抚摸。石鼓：东周初秦国刻石。形略像鼓，共有十个，上刻籀文四言诗，现存北京故宫博物院。

[59] 蝌蚪：古文字体的一种。笔画多头大尾小，形如蝌蚪，故称。韩篇：指西汉韩婴所著《韩诗内传》和《韩诗外传》。南宋以后仅存《外传》。

[60] 扬挖（jié）：扬抑。褒贬，评说。经龛：存放经书的洞穴，代指经书。

[61] 鲁鱼："鲁""鱼"两字相混。指抄写刊印中的文字讹误。郑疏：东

汉经学家郑玄阐释经书的文字。

　　[62]　玉泉：在今北京市颐和园西玉泉山。因泉水清澈晶莹如玉而得名。"玉泉垂虹"为京师八景之一。

　　[63]　罔：同"罔"。无，没有。

　　[64]　琴峡：又称"弹琴峡"。在今北京八达岭水关长城段。因"水流石罅，声如弹琴"得名。山灵：山神。

　　[65]　咸荣勒迹：都以留下其手迹为荣（勒：书写；迹：手迹）。

　　[66]　河阳县：古县名。汉置。治今河南孟州市。南临黄河，向为洛阳外围重镇。

　　[67]　果掷潘郎：即"掷果潘安"。西晋潘岳（247—300），字安仁，荥阳中牟（今属河南）人，曾任河阳县令。岳貌至美，少时出游，妇女都丢果子给他，于是满载而归。见《晋书·潘岳传》。

　　[68]　曜（yào）华宫：汉梁孝王刘武所筑宫室，在兔园内。《西京杂记》卷二："梁孝王好营宫室苑囿之乐，作曜华之宫，筑兔园。"按：兔园，即梁园。在今河南商丘市。南朝宋谢惠连《雪赋》写梁孝王与司马相如、邹阳、枚乘至梁园赋雪咏物。

　　[69]　绢增收叔：指《雪赋》篇末由枚乘作"乱"，总括全篇要旨。收叔：应为"枚叔"，即枚乘（？—前140），字叔。淮阴（今属江苏）人。西汉辞赋家。曾为梁孝王客。

　　[70]　况乎：连词。何况；况且。白华：白色的花。

　　[71]　终晨：早晨。门子：指周及春秋时卿大夫的嫡子。《文选·束晳〈补亡诗·白华〉》："粲粲门子，如磨如错。终晨三省，匪惰其恪。"李善注："《周礼》曰：正室谓之门子。郑玄曰：正室，适子，将代父当门者。"

　　[72]　迟暮：比喻晚年。

　　[73]　辞：文辞。

　　[74]　体：诗文的风格。乖：背离；违背。

　　[75]　匪直：不只。博：博取。吐凤：《西京杂记》卷二："雄（扬雄）著《太玄经》，梦吐凤凰，集《玄》之上。"后因以"吐凤"称颂文才或文字之美。脔龙：即"怀龙"。怀龙，犹怀蛟。《西京杂记》卷二："董仲舒梦蛟龙入怀，乃作《春秋繁露》词。"后因以"怀龙"为才学卓异之典。清钱谦益《和遵王述怀感德四十韵兼示夕公》："怀龙温昔梦，吐凤理新编。"

　　[76]　矜：自夸。嘲风弄月：吟咏清风，赏玩月色。泛指写诗文抒情。多用为贬义，指作品内容空虚，脱离现实。

[77] 仆：自称的谦辞。

[78] 广揽：广泛阅览（揽：通"览"，观览）。十五国之风谣：指《诗经》的十五国风。

[79] 道脉：犹道统。

[80] 清藻：清丽的文辞。

[81] 抗怀：谓坚守高尚的情怀。洙泗：洙水和泗水。古时二水自今山东泗水县北合流而下，至曲阜北，又分为二水，洙水在北，泗水在南。春秋时属鲁国地。孔子在洙泗之间聚徒讲学。

[82] 披撷芳华：采摘香花。比喻摘取精美的文辞。

[83] 陋巷箪瓢：语出《论语·雍也》："一箪食，一瓢饮，在陋巷，人不堪其忧，回也不改其乐。"后以"陋巷箪瓢"形容家境贫寒，生活清苦。

[84] 南歙（shè）：指安徽省最南端的歙县。胡二乐：生卒年不详。字象虚。安徽歙县人。

[85] 乾隆乙丑：乾隆十年（1745）。嘉平：腊月的别称。

佳木草堂集跋 (桑调元)

浮沉人海，空看帝里[1]莺花；来往口槎[2]，时泛客程[3]烟水。晓钟[4]残月，萦[5]板桥茅店之愁；落日荒丘，含故国空城[6]之口。钱江[7]问渡，词波汹若潮来[8]；白岭升颠[9]，翰藻[10]明于霞起。知逸兴是青云之器[11]，仰高文为黄绢之碑[12]。

钱唐同学世弟桑调元跋[13]。

【注释】

[1] 帝里：即帝都，京都。

[2] 槎（chá）：用竹木编成的筏。

[3] 客程：旅程。

[4] 晓钟：报晓的钟声。

[5] 萦：牵缠。

[6] 空城：荒凉的城市。

[7] 钱江：即钱塘江。浙江的下游。

[8] 词波：文辞的光华。汹：水波腾涌貌。

[9] 白岭：指白岭关长城，在今北京市密云区。升颠：登上顶峰。

[10] 翰藻：文采，辞藻。

[11] 逸兴：超逸豪放的意兴。青云之器：指胸怀旷达、志趣高远的人才。

[12] 高文：优秀的诗文。亦用作对对方诗文的敬称。黄绢之碑：指《曹娥碑》。东汉上虞度尚为孝女曹娥立碑，上刻诔辞，内容宣扬孝道，碑石早已不存。今传绢本墨迹，眉端与左、右及行间有唐怀素、韩愈等人题字。书法古淡秀润。

[13] 世弟：谓世交同辈年少于己者。师之子，其年少于己者，亦称世弟。桑调元（1695—1771）：字伊佐，一字弢甫，自号独往生、五岳诗人。浙江钱塘（今杭州）人。雍正十一年（1733）进士，授工部屯田司主事。后引疾归田，历主九江濂溪、嘉兴鸳湖、滦源书院讲席。著有《论语说》《躬行实践录》《弢甫集》等。

晓发景州[1]

天外曙光微，村边野火稀。
晓钟浮古木，残月上征衣[2]。
雪霁塔千尺[3]，城荒水四围[4]。
齐关[5]回望远，此去几时归。

【注释】

[1] 诗写旅途所见、所感，表达了一种孤寂、伤感和无奈的情怀。

景州：唐置。明清时州治在今河北景县。

[2] 征衣：旅人之衣。

[3] 雪霁（jì）：雪止天晴。塔：即景州塔，又称开福寺舍利塔。在今河北景县城内西北角。

[4] 四围：四面环绕。

[5] 齐关：齐鲁之地关塞。此处代指诗人故乡。

静海怀七弟[1]

黄叶秋光一棹[2]轻，天涯魂梦寄云程[3]。
绝怜游子关心处[4]，惟有君能识此情。

【注释】

[1] 这是一首咏怀诗，表达了远游他乡的诗人对家园和亲人的思念之情。

静海：县名。今天津市静海区。七弟：指诗人从弟颜懃企（1711—1752），初名懋俭，字故我，改字幼民，号庶华，自号西郭居士。颜肇维子。乾隆十三年（1748）恩贡生。今存《西郭集》一卷。

［2］一棹（zhào）：一桨。借指一舟。

［3］云程：遥远的路程。

［4］绝怜：极其哀怜。关心：动心；牵动情怀。

梁湖山上有松万余株[1]

偶来林壑[2]间，石磴缘空寺[3]。
不见种松人，松阴[4]青满地。

幽径无一里，耳根忽已清。
龙鳞[5]千万树，树树起秋声。

山泉暗不喧[6]，秋入无人径。
亭午风谡谡[7]，涛声满清听[8]。

【注释】

［1］此组诗写梁湖山上的松林。诗中从松荫、松鳞和松声三个方面，突出了山上树多林幽的特点。《海岱人文》本录前二首，《曲阜诗钞》本录一、三首。

梁湖山：在今浙江省绍兴市上虞区梁湖镇。

［2］林壑：山林涧谷。

［3］石磴缘空寺：沿着石级来到幽静的寺院。石磴（dèng）：山路的石级。

［4］松阴：今作"松荫"。松树的树荫。

［5］龙鳞：此处指松树之皮犹如龙鳞。

［6］山泉暗不喧：指梁湖山上因松树繁茂，故山泉颜色幽深，流水之声不大。

［7］亭午：正午。谡谡（sù sù）：劲风声。

［8］涛声满清听：谓风吹松树之声犹如拍岸浪声，清越入耳。清听：清越入耳。

华顶[1]

绝顶无人迹，涓涓尚有溪。
路盘双涧窄[2]，天逼[3]万山低。
剪笠飞清磬[4]，支筇听竹鸡[5]。
三峰留讲树[6]，秋色早凄迷。

【注释】

[1] 诗写华顶山秋日之景，突出了其山高路险、景美境幽的特点。

华顶：即华顶山，位于浙江省台州市天台县境内，为天台山主峰。周围众山环拱，如片片莲瓣，华顶正当花心，故名。

[2] 盘：盘绕；盘旋。涧（jiàn）：山间的水沟。

[3] 逼：迫近；靠近。

[4] 剪笠：截断树枝作笠帽。清磬：清越的磬声。

[5] 支筇（qióng）：拄着竹杖。竹鸡：鸟名。形似鹧鸪而小，多生活在竹林里。

[6] 三峰留讲树：据《晋书·嵇康传》载，三国魏嵇康常锻于大柳树下，与亲旧吕安、向秀等人清谈。北周庾信《哀江南赋》："移谈讲树，就简书筠。"倪璠注："讲树，当是引高士事。《晋书》曰：'嵇康家有盛柳树，恒居其下，亲旧以鸡酒往与啖，清谈而已。'"此处指华顶山上古木参天，修竹满坡，吸引众多高士前往。

吴山晚眺[1]

空蒙[2]万象起清秋，第一峰头今始游。
望海楼台[3]余落日，熙成宫殿[4]总荒丘。
潮生暝色连城动[5]，烟抱钟声与地浮。
莫问兴亡多少恨，胥山[6]南尽接江流。

【注释】

[1] 这是一首写景诗。诗人于清秋傍晚登临杭州吴山，由远眺所见之景，转抒历史兴亡之感。

吴山：又名胥山，俗称城隍山。在今浙江杭州西湖东南，绵延数里，由十几座小山连接而成。左带钱塘江，右瞰西湖，为杭州名胜。南宋初，金主亮慕

其山色风景之美，有"立马吴山第一峰"语。东南端紫阳山瑞石洞有米芾所书
"第一山"，西坡石壁有传为朱熹所书"吴山第一峰"。

　　［2］空蒙：迷茫貌；缥缈貌。

　　［3］望海楼台：望海楼，又名望潮楼。在西湖东南凤凰山上。宋苏轼有
《望海楼晚景五绝》诗。

　　［4］熙成宫殿：兴盛之时建成的宫殿。此处指南宋定都杭州时所建皇宫，
在今凤凰山东麓。元时部分焚毁，明后逐渐荒芜。

　　［5］潮：指钱塘江潮。暝色：暮色；夜色。

　　［6］骨山：当是吴山的支脉。

烟草亭诗略

诗集说明

《海岱人文》本《烟草亭诗略》仅收诗2首，皆写家乡之景，盖诗人时在曲阜。烟草亭，颜懋价曲阜故宅中的一处亭台。

集水木山房分韵[1]

春云漠漠破轻寒[2]，水涨溪桥雪未干。

十里桃花风力软，半帘柳絮鸟声残。

路从鱼浦[3]烟中过，山向斜阳树底看。

最是城南芳信[4]早，到来樱笋[5]已堆盘。

【注释】

[1] 诗写早春曲阜城南之景。诗中景物空间上高低远近，错落有致；视觉、听觉、触觉三者兼顾，动静结合，景物描写角度多样而富有变化。

水木山房：孔毓璘别墅，在曲阜城南。孔毓璘，字叔玉，别字绣谷，乡谥"文夷"。山东曲阜人。孔子六十七代孙，曲阜知县孔兴认第三子，颜懋价的三舅，曲阜"湖山吟社八子"之一。以贡生官顺天府昌平州判，授征仕郎。著有《水木山房诗》，今不传。

[2] 漠漠：密布貌。轻寒：微寒。

[3] 鱼浦：渔场，水边捕鱼之地。

[4] 芳信：花开的讯息。春日百花盛开，故亦以指春的消息。

[5] 樱笋：樱桃与春笋。农历三月上市。

春晚[1]

春晚流莺[2]处处啼，板桥水涨柳烟[3]低。

不知一度[4]清明雨，落到桃花第几溪。

【注释】

[1] 这是一首写景小诗，描写了晚春之景，语言自然素朴。

春晚：即春暮。

[2] 流莺：即莺。流，谓其鸣声婉转。

[3] 柳烟：柳树枝叶茂密如笼烟雾，故称。

[4] 一度：即一次。

颜居诗略

诗集说明

《海岱人文》本《颜居诗略》一卷，收诗 3 题 4 首。据诗中所写，诗人其时主要在家乡曲阜一带活动。

重晤陈石美却寄郡中二首[1]

痛饮拼[2]教醉似泥，远天漠漠[3]水烟低。
如何十里斜阳路，独逐春风又向西。

零落桃花是见期，短辕独挽到来迟[4]。
酒醒不记相逢处，却补从前别后诗。

【注释】

[1] 诗忆与友人陈石美相见的情景，表现了相逢的愉悦与别后的思念。

陈石美：生平事迹待考。却：返回。郡：此处当指兖州府。

[2] 拼：舍弃不顾；豁上。

[3] 漠漠：迷蒙貌。

[4] 短辕：亦作"短辕车"。指牛车或粗陋小车。挽：牵引。

去秋七月十九夜听支木仲弹琴，得句未成，今一纪矣，支君且已物故，有感于中，辄复续之[1]

绝忆[2]弹琴处，于今正一年。
晚钟沉[3]夜色，凉月度秋烟。
古调知谁是，哀弦竟不传。
怆然星满目，犹自[4]望高天。

【注释】

[1] 诗忆亡友支木仲，表达了诗人深沉的哀痛之情。全诗今昔相错，情景交融，语浅情真。

支木仲：生平事迹待考。得句：谓诗人觅得佳句。一纪：此处指一年。物故：死亡。中：指内心。

［2］绝忆：最忆。

［3］沉：谓色泽深；阴暗。

［4］犹自：尚；尚自。

病中答七弟见怀元韵[1]

尺书封到定何因[2]，传道江边尽白蘋[3]。

古寺塔浮城抱海，寒林火暗虎窥人[4]。

天涯魂梦应如见，昨夜别离犹恐真。

却忆板桥相送处，数村残照沛河滨[5]。

【注释】

［1］这是一首怀人诗。诗中想象了七弟所处之境，又回忆了兄弟分别时的情景，多重时空转换，表达了兄弟深情。

七弟：指诗人从弟颜懋企，详见《佳木堂稿·静海怀七弟》注释［1］。见怀：被想念（见：用在动词前面表示被动，相当于被，受到）。元韵：即原韵。清赵翼《陔余丛考·元韵原韵》："近代辞章家和朋友诗则曰原韵，和御制诗则曰元韵。盖取元音之元，以示尊崇。不知原韵本应作元韵，并非假借也。元者，本也。本来，曰元来。"

［2］尺书：指书信。封：封寄。

［3］传道：转述；传说。白蘋（pín）：亦作"白萍"。水中浮草。

［4］"古寺"句：应是写浙江临海一带景致。颜懋企之父颜肇维曾在临海作令九年（1728—1736），颜懋价作此诗时懋企应在临海，颜懋价也曾有临海之游。抱：环绕。

［5］残照：落日余晖。沛（jǐ）河：即济水。古四渎之一。发源于今河南省济源市王屋山，东流经山东入海。历代河道多次变迁，今济宁、济南、济阳等地名均源于济水。此处"沛河滨"当指运河岸边、距曲阜不远处的济宁。

吾有山房稿

诗集说明

《海岱人文》本《吾有山房稿》一卷，收诗 8 题 16 首。《彭城》至《宏济寺》五题记录了颜懋价南下南京之行，《枝津园集咏》和《意园伯氏索画并题》则是在家乡曲阜的唱和赠答之作。

吾有山房集跋 （桑调元）

情真语质[1]，意到笔随。哀思既石阙衔碑[2]，旅□亦杨蟠无齿[3]。当悲来添膺[4]之候，抒笔不加点之词[5]，能弗凄然难为读矣？若夫南曲销魂之地[6]，东昏接迹[7]之年，剩粉残香犹留旧院[8]，清歌妙舞追忆漏舟[9]，斯则梅村、阮亭之流[10]，续写白下乌衣之恨乎[11]？

钱唐同学世弟桑调元[12]跋。

【注释】

[1] 语质：语言朴素。

[2] 石阙：石筑的阙观。多立于宫庙陵墓之前。衔碑："含悲"的隐语（碑，音同"悲"）。《乐府诗集·清商曲辞三·读曲歌二九》："奈何许，石阙生口中，衔碑不得语。"

[3] 杨蟠无齿："浩然无涯"的隐语（涯，音同"牙"）。语出褚人获《坚瓠集》戊集卷之四："王介甫（王安石）喜言农田水利，有献议梁山泺可涸之以为田，介甫欲行之，又念水无所归，以问刘贡父（刘攽）。贡父曰：'此事杨蟠无齿。'贡父退，介甫思其说而不得，呼子雱问此语何意。雱亦不解，召贡父问之。贡父笑曰：'此易晓耳。杨蟠杭人，善作诗，自号浩然居士，相公熟识之。今欲涸泺为田，须别穿一梁山泊置此水，恐此事浩然无涯也。'一时闻者绝倒。"

[4] 添膺：充塞于胸膛。

[5] 抒笔不加点之词：抒写下笔不用修改的文辞。笔不加点，谓写作一气呵成，无须修改。

[6] 南曲销魂之地：指诗中南京秦淮旧地。

[7] 东昏接迹：指弘光小朝廷。东昏：指南朝齐萧宝卷。齐明帝次子，即位后荒淫残暴，后为萧衍所杀。和帝立，追废为东昏侯。接迹：足迹前后相接。

此处有相继之义，指弘光朝接继崇祯朝。

[8] 旧院：指秦淮旧地。

[9] 漏舟：此处指破败的弘光朝。

[10] 梅村：指吴伟业（1609—1671），字骏公，号梅村。江苏太仓人。明末清初著名诗人，与钱谦益、龚鼎孳并称"江左三大家"。明崇祯进士，授编修，升左庶子。南明弘光朝，官少詹事。清顺治中被迫进京，官至国子监祭酒。后以丁忧南还，不复出仕。有《梅村家藏稿》等。阮亭：指王士禛（1634—1711），字子真，一字贻上，号阮亭，又号渔洋山人。山东新城（今桓台）人。顺治进士，官至刑部尚书。倡神韵之说，领袖诗坛近五十年。著有《带经堂集》《池北偶谈》等。吴伟业和王士禛都写有大量反映明清易代、抒发兴亡之感的诗篇。

[11] 白下：古地名。在今江苏南京西北。唐移金陵县于此，改名白下县。后因用为南京的别称。乌衣：即乌衣巷。地名。在今南京市秦淮河南。三国吴时在此置乌衣营，以士兵着乌衣而得名。东晋时王谢等望族居此，因著闻。

[12] 桑调元：详见《佳木草堂集跋》注释 [13]。

彭城[1]

冷冷古调七弦存[2]，太息当风奏雍门[3]。

公子不徕[4]村舍散，鸣鸠时节[5]雨黄昏。

【注释】

[1] 这是一首怀古诗。诗人来到彭城，看到一幅田园破败、凄雨黄昏的景象，联想起历史上雍门鼓琴孟尝悲涕之事。此诗似对明亡家破的映射。

彭城：春秋宋邑。即今江苏徐州市。

[2] 冷冷：形容声音清越、悠扬。七弦：古琴的七根弦。亦借指七弦琴。

[3] 太息：大声长叹，深深地叹息。雍门：指雍门子周。古之善琴者，亦称雍门子。相传雍门子周见孟尝君。孟尝君曰："先生鼓琴亦能令文悲乎？"……子周于是引琴而鼓，孟尝君增悲流涕曰："先生之鼓琴，令文立若破国亡邑之人也。"见汉刘向《说苑·善说》。

[4] 公子不徕：谓孟尝君门下士人已空。公子，指孟尝君田文，战国齐贵族，封于薛（今山东藤县南），称薛公，号孟尝君。为战国四公子之一，以善养士著称。徕（lái）：招来；使之来。

[5] 鸣鸠时节：鸠鸟鸣叫的季节，指春季。鸣鸠：即斑鸠，或谓布谷鸟。

定远道中[1]

秋风吹鬓恨难删，又入阴陵路几湾[2]。
乡思争随归雁尽，客愁不逐磵[3]流还。
夕阳时节青牛[4]卧，近水人家白鹭闲。
此去秣陵[5]应更远，笋舆明日是关山[6]。

【注释】

[1] 诗写途经安徽定远时所见、所感，咏叹了旅途艰辛之苦与思念家乡之愁。

定远：县名。今属安徽省滁州市。

[2] 阴陵：春秋楚邑。为项羽兵败后迷失道处。汉时置县。故城在今安徽定远西北。湾：同"弯"。弯曲。

[3] 磵（jiàn）：同"涧"。

[4] 青牛：黑毛的牛。

[5] 秣陵：即今江苏南京。

[6] 笋舆：竹舆，即竹轿，一种有座位而无轿厢的竹制轿子。清赵翼《山行杂诗》："我老不能行，笋舆代步履。"关山：关隘山岭。

石头城[1]

凌云百尺尽金汤[2]，几度降幡出女墙[3]。
芳乐苑荒来宿鸟[4]，雨花台[5]冷付斜阳。
重楼空解金莲妙[6]，宫井争知玉树忙[7]。
风景不殊迁客异[8]，江山举目也悲凉。

【注释】

[1] 这是一首怀古诗。诗人登临石头城旧地，联想历史，凭吊古迹，批判了昏君东昏侯，表达了昔盛今衰的兴替之感。

石头城：古城名。又名石首城，亦省作"石头""石城"。故址在今江苏省南京市清凉山。本楚金陵城，汉建安十七年孙权重筑改名。城负山面江，南临秦淮河口，当交通要冲，六朝时为建康军事重镇。唐以后，城废。

[2] 金汤："金城汤池"的略语。金属造的城，沸水流淌的护城河。形容城池险固。

[3] 降幡（fān）：表示投降的旗帜。女墙：城墙上呈凹凸形的小墙。

[4] 芳乐苑：南朝齐东昏侯萧宝卷所建的园囿。故址在今南京市南。宿鸟：指归巢栖息的鸟。

[5] 雨花台：在南京市中华门外。平顶低丘，原称聚宝山。多石英质卵石，晶莹圆润，并有雨花泉等。相传梁武帝时云光法师讲经于此，感动诸天雨花，花坠为石，故名。

[6] 重（chóng）楼：层楼。金莲：金制的莲花。《南史·齐纪下·废帝东昏侯》："又凿金为莲华以帖地，令潘妃行其上，曰：'此步步生莲华也。'"后因以称美人步态之美。唐李商隐《南朝》诗："谁言琼树朝朝见，不及金莲步步来。"

[7] 争知：怎知。玉树：美丽的树。按：《南史·齐纪下·废帝东昏侯》："又以阅武堂为芳乐苑，穷奇极丽。当暑种树，朝种夕死，死而复种，率无一生。于是征求人家，望树便取，毁彻墙屋，以移置之。大树合抱，亦皆移掘，插叶系华，取玩俄顷。铲取细草，来植阶庭，烈日之中，至便焦燥。纷纭往还，无复已极。"

[8] 不殊：没有区别；一样。迁客：指遭贬斥放逐之人。

东花园绝句六首[1]

曲院人家未寂寥[2]，后庭歌舞倚云高[3]。
如何行在仓黄[4]日，到处风光付桔槔[5]。

荒圃无人问亦难，儿家住处近长干[6]。
一从肠断梅村句，不向东风试画兰[7]。

楚楚新声照泪痕，怀中题句最消魂[8]。
只今唯有侯公子[9]，千古桃花在白门[10]。

细路横塘曲曲多[11]，愁看败柳与残荷。
板桥旧事空劳记[12]，流水无声欲奈何。

过客惊秋草露凉，红颜落尽菜根香[13]。
斜阳一片青青色，曾是卢家白玉堂[14]。

石城烟月久消沉^[15]，旧曲^[16]还看间绿荫。

一地行来鹿苑寺^[17]，烧香留得石观音。

【注释】

[1] 这是一组怀古绝句。诗人游览了秦淮南岸的东花园一带，联想起明朝南京旧院遗事。第一首批判了南明弘光帝因荒乐而覆亡之事，喟叹朝代兴亡变化，并托古讽今，寓警世伤时之意；第二、三首则分别歌咏了秦淮名妓卞玉京和李香君，对其凄美的爱情和不幸的命运表达了深深的同情和惋惜。第四、五、六首以写景为主，在今昔鲜明的对比中不禁慨叹人世盛衰变迁。

东花园：明中山王徐达府邸的私家园林，在南京十里秦淮南岸，即今白鹭洲公园。

[2] 曲院：妓院。按：明东花园西侧是名妓聚居地——南京旧院。寂寥：沉寂；寂静无声。

[3] 后庭：犹后宫。此处当指南明福王朱由崧的后宫。朱由崧于 1644 年在南京称帝，即位后深居内宫，迷于声色，不顾朝政。次年清军渡江，他匆匆逃离南京，至芜湖被俘，后被杀于北京。倚云：靠着云。形容极高。

[4] 行在仓黄：指弘光帝仓皇出逃，到处流窜。行在：即行在所，指天子所在的地方。仓黄：亦作"仓皇""仓惶""仓遑""仓徨"。匆忙急迫。

[5] 桔槔（jié gāo）：井上汲水的工具。在井旁架上设一杠杆，一端系水桶，一端系重物，使其交替上下，以节省汲引之力。

[6] 儿家：古代年轻女子对其家的自称。犹言我家。此处指卞玉京之家。卞玉京，本名卞赛，后自号玉京道人。应天府上元县（今属南京市）人。"秦淮八艳"之一，诗琴书画皆通，尤善画兰。明末多与文人墨客相交，入清后出家。长干：古建康里巷名。故址在今江苏省南京市南。

[7] "一从"句：指卞玉京自从看到吴伟业的诗句后黯然伤情，最终看破红尘出家。一从：自从。梅村：指吴伟业。详见桑调元《吾有山房集跋》注释[6]。相传吴伟业与卞玉京相爱而无果，吴曾为卞作《琴河感旧》组诗。

[8] "楚楚"句：此句暗写了李香君与侯方域的凄美爱情。楚楚：形容忧戚，凄苦。新声：新作的乐曲；新颖美妙的乐音。题句：此处指侯方域为李香君所题诗句。侯方域《李姬传》："雪苑侯生，己卯来金陵，与相识。姬尝邀侯生为诗，而自歌以偿之。"消魂：即销魂。谓灵魂离开肉体。形容极其哀愁。

[9] 侯公子：指侯方域（1618—1655），字朝宗。河南商丘人。东林名士侯恂之子，复社成员，明末与方以智、陈贞慧、冒襄齐名，称"四公子"。入

清后曾应河南乡试，中副榜。有《壮悔堂文集》《四忆堂诗集》。所作《李姬传》，后为孔尚任作《桃花扇》所取材。

[10] 千古桃花在白门：赞美李香君的高贵气节将流传千古。按：孔尚任《桃花扇》传奇中写南明弘光朝权臣马士英、阮大铖强逼李香君改嫁漕抚田仰，香君誓死不从，倒地撞头，血染侯方域所赠定情诗扇，杨龙友将血痕点染成桃花，传奇亦以之命名。白门：南朝宋都城建康（今南京市）宣阳门的俗称。后亦用以别称南京市。

[11] 细路横塘曲曲多：横塘之上的小路狭仄而弯曲。横塘：古堤塘名。三国吴大帝时筑于建业（今南京市）城南淮水（今秦淮河）南岸。亦为百姓聚居之地。曲曲：弯曲。

[12] 板桥旧事空劳记：板桥，又名"长坂桥"，在东花园和旧院附近。清余怀写有《板桥杂记》，其上卷《雅游》云："长坂桥在院墙外数十步，旷远芊绵，水烟凝碧。迥光、鹫峰两寺夹之，中山东花园亘其前，秦淮朱雀桁绕其后，洵可娱目赏心，漱涤尘俗。每当夜凉人定，风清月朗，名士倾城，簪花约鬓，携手闲行，凭栏徙倚。忽遇彼姝，笑言宴宴，此吹洞箫，彼度妙曲，万籁皆寂，游鱼出听，洵太平盛事也。"

[13] 红颜落尽菜根香：指清初南京旧院荒废，沦为菜圃。

[14] 卢家、白玉堂：均指富贵人家。唐沈佺期《独不见》诗："卢家少妇郁金堂，海燕双栖玳瑁梁。"唐李商隐《代应》诗："本来银汉是红墙，隔得卢家白玉堂。"

[15] 石城：即石头城。详见前诗注释 [1]。烟月：烟花风月。指风流韵事。

[16] 旧曲：即东花园西侧的旧院，是歌妓聚居之所。

[17] 鹿苑寺：在东花园南面不远处。

宏济寺[1]

真见树参天，江声树杪[2]悬。
飞岩无白日，危阁有青莲[3]。
院竹延幽径[4]，秋钟度晚烟。
故人遗迹在（寺有拙存[5]老友石刻），抚视[6]独依然。

洞壑何年凿，人间无此能。

悬崖蟠[7]古木，绝境出禅灯[8]。

天水[9]看难定，尘光[10]到未曾。

离家吾意黯[11]，得住亦名僧。

【注释】

[1] 诗写登临南京宏济寺所见之景。宏济寺，又名弘济寺，始建于明，清时更名为永济寺。位于南京栖霞区燕子矶附近，寺依悬崖峭壁而筑，北向可俯瞰长江。

[2] 树杪（miǎo）：树梢。

[3] 危阁：高阁。青莲：青色莲花。瓣长而广，青白分明。佛教尚之，以其为清净无染的象征。唐玄奘《大唐西域记·呾叉始罗国》："捆除洒扫，涂香散花，更采青莲，重布其地，恶疾除愈，形貌增妍，身出名香，青莲同馥。"

[4] 延：连及；蔓延。幽径：僻静的小路。

[5] 拙存：指蒋衡（1672—1743），原名振生，字湘帆，一字拙存，号江南拙叟。江苏金匮（今属无锡）人。历十二年校核编写《十二经》，因此被授为国子监学正，后以恩贡选英山县教谕，又举鸿博，皆力辞不赴。著有《拙存堂诗文集》《易卦私笺》《拙存堂临帖》等。

[6] 抚视：犹展读。

[7] 蟠：盘曲。

[8] 绝境：与外界隔绝之地。禅灯：寺庙灯火。

[9] 天水：指在宏济寺俯视所见长江流水。

[10] 尘光：指在宏济寺俯视所见山下灯火。

[11] 黯：心神沮丧貌。

枝津园集咏[1]

春柳

碧压阑干[2]弱堕烟，陌头[3]人影自年年。

柔丝老去凭谁问，纵得新晴亦可怜[4]。

春草

绿能随意碧能匀，映水穿堤总见新。

拖屐还应作细步，王孙多是六朝人[5]。

春水

穀纹剪剪窈无声[6]，欲去还迟[7]似有情。

溪上人家春已半，杏花如雨又清明[8]。

【注释】

[1] 此组诗内容为咏物，主要表达了诗人的喜春、惜春之情。

枝津园：曲阜知县孔毓琚别业，在曲阜城西南。按：孔毓琚，字季玉，号璞斋。山东曲阜人。孔子六十七代孙，曲阜知县孔兴认第四子，颜懋价的四舅。雍正三年以岁贡生荐授曲阜世职知县，遇覃恩授文林郎。著有《红杏山房诗》一卷、《曲阜县志》二十六卷，今不传。颜崇榘《摩墨亭稿》中《枝津园》诗前有序："璞斋世尹休沐地。按《水经注》：'洙水经鲁县西南出焉'，即其地也。"枝津即支流。

[2] 阑干：同"栏杆"。

[3] 陌头：路上；路旁。

[4] 纵得：纵令，即使。新晴：天刚放晴；刚放晴的天气。

[5] "拖屐"句：穿着木屐，轻步行走。意为生怕踏坏青草。木屐在六朝（魏晋南朝宋齐梁陈）时盛行，尤其是贵族子弟多喜穿之。最著名者如谢安。屐（jī）：木底鞋。细步：轻步。王孙：贵族子弟。

[6] 穀（hú）纹：绉纱似的皱纹。比喻水的波纹如绉纱。剪剪：齐整貌。窈（yǎo）：幽深，幽远。

[7] 迟：迟留；滞留。

[8] 杏花如雨又清明：此处暗用杜牧《清明》诗。

意园伯氏索画并题[1]

溪声出谷到窗迟，疏木还于老性宜。

何似[2]爱闲亭下坐，泗河[3]秋树半黄时。

【注释】

[1] 这是一首题画诗，诗中描绘了曲阜意园的风光，赞美了意园主人的萧散情怀。

意园：在曲阜西泗河畔。按：颜崇榘《摩墨亭稿·意园》诗前小序谓意园是"东轩逸老所筑"，其主人应为颜绍发。颜绍发，又名颜绍美，字存斋，号意园老人。庠生。《颜氏世家谱》云其"善树艺，好花木"。颜懋伦有《过意园》诗，颜肇维有《意园主人饭我及乐清倕》诗，可参看。伯氏：伯父，此处指颜绍发。题：指所题写的字句。

[2] 何似：何不，何妨。

[3] 泗河：又名泗水。在山东省西南部。发源于新泰市太平顶西麓，西南流入泗水县境后改向西行，至曲阜市和济宁市兖州区边境复折西南，于济宁市东南新闸村南注入南四湖。

题朱式鲁诗卷[1]

除却沧溟[2]更不疑，嶨湖[3]风物近谁知。
它年争说王黄叶[4]，又见朱郎幼妇词[5]。

【注释】

[1] 此诗题于朱式鲁之诗卷，诗中高度赞美了朱氏的诗歌才华。

朱式鲁：指朱曾传，字式鲁。山东历城（今济南市历城区）人。朱怀朴（字素存）之孙。乾隆丙子（1756）举人。著有《说饼庵诗集》。

[2] 沧溟：大海。

[3] 嶨（què）湖：指今山东济南市北的鹊（嶨即鹊）山湖，因绕鹊山而得名。

[4] 王黄叶：指王苹（1661—1720），字秋史，号蓼谷山人、七十二泉居士。山东历城人。康熙四十五年（1706）进士，授知县，以母老，改就成山卫教授。工诗，以"黄叶林间自著书""黄叶下时牛背晚"等句，得"王黄叶"之名。著有《二十四泉草堂集》《蓼村文集》。

[5] 幼妇词：亦作"幼妇辞"。南朝宋刘义庆《世说新语·捷悟》："魏武尝过曹娥碑下，杨修从碑背上见题作'黄绢幼妇，外孙齑臼'八字……修曰：黄绢，色丝也，于字为绝；幼妇，少女也，于字为妙；外孙，女子也，于字为好；齑臼，受辛也，于字为辞。所谓绝妙好辞也。"后泛指极好的诗文。

余生后草

诗集说明

《海岱人文》本《余生后草》一卷，收诗 4 题 5 首。据其中《七夕鹿邑感怀》《东湖夜泛送树亭归里》，可知是集当作于乾隆十年（1745）前后，其间颜懋价曾至河南鹿邑（时其兄懋伦任鹿邑令）。

七夕鹿邑感怀[1]

过尽微云月上弦[2]，晚凉砧杵静槐烟[3]。

秋风欲起逢多病[4]，星汉[5]才回对不眠。

别后几番当此夜，它时相忆似今年。

劳人最有黄姑恨[6]，未到将离已惘然。

【注释】

[1] 此诗盖作于 1745 年七夕之夜，时诗人之兄颜懋伦携母在河南鹿邑任县令，诗人与家乡诸亲前来探望。颜懋伦《什一编》中有《七夕和舍弟韵》，乃依韵和懋价此诗，可参看。

七夕：农历七月初七之夕。民间传说牛郎与织女每年此夜在天河相会。

[2] 上弦：农历每月初七或初八，在地球上看到的月相呈"D"字形，称"上弦"。

[3] 砧杵：捣衣石和棒槌。槐烟：指枝叶茂密的槐树。

[4] 秋风欲起逢多病：指诗人之母染病。

[5] 星汉：天河；银河。

[6] 黄姑恨：相聚不久便要相别的愁苦。黄姑指牵牛星。

东湖夜泛送树亭归里[1]

远电[2]射城红，高台响暗虫[3]。

钟声烟霭里，桥影月明[4]中。

客别卢洲[5]火，渔歌子夜[6]风。

忽忘乡信[7]杳，归思阻山东[8]。

【注释】

[1] 此诗与前首《七夕鹿邑感怀》当作于同一时期，同行友人将北返归乡，而诗人仍需滞留鹿邑。诗中描写了鹿邑东湖之景，抒发了离别之情与思乡之感。

东湖：在河南鹿邑城东。树亭：指颜懋价友人魏可式，字子端，号树亭。曲阜人。孝子魏防西次子。岁贡生，不求仕进。

[2] 远电：指远处的光亮。

[3] 高台：指老君台，位于鹿邑城东北隅。相传老子修道成仙，于此处飞升，故又名"升仙台"。唐时所建。暗虫：指生活在阴暗地方的蟋蟀之类昆虫。

[4] 月明：指月光。

[5] 卢洲：即芦洲，指芦苇丛生的小洲。明严嵩《夕次醴陵》："枫岸霜鸣叶，卢洲月映花。"

[6] 子夜：夜半子时，半夜。

[7] 乡信：家乡的信息。

[8] 山东：指崤山以东。

芥圃画册题句[1]

辟地有数弓[2]，结亭临清淼[3]。
不见王参军[4]，种菜得宿饱[5]。
孤桐媚[6]秋烟，日落微霜早。
学圃[7]亦偶然，须弥何必小[8]？

【注释】

[1] 这是一首题画诗，诗中不仅描写了画面景物之美，而且赞扬了画作者恬淡寡欲、宁静自持的情志。

芥圃：指清周介福，字礼五，号芥圃、竹田（一作竹恬）。江宁（今江苏南京）人。少承家学，工医，亦善画兰竹花卉。

[2] 弓：量词。丈量土地的计算单位。旧时营造尺以五尺为一弓（合1.6米），三百六十弓为一里。古制则以六尺或八尺为一弓，三百弓为一里。

[3] 清淼：清澈的水。

[4] 王参军：指王徽之，字子猷。东晋琅邪人。名士、书法家，王羲之子。初为大司马桓温参军，后做车骑将军桓冲骑兵参军，官至黄门侍郎，未几弃官东归。生性卓荦不羁，酷爱宅中种竹。

[5] 宿饱：经常饱。

[6] 媚：爱；喜爱。

[7] 学圃：学种蔬菜。语出《论语·子路》："[樊迟] 请学为圃，子曰：'吾不如老圃。'"朱熹集注："种蔬菜曰圃。"

[8] 须弥：原为古印度神话中的山名，后信佛者泛指山。佛教有"须弥芥子"之语，谓广狭、大小等相容自在，融通无碍。何必：用反问的语气表示未必。

题史纯叔农部小照二首[1]

杨柳风多绿欲平，半塘秋水一篙轻。
要知臣本烟波客[2]，不似鸱夷[3]变姓名。

烟雨柴门一半收，琴书无恙好清游[4]。
淮南鸡犬皆仙去[5]，不独风流郭介休[6]。

【注释】

[1] 这是一首题画诗，诗中赞美了史纯叔不慕名利权势、寄情山水琴书的高雅人生。

史纯叔农部：其人曾任职于户部，具体情况不详。小照：肖像。

[2] 烟波客：指泛舟江湖之人。

[3] 鸱（chī）夷：即鸱夷子皮，春秋越范蠡自称。《汉书·货殖传》："[范蠡] 乃乘扁舟，浮江湖，变姓名，适齐为鸱夷子皮，之陶为朱公。"颜师古注："自号鸱夷者，言若盛酒之鸱夷，多所容受，而可卷怀，与时张弛也。鸱夷，皮之所为，故曰子皮。"

[4] 清游：清雅游赏。

[5] 淮南鸡犬皆仙去：指汉淮南王刘安举家升天的传说。《神仙传·刘安》载：汉淮南王刘安好道，修炼成仙，临去时，余药器置在中庭，鸡犬啄舐之，尽得升天。后用以比喻一人得势，与其有关者亦皆随之发迹。多含讽刺意。

[6] 郭介休：指郭泰（128—169），一作郭太，字林宗。太原介休（今属山西）人。东汉著名学者、思想家及教育家。东汉末为太学生首领，与李膺等人友善。不就官府征召，后归乡里。党锢之祸起，遂闭门教授，生徒以千数。卒于家，四方人士前来会葬者多达千余人。

近日吟诗略

诗集说明

《海岱人文》本《近日吟诗略》一卷，收诗15题21首。《送孔刺史石居之官江南三首》至《效古》五题，多作于1741年之前，时颜懋价主要在曲阜一带活动；《邯郸行》至《固关》七题，主要记录了其河北、山西之行；《老女叹》《狭斜行》《艳歌行》三题，均为七言歌行体诗。

近日吟诗略跋 （桑调元）

苍凉吊古山围故国之篇，凄恻送行雨浥轻尘[1]之句，写客怀于盐泽[2]，述祖德[3]于邯郸，妙绝歌行[4]，直参乐府[5]。顾峡云[6]无迹，讵效猖狂[7]？而楚雨[8]含情，未妨惆怅。玉溪生[9]所作情，匪病[10]其淫邪；西河氏[11]有言词，或嫌其迷闷云尔[12]。

同学世弟桑调元[13]跋。

【注释】

[1] 雨浥轻尘：雨水浸湿了地上的尘土（浥：音yì，浸渍）。

[2] 客怀：身处异乡的情怀。盐泽：指山西安邑盐池。按：颜懋价祖父颜光猷（1638—1710），字秩宗，号澹园。康熙十二年（1673）进士，曾官河东道盐运使多年，分管平阳、蒲州及解、霍、隰、绛四州盐政。

[3] 祖德：此处指诗人高祖颜胤绍的功德。按：颜胤绍（？—1642），又作孕绍，字庚明。明崇祯四年（1631）进士，曾任邯郸令、河间府知府。1642年，清军南侵，颜胤绍在外无援兵的情况下死守河间，城破后率家人自焚殉国。

[4] 歌行：古代乐府诗的一体。后从乐府发展为古诗的一体，音节、格律一般比较自由；采用五言、七言、杂言，形式也多变化。

[5] 乐府：诗体名。初指乐府官署所采制的诗歌，后将魏晋至唐可以入乐的诗歌，以及仿乐府古题的作品统称乐府。

[6] 峡云：三峡的云。借指传说中的巫山神女。战国楚宋玉《高唐赋》谓巫山神女"旦为朝云，暮为行雨"，楚怀王曾于梦中与之欢会。

[7] 讵效猖狂：岂是效仿楚怀王之恣意放纵？

[8] 楚雨：楚地之雨。此处非实指。

[9] 玉溪生：唐诗人李商隐的别号。

[10] 匪病：不批评；不指责。

[11] 西河氏：指毛奇龄（1623—1716），字大可，号初晴，又以郡望称西河。浙江萧山人。清经学家、文学家。康熙时，任翰林院检讨、明史馆纂修官等职。治经史及音韵学，能散文诗词，并从事诗词的理论批评，有《西河诗话》《西河词话》。后人编有《西河合集》。

[12] 迷闷：迷茫，难以辨清。云尔：用于句子或文章的末尾，表示结束。

[13] 桑调元：详见《佳木草堂集跋》注释 [13]。

送孔刺史石居之官江南三首[1]

木落淮南[2]水欲冰，斜阳漠漠思腾腾[3]。
使君到处推清品[4]，正好梅花在秣陵。

几年关陇[5]无消息，恰喜君还又去家。
却忆江南好春色，秦淮明月冶城[6]花。

摇落微霜思悄然[7]，一帆轻挂半江烟。
书生莫叹功名菩[8]，风雪边头[9]十二年。

【注释】

[1] 这是一组送别诗。颜肇维《锺水堂诗》卷四有《送孔子衡作令江南》，颜懋伦《什一编》有《赠孔丈石居》，当与此诗同时而作，可参看。

孔刺史石居：即孔毓铨，字子衡，号石居。《郿州志》有载，并记其雍正年间修建州署、学署之事。乾隆五年，任淮安府山阳县（今属江苏淮安）令。

[2] 淮南：指淮河以南、长江以北的地区。

[3] 漠漠：寂静无声貌。腾腾：不停地翻腾滚动。

[4] 使君：汉时称刺史为使君，汉以后用以对州郡长官的尊称。清品：清贵的官吏。

[5] 关陇：指关中和甘肃东部一带地区。

[6] 冶城：古城名。相传春秋时吴王夫差（一说三国吴）冶铸于此，故名。故址在今江苏南京市朝天宫一带。

[7] 摇落：凋残，零落。悄然：忧伤貌。

[8] 菩：同"箔"。箔又为"簿"的被通假字。册籍。

[9] 边头：边疆；边地。

顾万峰陔兰图[1]

空谷[2]有芳兰，幽香纷盈匊[3]。
采之亦何为，于焉写心曲。
遂此陟岵情[4]，菽水逾粱肉[5]。
松竹澹相亲，炊烟静茅屋。

【注释】

[1] 这是一首题画诗，诗中以陔兰象征了顾万峰不恋名位、孝养父母的高尚德行。颜懋伦《什一编》中有同名诗篇，当是同时而作，可参看。

顾万峰：即顾于观（1693—?），原名锡躬，字万峰，一字桐峰，号澥陆。江苏兴化人。少为庠生，屡试春官不第。康熙五十一年（1712）与郑燮、王国栋同拜在陆震门下，学词学书。雍正元年（1723），为济南郡守常建极聘为幕僚，入幕多年仍一袭布衣。乾隆元年（1736），随板桥进京另觅蹊径，诗墨会友，名满都下。顾于观工书法，善诗文，著有《澥陆诗钞》。陔（gāi）兰：长在田埂上的兰草。《文选·束晳〈补亡诗〉》："循彼南陔，言采其兰。"李善注："采兰以自芬香也。循陔以采香草者，将以供养其父母。"后因以"陔兰"敬称他人的子孙，意谓能孝养长辈。

[2] 空谷：空旷幽深的山谷。多指贤者隐居的地方。

[3] 盈匊：亦作"盈匊"。满捧。两手合捧曰匊。

[4] 遂：如愿；顺从。陟岵（zhì hù）：《诗·魏风·陟岵》："陟彼岵兮，瞻望父兮。"后因以"陟岵"为思念父亲之典。

[5] 菽（shū）水：豆与水。指所食唯有豆和水，形容生活清苦。《礼记·檀弓下》："子路曰：'伤哉！贫也！生无以为养，死无以为礼也。'孔子曰：'啜菽饮水尽其欢，斯之谓孝。'"后常以"菽水"指晚辈对长辈的供养。粱肉：即粱肉（粱，通"粱"）。以粱为饭，以肉为肴。泛指美食佳肴。

柴翘山水题句[1]

疏木冷秋岩，微阴[2]动秋壑。
幽人[3]来不来，前渡[4]水初落。

【注释】

[1] 这是一首题画绝句。画面简洁有致，意境悠远清淡。

柴翘：《曲阜诗钞》本作"紫翘"。

[2] 微阴：稀薄的树荫。

[3] 幽人：幽居之士；隐士。

[4] 前渡：前面的渡口。

李贞女挽辞[1]

鸿雁一何悲，飞飞[2]恋清池。

千里远结昏[3]，生知无会期。

摧裂起中肠，抱刃尝自随[4]。

一死轻鸿毛，嗟彼匹妇[5]为。

所以立孤[6]难，区区窃慕之[7]。

素车入君门[8]，未识君容仪。

长哀发华屋[9]，蕴结转委蛇[10]。

虑随秋草萎，延缘得旁枝[11]。

贞心指泉路[12]，引领遥相睎[13]。

孟冬[14]寒日下，惨栗[15]起天涯。

秋草凄已变，鸿雁来何迟。

愿因晨风发，荐之以素丝[16]。

【注释】

[1] 这是一首哀悼李贞女的挽诗。颜懋伦《什一编》中有《贞女诗》，与此诗哀悼对象为同一人。据懋伦诗推知，此诗当亦作于1736年。诗中李贞女乃清李涛之季女，许配于孔传钜。李涛（1645—1717），字紫澜，别字述斋。先世赣人，明初徙山东德州卫。康熙丙辰（1676）进士，历任浙江盐运使、江西临江知府、广西布政使、左副都御史、刑部右侍郎等职。孔传钜，孔子嫡系六十八代孙，清衍圣公孔兴燮之孙，孔毓埏之子。早卒，卒时尚未与李氏完婚。李氏仍嫁入孔府，终身守寡，侍奉公婆。

[2] 飞飞：飞行貌。

[3] 昏：结婚。后多作"婚"。《曲阜诗钞》本作"婚"。

[4] "摧裂"句：谓内心极为悲痛，曾想自杀随夫而去。

[5] 匹妇：古代指平民妇女。

[6] 立孤：抚养孤儿。

[7] 区区：形容一心一意。窃慕：暗自景仰。

[8] 素车：白色的车。君门：夫家。

[9] 华屋：华美的屋宇。

[10] 蕴结：郁结，忧思烦冤纠结不解。委蛇（yí）：绵延屈曲貌。

[11] 旁枝：即旁支。指嫡亲以外的支属。

[12] 泉路：泉下。指阴间。

[13] 引领遥相睎：伸颈远望。形容期望殷切。睎：音 xī，望。

[14] 孟冬：冬季的第一个月，农历十月。

[15] 惨栗：寒极貌。栗：通"慄"。战栗；发抖。《曲阜诗抄》本作"慄"。

[16] 荐之以素丝：谓献上白丝。

效古[1]

挂壁有素琴[2]，起弄不成节[3]。
奈何不成节，大弦亦已绝[4]。

珤镜虽漫灭[5]，中心犹能视。
曾照合欢床，亦照独眠被。

夜半闻车声，车声已在门。
起视见辰宿[6]，却疑参横[7]昏。

君家吴山[8]前，妾住吴山里。
背地[9]两不知，同饮越江[10]水。

试茗[11]纸窗中，敲冰纸窗外。
各自为寒暄[12]，纸窗曾[13]不大。

【注释】

[1] 这是一组拟古诗，内容上多写男女相思之情、离别之恨，语言自然浅近，抒情含蓄蕴藉。

[2] 素琴：不加装饰的琴。

[3] 节：节奏；节拍。

[4] 大弦亦已绝：琴上的粗弦已经断了。旧时以琴瑟喻夫妇，故谓妇死曰

"断弦"。

[5] 瑶镜：宝镜（瑶："宝"的古字）。漫灭：磨灭，模糊难辨。

[6] 辰宿：辰星，也叫商星。辰星在东，参星在西，此出彼没，永不相见。

[7] 参横：参星横斜。

[8] 吴山：吴地的山。

[9] 背地：不当面，私下。

[10] 越江：越地的水。

[11] 试茗：品茶；饮茶。

[12] 寒暄：冷暖。

[13] 曾：乃。

邯郸行[1]

邯郸城上一片月，邯郸城下多战骨。

黄沙卷地无人声，有客凄凄独愁绝。

在昔吾祖部兹邑[2]，军书旁午传烽急[3]。

畿南[4]盗贼方纵横，地轴[5]已折无白日。

况乃缮备[6]愁征调，三日之期集军寔[7]。

须臾铁骑[8]连天赴，一鼓薄城如蚁聚[9]。

却诧城中有异人，留攻不克辄引去[10]。

重围既解三日脯[11]，残民[12]又遇残军苦。

何物谒者浪典兵，恣其淫掠等豺虎[13]。

公为亲鞫廉其寔[14]，鞭之盈百列幕府[15]。

中使[16]激怒阻援兵，诏书下逮便趣行[17]。

诣阙讼冤知谁是[18]，一时曾空邯郸城。

天子量罚得薄谴[19]，守城功在徒抚膺[20]。

世事如此那可回，还教典郡檄频催[21]。

河间援绝孤城陷，鼓鼙烟尘动地来[22]。

可怜尽室闻举火[23]，惟余碧血[24]不曾灰。

嗟予落拓[25]初过此，低回[26]往事伤心里。

霜风夜喧鬼哭高，惆怅空郊月似水。

【注释】

[1] 这是一首歌行体叙事诗，诗人途经邯郸，赋诗怀念曾征战于此的高祖

颜胤绍。颜胤绍（？—1642），又作孕绍，字庚明。明崇祯四年（1631）进士，授凤阳县知县，改知江都、邯郸，迁真定府同知，擢河间府知府。诗中颂扬了颜胤绍的忠烈精神，表达了诗人对高祖的缅怀与景仰。

　　邯郸：古地名。今河北省邯郸市。

　　[2] 在昔：从前；往昔。部：管辖，治理。

　　[3] 旁午：即傍午，将近中午。传烽：点燃烽火，逐站相传，以报敌情。

　　[4] 畿南：京城以南地区。

　　[5] 地轴：古代传说中大地的轴。泛指大地。

　　[6] 缮备：修整守备。

　　[7] 三日之期集军寔：三日内集合训练军士于此。颜光敏《颜氏家诫》卷三，记颜胤绍莅任邯郸令时有言："倘天幸，假以三日训练，此城必无虞矣。"寔：通"是"。此；这。

　　[8] 铁骑：此处指入塞劫掠的清军。

　　[9] 一鼓：击鼓一次。引申谓一举，一战。薄城：指逼近邯郸城。

　　[10] 留攻不克辄引去：指清军攻城不克后引兵退去。

　　[11] 脯（pú）：同"酺"。聚会饮酒。

　　[12] 残民：劫后余民。

　　[13] "何物"句：什么官员随便掌管军事，让手下士兵放肆奸淫掳掠，如同豺虎一样。何物：什么，哪一个。谒者：官名，以宦官充任。此指时任明军监军的宦官高起潜。清军退兵后，高起潜率领的明军又骚扰抢劫百姓。浪：轻易；随便。等：等同；同样。豺虎：豺与虎。泛指猛兽。

　　[14] 公为亲鞫（jū）廉其寔：谓颜胤绍亲自查究实情。鞫：查究，查问。廉：通"覝（lián）"。考察，查访。寔：同"实"。

　　[15] 列幕府：谓在官署中斩杀了那个犯事官员。

　　[16] 中使：宫中派出的使者。多指宦官。

　　[17] 趋行：急行；赶路。趋，同"趋"。

　　[18] 诣阙讼冤知谁是：谓赴朝堂申辩冤屈，辨明谁是谁非。诣阙：指赴朝堂。

　　[19] 量罚：酌情处罚。薄谴：犹薄责。轻微的责备或责罚。

　　[20] 抚膺：抚摩或捶拍胸口。表示惋惜、哀叹、悲愤等。

　　[21] 典郡：主管一郡政事，此处指任命颜胤绍为河间知府。檄：檄文，古官府用以征召、晓喻等的文书。

　　[22] 鼓鼙（pí）：古代军中常用的乐器。指大鼓和小鼓。烟尘：烽烟和战

场上扬起的尘土。指战乱。

[23] 尽室：全家。举火：此处指点火自焚。

[24] 碧血：《庄子·外物》："苌弘死于蜀，藏其血，三年而化为碧。"后因以"碧血"称忠臣烈士所流之血。此处指颜胤绍为国牺牲的精神。

[25] 落拓：冷落；寂寞。

[26] 低回：回味；留恋地回顾。

摩诃岭[1]

最险殊堪爱，惊心未可停。
人盘绝壑动[2]，日逼晓山青。
幽径烟中转，飞泉木末[3]听。
却愁回望尽，乡绪不能宁。

【注释】

[1] 诗写摩诃岭之景。摩诃岭位于今山西省安泽县东部良马乡境内，其峰耸峙云端，山势逶迤弯曲。山顶西侧有汉置上党关，十分雄伟。

[2] 盘：攀登。绝壑：深谷。

[3] 木末：树梢。

洪洞至赵城[1]

平冈迢递古城边[2]，冈上高楼绝栈[3]悬。
百道流泉鸣水碓[4]，千章[5]野树下冰川。
山将远色探行客，雪有微情漾冷烟。
愁绝半生牢落[6]甚，那堪羁旅复年年[7]。

【注释】

[1] 诗写途经山西洪洞、赵城所见之景，抒发了诗人人生失意之愁与长期羁旅之苦。

洪洞（tóng）、赵城：皆县名，清初并属山西平阳府，今二县合并称洪洞县。

[2] 平冈：指山脊平坦处。迢递：连绵不绝貌。

[3] 绝栈：高而险的栈道。

[4] 水碓（duì）：利用水力春米的器械。

［5］千章：指大树千株（章，计量大树的量词）。

［6］牢落：孤寂；无聊。

［7］那堪：怎堪；怎能禁受。羁旅：寄居异乡。

郭有道墓[1]

住马平昌野路岐[2]，披榛[3]犹得读残碑。

中郎妙笔高千古，只有先生无愧词[4]。

【注释】

［1］这是一首怀古诗，主要称颂了郭有道的名德。郭有道，指郭泰（128—169），一作郭太，字林宗。山西介休人。东汉著名学者、思想家及教育家。东汉末为太学生首领，与李膺等人友善。不就官府征召，后归乡里。党锢之祸起，遂闭门教授，生徒以千数。及卒，葬于家，蔡邕为撰碑文。因曾被太常赵典举为有道，故后世称"郭有道"。

［2］住马：即驻马，使马停下不走。平昌：古县名，即今山西介休市。路岐：歧路；岔道。

［3］披榛：砍去丛生之草木。

［4］"中郎"句：指郭泰死后，蔡邕为其撰碑文，并谓涿郡卢植曰："吾为碑铭多矣，皆有惭德，唯郭有道无愧色耳。"事见范晔《后汉书》卷六十八《郭符许列传第五十八》。中郎：指东汉蔡邕。邕曾任中郎将，后世常以中郎称之。

并州答刘正蒙送别[1]

落拓[2]依然是此身，晋阳[3]萍水笑经春。

那堪孤客愁千叠，更向天涯别故人。

【注释】

［1］这是一首送别诗，诗中既表达了与友人的离别之恨，也抒发了羁旅天涯、人生失意之愁。

并州：古州名。相传大禹治水，划分域内为九州。据《周礼》和《汉书·地理志上》记载，并州为九州之一。其地约当今河北保定和山西太原、大同一带地区。刘正蒙：生平事迹待考。

［2］落拓：贫困失意，景况凄凉。

[3] 晋阳：古邑名、县名。在今山西太原市。秦汉为太原郡治所，东汉后又为并州治所。

寿阳[1]

春水欲波春草长，乱山烟上古城荒。

可怜公主无坯土，只把残妆说寿阳[2]。

【注释】

[1] 这是一首七言绝句，前一联写寿阳春景，后一联写寿阳公主的传说。寿阳：县名。今属山西省晋中市。

[2]"可怜"句：谓可怜公主只有"梅花妆"的故实，在寿阳却没有其坟墓。据《太平御览》卷九七〇引《宋书》，南朝宋武帝女寿阳公主，曾卧于含章殿檐下，有梅花落其额上成五出之花，因号为"梅花妆"，后妇女多效之。坯土：疑应为"抔（póu）土"。一捧之土。此处借指坟墓。

固关[1]

不识五原[2]路，固关到始惊。

千峰双壁转，一线[3]万人争。

春雨桃花戍[4]，风烟细柳营[5]。

翻怜击赵日，容易出并城[6]。

【注释】

[1] 这是一首怀古诗，主要描写了固关之险。固关：关隘名，在今山西平定县东北，地势险要，为史上兵家必争之地。

[2] 五原：关塞名。即汉五原郡之榆柳塞。在今内蒙古自治区五原县。

[3] 一线：比喻固关长城。

[4] 戍：边防驻军的城堡、营垒。

[5] 细柳营：汉文帝时，周亚夫为将军，屯军细柳（在今陕西省咸阳市西南）。帝自劳军，至细柳营，因无军令而不得入。于是使使者持节诏将军，亚夫传令开壁门。既入，帝按辔徐行。至营，亚夫以军礼见，成礼而去。帝曰："此真将军矣！曩者霸上、棘门军，若儿戏耳！"事见《史记·绛侯世家》。后遂称军营纪律严明者为细柳营。

[6]"翻怜"句：指秦王政十五年（前232）兴兵伐赵之事。秦一路军队

从太原出，攻赵之固关，后被赵将李牧军队击败。此后三年，秦军不敢再攻赵。
翻：副词。反而。容易：轻率；草率；轻易。并城：并州城，指今山西太原市。

老女叹[1]

东家老女临镜叹，涕痕自掩羞人唤。

鸦黄欲褪黛晕消[2]，寂寞阑干[3]春已半。

忆惜芳华年十五，襄抱明珠隔合浦[4]。

生不愿结富贵缘，但得相知即相许。

白皙通侯从教择[5]，黄金万两曾不惜。

一朝沦落无人识，流年[6]销尽倾城色。

【注释】

[1] 这是一首七言歌行，主要描述了年华老去而未得佳偶的老女的悲苦。诗中叙事、描写与抒情水乳交融，时间上眼前与过去来回转换，结构明晰而灵动。

[2] 鸦黄：古时妇女涂额的化妆黄粉。黛晕：古时女子用青黑色的颜料画眉形成的痕迹。

[3] 阑干：栏杆。

[4] 襄抱明珠隔合浦：指诗中女子不得佳婿。襄：同"怀"。合浦：古郡名。汉置，郡治在今广西壮族自治区合浦县东北，县东南有珍珠城，以产珍珠著名。

[5] 通侯：爵位名。亦称"彻侯"。秦统一后所建立的二十级军功爵中的最高级。汉初因袭之，多授予有功的异姓大臣，受爵者还能以县立国。后避武帝讳，改称通侯或列侯。新莽时废。后用以泛指侯伯高官。从教：听任；任凭。

[6] 流年：如水般流逝的光阴、年华。

狭斜行[1]

门对秦淮隔江浦[2]，生小多愁怨春雨。

本是洛阳良家儿[3]，初销红晕茴胭脂[4]。

宝马驼来燕子楼[5]，新教小字是莫愁[6]。

莫愁还自有愁时，倦倚阑干独泪垂。

子夜歌成暗香续[7]，柘枝舞罢银灯绿[8]。

年去年来事假真，朝欢暮乐属[9]何人。

忽见落花飘薄暮，始知总被春风误[10]。

欲向人前歌桃叶，前年燕子无寻处[11]。

【注释】

[1] 这是一首七言歌行，诗中按照时间顺序描述了娼女的悲惨命运，表达了作者的深切同情。

狭斜：狭路曲巷。多指妓院。古乐府有《长安有狭斜行》，述少年冶游之事。后因称娼妓所居为"狭斜"。

[2] 江浦：江滨。

[3] 良家儿：旧指出身良家的子女。汉时称医、巫、商贾、百工以外的人家为良家，后世称清白人家为良家。

[4] 初销红晕菏胭脂：当初脸上的羞涩如同涂了淡淡的胭脂，逐渐消散。销：消散。菏：同"薄"。

[5] 燕子楼：楼名。在今江苏徐州市。相传唐贞元时尚书张建封的爱妾关盼盼在张死后独居此楼十余年，见唐白居易《〈燕子楼〉诗序》。一说，盼盼系建封子张愔之妾，见宋陈振孙《白文公年谱》。后以"燕子楼"泛指女子居所。

[6] 小字：小名。莫愁：古乐府中所传女子。一说为洛阳人。南朝梁武帝《河中之水歌》："河中之水向东流，洛阳女儿名莫愁……十五嫁为卢家妇，十六生儿字阿侯。"另一说为石城（在今湖北钟祥市）人。《旧唐书·音乐志二》："石城有女子名莫愁，善歌谣，《石城乐》和中复有'莫愁'声，故歌云：'莫愁在何处？莫愁石城西，艇子打两桨，催送莫愁来。'"此处代指容颜美丽、能歌善舞的娼女。

[7] 子夜歌：乐府《吴声歌曲》名。《宋书·乐志一》："《子夜哥》者，有女子名子夜，造此声。"（哥，"歌"的古字）故名。现存晋、宋、齐三代歌词四十二首，主要写爱情生活中的悲欢离合。此处非实指，当泛指女子所唱之曲。暗香续：添加香料。

[8] 柘枝舞：古代一种西北民族舞蹈。歌舞相应，节奏多变，多以鼓伴奏。范文澜蔡美彪等《中国通史》第三编第七章第八节："胡腾、胡旋和柘枝都由女伎歌舞。"银灯绿：即银灯绿酒。明王世贞《三饮子念放歌一章》："狂呼大白不肯辞，倏忽银灯看成绿。"

[9] 属（zhǔ）：依托；寄托。

[10] "忽见"句：此句既是写眼前之景，又暗喻娼女的命运：过去耽于男

欢女爱，而今年华老去，身无所依。落花象征娼女，春风比喻男女间的欢爱。薄暮：傍晚，太阳快落山的时候。

[11] "欲向"句：此句暗喻女子渴望能像桃叶一样得到心上人的笃爱，但那些寻欢买笑的男子早已不知去向。桃叶：指《桃叶歌》。乐府清商曲辞吴声歌曲名。《乐府诗集·清商曲辞二·桃叶歌》郭茂倩解题引《古今乐录》："《桃叶歌》者，晋王子敬所作也。桃叶，子敬妾名，源于笃爱，所以歌之。《隋书·五行志》曰：陈时江南盛歌王献之《桃叶》诗，云：'桃叶复桃叶，渡江不用楫。但渡无所苦，我自迎接汝。'"燕子：比喻狎妓游冶的男子。

艳歌行[1]

石城[2]城外春水生，石城城下春江平。
绿杨烟乱板桥横，桃花十里方塘清。
游丝[3]挂树漾新晴，珠帘不卷闻流莺。
美人倦起独含情，乍远乍近何轻盈。
葡萄酒美奏银筝[4]，一弹再鼓幽泉[5]鸣。
心虽未许目已成[6]，银河清浅月初升。
炉烟细细帘波[7]倾，流苏帐暖垂赤琼[8]。
秋千院落无人声，红烛烧残[9]天未明。

【注释】

[1] 艳歌行是古乐府曲名，简称艳歌。此诗按照时间顺序描写了男欢女爱，情景交融，风格含蓄，声韵流转。

[2] 石城："石头城"的简称，即南京。

[3] 游丝：飘动着的蛛丝。

[4] 银筝：用银装饰的筝或用银字表示音调高低的筝。

[5] 幽泉：幽深隐僻的泉水。此处以幽深的泉鸣比喻琴声。

[6] 心虽未许目已成：谓心中虽未默许，但眉目已传达出情意。目已成：通过眉目传情来结成亲好。唐皇甫冉《见诸姬学玉台体》："传杯见目成，结带明心许。"

[7] 帘波：帘影摇曳如水波。

[8] 赤琼：赤色的玉。

[9] 烧残：燃烧将尽。

尾箕吟

诗集说明

《海岱人文》本《尾箕吟》共收诗 5 题 6 首，大多作于 1753 年前后，时颜懋价主要在北京、山海关一带活动。尾箕，尾宿和箕宿的并称。

帝城[1]

帝城重到事全非，旧馆翛然[2]蜡泪微。

曾见金莲[3]来院落（黄学士训昭[4]及第日与余同馆舍），更谁玉树话庭闱[5]（行人从父在祠部日[6]，日夕相倚）。

当年未许墨为绶[7]（余初贡成均[8]，召见养心殿[9]，与观少司寇等十二人同被旨奖许[10]，次乃拣为令[11]），此日依然布作衣[12]。

太息白头诸故好[13]，几人凋谢几人归[14]（刘苏邨夫子、工部舅父、卫筠园少仆、王为可观察皆致政里居[15]，仲湘溪副宪、冯静山侍御、田白岩金吾且多物故[16]）。

【注释】

[1] 诗人多年后再到京城，面对物是人非、故交凋零、人生失意，不禁感慨万千，赋诗写怀。

[2] 翛（xiāo）然：萧条冷落貌。

[3] 金莲："金莲华炬"的省称。指金饰莲花形灯炬。《新唐书·令狐绹传》："［绹］夜对禁中，烛尽，帝以乘舆、金莲华炬送还，院吏望见，以为天子来。"后用以形容天子对臣子的特殊礼遇。

[4] 黄学士训昭：即黄孙懋，字训昭，号忝斋。山东曲阜人。乾隆元年（1736）进士，官至内阁学士。清戴璐《藤阴杂记》卷一："乾隆丙辰（1736）榜眼黄孙懋，五年（1740）即擢阁学而卒。"

[5] 庭闱：内舍。多指父母居住处，后用以称父母。

[6] 行人从父：指诗人从伯父颜肇维（1669—1749），号次雷、红亭长翁。颜光敏子。雍正中由太学生考授镶红旗官学教习，期满授浙江临海知县，做令九年（1728—1736），治绩卓越。乾隆二年（1737），擢为礼部行人司行人，掌传旨、册封、抚谕等事，居住在北京宣武坊。著有《锺水堂诗》等。祠部：指礼部。

[7] 墨为绶：即"为墨绶"，指为县官。墨绶，结在印纽上的黑色丝带。《汉书·百官公卿表上》："县令、长，皆秦官，掌治其县。万户以上为令，秩千石至六百石；减万户为长，秩五百石至三百石……秩比六百石以上，皆铜印黑绶。"《后汉书·蔡邕传》："墨绶长吏，职典理人。"后因以"墨绶"作为县官及其职权的象征。

[8] 初贡成均：刚刚成为国子监贡生。按：颜懃价为雍正乙卯（1735）拔贡。成均，古之大学。泛称官设的最高学府。此处指国子监。

[9] 养心殿：在北京故宫乾清宫西侧，雍正时为皇帝居住和进行日常政务活动的地方。

[10] 观少司寇：此人姓观，官少司寇，与诗人一同"被旨"。被旨：承奉圣旨。奖许：称赞。

[11] 次乃拣为令：依次拣选为县令。

[12] 布作衣：即"作布衣"。指作平民。

[13] 太息：大声长叹，深深地叹息。诸故：众旧友。

[14] 凋谢：死亡。多指老年人。归：归乡。

[15] 刘苏邨：指刘藻（1701—1766），初名玉麟，字麟兆，后奉特旨改名为刘藻，字赢海，号苏邨。山东巨野县苏集村人。雍正四年（1726）举人，任河北观城教谕。乾隆元年（1736），应博学鸿词试，定二等第三名，授翰林院检讨。后任内阁学士、陕西布政使、湖北布政使、云贵总督、湖广总督等。乾隆十二年（1747）至二十年（1755）辞官归乡闲居。工部舅父、卫筠园少仆、王为可观察：生平事迹待考。观察：官名。清代用为对道员的尊称。致政：犹致仕。指官吏将执政的权柄归还给君主。里居：古指官吏告老或引退回乡居住。

[16] 仲湘溪副宪、冯静山侍御：生平事迹待考。副宪：清代都察院副长官左副都御史的别称。侍御：唐代称殿中侍御史、监察御史为侍御。后世因沿袭此称。田白岩：指田中仪，字无咎，号白岩。山东德州人。田雯之子。岁贡生，官銮仪卫经历。好诗词，有《红雨书斋诗》。金吾：古官名。负责皇帝大臣警卫、仪仗以及徼循京师、掌管治安的武职官员。物故：死亡。

登澄海楼望海作[1]

我家东溟[2]西，今作辽海[3]客。
同寄弱水[4]边，乃如万里隔。
五月山雨凉，蒲叶抽新碧。

彳亍陟重冈[5]，边城得胜迹。

闻涛已色寒[6]，登楼真失魄。

天风逼水气，毛发不及[7]白。

遥睇[8]舞鹤旋，近忽雪山积。

蹙足近飞沫，溅衣还啮石。

少有浮海愿，望洋舌乃咋[9]。

徐福去亡稽[10]，鲁连蹈何益[11]。

鄙哉辨牛马，一勺空解索[12]。

目极空碧穷，陡立见水脊[13]。

潏湁劀然来[14]，得毋惊河伯[15]。

恍惚闻蛟龙[16]，苍茫吹日夕[17]。

此恨何年平，精卫[18]应无策。

【注释】

[1] 这是一首五言古体诗，主要描写了澄海楼远眺所见奇观。诗中想象丰富奇特，既有形象贴切的比喻，又引用了大量的神话传说和历史典故；写景以视觉描写为主，辅以触觉描写和听觉描写；交错用韵，韵律流转。

澄海楼：楼名。在今河北省秦皇岛市山海关南十里南海口宁海城上，背山面海，是万里长城东端第一座城楼。明兵部主事王致中建。

[2] 东溟（míng）：东海。

[3] 辽海：辽东。泛指辽河以东沿海地区。

[4] 弱水：古代神话传说中称险恶难渡的河海。

[5] 彳亍陟（zhì）重冈：小步慢行，登上重叠的山冈。陟：升；登。

[6] 色寒：畏惧流露在脸上。

[7] 不及：不如；比不上。

[8] 遥睇：犹遥望（睇：音dì，视；望）。

[9] 望洋舌乃咋（zé）：望着大海，害怕得说不出话。咋舌：咬住舌头，谓吓得不敢说话。

[10] 徐福：即徐市。秦方士，齐人。《史记·秦始皇本纪》："齐人徐市等上书，言海中有三神山，名曰蓬莱、方丈、瀛洲，仙人居之。请得斋戒，与童男女求之。于是遣徐市发童男女数千人，入海求仙人。"亡稽：无从查考（亡，通"无"）。

[11] 鲁连：即鲁仲连。战国时齐国人。有计谋而不肯仕。常周游各国，解纷排难。赵孝成王时，秦军围赵都邯郸，鲁连以利害进说赵魏大臣，劝阻尊

秦为帝，曰："彼（指秦昭王）即肆然称帝，连有蹈东海而死耳！"齐王欲赏以爵，他逃隐海上。事见《史记·鲁仲连邹阳列传》。

蹈：踏上；投入。

[12]"鄙哉"句：谓站在澄海楼上向下仔细辨识也是徒然，城下的牛马都变得极微小。鄙：小。一勺：形容少量、细微。解索：能够寻求到。

[13]"目极"句：极力远眺碧空尽头，像野兽脊骨似的海浪高高直立。目极：用尽目力远望。空碧：指澄碧的天空。

[14]澎湱（pēng huò）：水浪相激声。湱（huò）然：象声形容词。

[15]得毋：亦作"得无"。犹言能不；岂不；莫非。河伯：传说中的河神。

[16]蛟龙：古代传说的两种动物，居深水中，小曰蛟，大曰龙。相传蛟能发洪水，龙能兴云雨。

[17]日夕：朝夕；日夜。

[18]精卫：古代神话中的鸟名。南朝梁任昉《述异记》卷上："昔炎帝女溺死东海中，化为精卫。其名自呼，每衔西山木石填东海。偶海燕而生子，生雌状如精卫，生雄如海燕。今东海精卫誓水处，曾溺于此川，誓不饮其水。一名鸟誓，一名冤禽，又名志鸟，俗呼帝女雀。"

张忍斋明府属题李职方说岩指画[1]

墨气初分碧藓班[2]，岩回[3]古木水亭闲。
与君同是天涯客，一指空劳写故山[4]。

【注释】

[1]这是一首题画诗。诗中既描写了画中之景，又抒发了游子思乡之情。

张忍斋明府：张忍斋知县，生平事迹待考。属题：嘱咐题写。李职方说岩：一任职于兵部职方司的李姓官员，说岩当是其字号。指画：即指头画。用指头、指甲和手掌蘸水墨或颜色在纸、绢上作画。

[2]碧藓：青苔。班：通"斑"。杂色；色彩斑斓。

[3]回：环绕；包围。

[4]故山：旧山。喻家乡。

同王改亭秀才游悬阳洞[1]

灵窦[2]何年辟，如犀一点通[3]。
秋来紫塞[4]外，人过翠微[5]中。
曲洞悬岩[6]古，清游胜日同[7]。
恰宜桓子野[8]，吹笛引松风。

【注释】

[1] 这是一首写景记游诗。

王改亭：生平事迹待考。悬阳洞，又名玄阳洞，在秦皇岛市山海关东北黄牛山脚下，全长约117米，顶有双孔，日光悬照，洞由此得名。

[2] 窦：孔穴；洞。

[3] 如犀一点通：旧说犀角中有白纹如线直通两头，感应灵敏。此处比喻悬阳洞两头相通。

[4] 紫塞：北方边塞。晋崔豹《古今注·都邑》："秦筑长城，土色皆紫，汉塞亦然，故称紫塞焉。"

[5] 翠微：指青山。

[6] 悬岩：悬崖。

[7] 清游：清雅游赏。胜日：指风光美好的日子。

[8] 桓子野：即桓伊，字叔夏，小字子野（一作野王）。东晋谯国铚县（今安徽宿州西）人。淝水之战中立有大功，官至江州刺史等。喜音乐，善吹笛，时称"江左第一"。曾应王徽之要求，奏笛曲三调。明《神奇秘谱》所载琴曲《梅花三弄》，据说即据此笛曲改编而成。

岁暮有怀家兄河南[1]

自念别兄久，无过此最疏[2]。
釐难中岁后[3]，骨肉百忧余。
孤宦今何似，羁栖[4]向不如。
每逢梁苑[5]客，临发未能书。

一别逢衰病[6]，岂知隔岁身。
终遗八口累，独作异乡人。

棠荫应多感，荆花记未真[7]。

只如亲在日，团坐[8]梦来频。

【注释】

[1] 这是一组怀人之作。诗人之兄颜懋伦时在河南为官，兄弟二人分隔已逾一年，据此推知此组诗当作于1753年前后。

岁暮：岁末，一年将终时。

[2] 无过此最疏：没有一次超过此回久远的。疏：久；长远。

[3] 艰：同"艰（艰）"。中岁：中年。

[4] 羁栖：淹留他乡。

[5] 梁苑：西汉梁孝王所建的东苑。故址在今河南省开封市东南。此处代指河南。

[6] 衰病：衰弱抱病。

[7] "棠荫"句：谓兄为官则多有惠政，百姓感戴；持家则兄弟团结，家庭和睦。棠荫：棠树树荫，比喻惠政或良吏的惠行，此指诗人之兄颜懋伦在河南鹿邑的惠政。语出《史记·燕召公世家》："召公巡行乡邑，有棠树，决狱政事其下，自侯伯至庶人各得其所，无失职者。召公卒，而民人思召公之政，怀棠树不敢伐，哥咏之，作《甘棠》之诗。"荆花：即紫荆花。比喻兄弟昆仲同气连枝，同枝并茂。典出南朝梁吴均《续齐谐记·紫荆树》。

[8] 团坐：围坐。

易辙吟

诗集说明

《海岱人文》本《易辙吟》收诗共 14 题 22 首，大多作于 1753 年至 1755 年，诗人曾北行至河北、北京，南行至江苏多地。

易辙吟小引[1] （颜懋价）

琴不调则改弦而更张之[2]，道不通即易辙[3]而驰，此阮生[4]所以致叹于日暮途穷也。余少习帖括[5]，不废吟咏[6]，南北十一征[7]，故我依然，乃悄然有虞渊之思[8]。漂泊京尘忽又二纪[9]，欲舍己从人即丧其怀来[10]，诚私心痛之。凡有所作悉名《易辙》，庶几[11]求志于道不远也。乾隆乙亥冬维扬东隐禅院慕谷价识[12]。

【注释】

[1] 小引：写在书籍或诗文前面的简短说明。

[2] 不调：指音调不和谐。改弦而更张：调换乐器上的弦线，并重新调音。张：将弦绷紧。

[3] 易辙：改变行车道路。

[4] 阮生：指三国魏阮籍。籍生逢乱世，为逃避世事，以嗜酒酣饮为自全之计。晚年更率意驾车，不由径路，任其所至，车迹所穷，辄恸哭而归。事见《晋书·阮籍传》。后常以"阮籍穷途""阮公失路"喻指身处困境，找不到出路。

[5] 帖括：指科举应试文章。明清时亦用指八股文。

[6] 不废吟咏：没有中止写诗。

[7] 征：远行。

[8] 悄然：忧伤貌。虞渊之思：此处指日暮途穷的感慨。虞渊：传说为日没处。

[9] 京尘：即"京洛尘"。晋陆机《为顾彦先赠妇》诗之一："京洛多风尘，素衣化为缁。"后以"京洛尘"比喻功名利禄等尘俗之事。二纪：约指二十年。

[10] 舍己从人：放弃自己的成见，服从大家的公论。怀：胸怀；怀抱。来：当为衍文。

[11] 庶几：希望；但愿。

[12] 乾隆乙亥：指乾隆二十年（1755）。维扬：扬州的别称。东隐禅院：相传始建于唐代，初名东隐庵，明景泰年间重建，清嘉庆年间更名为万寿寺。遗址在今扬州市田家炳实验中学内。

修竹吾庐图歌为朱青雷作[1]

吾庐渺何许[2]，得图以修竹。
数椽云树老屋深[3]，中有佳人美如玉。
阿谁卜居青雷子[4]，还开萝径清阴里[5]。
种得琅玕已合围[6]，梦绕故山[7]青未已。
回亭[8]尽望板桥平，春波欲上春帆轻。
潇湘趣远君所历[9]，何如咫尺漠漠烟云生。
右丞最初工渲淡[10]，巨师妙悟米法善[11]。
干皴一变极倪迂[12]，深秀终输董北苑[13]。
我观此图奇且愕，等闲神物何由攫[14]？
人间烟火[15]未许知，云是紫琼道人[16]作。
噫嘻乎[17]！吾亦爱吾庐，安得为此图。
河间墨妙古莫比[18]，问君还忆竹中无[19]。

【注释】

[1] 这是一首题画诗，主要赞美了画作者精湛的画技。

朱青雷：即朱文震，字青雷，号去羡、紫琼弟子等。山东历城（今属济南）人。乾隆年间著名书画家、篆刻家。早孤家贫，好学不倦。独游曲阜观碑，入太学摹石鼓文。游京师，为书画名家紫琼道人爱新觉罗·允禧和"扬州八怪"之一的郑板桥所赏识，师事二人。以太学生充方略馆誊录，授广西西隆州同知，有政声。后任詹事府主簿，会开四库全书馆，充篆隶校对官。初学写意花鸟，后专精山水，著有《雪堂诗稿》。

[2] 吾庐：我的屋舍。渺：微小；藐小。

[3] 数椽：几间（房屋）。云树：高耸入云的树木。

[4] 阿谁：疑问代词。犹言谁，何人。卜居：择地居住。

[5] 萝径：长满松萝的小路。清阴：清凉的树荫。

[6] 琅玕（láng gān）：传说和神话中的仙树，其实似珠。合围：两臂围拢。形容树木粗大的程度。

［7］故山：旧山。喻家乡。

［8］回亭：在曲折迂回处的亭子。

［9］潇湘：湘江与潇水的并称。多借指今湖南地区。按：朱文震曾至广西为官，途经湖南。趣远：前往远方（趣：赴；前往）。

［10］右丞：指朱青雷，因其做过西隆州同知，故称。丞：州县的佐官，州丞，县丞。右，表示尊敬义。渲淡：中国画技法的一种。

［11］巨师：大师。此处指爱新觉罗·允禧和郑燮。米法：指北宋书画家米芾作画之法。米芾画山水不求工细，多以水墨点染，自谓"信笔作之""意似便已"，画史上有"米家山"和"米派"之称。

［12］"干皴"句：到倪瓒时皴法为之一变。干皴（cūn）：中国画的一种技法，先勾出轮廓，再用淡干墨涂染以表现山石纹理，峰峦折痕及树身表皮的脉络、形态。倪迂：即迂倪。元代画家倪瓒，性迂而好洁，人称"迂倪"。

［13］深秀：指山色幽深秀丽。董北苑：指董源（？—约962），源一作元，字叔达。南唐中主时任北苑副使，故人称董北苑。钟陵（今江西进贤县）人。擅画水墨或淡着色山水，水墨类王维，着色如李思训。

［14］等闲神物何由攫：即"神物何由等闲攫"，此种神物，怎么能轻易得到呢？等闲：轻易；随便。神物：指这幅画。攫：取得。

［15］人间烟火：指尘俗。

［16］紫琼道人：指爱新觉罗·允禧（1711—1758），字谦斋，号紫琼道人、春浮居士等，卒谥靖。清康熙帝第二十一子，历封贝子、贝勒、慎郡王。多才多艺，琴、诗、书、画皆工，尤擅山水、花卉，笔致超逸，画风清淡，时人评为"本朝宗藩第一"。著有《花间堂诗钞》《紫琼岩诗钞》等。

［17］噫嘻乎：叹词。表示赞叹。

［18］河间：指清代学者、文学家纪昀。纪昀系河间人，故称。颜懋价和朱文震皆与纪昀过从甚密。墨妙：精妙的文章、书法、绘画等。

［19］无：副词。表示疑问，相当于"否"。

午日武清道中[1]

又是天中节[2]，客思两度遥。
已空冀北马[3]，重近海东潮。
墓草青何似，名心老未消。
平生多隐痛[4]，难解是今朝。

【注释】

[1] 诗写端午节途经武清县所见、所感，抒发了羁旅思乡之愁和壮志未酬之恨。

午日：端午日，即农历五月初五日。武清：县名，今天津市武清区。

[2] 天中节：端午节的别称。

[3] 空：没有。冀北：指古代冀州的北部，今河北省之地。产良马。《南齐书·王融传》："秦西冀北，实多骏骥。"

[4] 隐痛：指内心深处的痛苦。

西山[1]

晨入杏子口[2]，初过嘉禧寺[3]。

诘屈石磴遥[4]，渐转见深阒[5]。

黄叶动幽壑，枯泉引薜荔[6]。

入门且读碑，方悟庐师地[7]。

秘魔[8]定有岩，青龙已无智[9]。

独喜禅房深，供糕不题字（是日重九[10]）。

虽然未免俗，僧早识人意。

导我升高[11]行，恍惚耳目异。

右顾见宫阙，万象纷来至。

人烟杂浮屠[12]，乍惊无次第[13]。

已俯昆明[14]波，倍觉玉泉[15]翠。

始知造化工，终资人位置[16]。

罡风飒然来[17]，僧言应须避。

西北有梵宫[18]，但去无所畏。

且饮胜水泉，此中有至味[19]。

酒半山四寂，夜凉秋逾洁。

独步耽幽寻[20]，顾影还惙惙[21]。

月光碧欲无，松色青始绝。

而我坐其间，涓涓听泉咽。

此境古无两，纵有风味别。

明朝客欲去，身在何妨子[22]。

况怀徽之痛[23]，报书得禅悦[24]（谓七弟西郭居士[25]
墓铭）。

久住我岂能，聊沃胸中热[26]。

下方大悲坛[27]，精舍[28]闻人说。

翠微红树深[29]，樵径[30]凡几折。

灵光[31]仅有塔，莲座已无舌[32]。

恍惚闻虬龙，长松参天列。

始知善应寺[33]，初地余残碣[34]。

览此起三叹，劳生[35]真技拙。

回首钟磬[36]遥，尘心[37]徒蕴结。

【注释】

[1] 诗写北京西山两大寺庙，第一首写嘉禧寺，第二首写善应寺。诗人于乾隆十八年（1753）九月九日游西山，十二日作此诗，其九月十二日日记云"有《西山游记》一首"，即指此诗。

西山：山名。北京市西郊群山的总称。南起拒马山，西北接军都山。有百花山、灵山、妙峰山、香山、翠微山、卢师山、玉泉山等峰，林泉清幽，为京郊名胜地。

[2] 杏子口：隘口名。今称杏石口，以山崖两侧多杏树而得名。在今北京西五环与杏石口路交叉处杏石口桥西，海淀区南北辛庄（原名杏庄）南，是过去北行奔香山、西行至八大处的必经之地。

[3] 嘉禧寺：位于杏石口以西，清《日下旧闻考》："自杏子口度小岭，折而西，为嘉禧寺。"明刘侗、于奕正《帝京景物略·卷六西山上·嘉禧寺》："土沃水肥，址高林深，到寺如到一城。"

[4] 诘屈：曲折；弯曲。石磴：石级；石台阶。

[5] 深闷（bì）：幽深。

[6] 薜（bì）荔：植物名。又称木莲。常绿藤本，蔓生。

[7] 卢师地：即卢师山。传隋末有一卢师和尚由江南来此布教，死后葬于此山，山遂以卢师命名。在今北京石景山区，系西山八大处的第八处，山上有秘魔崖。

[8] 秘魔：即秘魔崖，传说为卢师和尚坐晏休息的地方。

[9] 青龙已无智：据传卢师和尚能驯大青、小青二龙，寺旁有深潭，是大小二青龙宅居之所。

[10] 重九：指农历九月初九日重阳节。旧时重阳节有食糕的风俗。宋吴

自牧《梦粱录·九月》："兼之此日都人市肆，以糖面蒸糕，上以猪羊肉鸭子为丝簇钉，插小彩旗，名曰'重阳糕'。"

　　[11] 升高：登高。

　　[12] 浮屠：指佛塔。

　　[13] 次第：条理；头绪。

　　[14] 昆明：指昆明湖。在今北京市西郊颐和园万寿山下。

　　[15] 玉泉：此处指玉泉山。在北京市西北，山下有玉泉，因以得名。玉泉流为玉河，汇成昆明湖。

　　[16] 资：凭借；依靠。位置：安排；处置。

　　[17] 罡风：道教谓高空之风。后亦泛指劲风。飒然：形容风雨声。

　　[18] 梵宫：原指梵天的宫殿。后多指佛寺。

　　[19] 至味：最美好的滋味；最美味的食品。

　　[20] 耽（dān）：迷恋。酷嗜。幽寻：寻求幽胜。

　　[21] 惙惙（chuò）：忧郁貌；忧伤貌。

　　[22] 孑（jié）：单；独。

　　[23] 徽之痛：兄弟丧亡的悲痛。徽之，指王羲之子王徽之。《世说新语·伤逝第十七》："王子猷（指王徽之）、子敬（指王献之）俱病笃，而子敬先亡。子猷问左右：'何以都不闻消息？此已丧矣！'语时了不悲。便索舆奔丧，都不哭。子敬素好琴，便径入坐灵床上，取子敬琴弹，弦既不调，掷地云：'子敬！子敬！人琴俱亡。'因恸绝良久。月余亦卒。"

　　[24] 报书：回信。禅悦：佛教语。谓入于禅定，使心神怡悦。

　　[25] 七弟西郭居士：指诗人从弟颜懋企（1711—1752），初名懋俭，字故我，改字幼民，号庶华，自号西郭居士。颜肇维子。乾隆十三年（1748）恩贡生。今存《西郭集》一卷。

　　[26] 沃：荡涤。洗濯。热：焦躁；忧灼。

　　[27] 大悲坛：即大悲寺，八大处的第四处，寺内有十八罗汉塑像。

　　[28] 精舍：道士、僧人修炼居住之所。

　　[29] 翠微：此处指翠微山，位于北京石景山区与海淀区之间，在八大处之上。红树：指经霜叶红之树，如枫树等。

　　[30] 樵径：打柴人走的小道。

　　[31] 灵光：即灵光寺，八大处的第二处。建于唐代，寺院内有莲池，池旁今存辽代塔基。

　　[32] 莲座：亦称"莲花座"。即佛座。佛座作莲花形，故名。舌：此处指

莲花座上的舌状花瓣。

[33] 善应寺：亦名初地寺、翠微寺，清乾隆年间改名长安寺，位于石景山区翠微山西南隅，北京西山八大处的第一处。

[34] 初地：初地寺，善应寺的别称。残碣：残碑。

[35] 劳生：指辛苦劳累的生活。

[36] 钟磬：佛教法器。

[37] 尘心：指凡俗之心，名利之念。

赠孙仲长司训杨童[1]

栖霞山[2]色近如何，绛帐春风慰索居[3]。
他日相逢追旧事，虎坊桥畔正鳇鱼[4]。

【注释】

[1] 这是一首怀人诗，主要表达了对友人的关心和思念。

孙仲长：生平事迹待考。司训：明清时县学教谕的别称。

[2] 栖霞山：又称缴（伞）山、摄山。在江苏南京市东北约20公里。山有栖霞寺，建于南朝齐，为佛教四大丛林之一。多枫树，"栖霞红叶"是南京著名胜景。

[3] 绛帐：红色帐帷。《后汉书·马融传》："［马融］常坐高堂，施绛纱帐，前授生徒，后列女乐，弟子以次相传，鲜有入其室者。"后因以"绛帐"为师门、讲席之敬称。春风：比喻教益；教诲。索居：独自居处一方。

[4] 虎坊桥：原址在今北京西城区湖广会馆附近。清程穆衡《箕城杂缀》："虎坊桥在琉璃厂东南，其西有铁门，前朝虎圈地也。"清时虎场废，今桥亦不存。鳇鱼：一种大型食肉类鱼类，产于黑龙江水域，鱼肉鲜美。据传乾隆年间黑龙江渔民捕获一条数百斤重的大鱼，千里迢迢进贡给朝廷，乾隆皇帝品尝后龙颜大悦，当场赋诗，并赐此鱼名曰"皇（鳇）鱼"。

春波图题句[1]

春愁渺渺[2]碧无依，不定闲情是又非。
正好落红休暗度[3]，桃花深处有渔矶[4]。

【注释】

[1] 这是一首题画小诗，表达了一种萧散情怀。

［2］渺渺：幽远貌；悠远貌。

［3］暗度：不知不觉地过去。

［4］渔矶：可供垂钓的水边岩石。

赵北口[1]

来是何因归最迟，停鞭几度重寻思。

第三桥[2]下初通水，正是春来唤渡时。

绿满平芜树四围[3]，人家[4]犹自掩斜晖。

登楼一望苍茫色，惟见昏鸦漠漠[5]飞。

离宫寂莫过湖风[6]，犹有芙蕖相映红。

怪底妆成临水坐[7]，丝丝凉雨豆棚中。

【注释】

［1］诗写赵北口美景。赵北口，在古赵国之北，今河北安新县有赵北口镇，位于白洋淀东北。1751 年春，颜懋伦曾至此，可参见《颜清谷四编诗》辛未卷《途中绝句四首》。

［2］第三桥：赵北口有十二连桥，此其一。赵北口十二连桥贯穿赵北口镇南北，桥上有亭、台、阁、栏、牌坊等建筑。

［3］平芜：草木丛生的平旷原野。四围：四面环绕。

［4］人家：住户。

［5］漠漠：寂静无声貌。

［6］离宫：正宫之外供帝王出巡时居住的宫室。按：赵北口镇有皇帝行宫，三面环水，建于清康熙年间。

寂莫：同"寂寞"。沉寂；无声。

［7］怪底：难怪。妆成：梳妆完。

平山绝句[1]

红桥烟月久茫茫[2]，秋柳[3]怀人记数行。

湿尽青衫[4]浑不解，可能常是为兴亡。

法海回塘尽画桡^[5]，北来东去水迢迢^[6]。
万竿绿竹投闲地，亭榭新开十五桥^[7]。

水村山郭几升沉，一曲春风漫至今。
行尽回廊呼月出，雷陂霭霭隔前林^[8]。

【注释】

[1] 这是一组写景诗。诗人由南至北依次游览了瘦西湖红桥、法海寺和平山雷塘，诗中既描写了眼前美景，又抒发了兴亡之感。

平山：地名，位于今江苏省扬州市邗江区，南邻瘦西湖风景区。

[2] 红桥：桥名，位于今瘦西湖风景区南门。明崇祯时建，为扬州游览胜地之一。清王士禛《红桥游记》："游人登平山堂，率至法海寺，舍舟而陆，径必出红桥下。桥四面皆人家荷塘，六七月间，菡萏作花，香闻数里，青帘白舫，络绎如织，良谓胜游矣。"除这篇游记外，王士禛还与诸友人唱和，赋红桥词《浣溪沙》三首。烟月：云雾笼罩的月亮；朦胧的月色。

[3] 秋柳：指在济南大明湖畔的秋柳唱和之事。顺治十四年（1657），王士禛赋《秋柳》诗，海内和者数百家。《秋柳》诸作乃成为王士禛确立清初诗坛地位的转折点。

[4] 青衫：唐代文官八品、九品官服为青。唐白居易《琵琶行》："座中泣下谁最多，江州司马青衫湿。"后以借指失意的官员。

[5] 法海回塘：扬州瘦西湖风景区内有法海寺，又名莲性寺，四面环湖，南侧有石拱桥。画桡：有画饰的船桨（桡：音 ráo，船桨）。

[6] 北来东去水迢迢：指瘦西湖湖水由北转向东流去。

[7] 十五桥：当指法海寺旁的五亭桥，建于清乾隆二十二年（1757）。桥上五座风亭，如五朵莲花，故也叫莲花桥。正侧有十五个卷洞，彼此相通。每当清风月满之时，每洞各衔一月，金色荡漾，众月争辉，别具情趣。

[8] 雷陂：地名，亦称雷塘，在今扬州市邗江区平山乡。隋唐时为风景胜地，隋炀帝葬于此。霭霭：昏暗貌。

卢运使招集平山，同惠征君定宇、
万吏部厚存、沈布衣学子泛舟^[1]

一曲横塘足快游^[2]，绿杨亡恙好维舟^[3]。
烟钟欲度^[4]桥通寺，凉月初生霜满楼^[5]。

才子何人称司李[6]，使君[7]真可领扬州。

不逢何逊梅花咏[8]，惭负平山二十秋[9]。

【注释】

[1] 此诗当作于乾隆二十年（1755）前后。诗中主要描写了扬州胜景，追记与扬州有关的风流韵事。《曲阜诗钞》本和《山左续钞》本题目无"泛舟"二字。

卢运使：指卢见曾（1690—1768），字抱孙，号雅雨。山东德州人。康熙六十年（1721）进士，乾隆元年（1736）擢为两淮盐运使，第二年被参下狱，十九年（1754）还任两淮盐运使。乾隆三十三年（1768），两淮盐引案发，被拘系，瘐死于扬州狱中。为官有声誉，延接文士，风流文采，再任两淮盐运使期间，在扬州红桥举行"修禊"活动，郑燮、陈撰、厉鹗、惠栋、沈大成、陈章等前后数十人皆为上客。著有《雅雨堂诗文集》等。惠征君定宇：指惠栋（1697—1758），字定宇，号松崖，学者称小红豆先生。江苏元和（今属苏州市）人。惠周惕之孙，惠士奇之子。诸生。专治经学，传祖与父之学，专宗汉儒旧说，奠定吴派经学基础。征君：征士的尊称。指不接受朝廷征聘的隐士。万吏部厚存：姓万的某吏部官员，字厚存。沈布衣学子：指沈大成（1700—1771），字学子，号沃田。江苏华亭（今属上海市）人。诸生。初以诗古文名于江左，兼通经史、天文及算学。游幕粤、闽、浙、皖四十年，晚游扬州，与惠栋、戴震等人交往，益潜心经学。著有《学福斋诗文集》。

[2] 一曲横塘足快游：一弯水塘足以让人畅游。

[3] 亡恙：指安然存在。亡，通"无"。《曲阜诗钞》本和《山左续钞》本作"无"。维舟：系船停泊。

[4] 烟钟欲度：《山左续钞》本作"漫山松桧"。

[5] 凉月初生霜满楼：《曲阜诗钞》本作"隔水笙歌灯在楼"，《山左续钞》本作"隔水笙箫灯在楼"。

[6] 才子何人称司李：此处当指王士禛。王士禛曾于顺治十六年至康熙四年任扬州推官，时王士禛"昼了公事，夜接词人"，结交甚广。《曲阜诗钞》本和《山左续钞》本此句作"名士原应陪永叔"。司李：官名。即司理。掌狱讼。明清时用为对推事的别称。

[7] 使君：尊称州郡长官。此处当指卢见曾。

[8] 不逢何逊梅花咏：何逊（？—约518），字仲言，东海郯（今山东郯城）人。南朝梁诗人。任安成王参军事兼尚书水部郎，后为庐陵王记室。在扬州曾作《咏早梅诗》，一名《扬州法曹梅花盛开》。《曲阜诗钞》本和《山左续

钞》本此句作"不逢东阁梅花发"。

[9] 二十秋：指卢见曾初至扬州任两淮盐运使到颜懋价写作此诗时大约二十年的时间。

句容道中[1]

溪滑霜明正朔风[2]，板桥一蹇[3]与谁同。
半林黄叶江声外，十里青山夕照中。
欲下长干[4]愁渺渺，再过京口[5]怅匆匆。
客心何事迟归计[6]，潦倒干人类转蓬[7]。

【注释】

[1] 诗写旅经句容县时所见所感，表达了孤苦漂泊、人生失意的愁苦。
句容：县名，清属江宁府。今市名，属江苏镇江市。

[2] 朔风：北风，寒风。

[3] 蹇（jiǎn）：劣马或跛驴。

[4] 长干：古建康里巷名。故址在今江苏省南京市南。此处借指南京。

[5] 京口：古城名，在今江苏镇江市。

[6] 归计：回家乡的打算、办法。

[7] 干人：干谒；求人。转蓬：随风飘转的蓬草。

秦淮[1]

江上青山入画楼，楼边有客独维舟。
龙盘虎踞[2]终谁是，妙舞清歌笑不休。
但是名场人易老[3]，由来谈苑[4]最多愁。
余郎小记[5]分明甚，月冷烟销总泪流。

树老江空霜满天，炉寒烛烬[6]未能眠。
重逢孙楚楼[7]边月，终负莫愁湖[8]上烟。
燕子已非当日垒[9]，残杨犹系渡时船。
客心脉脉[10]亡人语，不到长干漫八年[11]。

【注释】

[1] 此组诗是诗人再至南京时所作，诗中唱叹朝代兴亡变化，感慨岁月倥

忽变幻，蕴含了深沉的伤今怀古意识。

秦淮：河名。流经南京，是南京市名胜之一。

［2］龙盘虎踞：又作"虎踞龙盘"。形容地势雄壮险要。宋辛弃疾《念奴娇·登建康赏心亭呈史留守致道》词："虎踞龙盘何处是？只有兴亡满目。"一说虎踞指清凉山（石头城），龙盘指紫金山（钟阜），诸葛亮曾言"秣陵之地，钟阜龙盘，石城虎踞，真乃帝王之宅也"。

［3］但是：只要是，凡是。名场：泛指追逐声名的场所。

［4］谈苑：多人聚谈之所。

［5］余郎小记：指明末清初余怀所作的笔记《板桥杂记》。余怀（1616—？），字澹心，一字无怀，号曼翁，别号鬘持老人。福建莆田人，寓居南京。所作《板桥杂记》，记述了明朝末年南京十里秦淮南岸的长坂桥一带旧院诸名妓的情况及有关的风俗、逸事。

［6］烛烬：烛化为烬。

［7］孙楚楼：古酒楼名。在南京城西。

［8］莫愁湖：在南京市水西门外。相传六朝时有女子莫愁居此，故名。湖面宽阔，波光岚影，幽雅明净。清时号称"金陵第一名胜"。

［9］燕子已非当日垒：暗引唐刘禹锡《乌衣巷》诗句："旧时王谢堂前燕，飞入寻常百姓家。"喻指人世沧桑。

［10］脉脉：形容藏在内心的思想感情，有默默地用眼睛表达情意的意思。

［11］不到长干漫八年：不到南京已有八年之久。按：八年前颜懋价曾一至南京，其《吾有山房稿》中有诗纪行。

蒋南沙画册为孔南溪司马题[1]

梅

苦将疏影[2]写黄昏，月上低枝碧有痕。
莫问几生修得到，一声羌笛[3]已消魂。

桃花

谁家游冶[4]弄春风，春半桃花是处红[5]。
底事[6]闲情双燕子，飞来一片夕阳中。

秋海棠

袅袅柔魂欲断肠，非关[7]春睡不闻香。

淡烟微雨闲庭院，占尽西风[8]是晚凉。

【注释】

[1] 这是一组题画诗。

蒋南沙：指蒋廷锡（1669—1732），字酉君、杨孙，号南沙、西谷，别号青桐居士，谥文肃。江苏常熟人。清康雍时期著名大臣、学者、画家。康熙四十二年（1703）进士，历官至内阁学士、礼部侍郎、户部尚书兼兵部尚书、文华殿大学士加太子太傅。擅长花鸟，以逸笔写生，奇正率工，色墨并施，自成一格。孔南溪：指孔传炯，乾隆四年（1739）进士，曾任扬州知府、镇江知府，乾隆四十年（1775）前后又任苏州知府，四十一年（1776）北调任漕运观察。与袁枚交好，袁诗文中多次提及。

[2] 疏影：指梅树疏朗的影子。

[3] 羌笛：古代的管乐器。因出于羌中，故名。此处指赞美梅花傲霜斗雪的笛曲《梅花三弄》。

[4] 游冶：出游寻乐。

[5] 春半：谓春季已过半。是处：到处。

[6] 底事：何事。

[7] 非关：不是因为。

[8] 西风：指秋风。

清凉寺[1]

缥缈凌空立，幽寻得一龛[2]。

近山屏翠[3]合，极浦[4]镜光涵。

钟静看残碣[5]，城荒老石楠[6]。

欲行复延伫[7]，寒日下江潭。

【注释】

[1] 诗写南京清凉寺之景。寺位于南京城西隅清凉山南麓。"清凉问佛"是古金陵四十八景之一。

[2] 龛（kān）：供奉神佛的石室或阁子。

[3] 屏翠：如屏之山的青绿色。

[4] 极浦：遥远的水滨。

[5] 残碣：残碑。

[6] 石楠：植物名。常绿小乔木。分布于中国淮河以南地区。

[7] 延伫：停留；逗留。

题吴朗陵陟屺图[1]

平生未识朗陵子，东隐[2]题诗亦偶然。

天外孤亭秋万树，一时都入白云边。

【注释】

[1] 这是一首题画诗。于乾隆二十年（1755）作于扬州东隐禅院。

吴朗陵：生平事迹待考。陟屺（zhì qǐ）：登上屺山。《诗·魏风·陟岵》："陟彼屺兮，瞻望母兮。"郑玄笺："此又思母之戒，而登屺山而望也。"后因以为思念母亲之典。

[2] 东隐：指扬州东隐禅院。详见前《易辙吟小引》注释[12]。

氾水雪望[1]

如是凌虚[2]便欲仙，玉田万顷氾湖边[3]。

桥回水驿初通市[4]，树隐渔舟半上烟。

碧处只疑天欲尽，晚来恰似月刚圆。

谁知冻合淮南路[5]，银叶[6]烧残客未眠。

【注释】

[1] 诗写旅途所见雪景，诗人在对美景的陶醉之中又流露出淡淡的哀愁。

氾（fàn）水：在今江苏扬州市宝应县境内。今宝应县有氾水镇，是苏中名镇，地处京杭运河要冲。

[2] 凌虚：升于空际。

[3] 玉田：形容冰雪覆盖的田野。氾湖：今扬州市宝应县有氾光湖镇。

[4] 水驿：水路驿站。通市：通商。

[5] 冻合：犹言冰封。淮南：指淮河以南、长江以北的地区。

[6] 银叶：指用银片制成的熏笼类器物。

鸢台偶吟

诗集说明

《海岱人文》本《鸢台偶吟》收诗共14题22首，大多作于1756年至1770年，是诗人的晚年之作。其间，颜懋价先是任山东肥城教谕，1765年曾北上京城，其后几年一直赋闲在家，直至去世。

肥城除夕[1]

欲啼欲笑两无端，四日春晴尚戒寒[2]。
贫可自怡缘素业，卑仍不耻是儒官[3]。
他乡物候[4]能亡异，故国风烟[5]到便难。
反哺[6]何年双泪下，鹪鹩[7]近许一枝安。

乍来早是一年春，过日[8]全非见始真。
微禄[9]亦思心不愧，老妻翻笑我为贫。
屋成且喜容图史[10]，官冷谁来作比邻[11]。
苦忆达夫[12]学诗岁，犹将筋力[13]向时人。

【注释】

[1] 这是一组咏怀诗，应作于诗人初至肥城任教谕之时，表达了诗人身居微官的无奈而又"不耻"的复杂心情。

肥城：县名。清属泰安府，今山东省肥城市。

[2] 戒寒：告诫人备寒。

[3] "贫可"句：生活虽然贫寒，但因能延续儒业，故可自娱自乐；虽是地位卑微的一介儒官，但并不以之为耻。素业：先世所遗之业。旧时多指儒业。

[4] 物候：景物；风物。因其随节候而变异，故称"物候"。

[5] 故国风烟：指家乡风光。

[6] 反哺：鸟雏长成，衔食喂养其母。后比喻报答亲恩。

[7] 鹪鹩（jiāo liáo）：鸟名。形小，常活动于低矮的灌木丛中。因此鸟形微处卑，故常用以比喻弱小者或易于自足者。

[8] 过日：过日子。

[9] 微禄：菲薄的俸禄。

[10]　图史：图书和史籍。

[11]　比邻：乡邻，邻居。

[12]　达夫：见识高超的人。

[13]　筋力：体力。

答蒙泉太史见寄[1]

兼旬[2]两得故人书，珍重遥情慰索居[3]。

落尽桃花春欲暮，只余多病类相如[4]。

【注释】

[1]　此诗为答复友人而作。诗中一者说明自己年老多病的近况，再者表达对友人的感激之情。

蒙泉太史：指宋弼（1703—1768），字仲良，号蒙泉。清山东德州人。乾隆十年（1745）进士，改庶吉士，历官翰林院编修、甘肃按察使等。与纪昀友善。有《蒙泉诗集》《思永堂文稿》等。

[2]　兼旬：二十天。

[3]　珍重遥情慰索居：谓友人信中珍贵而高远的情思给离群索居的诗人莫大的安慰。珍重：珍贵。

[4]　相如：指司马相如（约前179—前118）：字长卿。蜀郡成都（今属四川）人。西汉辞赋家。景帝时为武骑常侍，因病免。去梁，从枚乘等游。所作《子虚赋》为武帝所赏识，因得召见，又作《上林赋》，武帝用为郎。曾奉使西南，后为孝文园令，又因病免官。《史记·司马相如列传》："相如口吃而善著书，常有消渴疾。与卓氏婚，饶于财。其进仕宦，未尝肯与公卿国家之事，称病闲居，不慕官爵。"

哭兄七首[1]

忽道垂危病是真，乍疑还悸[2]自伤神。

岂应伯道终无子[3]，不信卢医[4]未有人。

便欲休官[5]嗟已晚，它时诀别痛何因。

兼程[6]一夜风兼雨，生死难忘记此晨。

龆龀[7]相依只一兄，如何死别欠分明[8]。

但思门祚[9]应余痛，似脱尘缘[10]未有情。
纵及敛含[11]呼不起，即看容色[12]可怜生。
老遗身后无穷恨，婚嫁还多类向平[13]。

星露苍然泪满襟，空庭独卧自沉吟。
梦如得见家何远，恨不能平病转深。
此后相怜谁骨肉，此时真痛在人琴[14]。
终疑未了生前事，一语曾无漫至今。

月落梨云[15]惨未开，今春犹及到鸾台[16]。
岂知临别相期语[17]，别有伤心切[18]已哀。
兄弟暌离[19]皆老大，子孙去住最低回[20]。
可怜题壁诗犹在，从此东厢再不来。

天是难凭数杳茫[21]，闻兄初病在西乡[22]。
结亭尚作窥园计[23]，授剪犹为嫁女忙。
百悔思来浑是梦，一封书到岂知伤。
可怜绝笔还相慰，缄[24]后亲题字两行。

怅望高天唤欲应，起来绕柱思腾腾[25]。
分明露坐同灵运[26]，仿佛论诗到少陵[27]。
荆树[28]已枯谁复问，池塘有梦意难胜[29]。
记将[30]白首相依约，断肠今生更不能。

岂为微名更上书，为兄展转返庭除[31]。
到门已夜悲无那[32]，力疾[33]当秋痛有余。
独寂仍闻霜叶下，梦余几见客窗虚[34]。
西风九度明湖感，思杀当年共敝庐[35]。

【注释】

[1] 这是一组悼念兄长的诗。清乾隆二十四年（1759）秋，诗人获悉兄长颜懋伦去世的消息，悲恸欲绝，连夜从肥城返回曲阜，并赋此诗以抒其哀。

[2] 悸：惊惧。

[3] 伯道终无子：即"伯道无儿"。晋邓攸，字伯道。历任河东吴郡和会

稽太守，官至尚书右仆射。永嘉末，因避石勒兵乱，携子侄逃难，途中屡遇险，恐难两全，乃弃去己子，保全侄儿。后终无子。事见《晋书·良吏传·邓攸》。后用作叹人无子之典。

[4] 卢医：春秋时名医扁鹊的别称。后亦泛称良医。

[5] 休官：辞去官职。

[6] 兼程：一天走两天的路，以加倍速度赶路。

[7] 龆龀（tiáo chèn）：垂髫换齿之时。指童年。龆：通"髫"；龀：同"龇"。

[8] 死别：永别。欠分明：不明确；不清楚。

[9] 门祚（zuò）：家世。

[10] 尘缘：佛教、道教谓与尘世的因缘。

[11] 敛含：旧时人死入殓时，放珠、玉等物于口中，谓之"敛含"。敛：通"殓"。

[12] 容色：容貌神色。

[13] 向平：东汉高士向长，字子平，隐居不仕，子女婚嫁毕，遂漫游五岳名山，后不知所终。事见《后汉书·逸民传·向长》。后用为子女嫁娶既毕者之典。

[14] 人琴："人琴俱（两）亡"的省语。刘义庆《世说新语·伤逝》："王子猷、子敬俱病笃，而子敬先亡……子敬素好琴，[子猷]便径入坐灵床上，取子敬琴弹。弦既不调，掷地云：'子敬，子敬，人琴俱亡！'恸绝良久，月余亦卒。"后因以"人琴俱亡"为睹物思人，痛悼亡友之典。

[15] 梨云：指梨花云。用唐王建梦见梨花云事典。指梦中恍惚所见如云似雪的缤纷梨花。后用为状雪景之典。

[16] 鸾台：宫殿高台的美称。

[17] 相期语：相约的话语。

[18] 切：深；深切。

[19] 暌离：分离（暌，音 kuí，违也）。

[20] 去住：犹去留。低回：回味；留恋地回顾。

[21] 天是难凭数杳茫：天数渺茫，不可凭信。数：天命；命运。

[22] 西乡：此处指颜氏兄弟在曲阜西郊的龙湾旧宅。

[23] 结亭尚作窥园计：尚且建造亭子，打算观赏园景。

[24] 缄：书信。

[25] 思腾腾：思绪不停地翻腾滚动。

[26] 露坐：在露天闲坐。灵运：指南朝宋诗人谢灵运。

[27] 少陵：指唐诗人杜甫。杜甫常以"杜陵"表示其祖籍郡望，自号少陵野老，世称杜少陵。

[28] 荆树：此处指紫荆。据南朝梁吴均《续齐谐记·紫荆树》载：田真兄弟三人析产，堂前有紫荆树一株，议破为三，荆忽枯死。真谓诸弟："树本同株，闻将分析，所以憔悴，是人不如木也。"因悲不自胜，兄弟相感，不复分产，树亦复荣。后因用"紫荆"为有关兄弟之典故。

[29] 难胜：难以承担、承受。

[30] 记将：犹记着。将，助词。

[31] "岂为"句：哪里是为了微不足道的名誉而上书（请求回乡），只是因为兄长离世自己辗转难寐而返回家园。庭除：庭院。

[32] 无那：犹无限；非常。

[33] 力疾：勉强支撑病体。

[34] 梦余：梦后。客窗：旅舍的窗户。借指旅次。

[35] 思杀：非常思念。敝庐：破旧的房子。

示枬儿[1]

勖尔[2]无多顾，立身与守身[3]。
艰难存旧业[4]，老大愧时人。
官冷宜藏拙[5]，颜衰非为贫。
还如一日计，切莫负三春[6]。

【注释】

[1] 此诗谆谆告诫儿子，无论处境如何艰难，都要保持节操，坚持学业，珍惜光阴。

枬儿：指颜崇枬，字植佳。颜懋价长子。附贡生，候选布政司经历。按：颜懋价子四：崇枬、崇橡、崇移、崇檀，其中崇枬、崇移皆过继给颜懋伦。

[2] 勖（xù）尔：勉励你。

[3] 立身：为人处世。守身：保持品德和节操。

[4] 艰难存旧业：在艰难困苦之中仍然坚持昔所从事的学业。

[5] 官冷宜藏拙：身任地位不重要的闲官，应当掩藏拙劣，不以示人。

[6] "还如"句：还应该每天都有计划，切莫辜负了青春年华。三春：指春季的三个月。

黑峪道中[1]

百里山程一日过，几家烟火住山阿[2]。
半林黄叶分流水，四面岚光映薜萝[3]。
秋稼晚收薄亦好[4]，县官不至喜尤多。
旱蝗已过追呼少[5]，迨暮犹闻陇上歌[6]。

【注释】

[1] 诗写途中所见山林田园之景，也反映了诗人关注民生疾苦的仁爱之心。

黑峪：地名。在今山东肥城市安临站镇。

[2] 山阿（ē）：山的曲折处。

[3] 岚光：山间雾气经日光照射而发出的光彩。薜（bì）萝：薜荔和女萝。二者皆野生植物，常攀缘于山野林木或屋壁之上。

[4] 秋稼：秋季的庄稼。薄：数量少。

[5] 旱蝗：旱灾与蝗灾。追呼：谓吏胥到门号叫催租，逼服徭役。

[6] 迨暮：薄暮，傍晚。陇：通"垄"。田垄。

树亭移居[1]

偶有邻堪卜[2]，岂真居可怀。
室家随寓得[3]，天地应时[4]佳。
红药[5]翻新径，黄花散故斋。
虚舟[6]多不系，曾见满江淮。

【注释】

[1] 诗写友人新居之景。

树亭：指魏可式，字子端，号树亭。曲阜人。孝子魏防西次子。岁贡生，不求仕进。

[2] 邻：此处指相邻之地。卜：选择。

[3] 室家：房舍；宅院。寓：居处，住所。

[4] 应时：顺应天时；适合时令。

[5] 红药：芍药花。

[6] 虚舟：轻捷之舟。

汉马河别友卢九弟[1]

喔喔村鸡星正明，残灯[2]初起动离情。
四年旧话三更尽，一夜联床[3]百感生。
秋老关河闻落木[4]，露深[5]禾黍怅归程。
临行执手心犹楚[6]，寡嫂孤儿几弟兄。

【注释】

[1] 诗写离别，情景交融，语浅情深。

汉马河：发源于山东省宁阳县境内，流经曲阜市、济宁市兖州区注入洸府河，终汇入南四湖和京杭大运河。今宁阳县乡饮乡有汉马河村。卢九弟：颜懋价的一位卢姓友人。

[2] 残灯：将熄的灯。

[3] 联床：即"连床"。并榻或同床而卧。多形容情谊笃厚。

[4] 关河：关山河川。落木：落叶。

[5] 露深：指露珠多。

[6] 楚：痛苦。

答九弟送别原韵[1]

我行北向雁南飞，柿叶初红认旧矶[2]。
人别清秋[3]当夜静，村多老树带星微。
承家应记黄门训[4]，奉母新成莱子衣[5]。
过从[6]几番今昔异，年来空自叹知非[7]。

【注释】

[1] 此诗与前首可能是同时之作，盖写于秋日诗人离别家乡北上肥城途中。

九弟：指颜懋价从弟颜懋仝（1723—?），字异我，号甦道人，室名韦斋。颜光敏孙，颜肇维少子。附贡生。有《韦斋诗》一卷、《幼客先生行状》一篇。

[2] 矶：水边石滩或突出的岩石。

[3] 清秋：明净而爽朗的秋天。

[4] 承家：承继家业。黄门训：指北齐颜之推所著《颜氏家训》一书，因颜氏曾为黄门侍郎，故称。《颜氏家训》是中国古代第一部内容丰富、体系宏

大的家训，被誉为古今家训之祖。

[5] 莱子衣：相传春秋楚老莱子侍奉双亲至孝，行年七十，犹着五彩衣，为婴儿戏。后因以"莱子衣"指小孩穿的五彩衣或小儿的衣服。着莱衣表示娱亲行孝。

[6] 过从：互相往来；交往。

[7] 空自：徒然；白白地。知非：省悟以往的错误。

雨后春郊[1]

柳色蒙蒙四望空，雨余[2]天气万家同。

烟含城郭春初绿，水涨溪桥杏半红。

微径[3]有人挑野菜，虚村[4]无树不东风。

一毡索寞寒犹切[5]，何处莺花似鲁中[6]。

【注释】

[1] 诗写肥城雨后春郊之景，诗人由嬉春之乐转为淡淡的思乡之愁。

[2] 雨余：雨后。

[3] 微径：小路。

[4] 虚村：墟村。村落。

[5] 索寞：寂寞无聊；失意消沉。寒犹切：仍然非常寒冷。

[6] 莺花：莺啼花开。泛指春日景色。鲁中：此处指诗人家乡曲阜。

答质以四兄[1]

料峭春寒寒尚饶[2]，新愁旧梦苦相招。

青毡寂莫谁能到[3]，故国莺花怅已遥。

剩有盘飧容贳酒[4]，曾无风月忆吹箫。

明朝柳色含烟[5]处，莫折桥南最短条。

【注释】

[1] 这是一首咏怀诗，主要描述了自己清贫孤寂的处境和挥之不去的乡愁。

质以四兄：指颜懋价，字质以。颜肇维之子，颜懋价从兄，大排行老四（颜懋龄、颜懋侨、颜懋伦、颜懋价）。以恩监生官蒲台县教谕。著有《秋水阁诗》。

[2] 饶：重；浓。

[3] 青毡：指清寒贫困的生活。寂莫：同"寂寞"。沉寂；无声。

[4] 剩有：犹有。盘飧：盘盛的食物（飧：音 sūn，同"飱"，饭食，熟食品）。贳（shì）酒：赊的酒；买的酒。

[5] 含烟：带着烟或云雾气。

奉符旅次送桼侄读书泺源[1]

老至能无念，怜渠最少孤[2]。
几年称遏末[3]，此日见头颅[4]。
苦志身须致，浮名世所愚[5]。
新蒲[6]生旧感，风色满明湖[7]。

负笈[8]曾游地，阿戎[9]今始过。
浣泉逢止水，听雨有枯荷。
客次[10]葵花少，病中柳絮多。
汝行宜努力，莫似我蹉跎。

【注释】

[1] 诗人护送从侄去泺源读书，途经奉符，赋此诗勉励侄儿要刻苦磨砺，以期有成。诗中对济南景物多有描绘，如明湖、浣泉、枯荷、柳絮等。

奉符：古县名。北宋大中祥符元年（1008）改乾封县置，治所在今山东泰安市。明清时废奉符县，其地直隶泰安州。旅次：旅人暂居的地方。桼侄：指诗人从侄颜崇桼，字运生，号心斋。颜光敏曾孙，颜懋企子。山东曲阜人。乾隆乙酉（1765）年拔贡生，庚寅（1770）科举人。由四氏学教授任江南兴化县知县。著有《摩墨亭稿》《种李园近稿》《种李园诗话》等。泺（luò）源：此处当指济南泺源书院，位于趵突泉畔，清雍正十一年（1733）建，是清代山东规模最大的书院。清孙点《历下志游》云："泺源书院在抚院西，明都指挥署基址扩大，广厦约百数十间，鲁诸生之向学者肄业其中。邹鲁之风于斯复振。近闻并生箓草，则又文教昌明之兆也。"

[2] 怜渠最少孤：颜崇桼父亲颜懋企于乾隆十七年（1752）卒，时颜崇桼尚年幼。渠：他。指颜崇桼。

[3] 遏末：又作"羯末"。《晋书·列女传》："[谢道韫]初适凝之，还，甚不乐。安曰：'王郎，逸少子，不恶，汝何恨也？'答曰：'一门叔父则有阿大（谢尚）、中郎（谢据），群从兄弟复有封、胡、羯、末，不意天壤之中乃有

王郎！'封谓谢韶，胡谓谢朗，羯谓谢玄，末谓谢川，皆其小字也。"南朝宋刘义庆《世说新语·贤媛》"羯"作"遏"。南朝梁刘孝标注："封胡，谢韶小字；遏末，谢渊小字。或曰封、胡、遏、末，封谓朗，遏谓玄，末谓韶。"后用"封胡""遏（羯）末"用作兄弟子侄的美称。

　　[4] 见头颅：出头露面，指走向社会。见：音 xiàn，同"现"。

　　[5] "苦志"句：为了磨炼自己的意志必须敢于献身，追求浮名是世上的愚蠢之举。

　　[6] 新蒲：新生的蒲草。

　　[7] 风色：风光，景色。明湖：指济南大明湖。

　　[8] 负笈：背着书箱。指游学外地。

　　[9] 阿戎：指晋王戎。南朝宋刘义庆《世说新语·雅量》："王戎七岁，尝与诸小儿游。看道边李树多子折枝。诸儿竞走取之，唯戎不动。人问之，答曰：'树在道边而多子，此必苦李。'取之信然。"王戎遂为早慧的典型。后因以"阿戎"称美他人之子。

　　[10] 客次：客中的住处；客邸。

游灵岩寺作[1]

匪曰益神智[2]，性实爱山水。
屐[3]穿三十年，纵横亦万里。
所得良独难，素怀复尔尔[4]。
中岁被衣冠，拟之皋比里[5]。
邦有道而縠，志士宁不耻[6]。
昨夕侍宸游[7]，松涛[8]生足底。
尚带泰山云，御风[9]行至此。
清跸[10]旦已发，梵钟[11]犹在耳。
天花[12]纷满庭，面壁者谁子[13]。
登楼篆欲沉[14]，卷帘烟初起。
既饮甘露泉[15]，还乞仙人米。
曦光[16]林际来，朝霞明如绮[17]。
足倦白云停，摩顶[18]松堪倚。
初地正光年，僧朗传灯始[19]。
玉符固名蓝[20]，铁衣[21]徒奇诡。

佛图澄^[22]已殁，飞尘今到矣。

我欲筑岩居，踟蹰亡一是^[23]。

木以不材终，雁为不鸣死^[24]。

持此问山灵，何从复何止^[25]。

山灵不能答，风过松子委^[26]。

【注释】

[1] 此诗作于乾隆二十七年（1762）四月皇帝南巡回程途中祭祀泰山之时。诗中主要描述了灵岩寺的美景及历史传说，也反映了诗人在出处问题上的两难选择。

灵岩寺：寺名。在今山东济南市长清区境内泰山西北麓灵岩峪中。始建于前秦永兴年间，兴于北魏，盛于唐宋。乾隆皇帝巡行泰山，多次驻跸于此寺。

[2] 匪：同"非"。不，不是。神智：精神智慧。

[3] 屐：此处指古人出游所穿的木底鞋。

[4] 素怀：平素的怀抱。尔尔：如此。

[5] "中岁"句：中年穿着礼服，打算任教讲学。皋比：虎皮。古人坐虎皮讲学。后因以指讲席。

[6] "邦有"句：国家政治清明则出仕为官，领取俸禄，志向远大的人并不以之为耻。《论语·宪问》："宪问耻。子曰：'邦有道，谷；邦无道谷，耻也。'"何晏集解引孔注："'谷，禄也。邦有道，当食禄。'……君无道而在其朝，食其禄，是耻辱。"谷：官俸。古人常以谷物计禄。

[7] 昨夕侍宸游：昨晚侍奉皇上巡游。按：乾隆二十七年（1762）南巡江浙，回銮至曲阜县，诣先师孔子庙行礼，孔林奠酒。至泰安州，诣岱宗行礼，并驻跸于灵岩寺。宸游：帝王之巡游。

[8] 松涛：风撼松林，声如波涛。

[9] 御风：乘风飞行。

[10] 清跸（bì）：旧时帝王出行，清除道路，禁止行人。此处借指帝王的车辇。

[11] 梵钟：佛寺中的大钟。

[12] 天花：佛教语。天界仙花。

[13] 面壁者谁子：面壁坐禅的是谁？面壁：佛教语。《五灯会元·东土祖师·菩提达摩大师》："当魏孝明帝孝昌三年也，寓止于嵩山少林寺，面壁而坐，终日默然。人莫之测，谓之壁观婆罗门。"后因以"面壁"称坐禅，谓面向墙壁，端坐静修。

[14] 篆：指盘香的烟缕。沉：消失。

[15] 甘露泉：在灵岩寺东北里许，有"灵岩第一泉"之称。泉水似露珠般泄出，清冽甘美，故名。僧人常于此汲水煮茗为炊，入夜则在此说法谈经。

[16] 曦光：阳光。

[17] 绮：有花纹的丝织品。

[18] 摩顶：抚摩头顶。

[19] "初地"句：北魏正光年间，竺僧朗开始在此寺传法。按：清聂鈢(剑光)《泰山道里记》卷捌："东晋京兆竺僧朗事佛图澄，硕学渊通，初止于琨瑞山降锡焉，尝往来于此说法，猛兽归伏，乱石点头，灵岩所由名也。"初地：佛教寺院。正光：北魏孝明帝年号（520—525）。传灯：佛家指传法。佛法犹如明灯，能破除迷暗，故称。

[20] 玉符固名蓝：灵岩寺原就是玉符山上的名刹。玉符：指玉符山。灵岩寺所在的灵岩山，原名玉符山，因山形似玉玺而得名。名蓝：有名的伽蓝。即名寺。

[21] 铁衣：指灵岩寺袈裟泉（又名独孤泉、印泉）畔的一块铸铁，高五六尺，形似僧人袈裟。相传是法定禅师建寺时自地涌出的，又传是达摩遗留的"天赐衲衣"，乾隆皇帝则认为是铸钟不成留下的废铁。

[22] 佛图澄（232—348）：本姓帛。西域龟兹（今新疆库车一带）人。西晋末、后赵时著名僧人。西晋怀帝永嘉四年（310）东来洛阳。石勒建立后赵政权后，先后以方术取得石勒、石虎的信任，被尊为"大和上"。此后，佛教大为盛行，建寺达八百九十三所。大江南北，以至天竺、康居等地僧侣多来受学，僧朗即其弟子。

[23] "我欲"句：我想在此山上筑舍隐居，但又因自己毫无长处而犹豫不定。岩居：山居，多指隐居山中。踟蹰（chí chú）：犹豫；迟疑。亡（wú）：无，没有。

[24] "木以"句：树因为不成材而终其天年，鹅因为不会叫而被人杀死。典出《庄子·山木》："庄子行于山中，见大木枝叶盛茂，伐木者止其旁而不取也。问其故，曰：'无所可用。'庄子曰：'此木以不材得终其天年。'夫子出于山，舍于故人之家。故人喜，命竖子杀雁而烹之。竖子请曰：'其一能鸣，其一不能鸣，请奚杀？'主人曰：'杀不能鸣者。'明日，弟子问于庄子曰：'昨日山中之木，以不材得终其天年，今主人之雁，以不材死；先生将何处？'"

[25] "持此"句：我向山神咨问，自己应何去何从。

[26] 委：坠落。

滇南感事[1]

九龙江外阵云深[2]，八部群惊大将临[3]。
君命在身容自谅[4]，庙谟计日可成擒[5]。
传烽已击臣佗项，转战全输阿洗心[6]。
汉武旌旗犹在眼[7]，可怜一唤遽销沉[8]。

【注释】

[1] 此诗反映了乾隆年间的清缅战争。乾隆二十年（1755）起，缅甸军队不断侵扰中缅边境上清朝管辖的内地土司。乾隆二十七年（1762）冬，缅甸因向这些内地土司征收贡赋未果，遂出兵入侵中国云南普洱地区，中缅战争的导火线由此点燃，清军开始自卫反击。乾隆三十年（1765），缅军入侵车里，占领车里土司所在地九龙江橄榄坝，新任云贵总督刘藻遂遣兵征讨。这场战争持续七年之久，以1769年双方签订停战合约而终。

滇南：云南省的别称。云南简称滇，因位于中国南部，故又名滇南。感事：因事兴感。

[2] 九龙江：明清时称澜沧江在今云南西双版纳傣族自治州段为九龙江。《读史方舆纪要·卷一百十九·云南七·车里军民宣慰使司》："《志》云，澜沧江在司境，经九龙山下，亦谓之九龙江。"阵云：浓重厚积形似战阵的云。古人以为战争之兆。

[3] 八部：指中缅边境的诸多土司。大将：指刘藻，初名玉麟，字麟兆，山东巨野人。乾隆二十二年后至三十年，任云南巡抚、云贵总督等职。

[4] 君命：君王的命令。自谅：自信（谅：相信）。

[5] 庙谟：犹庙谋。朝廷或帝王对战事进行的谋划。计日：计算日数。形容短暂，为时不远。成擒：被擒，就擒。

[6] "传烽"句：指从前线传来清军战胜、敌军溃败的消息。传烽：点燃烽火，逐站相传，以报敌情。臣佗、阿洗：疑应为缅军头领名。

[7] 汉武旌旗犹在眼：指史上汉武开滇之事。西汉元封二年（前109），汉武帝派将军郭昌率巴蜀之兵临滇，设益州郡，治滇池（今云南昆明市晋宁区），辖境包括今云南西北部地区和中部地区。

[8] 一唤：轻轻一吹的声音（唤：音xuè，微声）。销沉：犹消沉。指衰退没落。

雪中去里门[1]

雪落遥空片片飞，混茫城郭午烟微[2]。
家无可恋终难去，老有余忧[3]未得归。
桥转浑忘村外树，帏疏全湿肘边衣。
此行多少关心处[4]，不但逢人道上稀。

【注释】

[1] 诗写雪中离别家乡时所见，以及不得不离家在外的苦衷。

里门：指称乡里。

[2] 混茫城郭午烟微：正午时烟霭朦胧，城郭混茫。微：不明；昏暗。

[3] 余忧：不尽之忧。

[4] 关心处：牵动情怀之处。

颜懋价诗补录

补录说明

此处补录的八题九首诗，均见于刻于清道光二十三年的《曲阜诗钞》第六卷颜懋价名下，不知究竟出自何集，亦非同一时期所作。

将抵里门[1]

喜入清阴[2]一径斜，板桥疏柳两三家。

农夫结伴犁残雨，蚕女迎神插野花[3]。

客里荐新多麦饭[4]，路边解渴有槐茶[5]。

黄梅已过樱桃少，辜负东风此岁华。

【注释】

[1] 此为诗人外游归乡将至家门时所作，诗中描绘了春末夏初郊外美景和乡野风土，流露出对家乡的喜爱。

[2] 清阴：清凉的树荫。

[3] 蚕女：养蚕的妇女。迎神：为祈求蚕事顺利、丰收，养蚕女要举行迎神（蚕神）活动。

[4] 客里：离乡在外期间。荐新：以时鲜的食品祭献。麦饭：磨碎的新麦煮成的饭食。

[5] 槐茶：以槐树花蕾种子等所烹之茶。

漫河阻雨[1]

孤客况经雨，深宵听倍明。

到窗初作响，过树渐成声。

虚簟[2]微凉动，残灯晓梦清[3]。

何堪漂泊里，重为筑愁城[4]。

【注释】

[1] 这是一首咏怀诗，主要描写了凄凉愁苦的旅况。

漫河：指漫河镇。清属河间府阜城县，在今河北阜城县东南，以境内漫河得名。

[2] 虚簟（diàn）：空空的竹席上。

　　[3] 残灯：将熄的灯。晓梦：拂晓时的梦，多短而迷离。

　　[4] 愁城：比喻愁苦难消的心境。

枝津亭送别家幼客[1]

等闲相聚又天涯，不把雩门[2]住作家。

社燕[3]江泥空旧垒，春风人海亦浮槎[4]。

芳林[5]有路添新草，细雨无声过落花。

却忆昔年君送我，山池初构[6]小亭斜。

【注释】

　　[1] 诗写枝津亭上送别幼客从兄之事，诗中描绘了春日园林美景，表达了与亲人依依惜别的深情厚谊。

　　枝津亭：枝津园中的一座亭台。枝津园是曲阜世职知县、颜懋价的舅父孔毓琚的别业，在曲阜城西南。详见前《吾有山房稿》中的《枝津园集咏》注释[1]。家幼客：指诗人从兄颜懋侨（1701—1752），字幼客，号痴仲。颜光敏孙，颜肇维第二子。乾隆三年（1738）以恩贡生充万善殿教习，乾隆八年（1743）官观城教谕。博闻强记，早有诗名。著有《十客楼集》《半江楼集》《雪浪山房集》《石镜斋集》《蕉园集》《西华行卷》《秋庄小识》《霞城笔记》《天文管窥》《摭史奈园录》等。

　　[2] 雩（yú）门：春秋时鲁国南城门。此处代指曲阜。

　　[3] 社燕：燕子春社时来，秋社时去，故称"社燕"。

　　[4] 浮槎：指木船（槎：同"查"。木筏）。

　　[5] 芳林：泛指丛林。

　　[6] 构：营造。

有感和家幼客落花诗韵[1]

杨柳家家近绿浔[2]，夕阳西下碧云深。

分明萧寺[3]曾相见，却道蓬山[4]未可寻。

老去流莺[5]春已换，醒来残梦[6]月初沉。

芭蕉自是回肠树[7]，不信他心似我心。

【注释】

[1] 这是一首咏怀诗，主要抒发了诗人心中难以言说的愁苦之情。

[2] 绿浔：绿水边（浔：音xún，水边）。

[3] 萧寺：佛寺。

[4] 蓬山：即蓬莱山。相传为仙人所居。

[5] 流莺：即莺。因其鸣声婉转，故谓流莺。

[6] 残梦：谓零乱不全之梦。

[7] 自是：自以为是。回肠：比喻愁苦、悲痛之情郁结于内，辗转不解。

答家质以去春见寄原韵[1]

莺老花残又暮春，东风吹尽暖烟[2]新。

西枝堂[3]外衔泥燕，犹自来寻旧主人。

着屐招寻记昔年，思君不见总悽然。

飘零红雨[4]无人问，枉说桃花好放船[5]。

【注释】

[1] 这是一组酬唱诗，诗中描写了家乡暮春之景，表达了对从兄的思念之情。

家质以：指诗人从兄颜懋偵，字质以。颜肇维之子，颜光敏之孙。以恩监生官山东蒲台县教谕。著有《秋水阁诗》。

[2] 暖烟：指春天的烟霭。

[3] 西枝堂：即"西枝草堂"，在颜光敏的曲阜别业乐圃内偏西处。

[4] 红雨：比喻落花。

[5] 放船：开船，行船。

送别姜藻亭还山阴[1]

野树沧江[2]月半钩，无端别泪倍关愁。

两年夜雨怜同病，十里秋蝉送客舟。

洒落梁鸿还入越[3]，栖迟王粲尚依刘[4]。

思君意气多相负[5]，何日重来话旧游。

【注释】

[1] 这是一首送别诗，诗中抒发了知己离别的伤感，并慨叹二人郁郁不得志的相同遭遇。

姜藻亭：浙江山阴人，寓居山东济南。颜懋伦《四编诗》辛未卷有《访姜藻亭新居不遇》。山阴：旧县名。因在会稽山之北得名。明清时为绍兴府治。

[2] 沧江：江流；江水。以江水呈苍色，故称。

[3] 洒落：洒脱飘逸，不拘束。梁鸿：字伯鸾。扶风平陵（今陕西咸阳西北）人。东汉文学家。家贫而博学，与妻孟光隐居霸陵山，以耕织为业。汉章帝时路经洛阳，见宫室侈丽，作《五噫歌》以讽，为朝廷所忌，遂变姓名，东逃齐鲁。后又至吴，为人佣工舂米，不久病死。著书十余篇，今不传。

[4] 栖迟：漂泊失意。王粲（177—217）：字仲宣，山阳高平（今山东邹城西南）人。东汉文学家，"建安七子"之一，以博洽著称。汉末避乱，依附军阀刘表，未受重用。后为曹操幕僚，官侍中，随军征吴，死于归途。有《登楼赋》《七哀诗》《从军诗》等诗赋名篇，今人辑有《王粲集》。

[5] 思君意气多相负：谓姜藻亭抱负志向不能施展。负：背弃；辜负。

送倪秦如太学南归[1]

碧血同青史[2]，师门恍异时[3]。

百年人更聚，五世话前期[4]。（秦如高祖文正公于先光禄公为座主[5]，明季崇祯壬午甲申之难先后殉国）

枫落微霜早，秋深去雁迟。

感君肘后[6]妙，不独系相思。

【注释】

[1] 这是一首送别诗，诗中既表达了深挚的友情和别离的伤感，也追忆了两家先祖的事迹和交往，表达了对殉难祖先的崇敬和赞美。颜懋伦《什一编》有《赠别上虞倪子秦如》一诗，可能与此诗为同时之作。

倪秦如：明末倪元璐玄孙。倪元璐（1593—1644），字玉汝，浙江上虞人。天启二年（1622）中进士，授翰林院编修，官至户部、礼部尚书，两兼翰林院学士。崇祯十五年（壬午，1642）闻清兵入至北京，元璐毅然尽鬻家产以征兵，募得死士数百人，驰赴北京，并向思宗陈述制敌之法，思宗拜为户部尚书。崇祯十七年（甲申，1644）三月，李自成陷北京。城陷之日，元璐在家乡整衣冠拜阙，曰："以死谢国，乃分内之事。死后勿葬，必暴我尸于外，聊表内心之哀痛。"遂自缢。福王时谥文正，清改谥文贞。太学：国学。明清时是设于京城传授儒家经典的最高学府。

[2] 碧血同青史：指两家高祖为国牺牲的精神同垂青史。按：颜懋价高祖亦于崇祯十五年清兵攻河间时自焚殉国。

[3] 师门恍异时：指颜懋价的高祖父颜胤绍是倪元璐的门生。按：颜胤绍于崇祯四年（1631）中进士，时倪元璐任主考官，古代科举考试及第者对主考官自称"门生"。异时：往时；从前。

[4] "百年"句：指颜胤绍和倪元璐过世百年后，颜懋价与倪秦如相聚在一起，谈论高祖曾经的过从。五世：家族世系相传的五代。父子相继为一世。前期：事前或过去的约定。

[5] 文正公：指倪元璐。先光禄公：指颜胤绍（？—1642），又作孕绍，字赓明。明崇祯四年进士，授凤阳县知县，改知江都、邯郸，迁真定府同知，擢河间府知府。壬午（1642）年清军破河间后自焚死，赠光禄卿。据《颜氏世家谱》载，倪元璐过河间时"祭而哭之"，并为作墓志，极为推重。座主：唐宋时进士称主试官为座主。至明清，举人、进士亦称其本科主考官或总裁官为座主。或称师座。

[6] 肘后：谓随身携带的。指医书或药方。

溪上寻亡友支木仲弹琴处[1]

记得弹琴处，茫茫今几年。

远钟沈[2]夜色，凉月澹[3]秋烟。

古调[4]知谁赏，遗音[5]竟不传。

空余流水响，仿佛奏哀弦[6]。

【注释】

[1] 此诗悼念亡友支木仲，表达了深挚哀婉的情感。前《颜居诗略》有诗《去秋七月十九夜听支木仲弹琴，得句未成，今一纪矣。支君且已物故，有感于中，辄复续之》，与此诗诗句多有相同之处。

支木仲：生平事迹待考。支，从《山左诗续钞》本，《曲阜诗钞》本作"支"。

[2] 沈：同"沉"。深沉；阴暗。

［3］澹：淡薄；不浓厚。

［4］古调：古代的乐调。

［5］遗音：前代留传下来的音乐。

［6］哀弦：悲凉的弦乐声。

附　录

一、颜懋伦书信（五通）

辑录说明

这里辑录的五通书信皆出自《颜氏家藏尺牍》卷四。校勘所据的《颜氏家藏尺牍》版本有二：海山仙馆本，即道光二十七年（1847）出版的"丛书集成初编"本所据的底本；上图本，即上海科学技术文献出版社2006年影印出版的"上海图书馆藏珍稀文献"本，其中包括墨迹影印件和据以转换成通用字形的"释文"。

（一）[1]

伦志行不笃，嬉于问学[2]，养志未逮[3]，已背终天[4]。徒以居近贤豪，道存汲引[5]，仰干铭阡之文[6]，遂蒙表幽之制[7]，盥沐捧诵，可久可传[8]。母氏懿则，与昭来裔[9]。兼之惠书郑重，词旨往复，足下之于伦，可谓厚矣！方其营葬[10]，瞿瞿[11]在迷，一书未报，甘蹈慢略[12]，亦恃大君子[13]下哀有丧，不相督过[14]耳。今者封树[15]始毕，练祥[16]遂逾，乃欲濡毫伸纸[17]，一谢明恩。

而闻足下有事去官，方当就理[18]，惊愕走讯[19]，竟非妄传。既而索之弹奏[20]，益见子虚[21]。足下之于遇，可谓冤矣！以足下之诗之厚，而际所遇之冤，处荒寥无告之境，为迟久不答之书，此中之蕴结悲愤，盖可知矣。然历观古今名卿志士，迍遭留落[22]，十人而九。信而见疑，邹阳[23]所痛，足下又其一耳。况贤者不以荣辱易心，圣朝不以疑似弃才。月以翳而益明，树得雨而见洁，王临川尚云其难合也，只以见正也，又何足足下累[24]之耶？

伯父伯母，体气何如？顾爱既深，中或芥蒂[25]，是足下所委曲者，计此时当已释然矣。谨此上候，并祈转达鄙意。

志文[26]二幅，未及装潢，附呈订正。行状[27]一本，统希鉴入。

舍侄得托门墙[28]，气质可变，凡此皆足下之大造吾家者。书之志感，令彼阅之知黾勉[29]耳。

姚奴至，以途费渎闻；小人徇利[30]，不复顾其主。非足下孰为谅之？而羞颜亦不免也。读孟坚《宾戏》[31]，差自解耳。

临书怅惘，不宣[32]。上木斋学兄先生师席[33]。

曲阜姻小弟[34]在制颜懋伦稽首。时丁卯嘉平二十有八日[35]。

【注释】

[1] 此信是写与好友牛运震的。

[2] 问学：求知；求学。

[3] 养志：谓奉养父母能顺从其意志。未逮：不及；没有达到。

[4] 终天：终身。一般用于死丧永别等不幸的时候。

[5] 道存汲引：即有汲引之道。汲引：引水，比喻吸取。

[6] 仰干：即仰求。仰：旧时书信或公文中的敬辞，多用于下对上。干：求；请求。铭阡之文：指刻于墓碑上的铭文（阡：坟冢，坟墓）。

[7] 蒙：敬辞。承蒙。表幽之制：即墓表、墓志（幽：坟墓）。

[8] 可久可传：可以永久流传。

[9] "母氏"句：母亲的美好品德，显扬于后世子孙。

[10] 营葬：办丧事。

[11] 瞿瞿：眼目转动求索貌。《礼记·檀弓上》："始死，充充如有穷；既殡，瞿瞿如有求而弗得。"

[12] 慢略：怠慢轻视。

[13] 大君子：称道德、文章受人尊仰或地位高的人。

[14] 督过：督察责罚。

[15] 封树：堆土为坟，植树为饰。

[16] 练祥：小祥与大祥。均古代祭礼。《周礼·春官·大祝》："言甸人读祷，付练祥，掌国事。"贾公彦疏："练，谓十三月小祥，练祭；祥，谓二十五月大祥，除衰杖。"

[17] 濡毫伸纸：谓铺开信纸，蘸笔书写。

[18] 方当就理：正要打探内情。

[19] 走讯：奔走询问。

[20] 弹奏：犹弹劾奏闻。

[21] 子虚：虚构或不真实的事。

[22] 迍邅留落：穷困艰难，到处流落。

[23] 邹阳：西汉齐郡临淄（今山东淄博市临淄区）人。以文辩知名，景帝时从吴王濞，上书劝勿叛汉，不听。后投梁孝王，为羊胜等所谮下狱。上书自陈冤屈，获释后，为梁王上客。

[24] 累：忧患。

[25] 中或芥蒂：或许心中有怨恨不满。

[26] 志文：即墓志铭。

[27] 行状：文体名。专指记述死者世系、籍贯、生卒年月和生平概略的文章。

[28] 舍侄得托门墙：指颜懋伦从侄颜崇枱成为牛运震的女婿。门墙：《论语·子张》："夫子之墙数仞，不得其门而入，不见宗庙之美，百官之富。得其门者或寡矣。"后因称师门为"门墙"。

[29] 黾勉：勉励，尽力。

[30] 徇利：追逐私利（徇：通"殉"）。

[31] 孟坚《宾戏》：指东汉班固（32—92）所作赋《答宾戏》。班固，字孟坚。其《答宾戏》主要抒发了文人怀才不遇的苦闷和感慨，阐明了立言的不朽价值，表达了修身处世、安于退守的思想。

[32] 不宣：谓不一一细说。旧时书信末尾常用此语。

[33] 上：据上图本补出。木斋学兄先生：指牛运震。师席：旧时在书函中常用作对师或前辈长者的敬称，犹言讲席。

[34] 姻小弟：即"姻弟"，姻亲中同辈相互间的谦称或姻亲中长辈对晚辈的谦称。

[35] 时丁卯嘉平二十有八日：此据上图本补入。丁卯：即乾隆十二年（1747）。嘉平：腊月的别称。此时颜懋伦遭母丧，在故乡曲阜丁忧守制。

（二）[1]

诸兄弟都已去，独游无偶，亦虑妨戒行[2]耳。拙诗暂发还，当总录一册呈正[3]，窃欲得足下一序也。双鲤[4]致之，千里如面，佐以蒸饼[5]，为足下含饴[6]之乐。幸鉴此意，不宣。

阶平大兄师席。弟颜懋伦顿首[7]白。

【注释】

[1] 此信写与好友牛运震（阶平）。牛曾为颜懋伦《四编诗》作序。

[2] 戒行：登程，出发上路。

[3] 呈正：敬辞，呈上自己的作品请别人指正。亦作"呈政"。

[4] 双鲤：一底一盖。把书信夹在里面的鱼形木板，常指代书信。

[5] 蒸饼：即馒头。

[6] 含饴：谓含饴弄孙。含着饴糖逗小孙子。形容老人自娱晚年，不问他事的乐趣。

[7] 顿首：书简表奏用语。表示致敬。常用于结尾。

(三)[1]

何日自曹至单[2]？日来晴暖，想无道涂[3]之苦耶。初五日由州[4]来信，遂复探问，乃初六日，孙氏复专人至程村求亲，昨又知程村遣震宇往州面相[5]。顷闻北宅言，大概如意。此事既经两年，又屡有许诺，今忽中变，此在情理之外，未可固执矣。单、泲[6]两处，有可成就，似宜定议为是。专此达知，余俟面悉。

从兄伦拜手[7]白。十二月十有七日灯下[8]。

【注释】

[1] 此信写与某从弟某。

[2] 曹、单：即曹县、单县，俱在山东省西南部。

[3] 道涂：道路；路途。涂：同"途"。

[4] 州：疑为济宁州。

[5] 面相：此处指相亲。

[6] 泲：音jǐ，同"济"。此处指济宁，济宁又称"泲（济）上"。

[7] 拜手：亦称"拜首"。古代男子跪拜礼的一种。跪后两手相拱，俯头至手。

[8] 十二月十有七日灯下：此据上图本补入。

(四)[1]

二哥、二嫂万安。四月杪[2]接手信，并达近篇，久别相思，见此如晤。但地隔三千里，业殊志异，区区笔墨，未尽所怀。

弟年长学非，怼失[3]日积，饮可败德，言足招尤，辄思止酒铭背，而既往已[4]不可追，悠悠人世，何时可已？庚寅[5]之间，日与吾兄闭关[6]东阁，危言[7]极辩，指过摘尤，以共相警惕，今日忆之，杳不可得。比闻吾兄在浙，亦不无后议，求全之毁，自古为然，以讹转谤，谁夫能免？但横议[8]肆出，虽复唇干舌敝，暴白[9]吾志，而人不信之。世网中人之深，以至于此，可大叹也！好我唯兄，寡过之道，尚其教之。

访文丈[10]诗，已持示，颇以不见全本为憾也。四弟[11]寄笔极佳，其家事，弟妇善理之，可无念耳。

五月十一日晨刻。弟伦顿首启于瓦研山房。

【注释】

[1] 此信是写与从兄颜懋侨。时颜懋侨跟随其任县令的父亲颜肇维在浙江

临海。

　　[2] 杪：指年月或季节的末尾。

　　[3] 愆失：过失。

　　[4] 已：据上图本补加。

　　[5] 庚寅：指康熙四十九年（1710）。

　　[6] 闭关：闭门谢客，断绝往来。谓不为尘事所扰。

　　[7] 危言：直言。

　　[8] 横议：物议，非难。

　　[9] 暴白：剖析辩白。

　　[10] 文丈：上图本改为"蒋丈"，其人待考。

　　[11] 四弟：指颜懋价，字质以。颜肇维之子，颜懋伦从弟，大排行老四（颜懋龄、颜懋侨、颜懋伦、颜懋价）。以恩监生官山东蒲台县教谕。著有《秋水阁诗》。

（五）[1]

　　作吏真源[2]，再辱手书，而稽迟[3]不答，其拙钝之质，宦成[4]者笑之，当为我兄所与也。五年三见水涘[5]，精神困敝，视笔墨如野马，又何敢泛寄兄书耶。然吾兄一举谏官，再迁望县，儒术之效，庆同在己，固不区区一恶札相通也。

　　今弟以老母怀乡，乞疾侍养，苟全微名，以舒亲忧，乃我兄加以远举高蹈之誉，意良至矣，如内愧何！平番去崆峒不远[6]，疑是汉酒泉[7]诸郡地，赵充国、霍去病之所控制也[8]。吾兄学问器识，可企古人，而济之以通变，守之以坚贞，其所树立，未可量矣。别来九载，隔数千里，能无离群之叹？遥瞻太白[9]，惠我边什，亦可以游目[10]意足已。

　　先祖神道碑文[11]，久怀大君子手笔，用光泉壤[12]，为政之暇，锡类[13]下及，感仰无极。

　　老伯、伯母颐养安和，希为上候。尊嫂贤郎，并祝绥福。

　　弟已有一男二女子，可娱高堂，知我兄亦为心慰也。

　　笔墨之属四种，聊将向往，不置一笑耳。

　　曲阜学小弟颜懋伦顿首启上阶平大兄师席。丙寅九月十有三日[14]。

【注释】

　　[1] 此信是写与友人牛运震。

　　[2] 作吏真源：指乾隆辛酉（1741）至丙寅（1746），颜懋伦在河南鹿邑

做县令。真源，鹿邑的古称。

[3] 稽迟：迟延。

[4] 宦成：谓登上显贵之位。

[5] 水沴（lì）：水灾。

[6] 平番去崆峒不远：乾隆十年（1745），牛运震调任平番（今甘肃永登县）知县，平番距崆峒山不远。崆峒：山名。也称空同、空桐。在今甘肃平凉市西。相传是黄帝问道于广成子之所。

[7] 酒泉：郡名。西汉置，治所在今甘肃酒泉市。

[8] 赵充国（前137—前52）：西汉大将。字翁孙，陇西上邽（今甘肃天水）人。熟知匈奴和羌族的情况，武帝、昭帝时，率军反击匈奴攻扰，勇敢善战，升后将军。宣帝时被封为营平侯，率军破羌，驻兵屯田西北。霍去病（前140—前117）：西汉大将。河东平阳（今山西临汾）人。善骑射，官至骠骑将军，封冠军侯。多次大败匈奴，控制了河西地区，打开了通往西域的道路。

[9] 太白：山名，在陕西省眉县东南。秦岭主峰，因冬夏山顶积雪常白而名，"太白积雪"为"关中八景"之一。唐李白《蜀道难》诗："西当太白有鸟道，可以横绝峨眉巅。"

[10] 游目：放眼纵观；浏览。

[11] 神道碑文：指墓碑上记载死者事迹的文字，为文体的一种。

[12] 泉壤：犹泉下，地下。指墓穴。

[13] 锡类：语出《诗·大雅·既醉》："孝子不匮，永锡尔类。"谓以善施及众人。

[14] 丙寅九月十有三日：此据上图本补入。丙寅：即乾隆十一年（1746），时颜懋伦辞官在家。

二、颜懋伦生平事迹辑录

颜懋伦，字乐清，光猷孙。由拔贡荐授四氏学教授，擢鹿邑令，五年移疾归，后发河南候补。捕滑县蝗甚勤能，署裕州、泌阳、南阳皆有声。笃好文学，初举山东博学鸿词第二人，廷试报罢，益发愤为古文词。与滋阳牛运震、晋江何琦相切劘，尤邃于诗。有《癸乙编》《端虚吟》《什一编》《夷门游草》等集。（《（乾隆）曲阜县志·卷八十八·列传》第4页）

颜懋伦，字乐清，号清谷。光猷孙。拔贡生，官鹿邑县知县。有《癸巳编》《秋庐草》《什一编》《旧止草堂集》《夷门游草》。乐清明府，性醇笃，以孝友称。初举博学鸿词第二人，廷试报罢，益发愤为古文词。与滋阳牛空山、晋江何琦相切劘。同琦纂《曲阜县志》，颇详瞻，而未梓行，知县潘公相重修多本之。[《曲阜诗钞》（第四卷），孔宪彝纂辑、孔宪庚参校，第1页]

颜懋伦，字乐清，号清谷。曲阜县四氏，《前钞》光猷孙。雍正己酉拔贡生，官鹿邑县知县。有《癸乙编》《端虚吟》《什一编》《四编》《夷门游草》等集。

宋臬使蒙泉志乐清少即能诗，与从兄幼客齐名，有二颜之目。性好宾客，四方士多归之。晋江何琦嗜学有文，怪僻不可近，钱塘金农有才名，皆馆于家。琦病疟危殆，农被恶疾，极意营护，二子忘其为客焉。壮年为四氏教授，以其暇日，博览群书。应博学鸿词，与牛真谷、刘苏村、耿升书同征。为鹿邑令五年，赈灾恤患，每以去就为民请命，及去称贷乃能行。居母忧自初丧及葬悉准于礼，无毫发憾。有诗十余卷，皆屡自刊削。乡人称为"文博先生"。[《国朝山左诗续钞》（卷五），张鹏展纂辑，第26页]

颜懋伦，字乐清，号清谷。运使光猷孙。拔贡生，历官鹿邑知县。乾隆元年，荐举博学鸿词。有《癸乙编》《端虚吟》《什一编》《夷门游草》。《曲阜县志》：懋伦擢鹿邑令，五年移疾归，后发河南候补。捕滑县蝗甚勤能，署裕州、泌阳、南阳，皆有声。笃好文学，与滋阳牛运震、晋江何琦相切劘，尤邃于诗。（《丛书集成初编·颜氏家藏尺牍·姓氏考》，北京：中华书局1985年版，第317—318页）

颜懋伦，字乐清，一字清谷。雍正六年拔贡生，由四氏学教授卓异擢河南鹿邑县令，在官五年，民甚德之。丙寅，移疾归，送者多失声。寻遭母丧，服阕循例待补河南。捕滑县蝗以能著，摄裕州弥载，继摄泌阳、南阳等邑。所至有颂声，裕人负献追送者踵接两邑。卒以泌阳擒获马朝柱逆党谢凤玉等，郡吏争致之，别毙于南阳狱，而大吏讳之，论以初勘未实落职。诏特原之，降临邑司谕，不就。年五十六卒。公孝友异常，情操独谨，笃好文学，轻财爱士，常如不及。母病，特乞近地迎养。得补鹿邑，每侍疾无昼夜，寒暑衣不解带，食不甘味。遇弟妹推予无吝。到官即誓以不私一钱，故数去任多称贷成行，至质故田偿之。乾隆丙辰，举山东博学鸿词第二，以额短不第，益发愤为古学。与滋阳牛运震、晋江何琦相切劘最久，尤邃于诗。所著有《癸乙编》《端虚吟》

《什一编》《夷门游草》等集。其为人豁达大度，抱负非常，再仕未竟其用，论者惜之。嗣子崇枏、崇杉。（《（光绪）颜氏世家谱·卷之一·龙湾户》，第37—38页）

三、颜懋价书信 <small>（六通）</small>

辑录说明

这里辑录的六通书信皆出自《颜氏家藏尺牍》卷四。校勘所据的《颜氏家藏尺牍》版本有二：海山仙馆本，即道光二十七年（1847）出版的"丛书集成初编"本所据的底本；上图本，即上海科学技术文献出版社2006年影印出版的"上海图书馆藏珍稀文献"本，其中包括墨迹影印件和据以转换成通用字形的"释文"。海山仙馆本、丛书集成初编本跟上图本排序稍有不同，本次整理据上图本。又，海山仙馆本缺其中之二（"去腊见奇书……"）全文和之一（"侄价百拜……"）后半部分、之三（"自安邑归……"）前半部分，其他诸本不缺。

（一）

侄价百拜，恭请伯父、伯母台安[1]。侄负累因循[2]，偶往济上[3]，因人辗转[4]，遂至钟离[5]。以是去乡之日，并未及一过禀辞[6]，至今耿耿，靡日能释[7]。树侄偶感时疫[8]，何以竟至不起？他乡闻此，不禁泪随手堕，惊怆欲绝。伯父尊年[9]复抱此痛，又两弟俱出[10]，触感如何。弟辈果于何日归里？伯父阅世既深，洞知物理[11]，当不至以新哀之情，过累神明[12]。但妻孥[13]失倚，稚弱关怀[14]，言念[15]今昔，未免深入蕴结[16]耳。

侄初抵淮南[17]，适观察六舅摄篆于此[18]，以奏记[19]乏人，相留暂止，辄复萍依[20]。惟是此地已令苏松[21]傅观察调补，苏松又经内推陶士僙[22]补放，或淮徐海道，简调[23]有人，则所遗之缺有分矣。顷复闻桐城姚八先生[24]，考终河库使署[25]，是又一缺也。新任交替，或至闰秋[26]，俟有定局，便图遄返里便[27]。附候杖履[28]，并请伯母近安，诸幼悉好。有《哭树侄五绝》附呈[29]，不足以喻远怀[30]也。余情依切，不次[31]。侄缌[32]价再拜，寄自凤阳使署。戊辰初伏既望[33]，雨中。

【注释】

[1] 此信是乾隆十三年（1748）颜懋价写给其从伯父颜肇维的。

台安：敬辞。表示对收信人的问候。

［2］负累：负担。因循：指漂泊。

［3］济上：济水岸边。指济宁。

［4］辗转：流转迁徙。

［5］钟离：安徽凤阳的古称。

［6］禀辞：禀告辞行。

［7］释：消除。

［8］树侄：指颜崇树，系颜懋龄长子、颜肇维孙。时疫：一时流行的传染病。

［9］尊年：高龄。按：颜肇维时年八十岁。

［10］两弟俱出：指颜崇树、颜崇毂两兄弟皆亡故。

［11］物理：事理。

［12］神明：谓人的精神，心思。

［13］妻孥：妻子和儿女。

［14］关怀：在意；操心。

［15］言念：想念（言：助词）。

［16］蕴结：郁结。

［17］淮南：指淮河以南、长江以北的地区。此处指安徽凤阳。

［18］观察：官名。清代作为对道员的尊称。摄篆：代理官职（篆：指官印）。

［19］奏记：用书面向公府等长官陈述意见。此处应指记室、秘书之类的属员。

［20］萍依：浮萍依附水面。喻暂寓，行止无定。

［21］苏松：指苏松太道。清乾隆六年（1741）改苏松道置，属江苏省，驻上海县，辖苏州、松江、太仓三府、州。

［22］陶士僙（1693—1752）：字中少，号毅斋。湖南宁乡人。雍正癸卯（1723）举人。曾任衢州知府、苏松太兵备道、福建按察使、布政使等。

［23］简调：简选调用。

［24］姚八先生：其人待考。

［25］考终：亦作“考终命”。老寿而死，享尽天年。使署：官衙。

［26］闰秋：指闰九月。

［27］遄（chuán）返里便：迅速返回家乡的适当时机。遄，疾速。返，从上图本墨迹与释文，丛书集成初编本作“反”。便，指适宜的时机或顺便的机会。

［28］附候杖履：附带问候您老。杖履，对老者、尊者的敬称。

[29] 附呈：附带恭敬地送上。

[30] 不足以喻远怀：不能够充分表达我在远方的悲怀。

[31] 不次：书信结尾用语，意谓不详说。

[32] 缌（sī）：指较为疏远的亲属关系。

[33] 戊辰：指乾隆十三年（1748）。初伏：即头伏。夏至后的第三个庚日，或指从夏至后第三个庚日到第四个庚日之间的十天时间。既望：指农历十六日。

（二）

去腊见寄书[1]，于前月廿[2]日始觅得，循环捧读，遂至捧腹，同人[3]见者，无不绝倒[4]。新岁三接手札，并晤怡亭[5]，得悉家居近况，便如会面。读曲阜城头之歌，俯仰[6]增慨，千里羁人，更当何以为情耶。鄙事[7]纠缠，不谓[8]隔岁同事讹传，致贻堂上之忧[9]，寸心如结[10]，靡日而宁。既知分发[11]之例，确已停止，虽未定将来简用如何，或无大误。前者小构疾疢[12]，今已霍然[13]，并望吾弟善言宽慰，以释慈怀[14]也。暮春之初，若无入觐的音[15]，则会榜[16]后可望聚首矣。闻单方新[17]已南下，四兄[18]果否同行？春绸[19]半已分售，尚未得值[20]，故无从稍寄[21]，亦未及专札[22]，统望转致此意，附问近好。伯母尊前，祈为请候，诸嫂夫人暨[23]诸侄、侄女辈，并此达念，不具[24]。乾隆元年仲春二旬有一日[25]。八[26]兄价自京拜寄。

【注释】

[1] 此信当是乾隆元年（1736）颜懋价写给其从弟、颜肇维之子颜懋企的。

去腊：上年岁末。

[2] 廿：丛书集成初编本作"二十"。

[3] 同人：志趣相同或共事的人。

[4] 绝倒：大笑不能自持。

[5] 怡亭：指颜懋份，字怡亭。颜肇维子，早卒。曾任长芦盐官，为其父《锺水堂诗》作跋。

[6] 俯仰：形容沉思默想。

[7] 鄙事：指鄙俗琐细之事。

[8] 不谓：不意，不料。

[9] 致贻堂上之忧：致使父母担忧。

[10] 寸心如结：形容心中忧愁积聚不得发泄。

［11］分发：清制，道府以下非实缺人员分省发往补用者，谓之"分发"。

［12］疾疢（chèn）：泛指疾病。疢：烦热；疾病。丛书集成初编本作"疾"。

［13］霍然：形容疾病迅速消除。

［14］以释慈怀：让我的母亲放心。

［15］入觐（jìn）：指地方官员入朝觐见帝王。的（dí）音：真实的消息。

［16］会：副词。应当。榜：动词。公开张贴文书、告示。

［17］单方新：其人待考。

［18］四兄：指颜懋價，字质以。颜肇维季子，颜懋价从兄，大排行老四（颜懋龄、颜懋侨、颜懋伦、颜懋價）。以恩监生官山东蒲台县教谕。著有《秋水阁诗》。

［19］春绸：即"线春"。丝织物名。用蚕丝织成，适宜做春季衣料，故名。

［20］值：指按物价所付的钱款。

［21］稍寄：托人捎去。稍，用同"捎"。据上图本墨迹与释文，丛书集成初编本径作"捎"。寄，托人递送。

［22］专札：专门函告。

［23］暨（jì）：连词。与；及；和。

［24］不具：书信末尾常用语，犹言不详备。具，据上图本墨迹与释文，丛书集成初编本作"尽"。

［25］乾隆元年：岁在丙辰，1736年。仲春二旬有一日：即农历二月二十一日。

［26］八：据上图本墨迹与释文，丛书集成初编本"八"字连同前面的落款时间均未录入。

（三）

自安邑归[1]，得仲冬廿[2]一日信，小除复接嘉平十三日书并寄诗[3]，循环讽诵[4]，悱恻缠绵，自愧之余，复怆然增感。来书恺切谆挚[5]，知非吾弟不能言，亦非吾弟不肯言也，顾仆之处此，亦甚难矣。家居拮据[6]，既不能奉庭帏[7]之欢，征逐[8]蹉跎，竟何益于身心之事，日就荒废，安望显扬。是以自去春以来，即决志[9]离家，稍思习静[10]，而依违因循[11]，冬初始得出门，此别亦良不易矣。及抵太原，获闻庶邑之信，柔肠万转，实竟夜无眠。商之临汾从父[12]，更无异议，乃定去留，实非敢汗然也。都中机缘，固无足轻重，暂归之

计，亦未尝不筹之。顾归即不能复出，出亦岂能无待[13]？日月未几[14]，徒行
道路，何堪蹉跎。若云家居键户[15]，此又逆知[16]其必不能者，盖酬应[17]之繁
纵或杜绝，室家之累岂能悉捐[18]？非不知人言可畏，但此中辛苦，意唯自知
之，非笔墨所可宣，并非知我所能谅也。所用一以失，触处[19]无所难，读之气
短[20]，殊不去怀耳。古之良朋，托寄[21]妻子，其于兄弟，必非漠然。兄[22]出
游宦，家累益深，此后愿以老母相托，但使稍分劳力，省气息心[23]，以安起
居，则远人[24]拜赐，终身弗忘矣。晋省并无捐例[25]，陕西窎远[26]，又不如都
中省便[27]，此必传语误也。毡衣曾为切致[28]，俟绛州[29]有便，自当致复。伯
母近体万安，诸嫂暨九弟[30]侄辈，想各平善[31]，二姊曾否来家？并为道问。
上庠[32]之选，原不足为弟致惜[33]，所望努力秋风，共决远到[34]。附寄四诗，
不足酬答，明湖[35]秋清，当图快悟耳。意不能悉，临发惆怅。兄价自平阳[36]
拜寄。乾隆辛酉人日[37]。

【注释】

[1]　此信当是乾隆六年（1741）颜懋价写给从弟颜懋企的。

安邑：旧县名。在今山西省运城市，境内有古盐湖解池。颜懋价的祖父颜
光猷曾在此任河东盐运使。

[2]　廿：丛书集成初编本作"二十"。

[3]　小除：指除夕前一日。嘉平：为腊月的别称。

[4]　讽诵：朗读；诵读。

[5]　恺切：犹恳切。谆挚：诚恳真挚。

[6]　拮据：艰难困顿；经济窘迫。

[7]　庭帏：庭闱。指父母居住处，后以称父母。

[8]　征逐：谓交往过从。

[9]　决志：拿定主意；决心。

[10]　习静：谓习养静寂的心性。亦指过幽静生活。

[11]　依违：迟疑。因循：延宕；拖延。

[12]　临汾从父：指颜光敔之子颜肇亮，字寅少，时任山西临汾县令。

[13]　无待：无所依靠。

[14]　未几：不多。

[15]　键户：关门（键：锁闭，关闭）。

[16]　逆知：预知，逆料。

[17]　酬应：应酬，交际往来。

[18]　悉捐：全都舍弃。

[19] 触处：到处，随处。极言其多。

[20] 气短：志气沮丧。

[21] 托寄：托付，委托别人照料。

[22] 兄：此处指颜懋伦，时在河南鹿邑为令。

[23] 省气息心：不生气，能静心。

[24] 远人：远行的人；远游的人。多指亲人。此处是颜懋价自指。

[25] 晋省：指山西省。捐例：清代朝廷纳资捐官的规例。分暂行事例和现行常例两种。《清史稿·选举志七》："捐例不外拯荒、河工、军需三者，曰暂行事例，期满或事竣即停，而现行事例则否……大抵贡监、衔封、加级、纪录无关铨政者，属现行事例。"

[26] 窵远：远；遥远。窵：音 diào，深远，遥远。据丛书集成初编本，上图本与海山仙馆本"窵"作"薵"。

[27] 都中：京都。此指北京。省便：简便；方便。

[28] 切致：急切置办。

[29] 绛州：州名，在山西省。清雍正初升为直隶州。

[30] 九弟：指颜懋价从弟颜懋仝（1723—?），字异我，号甦道人，室名韦斋。颜光敏孙，颜肇维少子，大排行老九。附贡生。有《韦斋诗》一卷、《幼客先生行状》一篇。

[31] 平善：平安，安康。

[32] 上庠：古代的大学。

[33] 致惜：表示惋惜。

[34] 远到：犹远至。谓日后能大成。

[35] 明湖：指济南大明湖。

[36] 平阳：县名、府名。治山西临汾。

[37] 乾隆辛酉人日：乾隆六年（1741）正月初七。丛书集成初编本无此语。

（四）

七弟平安[1]，轻身远出，归期正遥，未有客游之乐，徒重家园之念。别后幸无雨雪，而风沙严寒，情怀已不可堪。学使按视[2]，计在月初，选贡[3]之期，固应不远。吾家隽才绩学[4]，当无出吾弟之右[5]，然鄙意[6]亦须潜心静坐，利器[7]待时，更为万全。在吾弟志存远大，或不以此斤斤[8]，而远人翘听好音，实无日不轴轳于怀[9]也，望之望之！伯母堂上万安，二嫂、四嫂[10]暨家中诸幼各各平善。京中近有信否？四兄岁内得归否[11]？人归意乱，触绪[12]不知所云。庚申十月之杪[13]，兄价拜手[14]寄自平阳。

【注释】

[1] 此信是乾隆五年（1740）颜懋价写给从弟颜懋企的。

[2] 学使：督学使者，又叫提督学政。清中叶以后，派往各省，按期至所属各府、厅考试童生及生员。均从进士出身的官吏中简派，三年一任。不问本人官阶大小，在充任学政时，与督、抚平行。按视：察看，巡视。

[3] 选贡：科举制度中贡入国子监生员的一种。明代在岁贡之外考选学行兼优者充贡，称选贡。清代定拔贡、优贡之制，亦由此而来。

[4] 隽才：才智出众的人（隽：通"俊"）。绩学：谓治理学问。亦指学问渊博。

[5] 右：古代崇右，故以右为上，为贵，为高。

[6] 鄙意：谦辞，称自己的意见。

[7] 利器：使武器锋利。此处比喻做好准备，以便及时一试。

[8] 斤斤：过分着意。

[9] 轴轳于怀：形容因担忧而心神不定，忐忑不安。轴轳：车轴和辘轳，皆为转动不停之物。

[10] 二嫂、四嫂：指颜懋侨之妻和颜懋价之妻。

[11] 四兄：指颜懋价从兄颜懋偐。否：据上图本释文、海山仙馆本与初编本，上图本墨迹作"不"。

[12] 触绪：触动心绪。

[13] 庚申十月之杪：指乾隆五年（1740）十月末。丛书集成初编本无此。杪，音 miǎo。尽头。多指年月或季节的末尾。

[14] 拜手：亦称"拜首"。古代男子跪拜礼的一种。跪后两手相拱，俯头至手。

（五）

真谷大兄足下平安[1]。仲春一书，谅久入览[2]。顷闻足下高尚不出[3]，为乡先生[4]授子弟，力田[5]奉亲，此固可乐，益觉热尘中人[6]，违心干进[7]，不可须臾[8]也。天津选诗之役[9]，所望于名贤蒐采[10]为多，谨奉《征诗启》十本。足下谈经之暇，出其余绪[11]，共成斯举，亦不朽之盛事也。《金石图》[12]能否赐拓，亦望回示。附请老伯、伯母两大人近安，诸郎佳善。进明获隽[13]可喜，可谓不体谅岳翁[14]矣，附及[15]不尽。真谷大兄师席。弟切[16]价顿首。蒙泉太史谆属致候^[17]，以召对^[18]圆明园，不及专札也。癸酉清和^[19]廿六日。京邸书。

【注释】

[1] 此信是乾隆十八年（1753）颜懋价写与牛运震的。

真谷：即牛运震，字阶平，号真谷，人称空山先生。山东滋阳（今济宁市兖州区）人。官甘肃秦安县令。

[2] 入览：犹入目。

[3] 顷闻：刚听说。不出：不出仕为官。

[4] 乡先生：古时尊称辞官居乡或在乡教学的老人。

[5] 力田：努力耕田。亦泛指勤于农事。

[6] 热尘中人：指急切追逐名利权势的世俗之人。

[7] 干进：谋求仕进。

[8] 须史：从容自在；优游自得。

[9] 天津选诗之役：当指颜懋价协助卢见曾编辑《国朝山左诗钞》之事。

[10] 蒐（sōu）采：搜集。

[11] 余绪：次要的部分。此处指经学之外的诗歌创作。

[12]《金石图》：为牛运震所编选的古碑帖著作稿本，现存兖州博物馆。上图本释文脱此三字，其他诸本不脱。

[13] 获隽：会试得中。亦泛指科举考试得中。

[14] 岳翁：岳父。

[15] 附及：附带提到。

[16] 切：上图本墨迹似"切"字，海山仙馆本、初编本与上图本释文均作"功"。

[17] 蒙泉太史：指宋弼（1703—1768），字仲良，号蒙泉。清山东德州（今陵县）人。乾隆十年进士，改庶吉士，历官编修、续文献通考纂修官、甘肃按察使等。受卢见曾委托，编辑《国朝山左诗抄》等。谆属：谆谆嘱咐。致候：表示问候。多用于书信中。

[18] 召对：君主召见臣下令其回答有关政事、经义等方面的问题。

[19] 癸酉清和：指乾隆十八年（1753）四月。

（六）

价再拜木斋先生执事^[1]：别来九年所^[2]矣，虽修候缺如^[3]，而每遇东使，无不讯^[4]我故人，风声所树，不殊觌面^[5]耳。向闻将为阳城^[6]大夫，比又闻移治平番[7]，所期执事为古贤良，不欲以无益寒暄，妄烦左右也。价自遭悯[8]以来，诸事都废，无复平生，而家兄以本生家母[9]久病引疾，幸无覆㻑[10]，即日可抵里，或执事所愿也。舍侄就婚[11]，得奉郗公清诲[12]，当可有成，痴叔辈实有刮目之待矣。胸中久不用古今浇灌，匆促寄此，敬问平安，言罔攸择[13]，惟执事鉴之，不宣。价谨再拜。丙寅清和中浣之一日[14]。

【注释】

[1] 此信是乾隆十一年（1746）颜懋价写与牛运震的。木斋：当为牛运震的号。执事：对对方的敬称。

[2] 所：不定数词，表示大概的数目。

[3] 修候：修书问候。缺如：空缺；短少。

[4] 讯：询问，打听。

[5] 不殊觌面：与见面没有不同（觌：音 dí。见；相见）。

[6] 阳城：县名。今属山西省晋城市。

[7] 比又闻移治平番：指乾隆十年（1745）牛运震调任甘肃平番（今永登县）知县。比：副词。近日，近来。移治：调换治所，改变管辖区。

[8] 遭悯：指遭逢父母之丧（遭：相遇；悯：悯凶，指父母之丧）。

[9] 本生家母：颜懋价称自己的亲生母亲。

[10] 覆㻑：鼎足折断，食物从鼎里倾倒出来。比喻不胜重任而败事（㻑：音 sù，鼎中的食物）。

[11] 舍侄就婚：指颜懋价之侄颜崇栢娶牛运震一女为妻。

[12] 郗公：指东晋名臣郗鉴（269—339），字道徽。高平金乡（今山东金乡北）人。东晋初，曾任兖州刺史、车骑将军、太尉等。以博学儒雅、德高望重著称。清诲：对人教诲的敬辞。

[13] 言罔攸择：即言无所择，谦逊之词。谓我的话没有值得人听取的。

[14] 丙寅清和中浣之一日：乾隆十一年（1746）四月中旬的一天。丛书集成初编本无此语。

四、颜懋价生平事迹辑录

颜懋价，字介子。少与兄懋伦博稽礼经，定详丧制，凡饬柩、井椁、治墓及墙柳、帷荒、明器、下帐之属，悉遵古礼。故其执亲之丧，必诚必信，勿有悔。书宗颜、柳，诗希杜、韩，有文名。由拔贡授肥城谕，痛时俗葬亲慢与渴皆非古，且糜费，作《正俗说》，载郡志。新文庙，修礼乐器，遴俊生，习仪容。厘正学田，葺先贤祠，以敦本厉品。期有用学，谆谆课士。卓异候升，未几，卒。有《文集》若干卷。同时陶湘亦有文誉，著《橘村集》。[《（乾隆）曲阜县志·卷八十八·列传》第 5 页]

颜懋价，字介子。本复圣裔，以选贡为邑教谕。风流尔雅，冠绝当时。善饮酒，能诗工书，尤邃于圣学，作《丧葬正俗说》以止流弊，真有功于名教者。后以卓异荐，遽捐馆舍，有才而不竟其用，士论惜之。[《（光绪）肥城县志·卷七·职官》第 120 页]

颜懋价，字介子。光猷孙。拔贡生，官肥城县教谕。有《佳木山房诗》。学博与其兄乐清，博稽礼经，考定古制，尤留心丧服，故其执亲之丧必诚必信。官肥城时，修礼乐器，遴俊生，习仪容，皆有复古之观。尝佐卢雅雨运使辑《山左诗钞》，与董曲江明府、纪晓岚相国、宋蒙泉廉访共资考订，成钜观云。[《曲阜诗钞》（第六卷），孔宪彝纂辑、孔宪庚参校，第 1 页]

颜懋价，字介子，号慕谷。曲阜县四氏。雍正乙卯（1735）拔贡生，官肥城县教谕。[《国朝山左诗续钞》（卷六），张鹏展纂辑，第 32 页]

颜懋价，字介子，号慕谷，自称五梧居士。懋伦弟。拔贡生，官肥城教谕。《曲阜县志》：懋价少与懋伦博稽《礼经》，定详丧制，凡饬枢、井椁、治墓及墙柳、帷荒、明器、下帷之属，悉遵古礼。故其执亲之丧，必诚必信，勿有悔。书宗颜、柳，诗希杜、韩，有文名。授教谕。痛时俗葬亲慢与渴皆非古，且靡费，作《正俗说》。新文庙，修礼乐器，遴俊生，习仪容，厘正学田，葺先贤祠，以敦本厉品。期有用学，谆谆课士。[《丛书集成初编·颜氏家藏尺牍·姓氏考》，北京：中华书局 1985 年版，第 318 页]

颜懋价，字介子。雍正乙卯（1735）拔贡，泰安府肥城县教谕。系肇广次子，出为仲父肇充嗣。子四：崇枌、崇橡、崇栘、崇柽，崇枌、崇栘出为堂兄懋伦嗣。[《（光绪）颜氏世家谱·卷之一·龙湾户》，第 37 页]